John G. Bennett

Die inneren Welten des Menschen

John G. Bennett

Die inneren Welten
des Menschen

Zusammengestellt und bearbeitet
von Anthony G. E. Blake

Aus dem Englischen
von Eva Ploes, Bruno Martin
und Robert Cathomas

Chalice Verlag

Die Originalausgabe erschien
1978 bei Turnstone Books, London, England
unter dem Titel *Deeper Man*

Eine amerikanische Neuausgabe erschien
1994 bei Bennett Books, Santa Fe, New Mexico, USA

Die deutsche Erstausgabe erschien
1984 beim Verlag Bruno Martin,
Südergellersen

Umschlagillustration und Frontispiz: Alois Alexander
Buchgestaltung: Robert Cathomas
Herstellung: Books on Demand GmbH
Printed in Germany

ISBN 978-3-905272-68-0

Inhalt

Bei diesem Werk
bildet das Dienen die *Spitze*, nicht die *Basis*.
Seine Basis besteht aus dem Verständnis dessen,
was unsere Lage wirklich ist.

JOHN G. BENNETT
Private Zitatensammlung *Fallen Leaves*

Abbildungen

Vorwort zur amerikanischen Neuausgabe

JOHN G. BENNETT STARB IM DEZEMBER 1974. ICH SCHREIBE dieses Vorwort rund zwanzig Jahre später, und die Welt hat in dieser Zeit dramatische Veränderungen durchgemacht. Aber wie bereits Georg Iwanowitsch Gurdjieff (1866–1949) hergehoben hat, wird jeder Fortschritt durch einen gegenläufigen Rückschritt mehr als ausgeglichen. Wenn wir unsere Aufmerksamkeit auf die Bedeutung der »inneren Welt« richten, darf dies jedoch nicht geschehen als Flucht vor den Schrecken der äußeren Welt und der überall sichtbaren Zeichen der menschlichen kriminellen Dummheit. Wahrscheinlich liegt der Grund für diese vom Menschen verursachten Katastrophen in seinem Unverständnis der inneren Welt und deren Beziehung zur Außenwelt. Es gibt viele Hinweise darauf, dass die Kräfte der inneren Welt zur gegenwärtigen Zeit sehr aktiv sind und dass die Formen der Wahrnehmung sich weltweit in einem unvorhersehbaren Ausmaß verändern, genauso wie Bennett dies vorhersah.

Bennett gab sich sehr viel Mühe, uns zu überzeugen, dass die innere Welt nicht irgendwie »sonst wo« ist oder noch deutlicher: vor uns »verborgen« ist. Wir ›bestehen‹ tatsächlich mehr aus der inneren als aus der äußeren Welt, der Welt der Körper. Was die inneren Welten verbirgt, sind wir selbst, unsere Haltung. Bennett beschreibt in diesem Buch keine Methoden, die uns für die innere Welt auf eine bewusstere Weise öffnen können, wie es durch zufällige Öffnungen durch Drogen, Träume, Müdigkeit und so weiter geschehen kann. Seinen Schülern jedoch vermittelte er viele relevante Techniken, wie zum Beispiel die »bewusstes Stehlen« genannte Übung, die er ursprünglich von Gurdjieff erhalten hatte. In dieser Übung wird eine Verbindung mit der »intelligenten Energie« hergestellt, die an heiligen Orten der Erde wie etwa in Jerusalem, Mekka, Lhasa oder Benares konzentriert ist, ohne dass wir selbst physisch dorthin reisen müssen. Es ist möglich, sich mit Informationen (oder besser: *Bedeutungen*) zu verbinden, die zu anderen Zeiten und Orten gehören. In gewisser Weise ist das ein Schritt über die Trennlinie zwischen dem Lebendigen und dem Toten.

Die entscheidende Sache ist jedoch nicht nur der Zugang zu etwas, sondern vielmehr das *Verstehen*. Die innere Welt kann nur von der nächst höheren Welt aus gemeistert werden. In der Theosophie wird sie die »kausale«, die verursachende Welt ge-

nannt, und in diesem Buch *alam-i-imkan*, die Welt der Möglichkeiten. Nur in dieser Welt leben wir nach unserem Willensmuster,
nach der unserer Motivation und Absicht zugrunde liegenden
Struktur. Wenn die innere Welt der Bereich der »Geister« ist, dann
ist im Vergleich dazu die kausale Welt die Welt der Macht Gottes.
Und im »Namen Gottes« sollten wir die Geister beherrschen.

Bennett war sich des »Schleiers des Bewusstseins« wohl bewusst
und machte auf die Bedeutung der Kreativität aufmerksam. Was er
darüber sagt, sollte genau studiert und praktiziert werden. Wenn
wir uns im Reich der Kreativität bewegen, gibt es gewissermaßen
keine Regeln. Doch ebenso gibt es auch keine Begrenzungen auf
der Stufenleiter und den Graden der Bedeutung, die im Bereich
der niederen Energien gelten. Jeder freie Akt der Aufmerksamkeit
ist wertvoll und kostbar. Es ist immer für uns möglich, in Kontakt
mit der kausalen Welt zu kommen, und wenn es auch nur für
einen flüchtigen Augenblick ist. Und diese Berührung bewegt
etwas in uns. Im Allgemeinen wird übersehen, dass jede echte innere Arbeit spontan und einzigartig ist, und nicht einfach die
Anwendung einer Methode.

Das bedeutet auch, dass jeder echte Weg in eine höhere Welt
gekennzeichnet ist durch fortwährende Entdeckung. Es wird nie
eine vollständige Verkündung oder Offenbarung geben können.
Die Welten können von der Macht Gottes erfüllt sein, doch sie
können nicht durch irgendein Ergebnis unseres Verstehens erschlossen werden. Wenn wir wirklich »verstehen«, dann stehen wir
unter den Gesetzen der höheren Welt;[1] das bedeutet auch, dass wir
damit keiner angenommenen »ewigen Philosophie« (*Philosophia
perennis*) nachfolgen brauchen. Die Weise, in der wir uns der
Wahrheit annähern können, muss aus der Zeit kommen, in der
wir leben. Dieser Zugang muss ›geschmiedet‹ werden, manchmal
unter großer Schwierigkeit. Alle Ideen und Formulierungen sind
nicht mehr (und auch nicht weniger) als eine Reihe von Hin-
weisen. Der Versuch, sie alle auf ein Schema zu reduzieren, führt
dazu, dass wir die Information verlieren, die in ihrer Vielfältigkeit
eingefaltet ist.

Seit Bennetts Tod haben einige von uns den Pfad der andauern-
den Entdeckung eingeschlagen. Es besteht nun eine formlose, offe-

---

1. Das englische Wortspiel *understand* und *standing under* lässt das deutsche
Wort »verstehen« nicht zu (Anmerkung der Übersetzer).

ne »Dramatische Universität«. Vor uns liegt die Aufgabe, die Wirklichkeit unserer menschlichen Bedingungen zu erkennen, einschließlich des »Schreckens der Situation«, wie Gurdjieff es bezeichnete. Dieser Weg ist nicht bequem, doch die Entdeckung selbst birgt ihre eigene Freude in sich. So haben wir auch einige Beschränkungen in Bennetts Formulierungen entdeckt; doch das macht seine Erkenntnisse nicht falsch. Es sollte uns vielmehr daran erinnern, dass alles immer nur unvollständig und permanent »in Arbeit« bleibt.

Es kommt eine Zeit, in der alles tatsächlich »wirklich« ist, wenn die Gegenwart der höheren Welten eine Alltagsrealität wird, wenn uns bewusst wird, dass wir durch diese Welten ›schwimmen‹, als ob sie aus verschiedenen ›Stoffen‹ bestünden. Nachdem ich wieder einmal Francis Thompsons Gedicht *In No Strange Land* gelesen hatte,[2] dachte ich laut: »Ja, genauso ist es!« Es wird gesagt, dass jeder von uns eine Art von »rotem Faden« in sich trägt, der uns mit Gott auf eine einzigartige Weise verbindet. Den eigenen Faden zu finden, ist eine wunderbare Sache. Wir müssen den Glauben haben, dass es so ist, denn sonst wird alles, was wir erfahren und erleben, nur aus zweiter Hand sein.

Wir selbst verwandeln die »höheren Welten« in Träume. Sie sind nicht verborgen oder unerreichbar, sondern sie sind konkret und präsent. Wenn dies einmal erkannt wurde, macht es vollkommen Sinn zu sagen, dass die sichtbare Welt nicht weiter ohne diese anderen Welten existieren würde. Die höheren Welten sind keine bloßen Begleiterscheinungen, mit denen wir uns beschäftigen, wenn uns der Sinn danach steht. Sie sind integraler Bestandteil des menschlichen Schicksals auf der Erde und daher auch des Schicksals der Biosphäre als Ganzes. Wenn wir die höheren Welten nur als Träume ansehen, leben wir sogar in noch niedrigeren Welten, als es die natürliche Welt ist. Wir leben dann in eingebildeten Welten, sogar in Welten der Täuschung. Es ist so, als ob wir wie Spiegel wären und dies auf die eine oder andere Weise reflektieren würden. Falls wir unseren gewöhnlichen Wachzustand als die Norm ansehen, erscheint uns alles als unwirklich: Tatsächlich machen wir es unwirklich, indem wir die echten Welten durch die negativen ersetzen. Wir erzeugen damit eine Imitation dessen, was wir vergessen haben.

2. Zitiert zu Beginn des zweiten Teils, Seite 143.

Es wird nicht verstanden, wie eine »innere Arbeit« exakt sein kann und genauso präzise wie jede andere Art von Arbeit. In dem, was zum Beispiel als »innere Übungen« bezeichnet wird, die Art von Übungen, die Bennett lehrte, gibt es eine Art der Arbeit, die vollständig jeder anderen technischen Qualitätsarbeit entspricht. Leider sehen das nur wenige. Die Mehrheit benutzt diese Übungen, um innere Zustände hervorzubringen, an denen sie sich dann erfreuen können. Die inneren Übungen sind aber dafür gedacht, uns zu befähigen, mit den wirklichen Eigenschaften der höheren Welten zu experimentieren und eine eigene Erfahrung damit zu machen. Ihre Macht und Bedeutung liegt in der Tatsache, dass sie das Maximum unserer Kräfte für Absicht und Aufmerksamkeit aktivieren.

Es besteht allerdings ein beträchtlicher »Turm von Babel« in der öffentlichen Wahrnehmung spiritueller Methoden und Techniken. Ein Anfänger wird leicht von einer Sekte oder einer ungenauen Technik angezogen und ist deshalb unfähig, die überwältigende Zahl und Vielfalt der Empfehlungen zu durchschauen. Sehr wenige machen sich die Mühe, eine ›Landkarte‹ der Gebiete zu studieren, die sie gerne erforschen würden, und noch weniger machen die Anstrengung, sie in der Tiefe zu studieren und die Reichweite und die Begrenzungen einer Technik herauszufinden. In seiner Nachfolge Gurdjieffs entwickelte Bennett das praktische und theoretische Wissen der ›Landkartenherstellung‹. Er suchte nach der Wirklichkeit »kosmischer Muster«, von Strukturen, die so fein und intelligent gesponnen sind, dass sie auch die konkreten Schicksale von einzelnen Menschen in Betracht ziehen – genauso wie es in den Evangelien heißt: »Kein Spatz fällt vom Himmel, ohne dass der Herr es weiß.«

Die These, die diesem Verständnis zugrunde liegt, ist, dass der ganze Kosmos durchdrungen ist von Bedeutung, mit der unser Wesen und Erfahrung vollständig zusammenpassen. Doch dies muss *entdeckt* werden. Wenn wir damit fortfahren, über vorher unbekannte Welten zu sprechen, werden weitere Ausblicke geöffnet. Es wird immer eine »unfertige, noch zu erledigende Arbeit« sein. Alle, die etwas dazu beitragen können, sind aufgerufen mitzuarbeiten. Selbstverständlich werden nur wenige mit ihren Erkenntnissen öffentlich wirksam.

Der wesentliche Zweck dieser Landkarte ist es, ein Gerüst aufzustellen, mit dem wir die gegenseitige Relevanz all der verschiedenen Aspekte unseres Wesens richtig einordnen können, die abwechselnd durch unterschiedliche Übungen und Lebensweisen hervorgerufen werden. Es gibt keinerlei feststehende, sichere oder unveränderliche Schemata in dieser Arbeit. Ich möchte zwei Beispiele dafür nennen: Pak Subuh, der die Bewegung des Subud begründete, schlug eine zweifältige Vorgehensweise vor: eine Kombination von aktiver Verpflichtung in der äußeren Welt mit einer passiven Empfänglichkeit im Akt des Gottesdienstes, genannt Latihan. Ein anderer großer Meister, der Bennett beeinflusste, der Shivapuri Baba, lehrte drei Aspekte der Lebensarbeit: körperliche, moralische und spirituelle Disziplin. Ich könnte viele weitere aufzählen.

Es spielt keine Rolle, welcher Struktur wir folgen – das erkannte Bennett im Laufe der Jahre. Wenn sie etwas Wesentliches enthält, dann gehört auch das Element der Spontanität dazu, etwas, das jede menschliche Macht übersteigt. In den Lehren von Don Juan, über die Carlos Castaneda berichtete, haben wir ein anderes Beispiel. Hier gibt es den Unterschied zwischen dem *tonal,* der bedingten Welt, und dem *nagual,* der unbedingten Welt. Daraus abgeleitet wird die subtilere Unterscheidung zwischen einem »Lehrer« und einem »Wohltäter«. Unterscheidungen zu machen, ist wichtig für uns, weil wir damit aufgefordert werden, gleichermaßen *zu handeln* und *zu erfahren.* Bennett benutzte die Unterscheidung von bedingt und unbedingt sehr häufig.[3] Bei seiner Übernahme des Modells der vier Welten aus dem Sufismus haben wir zuerst den Kontrast zwischen der Welt der Körper und der Welt der Geister (die gewöhnliche »innere Welt«). Doch diese werden ersetzt durch den Kontrast zwischen diesen zwei Welten und den zwei nächsten: der spirituellen Welt und dem, was wir als »unfassbare, unbegreifliche Welt« bezeichnen.

Dieses vierfältige Modell wurde Bennett das erste Mal von Gurdjieff durch das Material vermittelt, das P.D. Ouspensky unter dem Titel *Auf der Suche nach dem Wunderbaren*[4] veröffentlicht hatte. Im Laufe der Jahre entwickelte Bennett ein Verständnis der Strukturen der Welten und kam zu einem Punkt, an dem er erkannte, dass es kein Schema oder Modell geben könne, das alle

---

3. Bedingt = von Gesetzen abhängig, die Welt der Dinge; unbedingt = frei von Gesetzen, die Welt des Geistes (Anmerkung der Übersetzer).

4. Peter D. Ouspensky: *Auf der Suche nach dem Wunderbaren,* O.W. Barth Verlag / Scherz Verlag, 2005.

signifikanten Aspekte umfasst. Sein ganzes Leben lang arbeitete er mit der »dreifältigen Unterscheidung«, dem »Gesetz der Drei«, und gelangte schließlich zur Vier- und Fünffältigkeit, der Tetrade und der Pentade. Immer wieder sah er, dass es ein Element gab, das jenseits der Form des jeweiligen Systems lag. Gegen Ende seines Lebens kam er zu dem Schluss, dass dieses besondere Element immer der Schlüssel zum Verstehen war. So kam er schließlich zur Erkenntnis, dass alle die echten Impulse in Bezug auf das Werk ›von oben‹ kamen, aus dem unbedingten Bereich der Welt, und diese konnten nie auf irgendetwas Erlerntes, Praktiziertes oder Studiertes reduziert werden.

Die Rolle eines Lehrers hat immer etwas Vermittelndes, das heißt: Sie steht zwischen zwei Ebenen, und ist daher immer zwiespältig und voller Widersprüche. Bennett selbst war immer darauf bedacht, den inneren Ruf der Menschen zu respektieren. Seine Haltung war gewöhnlich nüchtern und besonnen – aber nicht immer! Es bleibt eine Wahrheit, dass die meisten von uns eine Hilfe von anderen für ihren Weg benötigen. Was wir brauchen, kann in Form einer körperlichen Übung oder einer direkten Energetisierung sein oder sogar nur eine ganz besondere Information. Sehr häufig brauchen wir solche Angebote, um uns mit einer bestimmten Arbeitsenergie auszustatten, damit eine besondere Erfahrung in uns geschehen kann. Am Ende muss jedoch alles, was wir geschenkt bekommen haben, zurückgezahlt werden, denn es gibt meiner Meinung nach eine Art von göttlicher Ökonomie!

Kommunikation ist in den verschiedenen Welten unterschiedlich. Gurdjieff legte Wert auf die Wichtigkeit der Kommunikation zwischen Menschen, die gemeinsam in einer spirituellen Gruppe arbeiten. Dies wird leider kaum verstanden. Das führt dazu, dass die Arbeitsanstrengungen nachlassen oder die Gruppen auseinanderfallen, wenn eine Autoritätsfigur einmal gegangen ist. Dennoch haben viele von uns eine Art der Kommunikation erfahren, die Raum und Zeit übersteigt. Die Menschen können nur frei zusammenarbeiten, wenn sie bereit sind, ihre subjektiven Erfahrungen zu opfern. Erst dann können sie sich *begegnen*. Wir sind es jedoch gewohnt, auf der Basis von ähnlichen Erfahrungen zusammenzukommen. Viel wichtiger ist es, woher wir kommen. Das wird gewöhnlich als »Motivation« bezeichnet, doch bedeutsamer ist dabei, ob diese aus unserem eigenen Willensmuster kommt oder damit in Verbindung steht.

Das Studium der Welten ist daher von höchster Bedeutung für uns. Es hat mit dem Kern des Sinns unseres Lebens zu tun. Es befasst sich auch mit der menschlichen Geschichte, der Arbeit von Gruppen und der Berührung mit uns selbst. Die erste Regel ist dabei herauszufinden, wo jeder einzelne von uns steht. Es geht darum, Reisende zu werden und zu lernen, die Fallstricke der menschlichen Natur zu überschreiten. Diese Herausforderung ist offen für jeden, der sie annimmt, auch wenn ein Ergebnis nie garantiert sein kann. So wird es von Bennett am Ende dieses Buches versprochen. Es ist unsere Aufgabe, »tiefer zu graben« – so die Bedeutung des englischen Titels dieses Buches, *Deeper Man* – und unseren Beitrag für den Weg der Entdeckung beizusteuern, auf dem wir hoffentlich unterwegs sind. Wir können diesen Weg nicht gehen, wenn wir einfach dem folgen, was andere für uns formuliert haben. Wir müssen mithelfen, diesen Weg zu bauen.

ANTHONY G. E. BLAKE
1993

Vorwort zur Erstausgabe

DIESES BUCH IST FÜR DIEJENIGEN GESCHRIEBEN, DIE ENT-
decken wollen, wie sie leben sollten und welchen Zweck das menschliche Leben hat. Das »Wie« des Lebens besteht in der Arbeit mit den Energien, aus denen wir gemacht sind. »Warum« wir leben, können wir nur verstehen, wenn uns klar wird, dass der Wille keine menschliche Eigenschaft ist.

Fast die gesamte zeitgenössische Erziehung beschäftigt sich mit Funktionen und Dingen. In Schulen, Gymnasien, Universitäten und Ausbildungslehrgängen wird kaum etwas gelehrt, das uns helfen kann, unsere Existenz als menschliche Wesen zu meistern und zu verstehen, welchem Zweck wir dienen können. Alles, was keine Funktion und kein Ding ist, wird als mysteriös und subjektiv angesehen, als unmöglich zu erforschen. Die psychoanalytische Idee des »Schattens« vermittelt ein sehr genaues Bild davon, welches Gefühl wir mittlerweile den Welten entgegenbringen, die sich nicht aus Dingen zusammensetzen.

Das ist noch nicht alles. Die heutige Welt wird überschwemmt mit Informationen aus der Geschichte des Geistes: Die alten Weisen lehren uns ihre besondere Einsicht in die Natur des Menschen, seine Struktur, was er werden kann, wo er herkommt und was sein Platz im Leben ist. Gleichzeitig werden wir überflutet von den Entdeckungen der zeitgenössischen Wissenschaft, die uns neue Einsichten über das Universum eröffnen. Diese beiden Informationsströme lassen sich nur schwer miteinander verknüpfen, denn sie sind kaum miteinander zu vereinbaren. Das Wissen, das uns aus der Vergangenheit überliefert wurde, enthält Informationen von besonderer Art.

Wahrscheinlich ist die Art von intellektueller Fähigkeit, die durch die herkömmliche Erziehung gefördert wird, nicht in der Lage, altes Wissen zu assimilieren. Es ist leicht, die Worte zu begreifen und dieser oder jener Doktrin, Lehre oder Vorstellung Glauben zu schenken – aber Assimilation ist etwas anderes. Assimilation beginnt da, wo wir etwas zum Bestandteil unseres Lebens machen. Auch wenn es so scheint, die meisten von uns haben kaum etwas von der verfügbaren Information assimiliert. Dies gilt sowohl für das alte oder traditionelle Wissen als auch für das historische Wissen und die moderne Wissenschaft. Dieses Buch enthält eine besondere Art von Information, denn es verbindet Altes mit

Modernem. Es ist das Werk John G. Bennetts, eines Schülers von G.I. Gurdjieff, aber es ist nicht das Werk eines Menschen alleine.

Bahauddin Naqshband, ein Sufi des vierzehnten Jahrhunderts und spirituelles Vorbild eines großen Ordens, der sich schließlich über die ganze Welt ausbreitete und Millionen Menschen umfasste, sagte einmal: »Es gibt Dinge, die man glauben muss. Sie werden von verlässlichen Informanten übermittelt, allerdings in einer gerafften Form. Die Erklärung praktischen Wissens (*marifat*) besteht darin, den Menschen zu zeigen, wie sie es in ihrer eigenen Erfahrung selbst entdecken können.«[5]

Aus dem Geiste dieser Tradition kam auch Gurdjieff, ein geistiger Lehrer des zwanzigsten Jahrhunderts. Seine Botschaft an den Westen stellte für viele Frauen und Männer eine neue Gelegenheit dar, eine echte Ausbildung für die Welten jenseits der uns bekannten Welten zu erhalten.

Gurdjieff erklärte freimütig: »Der Mensch ist unfähig zu tun« und »Der Mensch schläft«. Er stellte damit fest, dass wir der Welt der Dinge verhaftet sind, in der wir selbst nur Dinge sind, und keine Berührung mit unserer Energie und unserem Zweck haben.

Verglichen mit denen, die versuchten, die Metaphysik der »ewigen Philosophie« (*Philosophia perennis*), der alten Weisheit, wiederherzustellen, schien Gurdjieff ein gewaltiger Barbar zu sein. Er brachte ein Gefühl für die Dynamik des Universums ins Spiel, fasste die Idee einer sicheren, geheiligten Schöpfung satirisch auf und belächelte sie als etwas für Leute, die zufrieden in ihrer Frömmigkeit schlafen. Die Kraft von Gurdjieffs Vision war gewaltig – viele Denker und Schriftsteller des zwanzigsten Jahrhunderts gerieten in seinen Bann. Einer breiteren Öffentlichkeit wurden diese Ideen nicht vor 1950 bekannt, als Gurdjieffs Buch *Beelzebubs Erzählungen für seinen Enkel*[6] veröffentlicht wurde. Um mehr als fünfzig Jahre vorausblickend, erkannte er die Notwendigkeit einer neuen ökologischen Wissenschaft und einer veränderten Einstellung zur menschlichen Verantwortung. Die Zerfallserscheinungen der modernen Welt bewahrheiteten unbeabsichtigt seine Ideen.

Eines der dringendsten Anliegen Gurdjieffs war es, den Menschen den Mut zu einem kreativen Leben zu vermitteln. Nichts

5. Siehe: John G. Bennett: *Die Meister der Weisheit.* Verlag Bruno Martin, Südergellersen 1993 / Chalice Verlag.

6. G.I. Gurdjieff: *All und Alles, Beelzebubs Erzählungen für seinen Enkel.* Sphinx Verlag, Basel 1981.

durfte ungeprüft übernommen werden. Alles musste durch eigene Erfahrung verifiziert werden. Den Kern des Ganzen stellte die Arbeit des Einzelnen an sich selbst dar, die Transformation der Substanz, aus der Frauen und Männer geschaffen sind.

Viele, die von diesen Lehren hörten, machten sich ein falsches Bild von dem, was *Arbeit an sich selbst* bedeutet. Das Bild, das wir von »Arbeit« haben, leitet sich davon ab, wie wir Gegenstände bearbeiten, doch in der Welt der Dinge kann keine wirkliche Veränderung stattfinden.

Gurdjieff bestand darauf, dass wir die *Phänomene der inneren Welt* zuerst in unserer eigenen Erfahrung erforschen müssen. Erst wenn wir fähig sind, verschiedene Arten von »Tun« zu unterscheiden, können unsere Bemühungen von Nutzen sein. Denn Tun, Anstrengung oder Aktion bedeuten in den verschiedenen Welten jeweils etwas anderes. Wahrscheinlich enthält das gewöhnliche menschliche Leben mit seinen Mühen und Leiden bereits die gesamte Skala der Möglichkeiten, aber wir lassen den größten Teil der Gelegenheiten, die sich bieten, um diese Möglichkeiten zu verwirklichen, ungenutzt verstreichen. Gurdjieff untersuchte die Möglichkeiten von Handlungen, die Bedingungen ihres Entstehens und ihre gegenseitige Abhängigkeit. Daraus wurde eine Methode für bewusstes Leben.

Unter seinen Anhängern befand sich ein Engländer mit einem außerordentlich scharfen Geist und einer außergewöhnlichen Bestimmung: John G. Bennett. Er sah, dass man sich auf den Ideen Gurdjieffs nicht ausruhen konnte, sie mussten weiterbearbeitet werden. Sie stellten keinen Schlusspunkt dar, sondern waren Mittel für weitere Entdeckungen. Obwohl ihn oft Selbstzweifel und Unsicherheit plagten, ging er daran, auf praktische Weise etwas über die Transformation des Menschen zu lernen, die Gurdjieff beschrieben hatte, und suchte sich dazu Menschen, die ein Wissen um diese Sache besaßen. Auf seinem Weg versammelt er Hunderte von Menschen um sich, die sich auf die Stärke seines Vorhabens stützten. Sie erwarteten häufig Antworten von ihm; tatsächlich lag seine Stärke jedoch im Fragen.

Gegen Ende seines Lebens war Bennett schließlich in der Lage, von sich zu sagen: »Ich kann jetzt Menschen auf dem Weg der Transformation anleiten.« 1971 gründete er ein Institut, die *International Academy for Continuous Education* (Internationale Akademie für lebenslanges Lernen), und setzte sich selbst die

Aufgabe, innerhalb von nur zehn Monaten diese Aktion im Innern von Menschen in Gang zu bringen. Einigen Beobachtern erschienen zehn Monate lächerlich lang, anderen wiederum lächerlich kurz. Für jene, die etwas von Gurdjieffs Arbeit in dessen eigenen Zentrum[7] verstanden, war das, was Bennett leistete, wahrhaft bemerkenswert. Wir können uns jedoch nur schwer ein Urteil über Ereignisse bilden, die wirklich etwas mit anderen Welten zu tun haben. Von den fünf Jahren des Bestehens der Akademie lebte Bennett etwas länger als drei Jahre. Während dieser Zeit gelang es ihm, besondere Bedingungen für die innere Arbeit zu schaffen, die dann von normalen Leuten wie mir über den Rest der fünf Jahre aufrechterhalten werden konnten. Er versuchte auch, mit allen Mitteln sein Verständnis von *marifat,* praktischer Weisheit, weiterzugeben. Ein Teil seiner Bemühungen bestand aus den vielen Vortragsreihen, die sich mit einem völlig neuen Verständnis des Universums und des Menschen beschäftigten und tief in die Bedeutung von Gurdjieffs eigenen Schriften eindrangen.

Bennett betrachtete das gesamte Wissen als sein Aufgabenbereich. Er ging davon aus, dass nur das Ganze einen Sinn ergibt. Dabei hatte er immer Gurdjieffs Aphorismus vor Augen: »Wissen bedeutet, alles zu wissen; nicht alles wissen, heißt, nichts zu wissen. Um alles zu wissen, braucht man notwendigerweise nur wenig zu wissen, aber um dieses Wenige zu wissen, ist es zunächst einmal notwendig, ziemlich viel zu wissen.« Als 1956 der erste Band von Bennetts Werk *The Dramatic Universe* erschien,[8] bemerkte Professor Herbert Dingle dazu: »Hier werden philosophische Kategorien und wissenschaftliche Prinzipien sowie verschiedene Arten von Theorien mit so viel Verständnis und Tiefe überblickt, wie es nur viele Jahre der Forschung und des kritischen Denkens hervorbringen können.«

Seine letzte Vortragsreihe in der Akademie betitelte Bennett: »Das Studium des Menschen«. Er war immer auf der Suche nach Wegen, eine ganzheitliche Vision des Menschen zu vermitteln, und wenn er sich einmal etwas vorgenommen hatte, dann ließ er nicht locker und versuchte es immer wieder. Er erklärte dazu:

7. Das Prieuré in Fontainebleau bei Paris, wo Gurdjieff von 1923 bis 1933 lehrte.
8. *The Dramatic Universe,* vier Bände, erhältlich über www.bennettbooks.org.
9. John G. Bennett: *The Study of Man.* Nicht publizierte Vorträge, circa 1970.
10. P. D. Ouspensky: *Auf der Suche nach dem Wunderbaren – Fragmente einer unbekannten Lehre,* Weilheim 1966.

Verstehen Sie, jedes Mal, wenn ich zu Ihnen spreche, mache ich den Versuch, alles so darzustellen, dass es nicht künstlich vereinfacht wird; andernfalls bekommen Sie den Eindruck vermittelt, etwas zu wissen, was Sie in Wirklichkeit nicht wissen. Deshalb habe ich mit der Art und Weise, wie ich diese Vorträge halte, experimentiert und häufig so über diese Dinge gesprochen, wie ich es nie zuvor getan habe. Wir sollten versuchen, auf folgende Weise zusammenzuarbeiten: Durch meine Bemühung, neue Wege zu finden, etwas so auszudrücken, wie ich es sehe, und durch Ihre aktive Bemühung, das zu erfassen, was ich sage, können wir zusammen ein lebendiges Bild entstehen lassen. Würde ich nur etwas erzählen, was ich einmal gelernt oder in einem früheren Buch beschrieben habe, und Sie nur passiv aufnehmen, was ich sage, dann hätte es nicht diese Qualität. Betrachten Sie dieses hier als eine gemeinsame Entdeckungsreise und nähern Sie sich ihm dementsprechend.

Manchmal könnte es vorkommen, dass ich Sie in die falsche Richtung führe oder dass Sie unfähig sind, die notwendigen Anstrengungen auf sich zu nehmen, um mit mir Schritt zu halten; doch tragen wir beide die Verantwortung dafür, dass dies nicht eintritt – ich von meiner Seite aus und Sie von der Ihren. Denn etwas *erforschen* bedeutet, dass man noch nicht weiß, wohin man geht, dass man etwas sucht, das noch nicht gefunden wurde. Wenn wir dieses Unternehmen nicht gemeinsam angehen, nicht ständig experimentieren und forschen und nach neuen Wegen des Verstehens suchen, würden wir auf der Stelle treten. Einen befriedigenden Weg zu finden, alles so darzustellen, dass es nicht zu sehr vereinfacht wird, aber Ihnen doch ermöglicht, durch Ihre Anstrengungen etwas von dem Gesagten wirklich zu erfassen, ist immer eine Entdeckungsreise, ein Experiment. Um aber Zugang zu diesem Verstehen zu erlangen, müssen wir das Risiko auf uns nehmen, ins Unbekannte zu gehen. Dazu müssen wir jederzeit bereit sein.[9]

Gurdjieffs frühe Darstellungen seiner Lehren, so wie sie P. D. Ouspensky niedergeschrieben hatte,[10] waren eher trockene Berichte. Gurdjieffs eigene Schriften waren den meisten Menschen unzugänglich. Bennett sah, dass die Zeiten sich änderten und die Leute ein *realistisches Bild des Menschen* brauchten. Ein *realistisches* Bild umfasste nicht nur die Realität der sichtbaren Welten, sondern auch die der anderen, nicht sichtbaren Welten. Bennett plante, zusammen mit einem jungen begabten Amerikaner, Brian Hartshorn, die Vorträge über »Das Studium des Menschen« zu überarbeiten und ein Buch herauszugeben, das einem weiteren Kreis von Lesern verständlich sein würde.

Es ist nicht möglich festzustellen, ob dies nur ein Wunschtraum war. Brian Hartshorn und ich verblieben mit dem Material der Vorträge und mit dem Problem, wie wir diese nutzen sollten. Er unternahm die scheinbar unmögliche Aufgabe, die verschiedenen Vorträge, die jeweils zu einem Themengebiet gehalten worden waren, miteinander zu verschmelzen und ein einheitliches Ganzes daraus zu machen. Meine Aufgabe bestand darin, alles in eine Form zu bringen, die das Material so verständlich wie nur möglich machte, ohne zu viel zu verändern.

Bennett hatte mir die Aufgabe zugewiesen, seine Vorträge zusammen mit kleinen Gruppen von Akademie-Studenten zu diskutieren. Auf diese Weise erfuhr ich, welche Schwierigkeiten die Leute mit dem Verständnis dieser Texte hatten. Es wurde zu meiner täglichen Aufgabe, Verständnislücken zu schließen und verschiedene Darlegungen miteinander zu verbinden, obwohl dies sicher mehr der Entwicklung meines eigenen Verständnisses als dem der Studenten diente.

Wir befinden uns in dem Dilemma, dass saubere, systematische Abhandlungen über die Natur des Menschen steril sind, wohingegen unsystematische, evokative Darstellungen, wie in Sufi-Geschichten, wohl anschaulicher, aber unvollständiger sind. Einem ähnlichen Problem begegnet der Suchende, der sich Ouspenskys *Auf der Suche nach dem Wunderbaren* zuwendet oder Gurdjieffs *Beelzebubs Erzählungen*. Das erste ist zu summarisch, das zweite zu verdichtet. Wir hoffen, dass das vorliegende Buch dazu beitragen kann, die Lehre Gurdjieffs zu erhellen, und dass es den Leserinnen und Lesern weiterhilft.

Das Buch besteht aus drei Teilen. Der erste Teil, *Mensch,* fasst die Anthropologie aus Bennetts früheren Büchern zusammen.[11] Es gibt im vorliegenden Buch aber einen ziemlich bemerkenswerten Schritt vorwärts zum Verständnis der drei Zentren des Menschen:

11. *Energien, Eine Spirituelle Psychologie* und *The Dramatic Universe.* Siehe Bibliografie Seite 308.

des wirklichen Zwecks von Denken, Fühlen und Bewegen. Als ich Bennett darüber reden hörte, war ich verblüfft und sehr erstaunt. Vieles von dem, was mich in *Beelzebubs Erzählungen* verwirrt hatte, wurde mir sofort verständlich.

Im ersten Teil stößt der Leser auf einiges, was typisch für einen dynamischen Zugang zum Verständnis des Menschen ist. Es gibt dort verschiedene Entwürfe, die nicht ohne weiteres miteinander vereinbar sind. Es handelt sich hierbei jedoch um einen integralen Ansatz, nicht um einen Defekt. Es ist eine Vorgehensweise, die von mehreren Perspektiven gleichzeitig ausgeht und die uns sehr weit führen kann, da sie die Gefahr von Schubladen-Informationen vermeidet, die für die ganze Sache tödlich wären. Ich habe mein Möglichstes getan, um den Leser in die Lage zu versetzen, sich ein zusammenhängendes Bild von den Dingen zu machen.

Im zweiten Teil, *Gesetze*, vermittelt Bennett uns einige von den wichtigsten Resultaten seiner Forschungen über die Bedeutung von Gurdjieffs Schema der sieben Welten. Dieses Schema stammt aus einer sehr alten spirituellen Überlieferung, und viele beziehen sich darauf, ohne sich wirklich klar darüber zu sein, was es bedeutet. In Buch *Auf der Suche nach dem Wunderbaren* wird es auf so summarische Weise dargestellt, dass es dem unvoreingenommenen Leser wie eine leichte Mathematikaufgabe für Kinder erscheinen könnte. Bennett legt dar, was es heißt, »unter einer größeren oder geringeren Zahl von Gesetzen« zu stehen und wie das in Beziehung steht zu dem, was wir tun und erfahren können. Es kommt möglicherweise einer Darstellung echter Einsicht am nächsten.

In Band II von *The Dramatic Universe* gab Bennett einen Abriss über die Theorie dieser Welten. Was veröffentlicht wurde, enthielt jedoch nur ein Drittel dessen, was er geschrieben hatte, und er hatte damals auch noch kein so klares Verständnis von der konkreten Bedeutung der Welten, wie kurz vor seinem Tod. Die Welten unterscheiden sich nach dem »Grad der Bedingtheit des Willens«. Bennett ist wahrscheinlich der einzige moderne Philosoph, der fähig war, den Willen angemessen als einen kosmischen Faktor zu behandeln und ihn nicht länger bloß als geistige Fähigkeit oder subjektives Gefühl einzuordnen. An diesem Punkt spielt sich das Drama von Erwachen und Befreiung ab. Es gibt nichts, was mehr Bedeutung für ein Verständnis des Menschen hätte.

Sowohl im ersten als auch im zweiten Teil spricht Bennett über sehr hohe Möglichkeiten des Menschen. In seinem Leben, seinen

Vorträgen und Schriften bestand er jedoch immer darauf, dass dies nicht nur etwas ist, was Gurdjieff »aus dem Leeren ins Leere gießen« nennt – also ein Austausch nutzloser Information, die keine praktische Bedeutung für solche Menschen hat, die nicht gerade dazu bestimmt sind, Heilige, Propheten oder Gesandte Gottes zu werden. Wir haben alle Anteil an der Natur des Menschen, wir sind alle Kinder eines gemeinsamen Vaters. Auch wenn wir niemals fähig sein werden, in höheren Welten zu leben, so können diese Welten doch in uns lebendig werden. Wahrscheinlich meint Bennett diese Verwirklichung, wenn er sagt: »Sie müssen dahin gelangen, Vertrauen in das *Werk* zu bekommen.« Das *Werk* ist die unfassbare Aktion, durch die höhere Welten in unser Leben eintreten können. Es wird hier nirgends ausführlich erklärt, da es nur erfahren werden kann. Es gibt nichts Ungewisseres als die Lehre vom Werk, denn es ist das Werk, das belehrt, und alle wirklichen Lehrer sind nur seine Instrumente.

Im dritten Teil, *Welten,* finden sich zwei Kapitel, abgeleitet aus Vorträgen, die Bennett Anfang 1974 gegeben hat. Sie basieren auf dem Sufi-Schema der vier Welten. Ich glaube nicht, dass es irgendwo eine absolute Theorie der Spiritualität gibt. Spiritualität ist in erster Linie Aktion, in zweiter Linie Erfahrung und erst in dritter Linie Darlegung. Die Form der Darlegung muss sich mit der Zeit ändern. Aber der Leser mag einigermaßen befremdet sein, im ersten Teil von drei Welten zu hören, im zweiten Teil von sieben Welten und im dritten Teil von vier Welten. Ich kann nur auf Gurdjieff verweisen, der in *Beelzebus Erzählungen* sagt: »Wenn jemand genug Macht hätte, eine Gruppe zeitgenössischer Menschen, darunter solche mit einer so genannten guten Erziehung, zu zwingen, exakt darzulegen, was jeder von ihnen unter dem Wort »Welt« versteht, würden alle dermaßen um den Brei herumreden, dass einem dagegen sogar Rizinusöl als recht angenehm erscheint.« Es ist schwer einzusehen, dass unser gesamtes Denken auf Objekten beruht und auch nur da funktioniert, wo wir tatsächlich mit materiellen Dingen umgehen. Die Dinge haben keine wesenseigenen Merkmale. Sie haben kein Wesen, kein Gefühl, keine eigene Natur. Sie können für begrenzte, zeitbedingte Zwecke durch Werkzeuge bearbeitet werden. Ein solches Denken aber ist, von der menschlichen Seite der Erfahrung aus gesehen, destruktiv. Das Leben ist kein Ding. Man kann über das Leben nicht *nachdenken,* ohne den Kontakt damit zu verlieren.

Wenn man über die Ideen von Gurdjieff und Bennett »nach-
denkt«, kommt man zu völlig falschen Schlüssen. Diese Ideen sind
dazu gedacht, uns im Verlauf unserer eigenen aktiven Erforschung
unseres Lebens behilflich zu sein. Sie müssen direkt im Licht der
Erfahrung gesehen werden. Sie sind viel einfacher, als sie zunächst
erscheinen.

Um zu dieser Einfachheit zu gelangen, ist ein Moment der
Innenschau erforderlich. Wörter beschreiben keine Dinge, sondern den Charakter von Welten, Wahrnehmungsweisen, Beziehungen und so weiter. Was unser Denken aus diesen Wörtern
macht, ist deshalb nicht wichtig. Wir können beginnen zu sehen,
dass all das, was sich leicht in unser Denken einfügen lässt, nicht
das ist, worum es wirklich geht. Wenn wir uns in der Welt befinden, die Bennett die »natürliche Welt« nennt, dann verändern sich
auch Wörter und sprechen auf eine andere Art zu uns. Dies gilt für
alles andere ebenfalls, auch für die zahlreichen »geistigen Übungen«, die sich in der Welt ausbreiten. Das ganze Problem besteht
darin, in die Welt zu gelangen, in der die Dinge sind, was sie sind.
Dort ist der eigentliche Ausgangspunkt. Bis wir uns dort eingerichtet haben, sind wir fast dazu verdammt, uns mit Unsinn abzugeben
und die Armut der Dinge zu teilen.

ANTHONY G. E. BLAKE
1977

Es ist eine Verpflichtung für jene, die sehen können,
denen zu helfen, die nicht sehen können.

JOHN G. BENNETT
Private Zitatensammlung *Fallen Leaves*

Erster Teil

Mensch

Kapitel eins

Die drei Welten

»JEDER, DER KEIN GEWÖHNLICHER MENSCH IST, DAS HEISST, einer, der nie bewusst an sich selbst gearbeitet hat, lebt in zwei Welten. Wenn er an sich selbst gearbeitet hat und ein Kandidat für ein anderes Leben geworden ist, lebt er sogar in drei Welten«. So lautet der letzte Satz des letzten Buches von Gurdjieff mit dem Titel: *Das Leben ist nur dann wirklich, wenn ICH BIN.*

Unsere Anschauungen über die verschiedenen Welten sind getrübt durch Ausdrücke wie »diese und die nächste Welt«. Wir denken, dass das »Ich«, dieses Etwas, dessen wir uns bewusst sind und das wir ein wenig kennen, eine Seinsdimension verlassen und sich in eine andere begeben könne. Wenn jedoch das, was wir in »dieser Welt« tun, eine Bedeutung für die »nächste Welt« haben soll, dann müssen diese Welten *hier und jetzt* miteinander verbunden sein. Es gibt auch Vorstellungen über eine »spirituelle Welt«, die als völlig verschieden von dieser »materiellen Welt« gedacht wird. Allzu oft wird jedoch angenommen, dass diese beiden nichts miteinander zu tun haben und so verschieden sind, dass man sich beinahe nicht vorstellen kann, was denn dieses »Ich« ist, das von der einen zur anderen Welt gehen kann.

Wahr ist, dass der Mensch in verschiedenen Welten leben kann. Er braucht nicht aus der einen in die andere zu gehen, weder in Stufen innerhalb dieses Lebens noch in einer Aufeinanderfolge von Leben. Die Welten sind hier und jetzt – wir leben in ihnen insoweit, als wir dazu die Fähigkeit besitzen. Wir brauchen nicht an einen anderen Platz oder in eine andere Welt zu gehen, um sie zu finden. Wir müssen uns in ihnen verwurzeln, sie verwirklichen.

Auf den ersten Blick mag es so erscheinen, als ob wir viel über den Menschen wüssten – über sein Verhalten, sein soziales Leben, seine Geschichte, Biologie, Chemie – und dass es uns möglich sein sollte, auch Beweise für diese Idee von den verschiedenen Welten zu finden. Aber die Sache ist die, dass all dieses Wissen sich auf den Aspekt des Menschen beschränkt, der wissenschaftlich erkennbar ist. Das lässt jedoch den Bereich außer acht, der damit nicht erforscht werden kann. Die Information, die wir über den Menschen haben, ist auf eine bestimmte Weise erworben worden, und beides, sowohl diese Information als auch die Art, wie sie erworben wurde, gehört nur einer der drei Welten an: Sie beruhen beide auf Beobachtung, Vergleich, Messung und Kalkulation. Es sind Operationen, die einem Realitätsaspekt entsprechen, nicht der ganzen Realität.

Außerhalb dieses Wissensgebietes stehen wir auf verlorenem Posten. Wenn wir etwas weder durch Beobachtung noch durch Messung erfassen können – was bleibt uns dann noch? Hier müssen wir teilweise jenen Recht geben, die die Realität eines »inneren Lebens« zu leugnen versuchen, indem sie sagen: »So weit wir das beurteilen können, ist dieses ganze innere Leben, das sich nicht messen und beobachten lässt, nichts als ein Traum.« Es ist eine Welt von der viele Menschen manche eingebildeten und phantastischen Bilder im Kopf haben; zugleich ist es die Welt jener chaotischen, unstabilen Gefühle und Bewusstseinszustände, welche uns substanzlos erscheinen im Vergleich zur Stabilität und Solidität der äußeren Dinge, die sich sehen und berühren lassen. Wenn wir darangehen, diese Welt mit Hilfe von Instrumenten, die uns in der sichtbaren Welt sehr dienlich sind, in den Griff zu bekommen, wird alles hoffnungslos verzerrt. Wenn wir dagegen versuchen, andere Mittel zu finden, stehen wir vor einem praktischen Problem, das weder von vielen erkannt, noch von mehr als einer kleinen Anzahl von Menschen angemessen angegangen wird. Dies muss nicht so sein. Ohne die Entdeckungen und Techniken von Beobachtung und Messung zurückzuweisen, nimmt der Mensch, der einen Zugang zur zweiten Welt bekommt, das auf, was wir »Arbeit an sich selbst« nennen. Er begreift, dass etwas mehr nötig ist als nur Beobachtung. Er begreift auch, dass es nicht damit getan ist, »Erfahrungen« zu machen, da diese, selbst wenn sie etwas von der Natur der inneren Welt enthüllen, nicht zu einem wirklichen Leben ausreichen.

Nur mit gewissen Methoden, einer inneren Arbeit, ist ein inneres Leben möglich; nur damit kann der Mensch dahin gelangen, die Bedeutung der zweiten und dritten Welt zu erkennen. Im gewöhnlichen Zustand sind diese Welten wohl da, aber wir sind nicht in der Lage, sie zu erkennen. Unser inneres Leben gleicht einem Traum, und wir können den Unterschied zwischen der zweiten und der dritten Welt nicht einmal ahnen.

Ich werde zuerst über den Menschen und die Möglichkeiten seines Lebens in der ersten Welt sprechen. Diese erste, erkennbare

Welt wird manchmal die »materielle Welt« genannt, aber unsere Definition von »Stofflichkeit« ist derartig eingeschränkt, dass ich es im Großen und Ganzen vermeiden werde, diesen Begriff zu verwenden. Stattdessen spreche ich bevorzugt von der »Welt der Funktion«. Das ist die Welt, in der die Dinge größtenteils aufgrund kausaler Gesetzmäßigkeit ablaufen. Sie umfasst alles, was wir beobachten können. Die Welt der Funktion hat also mit all den Gebilden, Formen und Einrichtungen zu tun, die zu den Mechanismen der Existenz gehören – wie etwa die Struktur der DNS oder die Spiralarme der Galaxien. Wichtig dabei ist, dass wir uns, wenn wir in Begriffen der Funktion denken, daran erinnern, dass wir uns nur mit dem Verhalten der Dinge beschäftigen, nicht mit ihrem *Sein*, das heißt, mit dem, was sie sind.

Funktion

Es ist allgemein bekannt, dass wir wohl viel darüber wissen, was Elektrizität ausrichten kann, nicht aber, was Elektrizität wirklich ist. Der Stromfluss, wie man ihn in Schaltbildern darstellt, ist nichts Fassbares oder Konkretes. Die Bewegung der Elektronen verläuft umgekehrt zu der Richtung, die man per Vereinbarung festgelegt hat. Die Idee des elektrischen Stroms ist nur ein Bild. Was passiert aber dann mit den Elektronen? Auch von ihnen haben wir uns Bilder gemacht, aber niemand hat ein Bild gefunden, das alles einschließt, was sie tun. Übrig bleibt ein geladener Kern, von dem kein Mensch auch nur versucht hat zu erfassen, um was für eine Ladung es sich handelt. Was bleibt, ist eine Ziffer, die zu Zwecken der Kalkulation verwendet wird.

Vieles aus diesem Beispiel trifft auch auf den Menschen zu. Niemand weiß, was ein Mensch eigentlich ist, aber wir wissen eine Menge darüber, was der Mensch tun kann oder besser: welche Funktion er erfüllen kann, beziehungsweise welche Funktionen einzelne Teile des Menschen erfüllen können. Zu diesem Wissensbereich gehören auch Daten, die uns durch Selbstbeobachtung zugänglich werden. Wir können uns genauso selbst in unseren Köpfen beim Rechnen zusehen, wie wir den Rechenprozess von gedruckten Zahlensummen auf dem Papier nachvollziehen können. In unseren »Köpfen« ist etwas anderes als auf »dem Papier«, aber beides kann man beobachten. Bei jeder Art der Beobachtung gibt es Schwierigkeiten. Keiner kann behaupten, eine Beobachtung sei absolut korrekt. Es ist wahrscheinlich genauso schwer, bei der Beschreibung der Vorgänge in unserem Kopf korrekt zu sein, wie bei der Beschreibung der Bodenbeschaffenheit auf dem Mars. Für jeden Bereich lassen sich Wege finden, die Genauigkeit unseres Wissens zu erhöhen.

Die »drei Gehirne« des Menschen gehören zur Welt der Funktion; Denken, Fühlen und Bewegen können unabhängig voneinander funktionieren. Das unterscheidet den Menschen von den anderen Wirbeltieren und den »zweihirnigen« Lebewesen, die nur fühlen und sich bewegen, und ebenso von den wirbellosen und »einhirnigen« Lebewesen, die weder fühlen noch denken. Gurdjieff beschreibt den Menschen immer als »dreihirniges Wesen«. Das heißt einfach, dass der Mensch einen Körper hat, dessen Motorik und andere Funktionen von einem im Rückenmark vorhandenen »Gehirn« angetrieben wird. Die Denkfähigkeit ist mit dem Gehirn im Kopf verbunden und die Gefühle mit den Nervenknoten des sympathischen Nervensystems, lokalisiert in einem eigenen »Gehirn«, dem limbischen System. Jedes der drei Gehirne erlaubt dem Menschen eine jeweils andere Beziehung zur Welt, obgleich es sich dabei immer um die gleiche, sichtbare Welt handelt. Wenn die Gehirne harmonisch miteinander verbunden sind, erlangt der Mensch große Macht in der Welt, aber die Gehirne sind nur Instrumente der Funktion, sie sind nicht das, was den Menschen ausmacht.

Die Gehirne des Menschen können in seinem physischen Körper lokalisiert werden. Wir können feststellen, dass sie an sein physiologisches Funktionieren gebunden sind. Dennoch gehören sie zum Innersten seiner persönlichen psychologischen Erfahrung. Wenn wir den menschlichen Körper studieren, finden wir, dass nicht alles die gleiche Art von Instrument darstellt. Die trockene Haut, die sich fortwährend schält, spielt eine wichtige Rolle in unserer Existenz, aber sie liegt genauso außerhalb unserer Wahrnehmung wie die Mikroorganismen, die auf ihr leben. Dagegen sind andere Teile unseres Organismus, wie etwa der Solarplexus, untrennbar mit unserer Erfahrung verbunden. Es gibt so etwas wie ein Kontinuum, an dessen einem Ende die empfindlichen Instrumente und an dessen anderem Ende die weniger empfindlichen Instrumente liegen. Es gibt einige Organe, zum Beispiel Herz und Leber, die ein eigenes Leben führen. Dies ist auch in der modernen Chirurgie eine bekannte Tatsache.

Die Unterscheidung zwischen höheren und niederen Graden der Empfindungsfähigkeit hängt von unserem Verständnis des Begriffs »Körper« ab. Verstehen wir darunter nur »Fleisch und Blut«? Oder auch die Nervensysteme und die damit einhergehende Fähigkeit, verschiedene Arten von Erfahrungen zu machen? Sind wir uns im Klaren darüber, wie unsere Erfahrung vom Körper beeinflusst wird und dass unser Körper gewisse Funktionen für die Erfahrung hat? Der alte Geist-Körper-Dualismus ist ein Schwindel, der darauf zurückzuführen ist, dass wir bestimmte Funktionen als »geistig«, andere dagegen als »körperlich« ansehen. Wenn wir den menschlichen Körper weiter untersuchen und Fragen stellen wie: »Wofür ist das? Was ist diese kleine Drüse? Wozu dient dieser Prozess?«, werden wir alle möglichen Funktionen finden und viele Wege, diese zu klassifizieren. Trotzdem wird die Skala von »mehr oder weniger sensitiv« ein nützlicher Führer bleiben, um die abstrakte und unrealistische Trennung in »geistig« und »körperlich« zu vermeiden.

Der Körper ist nicht einfach ein empfindungsloser Gegenstand. Selbst wenn wir von den Funktionen des Denkens und Fühlens absehen, so ist unser Körper doch entschieden menschlich und weitaus feiner abgestimmt als der Körper jeden Tieres. Gurdjieff führte eine Reihe von praktischen Techniken ein, die darauf abzielten, die verschiedenen sensitiven Kräfte des menschlichen Organismus zu wecken, da wir ohne diese Funktionen keine menschliche Erfahrung haben. Es gibt noch sehr viel über den menschlichen Körper zu lernen. Gurdjieffs Interesse reichte von der Medizin bis zum heiligen Tanz. Er entdeckte viel von den Zusammenhänge darüber, wie der Körper benutzt werden kann, um unsere Erfahrung zu beeinflussen.

Die Welt der Funktion ist auch die Welt, die wir um uns herum ablaufen sehen – die Welt als Prozess. Wie jeder einzelne Teil in uns seine Funktion hat, so hat auch jeder Teil der sichtbaren Welt eine Funktion, sei es ein lebendiger Körper, ein Werkzeug, eine Maschine, die Luft oder ein Himmelskörper. Alles, was wir kennen, kennen wir aufgrund seiner Funktionsweise. Wir können selbst eine so große Sache wie das Leben auf dieser Erde unter diesem Gesichtspunkt betrachten. Wir wissen einiges darüber, wie das Leben Energien transformiert und Lebewesen wie uns selbst hervorbringt. Wir können sogar danach fragen, wofür die Sterne gut sind. Alles ist irgendein ›Instrument‹ und dient zu etwas. Wenn wir unser Interesse auf den funktionalen Aspekt der Dinge richten, können wir großen Einfluss auf die Abläufe in dieser Welt erlangen. Wir können vorhersagen, wie sich die Dinge verhalten werden, und indem wir sie miteinander kombinieren, können wir die Resultate erzielen, die wir wünschen.

Fassen wir die Dinge als Instrumente auf, dann neigen wir dazu, die Frage: »Wozu dient das?« in einem menschlichen Sinn zu stellen, insbesondere unter dem Aspekt, wie die Dinge Instrumente für menschliche Zwecke werden können. Die Wissenschaft würde einen beträchtlichen Schritt vorwärts machen, wenn sie aufhörte, alle Fragestellungen zu sehr auf den Menschen zu beziehen. Sobald wir die Frage: »Welchen Sinn hat das Leben auf der Erde?« nicht mehr in Hinsicht auf dessen Nutzen für den Menschen stellen, wird eine große Erschütterung eintreten. Wir werden die Erde dann in Hinsicht auf den kosmischen Zweck, dem sie dient, betrachten müssen. Dabei werden sich viele neue Horizonte des Verstehens für uns auftun. Wir werden Fragen stellen wie: »Wozu dient das Sonnensystem?« und »Welche Rolle spielt das Leben auf dieser Erde im Ablauf des Sonnensystems?«. Das wird uns dazu zwingen, unseren Platz darin neu zu bestimmen. Wenn wir fragen: »Was für ein ›Instrument‹ stellt der Mensch dar?« und »Zu welchem Zweck kann der Mensch ›verwendet‹ werden?«, wird man beginnen, viele alte, vergessene Lektionen neu zu lernen.

Einer der Begriffe, die Gurdjieff häufig verwendete, war der Begriff »Apparat«. Für ihn stellte alles eine Art Apparat im funktionierenden Ganzen des Universums dar. Ein Apparat, ein mechanisches oder elektrisches Gerät, erledigt eine Aufgabe, und wir können herausfinden, wozu das Gerät nütze ist. Dadurch kennen wir es. Wir können einem Maschinenteil verständnislos gegenüberstehen, aber wenn wir es einmal funktionieren gesehen und begriffen haben, wie es verwendet wird, egal ob es sich um einen Schraubenzieher oder um ein Teilchenbeschleuniger handelt, dann kennen wir es. Auf ähnliche Weise sind auch die Säfte eines Baumes, die Passatwinde, die Ionosphäre, die Gene, die Bakterien, die Berge, die Menschen, das Denken und so weiter alles Apparate, die in ihrer Funktion erfasst werden können. Apparate bestehen wiederum aus anderen Apparaten, welche ihrerseits eine bestimmte Funktion erfüllen, und jeder Apparat ist gewöhnlich Teil anderer

Apparate mit noch umfangreicheren oder höheren Funktionen. Wir können bis unter die atomare Ebene vordringen oder in andere Galaxien blicken – alles was wir beobachten werden, ist die Funktionsweise der Dinge. Über die »inneren« Dinge, wie zum Beispiel das Gebet, können wir nur insoweit etwas aussagen, als wir wissen, was sie bewirken und welche Funktion sie erfüllen.

Soviel wir auch auf dieser funktionalen Ebene wissen, können wir doch nie die Frage beantworten: »Was ist das?« Wir können den Dingen einen Namen geben und sagen: »Dies ist ein Haus. Dies ist ein Mensch.« Doch indem wir die Dinge benennen, erfahren wir noch nicht, was sie sind. Ein Name ist ein Zeichen der Unwissenheit, oder er weist auf etwas hin, das nicht gewusst werden kann. In einigen Kulturen wurden Namen als etwas Besonderes und sogar Heiliges betrachtet, und sobald einem Menschen ein Name gegeben worden war, wurde dieser geheimgehalten, da man der Überzeugung war, dass das Preisgeben des Namens das wahre Wesen dieser Person verrate und sie möglichen Gefahren aussetze. Darin lag zumindest eine Anerkennung dessen, dass das, was die Dinge in Wirklichkeit sind, ein Geheimnis ist. Wahrscheinlich wohnt dem Klang der Wörter die Kraft inne, eine nicht funktionale Seite der Erfahrung zu wecken, eine Kraft, die heute größtenteils verloren gegangen ist, da die Sprache zunehmend durch das geschriebene Wort beherrscht wird.

Es mag uns so scheinen, als würden wir einfach vor einem leeren Blatt Papier oder einem Fragezeichen stehen, sobald wir uns über die Grenzen der funktionalen Welt hinausbegeben. Alles Wissen, das wir haben, selbst das Wissen, das in den heiligen Schriften enthalten ist, wird uns nicht weiterbringen, wenn es darum geht, das Unbekannte zu verstehen. Doch die Welt, wir selbst, die Bücher – auch sie gehören anderen Welten an, und wir sollten uns darüber klar werden, dass es auch jenseits des Beobachtbaren noch Erfahrung gibt. Dieser Bereich ist ganz und gar nicht leer. Doch ist der Unterschied zwischen den verschiedenen Welten sogar noch größer als der Unterschied zwischen den einzelnen Sinnen, wie zum Beispiel zwischen Sehen und Hören. Wenn etwas von der Bedeutung eines heiligen Textes in uns erschaffen wird, ist es uns nicht möglich zu sagen, was es ist. Denn unsere Sprache ist durch und durch funktional, besonders die englische Sprache, aber auch die meisten anderen indo-europäischen Sprachen. Das, was wir aussprechen können, ist niemals das, worum es uns geht.

Das eigentliche Mittel, das uns zur Verfügung steht, um Zugang zu anderen Welten zu finden, ist die Arbeit an der Transformation in uns. Der Mensch, der »an sich selbst arbeitet«, muss in Kontakt mit den anderen Welten stehen. Wie Gurdjieff sagt, muss er in mindestens zwei Welten leben. Transformation ist für uns im Moment nur ein weiterer Begriff – aber zumindest können wir vorneweg sagen, dass er in Begriffen der Funktion allein nicht erklärt werden kann. Es hat nichts damit zu tun, größer zu werden oder sogar klüger, andere Gewohnheiten anzunehmen oder bestimmte Informationen zu verarbeiten. Es geht dabei um eine Veränderung dessen, was ein Mensch ist. Solange wir nicht in diese Richtung arbeiten, bleibt es nur ein Herumbasteln am Apparat, so wie es Gelehrte oder Athleten machen.

Über etwas zu sprechen, das wir nicht beobachten können, erfordert Umsicht. Wenn wir das berücksichtigen, können bestimmte Bilder hilfreich sein – solange wir im Gedächtnis behalten, dass ein Bild nicht das Gleiche ist wie Wissen, sondern nur eine Art, unsere Erfahrung zu betrachten. Wenn wir bei der Betrachtung unserer Erfahrung nicht flexibel genug sind, sind diese Bilder bedeutungslos oder sogar irreführend. Um den Kern eines Bildes oder Gleichnisses zu verstehen, müssen wir tief in sie eindringen und selbst herausfinden, was sie uns vermitteln sollen. Ouspensky entwickelte ein nützliches Bild, das den Leuten helfen sollte, die Bedeutung der drei Welten zu verstehen. Nehmen wir an, sagte er, dass in einem Raum alle möglichen Instrumente stehen: ein Bett, eine Nähmaschine, ein Mikroskop und ein Teleskop. Wenn niemand im Raum ist, um sie zu benutzen, dann hat keines von ihnen eine Funktion: Die Nähmaschine näht nicht, wenn niemand da ist, der sie in Betrieb nimmt, und das Bild im Mikroskop wird nicht offenbar, wenn niemand durch die Linse schaut. Dieses Bild ist gar nicht so trivial, wie es scheint, wenn wir es als eine Darstellung dessen nehmen, wie die ganze Welt organisiert ist. Es sagt aus, dass jedes Instrument einen Benutzer braucht – jemanden, der es in Gang bringt und aus seiner Arbeit Nutzen zieht. Der Benutzer spielt dabei eine ganz andere Rolle als das Instrument. Wir sind an eine technologische Welt gewohnt, in der verschiedene Geräte andere zu benutzen scheinen. Aber in solchen Fällen wie der Nähmaschine, die durch ein automatisches Programm in Gang gesetzt und kontrolliert wird, ist das benutzende Instrument immer noch das Instrument eines anderen, wie des »Programmierers«, das heißt, es besteht immer noch eine Beziehung zwischen Gerät und Benutzer. Für die Rolle des Benutzers wollen wir einen besonderen Namen einführen: *Wille*. Wille braucht kein »Jemand« zu sein. Er ist einfach die Rolle, die die Initiative innehat. Wir können überhaupt nichts über den Willen wissen; deshalb führt uns der Versuch, den Benutzer des Instruments bis zur Quelle hin zu verfolgen, in eine endlose Rückwärtsbewegung, bis wir zusammen mit Aristoteles einen großen »Jemand« außerhalb der Welt postulieren – als »ersten Beweger«. Wir begehen diesen Fehler nur, wenn wir versuchen, in den Bereich des Wissens etwas hineinzupacken, was gar nicht dorthin gehört.

Wir werden uns in Kürze mit dem Aspekt des Willens beschäftigen, aber wir sollten erst die Beschreibung von Ouspenskys Bild vervollständigen. Er weist uns darin auf etwas sehr Wichtiges hin, und zwar auf die Bedingungen, unter denen die Instrumente bedient werden können. Stellen Sie sich vor, der Raum sei verdunkelt, was dann? Wir merken sofort, dass das einzige Ding, das wir in diesem Falle benutzen können, das Bett ist. Selbst um die Nähmaschine zu betätigen, brauchen wir etwas Licht, zumindest eine Kerze. Für die Verwendung des Mikroskops dagegen würde eine Kerze nicht ausreichen, dazu ist ein kräftigerer Lichtstrahl erforderlich. Wenn wir schließlich das Teleskop benutzen wollen, müssen wir schon ein Fenster haben, so dass wir in die größere Welt außerhalb des Raumes hinaussehen können. Ouspensky interpretiert hier Licht als *Bewusstsein*. Wir werden darauf noch im Abschnitt über das Sein – oder was die Dinge *sind* – zurückkommen.

Es fällt uns schwer, zu verstehen, was es heißt, dass hinter allem Geschehen ein Wille steht. In dem Bild, das Ouspensky uns vermittelt, können wir uns eine Person als Benutzer der Instrumente vorstellen, und wahrscheinlich gehen wir davon aus, dass wir wissen, was eine Person ist. Es ist uns fast unmöglich, nicht so zu denken, denn unsere ganze Erziehung beruht auf dem Gedanken, dass Menschen Lebewesen sind, die Dinge tun. Nur wenn wir für uns selbst eingesehen haben, dass die Menschen im Großen und Ganzen keineswegs Dinge tun, sondern selbst Produkte äußerer Faktoren sind, steht uns der Weg offen, den Willen in einem kosmischen und nicht länger im anthropomorphen (menschgestalteten) Sinn zu verstehen. In den meisten Menschen ist tatsächlich kaum mehr Wille festzustellen als in Insekten.

Funktion ist nicht allein auf die materielle Existenz oder die niedrigste Welt beschränkt. Es gibt sehr hohe Funktionen, wie sie zum Beispiel Sterne ausüben. Um zu verstehen, was diese höheren Funktionen sind, müssten wir uns selbst auf den Platz jenes Willens versetzen, der die Sterne als Instrumente benutzt. Die Welt der Funktion ist die Welt der Instrumente jeglicher Art – ob groß oder klein, hoch oder niedrig, beständig oder leicht vergänglich. Alles dient zu etwas, alles wird benutzt, alles ist instrumental. Die Wissenschaft ist das Studium der Funktion, aber es mag sein, dass die Wissenschaft gerade erst damit begonnen hat, ihre Reichweite und ihr Ausmaß zu erkennen.

Die Wissenschaft hat dazu tendiert, sich selbst auf solche Dinge zu beschränken, mit denen sie entweder unmittelbar oder mittels Berechnungen umgehen kann. In ihren Verfahren ahmt die Wissenschaft den Prozess der Welt nach; sie bleibt aber in der absurden Vorstellung befangen, dass nur ihre Manipulationen von Intelligenz und Wille geleitet seien. Die wissenschaftliche Aktivität ist Teil der Welt der Funktion, und wir haben keinen Grund anzunehmen, dass hier Gesetze herrschen, die anderswo nicht anwendbar sind.

Wenn Bewusstsein und Wille minimal sind, ist die Welt der Funktion auf mechanische Abläufe reduziert. Das ist der Zustand eines Menschen, der nicht an sich selbst arbeitet, dessen inneres Leben nur ein Traum und dessen Wille blind und unzusammenhängend ist. Er mag bis zu seinem Tod aufgrund des Trägheitsgesetzes funktionieren. Dann wird sich seine Erfahrung auflösen und für immer verschwinden.

Wille

Der Wille selbst handelt nicht, er entscheidet über die Handlungen, die stattfinden sollen. Der Mensch in besagtem Raum muss entscheiden, was zu tun ist, der Rest ist dann ein funktionaler Prozess. Nur in diesem Sinne sprechen wir davon, dass der Wille nichts »tut«, um ganz sicher zu gehen, dass wir uns diese Kraft nicht als etwas vorstellen, das man beobachten kann. Es überrascht uns nicht, dass wir den Willen in den äußeren Prozessen der Welt nicht erkennen können, aber viele werden überrascht sein, wenn sie feststellen, dass der Wille auch in uns selbst nicht zu finden ist.

Wir haben zwar Gedanken wie: »Das will ich tun!«, aber dies ist nur eine Funktion, etwas, das abläuft, und meistens wird ein solcher Gedanke nicht verwirklicht. Anders ausgedrückt: Was immer wir beobachten können, hat eine Ursache, der Wille aber ist ohne Ursache, er ist selbst die Ursache.

Wenn wir davon sprechen, dass ein Insekt, wie zum Beispiel eine Ameise, die auf der Erde herumkrabbelt, von dem Willen getrieben ist, es selbst zu sein, klingt das absurd. Wir meinen, wenn wir von »Willen« sprechen, bezieht sich das auf einen »Jemand«, jemanden wie wir es sind, und die Wissenschaft hat dafür gesorgt, dass die Vorgänge in der Natur ohne Verwendung derart animistischer Hypothesen gedeutet werden. Fragen wie: »Wer gebraucht diese Erde?« ergeben daher keinen Sinn, und keiner wird noch weitergehen und fragen: »Wer benutzt das Instrument Mensch oder wer könnte es benutzen?« Die Hauptschwierigkeit liegt darin, dass wir den Menschen als ein Lebewesen »mit Willen« ansehen. Wir haben dieses Bild schließlich angenommen, trotz allem, was nachweislich dagegen spricht, und haben uns einen Mythos vom Menschen, wie er ist, geschaffen – dem »gewöhnlichen Menschen« als einem freien Wesen. Worin besteht diese Freiheit? Wie wird sie ausgeübt? Vieles von dem, was ein Mensch tut, kann leicht durch mechanische oder elektronische Geräte ersetzt werden, so dass es niemanden wundert, dass viele Menschen das Konzept von einem Willen ganz aufgegeben haben und eine unerklärliche Befriedigung darin finden, sich selbst als willenlose Bestandteile der Weltmaschine zu sehen.

Am Schluss von *Beelzebubs Erzählungen,* im Kapitel *Vom Autor,* spricht Gurdjieff darüber, dass es keine bessere Definition eines wirklichen Menschen gibt, eines Menschen ohne Anführungszeichen, als dass er ein Wesen ist, das die Fähigkeit hat zu tun, das heißt, bewusst und aus eigener Initiative zu handeln. Er betont ferner, dass der gewöhnliche Mensch, wie wir ihn heute kennen, unfähig ist zu tun und dass für einen solchen Menschen die Idee eines Willens eine Illusion ist. Das, was man »Wille« nennt, ist nur das automatische Funktionieren der Mensch-Maschine, deren Aktionen das Resultat verschiedener Konditionierungsmuster sind und der Vorlieben und Abneigungen ihrer verschiedenen Bestandteile. Zwei Gründe sind es, die den naiven Beobachter glauben lassen, dass der Mensch einen Willen habe. Der erste ist der, dass die Handlungen eines Menschen mit den Impulsen, die sie in

Bewegung setzen, eng verknüpft sind. Der zweite Grund liegt darin, dass der Mensch unverändert darauf besteht, einen Willen zu haben, hauptsächlich, weil er dazu erzogen wurde, von sich selbst als dem Urheber seiner Taten zu sprechen. Das führt in praktischen Angelegenheiten zu den absurdesten Schwierigkeiten – und als Gurdjieff die Botschaft »Der Mensch ist unfähig zu tun« nach Europa brachte, traf diese nicht völlig auf taube Ohren.

Es ist einsichtig, dass Gurdjieff das Wort »tun« mehr im Sinne von »Dinge in Bewegung setzen« oder »entscheiden« verwendete als im gewöhnlichen Sinne von »Aktivität«. Der Mensch übt viele Aktivitäten aus, aber sehr wenig »absichtliches Tun« im gurdjieff-schen Sinne. Dazu kommt, dass er in der Welt des Willens blind ist und sich seine Erfahrungen außerhalb der Welt der Funktion nicht erklären kann. Der Wille arbeitet in ihm genauso wie in einem Tier, aber der Mensch hat alles mit seinem Selbst überdeckt, und dieses verschleiert die wahre Situation. Entweder behauptet er, einen Willen zu haben, oder er philosophiert, dass es gar keinen Willen gibt. In beiden Fällen fühlt er sich nicht dazu veranlasst, irgendetwas an seiner Situation zu verändern.

Etwas Merkwürdiges geschieht in uns – jeder Impuls, der in uns aufsteigt, sagt: »Ich.« Wenn der Körper hungrig ist, sagen wir: »Ich will essen« und denken, dass das »Ich« hungrig ist. Aber das »Ich«, das essen möchte, ist nur ein Zustand unseres Instruments. Wenn Ärger in uns aufsteigt, sagen wir: »Ich bin ärgerlich«, in einer Haltung, als ob dieser Ärger ein Akt des »Ich« sei, etwas, das von innen heraus frei gewählt wurde und nicht bloß eine mechanische Reaktion ist.

»Ich« ist das, was wir »Willen« nennen und was wir für den Urheber all unserer Taten halten. In diesem Sinne ist das »Ich« eine Illusion, und wir täuschen uns selbst. Jeder zufällig aufkommende Impuls, jedes zufällig aufsteigende Verlangen, jedes momentane Gefühl tritt als »Ich« verkleidet in Erscheinung. Alle Beweise sprechen für Gurdjieffs Schlussfolgerung, dass der Mensch viele »Ichs« hat und nicht über einen einheitlichen Willen verfügt. Erinnern wir uns an die Definition des Willens als der Instanz, die beim Benutzen der Instrumente die Initiative hat, dann können wir auch daraus schließen, dass unsere Funktionen nicht integriert und harmonisch sind. So lange sich der Mensch in einem Zustand befindet, in dem er jedes untergeordnete Teil seiner selbst hochtrabend mit dem Name »Ich« belegt, hat er trotz all seiner Absichten und Vorhaben keinen Willen. Er ist nichts weiter als eine Ansammlung von Maschinen.

Gurdjieff wurde einmal gefragt: »Hat denn niemand einen Willen?« Er antwortete: »Diejenigen, die Willen haben, haben einen Willen, aber Sie verstehen nicht, was das bedeutet. Begreifen Sie erst, dass Sie keinen Willen haben, und dann können Sie aus dem Wissen heraus fragen, nicht aus der Unwissenheit, wie Sie es heute tun.«

Unglücklicherweise gebrauchte Gurdjieff den Begriff »Willen haben«, als ob es etwas wäre, das man besitzen kann. Besser wäre es zu sagen, dass der Wille uns haben kann, sobald wir unsere Illusionen überwunden haben. Wille ist der Gegenpol zur Funktion. Die Funktion ist für uns erkennbar, der Wille nicht; er ist unfassbar. Er ist die bejahende Kraft hinter den Dingen: etwas, das die Instrumente benutzt. Solange wir uns mit der Funktionsebene identifizieren, bleiben wir dem Willen gegenüber blind und suchen unsere Identität nur in der Welt der Maschinen und Geräte. Ich ist der Wille, doch niemand hat je sein eigenes Ich gesehen. Auf die Frage: »Aber wo ist dann das Ich?« gibt es keine Antwort. Ein zutreffendes Bild für unseren Willen ist das Irrlicht, das nicht greifbar ist.

Zum einen lässt sich sagen, dass in jedem von uns Wille ist; wir können aber auch sagen, dass in jedem Teil von uns Wille ist. In unserer Stimme zum Beispiel. Häufig sprechen wir nicht, weil wir uns dies absichtlich vorgenommen hätten, sondern weil in unserem Stimmapparat der Wille steckt, diesen zu benutzen. Mit den entsprechenden Impulsen des Gehirns versehen, wird unsere Stimme selbsttätig reden. Manchmal können wir uns direkt dabei zusehen, wie das, was aus unserem Munde kommt, ihm aus eigenen Antrieb entschlüpft. Wir brauchen uns nicht zum Sprechen zu zwingen, sondern wir sprechen, weil es einen Willen zum Sprechen gibt; genauso wird unser Herz von dem Willen bewegt, es selbst zu sein, und unsere Hand wird, ohne dass wir bewusst »dabei« sind, doch das tun, was notwendig ist. Wir können leicht feststellen, dass an diesem Vorgang kein Ich beteiligt ist, das meiner Stimme befiehlt zu sprechen oder meinem Herzen zu schlagen oder meiner Hand, sich zu bewegen. Es ist schon etwas anderes, ob wir sagen: »Ich habe Hände, und sie können zum Greifen benutzt werden«, oder ob wir sagen: »Ich will mit diesen Händen zugreifen« oder »Ich will mit diesem Auge sehen.« Jeder Teil von uns hat seinen eigenen Willen, und es ist eine große Sache, wenn alle diese Teile *einem* Gesetz gehorchen. Dann können wir auch davon sprechen, ein »Ich zu haben« – oder besser: ein »Ich zu sein«.

Die Möglichkeit der Integration liegt in der Natur des Willens. Sie ist verwandt mit dem, was Subjekt und Objekt verbindet, das Erkennbare mit dem Nicht-Erkennbaren; ohne diese Möglichkeit bliebe der Wille ineffektiv. Irgendwo hinter dem Auge ist der Sehende, dieser kann jedoch nicht aufgefunden werden, wenn wir nach ihm suchen. Und dennoch findet Sehen statt. Was ist das überhaupt? Was ist das, was das Viele in Eins verwandeln kann? Dem Willen ist es möglich, sich mit der Funktion zu versöhnen, und diese Versöhnung erschafft eine andere Welt – die »Welt des Seins«.

Wir neigen dazu, über den Willen fast ganz in menschlichen Begriffen zu sprechen, aber er hat kosmologisch, das heißt in größerem Maßstab, eine ebenso wichtige Bedeutung wie psychologisch in kleinerem Maßstab. Wille nimmt Einfluss auf alles Existierende, er ist sogar in den unbeweglichsten und passivsten Seinszuständen der Materie wirksam. Das bedeutet natürlich nicht, dass im Felsen kleine Wesen sitzen oder riesige Superwesen in den Planeten und Sternen. Der Wille ist die Dynamik des Wandels überall und auf jeder Ebene. Ist er mit einem sich selbst erneuernden Körper verbunden, dann handelt es sich um ein Lebewesen. Sogar hier sind wir in eine Falle gegangen: über ein »Es« so zu sprechen, als sei dieses eine einheitliche Wesenheit oder ein Objekt.

Es war Gurdjieffs Ansatz, über den Willen als das allgegenwärtige aktive Element *Okidanoch* zu sprechen. Wenn *Okidanoch* in eine neue kosmische Gestalt eintritt, teilt es sich in drei unabhängige Kräfte auf. Es tritt nicht als einheitliches Ganzes auf. Diese drei getrennten Teile kämpfen dann darum, sich wieder zu vereinen, und dieser Kampf ist der Wille in den Dingen. Dieses Bild ist sehr weit entfernt von der üblichen Vorstellung, dass der Wille ein einzelner Drang oder Antrieb sei. Die drei Kräfte werden beschrieben als bejahende, verneinende und versöhnende Kraft. Sie stellen das Prinzip jeder Beziehung dar. Die vielfältigen Weisen, in denen sich die drei kombinieren lassen, lassen eine Reihe verschiedener dynamischer Abläufe entstehen, die manchmal »Gesetze« genannt werden. Im zweiten Teil dieses Buches werden wir versuchen, diese Gesetze und ihre praktische Bedeutung für uns zu erklären.

Gurdjieffs Bild von *Okidanoch* besagt, dass die Dreifaltigkeit des Willens alles beeinflusst, die Schöpfung als Ganzes mit inbegriffen. Es gibt eine kosmische Bejahung (den kreativen Willen), eine kosmische Verneinung (den Mechanismus) und eine kosmische Versöhnung (das Leben). Leben ist das Sein des Universums, wodurch dieses zu einem Ganzen wird.

Sein

In der ersten Welt, der Welt der Funktion, ist der Mensch eine Maschine, ein Instrument, das sich zusammensetzt aus vielen verschiedenen, untergeordneten mechanischen Teilen. Das ist der Mensch, wie wir ihn kennen und untersuchen können. In der Welt des Willens dagegen ist der Mensch Wille oder ein Ich und hat die Möglichkeit, Herr seiner Instrumente zu sein. In der Welt des Seins kann der Mensch ein »Wesen an sich« sein. Diese Welt besitzt jeweils etwas von den Qualitäten der beiden anderen Welten, so dass wir sagen können: »Das Sein versöhnt Wille und Funktion.« Im Sein finden wir das, was uns ganz sein lässt.

Wir können nun zu Ouspenskys Bild zurückkehren. Zunächst einmal wird Licht im Raum nötig sein, damit der Mensch die Geräte benutzen kann. Dem Benutzer muss die Funktionsweise der Geräte klar sein. Aber es gibt noch etwas anderes. Angenommen, die Nähmaschine wird elektrisch betrieben; dann wird sie nicht funktionieren, wenn sie nicht mit elektrischer Energie versorgt ist. Das wiederum setzt voraus, dass sie mit dem Stromnetz verbunden ist. Jedes Gerät benötigt eine entsprechende Energie, und der Zugang zu dieser Energieversorgung macht einen großen Teil der Beherrschung des Geräts aus. Ein Auto kann uns von einem Ort zum anderen fahren, doch egal wie stark unser Wille ist voranzukommen, wir können uns nicht vom Fleck bewegen, wenn kein Benzin im Tank ist. Die Energie, die wir in diesem Fall benötigen, ist das Benzin, und das nützt uns nur, wenn es sich im Tank befindet. Man kann dieses Prinzip auch auf komplexere Maschinen anwenden, wie zum Beispiel lebendige Organismen. Auch sie brauchen den richtigen Treibstoff um zu leben. Irgendeine alte, verbrauchte Energie wird nicht reichen. Eine so komplexe Maschine wie die menschliche erfordert für jeden ihrer Teile – für Körper, Sinne, Fühlen und Denken – eine entsprechende Art der Energie.

Die Energien von Gedanken, Gefühlen und Empfindungen können erforscht werden, doch ihre Beobachtung allein reicht nicht aus – wir müssen auch ihre Transformation in uns erfahren. Wir wissen, woher man Benzin für das Auto bekommt und wo dieses zum Gebrauch eingefüllt wird; wenn es aber um die Energie der Gedanken geht, ist es nicht so leicht zu erkennen, von welcher Art sie ist und in welchem Gefäß sie aufbewahrt wird.

Wenn wir an das Licht in Ouspenskys Bild denken, betrachten wir das Sein mehr vom subjektiven Aspekt, von der Seite des Benutzers, des Willens, aus. Wenn wir an den Treibstoff denken, den die Maschinen brauchen, haben wir mehr den Aspekt der Funktion im Auge. Das gesamte Spektrum vom Licht bis zum Treibstoff fassen wir unter der Bezeichnung »Energie« zusammen. *Sein* können wir definieren als einen Zustand der Konzentration von Energie oder der Verfügbarkeit von Energie. Doch es gibt verschiedene Energiequalitäten, und der Qualität der konzentrierten Energie entsprechen verschiedene Seinsebenen.

Nach diesen Ausführungen mag es uns seltsam erscheinen zu hören, dass wir nicht in der Lage sind, Energien zu erkennen. Was wir erkennen können, sind nur die Auswirkungen des Energieaustauschs oder der Qualitätsveränderungen durch Energieverbindungen. Das Benzin im Auto ist nicht selbst die Energie, sondern der Träger eines »Etwas«, das durch den Prozess der Verbrennung freigesetzt wird. Die Resultate der Verbrennung lassen sich beobachten und messen. Wir können auch auf die Quantität der beteiligten Energie schließen, aber wir haben es dennoch nur mit Resultaten zu tun. Der Schütze spannt seinen Bogen und lässt den Pfeil losschnellen. Wir folgern aus dem Flug des Pfeils, dass im Bogen eine Konzentration von Kraft stattfand und diese wiederum zustande kam aufgrund der Muskelanspannung des Schützen. Es hat Jahrhunderte gedauert, bis sich dieses Bild von Energie gefestigt hat, und es ist auf großen Widerstand von Seiten derer gestoßen, die versuchten, die »okkulten Qualitäten« abzuschaffen, das heißt all jene Dinge, die nicht beobachtbar waren. Isaac Newton sagte: »Ich stelle keine Hypothesen auf« und wollte damit deutlich machen, dass alles, worüber er sprach, beobachtbar war. Heute, wo die Idee der Energie allgemein anerkannt ist, vergisst man nur zu leicht, dass Energie nicht sichtbar ist und dass alles, womit wir umgehen, nur Bilder sind, die als Berechnungsgrundlage dienen. Alle Energien, auch die der einfachsten Art, gehören nicht nur der Welt der Funktion an.

Wenn wir davon ausgehen, dass die in einem Menschen konzentrierten Energien einer anderen Ebene angehören als die Energien in einem Schaf, schließen wir mit ein, dass auch Unterschiede auf der Ebene der Funktion und des Willens vorliegen. Denn Energie bildet eine Brücke zwischen Wille und Funktion. Der Mensch ist jedoch ein so merkwürdiges Wesen, dass er nicht automatisch seiner Funktion gemäß lebt. Er muss sich vielmehr selbst zum Menschen machen. Wir können uns über unseren Zustand bewusst werden und erkennen, dass wir häufig nur auf der Ebene eines Schafs existieren und manchmal sogar nicht höher stehen als ein wirbelloses Tier. Obwohl wir drei Gehirne zur Verfügung haben, wovon jedes einzelne einer bestimmten Art von Energiekonzentration dient, funktioniert doch in unserer gewöhnlichen Existenz immer nur eines zu jeweils einer Zeit.

Kontrolle über sich selbst zu haben, bedeutet weniger, »die Ohren steif zu halten«, als vielmehr, die Energie an ihrem richtigen Platz zu konzentrieren. Dann können unsere Instrumente richtig arbeiten. Wir haben zum Beispiel keine wirkliche Macht über unseren Körper.

Unser Erziehungssystem vernachlässigt die Entwicklung des Körpers in einem hohen Grade, sie trainiert diesen nur zu Zwecken des Prestiges, wie zum Beispiel im Sport. Wir müssen unseren Körper befreien, ihm erlauben, das zu werden, was er sein kann. Auch unser Denken ist nur ein Instrument, das aus seinem automatischen Funktionieren befreit werden muss. Und ähnlich steht es um unsere Gefühle. Erst wenn jedes einzelne unserer Instrumente mit der ihm zukommenden Energie arbeitet, können sie harmonisch zusammenwirken, anstatt in »Kraut und Rüben« durcheinander. Dann erst können wir sagen, was wir meinen, und meinen, was wir sagen, oder denken, was wir fühlen, und fühlen, was wir denken. In einem richtig entwickelten Menschen sind alle Instrumente dem Willen untergeordnet und produzieren keine Illusion eines »Ichs«, wie es im anarchischen Zustand des gewöhnlichen Menschen geschieht. Überwunden wird die anarchische Isolation der verschiedenen Teile des Menschen voneinander durch die Konzentration der richtigen Energiequalität.

Der Mensch hat höhere Funktionen in sich, die nicht wirken können, solange nicht genügend Energie der richtigen Qualität verfügbar ist. In Ouspenskys Bild wird dies durch das Teleskop verdeutlicht. Wenn wir das Licht als Entsprechung zum Bewusstsein sehen, dann mögen wir noch so viel Licht im Raum haben – für die Arbeit mit dem Teleskop wird uns das nicht von Nutzen sein. Das Teleskop braucht kosmisches Licht, nicht das Licht, das in ein Zimmer fällt. So gibt es auch bestimmte Wahrnehmungen, die dem Menschen möglich sind, die aber, da sie von höheren Bewusstseinszuständen abhängen, solange nicht geweckt werden können, als wir nur fähig sind, unsere normalen Bewusstseinszustände aufrechtzuerhalten. Manchmal hält uns unser normaler Bewusstseinszustand sogar davon ab, auch nur die Möglichkeit höherer Wahrnehmungen zu erkennen.

Die Konzentration der höheren Energien in uns erfordert die Bildung eines passenden Gefäßes. Das bedeutet, dass unser Wesen stark genug sein muss, sie gefahrlos in sich aufzunehmen. Was wir als »Transformation des Seins« bezeichnen, meint das Anheben der Ebene, auf der Energie konzentriert werden kann. So werden Erfahrungen möglich, die in einem gewöhnlichen Bewusstseinszustand unmöglich sind, und Kräfte verfügbar, die gegenwärtig noch nicht benutzt werden können. Wir sprechen über das Sein oft in Begriffen des Bewusstseins oder des Grades an Bewusstsein, weil wir Sein nur in Begriffen von Bewusstsein definieren können. In Ouspenskys Raum stellt das Licht das Bewusstsein des Benutzers dar. Manchmal schläft er, manchmal ist weniger Bewusstsein vorhanden, manchmal mehr. Diese Veränderungen bestimmen das Ausmaß, in dem wir fähig sind, unsere Instrumente zu gebrauchen. Es hat jedoch gewisse Nachteile, wenn wir in Begriffen des Bewusstseins über das Sein nachdenken, denn wir nehmen dann an, wir wüssten, was Bewusstsein ist. In Wirklichkeit ist es sehr schwierig, zwischen den verschiedenen Arten von Bewusstsein in uns zu unterscheiden. Wir halten diese meistens für mehr oder weniger die gleichen Zustände.

Das Sein ist der eigentliche Stoff der Dinge, nicht die Teilchen, aus denen sie bestehen. Es gibt Menschen, die sind mehr als andere, nicht wegen ihrer funktionalen Fähigkeiten oder wegen ihres Besitzes, sondern weil sie ein größeres Sein haben. Manchmal können wir die Präsenz einer Person spüren; diese Gegenwart beruht aber nicht auf etwas Sichtbarem oder einer Handlung.

Die Idee der Energien kann uns weiterhelfen, das Sein zu verstehen, wenn sie auch nicht alles umfasst. Sie vermittelt vor allem ein Bild der verschiedenen Ebenen und davon, dass Dinge auf qualitativ verschiedene Weise existieren. *Leben* kann zum Beispiel nicht mit funktionalen Begriffen allein verstanden werden. Es gibt eine »Qualität des Lebendigseins«, die wohl direkt erfahrbar, aber niemals beobachtbar oder messbar ist. Das Leben ist mehr als nur die materielle Existenz, es ist einfach mehr. Wenn wir an Energien und »Lebensenergien« denken, besteht trotz aller Warnungen die Gefahr, dass wir sie uns als einen Stoff vorstellen, der in den Dingen enthalten ist wie Wasser in einer Flasche. Die Vorstellung kommt dem wirklichen Sachverhalt so nahe, dass sie fürchterlich irreführend ist. Denn das, was wir erblicken, ist nicht der Behälter der Energie, sondern der Behälter des Materials, in dem die Energie konzentriert ist. Objekte und die damit verbundenen Energien können nicht getrennt gesehen werden. Der Unterschied zwischen Dingen und ihren Energien ist relativ. Wenn wir das Dasein von der objektiven Seite betrachten, ist es etwas Materielles, Greifbares. Wenn wir es von der subjektiven Seite her sehen, ist es spirituell und unfassbar, mehr das Sehen als das Gesehene. Diese Relativität ermöglicht es dem Sein, Wille und Funktion miteinander zu verbinden.

Wie wir das Sein der Dinge erfahren, hängt vom Grad unseres Bewusstseins ab. Einige Dinge sind für uns eher Objekt, äußerlich und greifbar, andere sind eher das Gegenteil, mehr ›innen‹ als wir selbst. Doch überall, im ganzen Feld des Seins, gibt es nichts, was wirklich geschieht oder getan und entschieden wird: Die Dinge sind einfach so. Manchmal ist es zutreffend, Sein als die Existenz von etwas zu bezeichnen, manchmal ist es besser, von einer Substanz, einer Ebene oder einer Qualität zu sprechen. Der Begriff »Energie« kann sich auf alle diese Aspekte beziehen.

Wir sind nicht daran gewöhnt, unsere Aufmerksamkeit auf den Aspekt unserer Erfahrung zu richten, in dem nichts geschieht. Innerhalb der Philosophie hat die Idee des unwandelbaren Seins die Vorstellung von etwas Langweiligem und Bewegungslosem hervorgerufen. Nichts ist weiter von der Wirklichkeit entfernt. Das Sein ist Potenzialität – es ist die Kraft, zu gestalten. Für uns Menschen bedeutet Sein dasjenige, was uns inmitten all der Aktivitäten von Gedanken, Gefühlen und Körper zusammenhält. Je ›mehr‹ Sein wir haben, desto eher sind wir in der Lage, die verschiedenen Funktionen in uns zu harmonisieren und im Griff zu haben. Veränderungen in unserem Wesen sind deshalb möglich, weil es auf verschiedenen Ebenen verschiedene Energien gibt, so dass unser Zustand jeweils aus der Kombination höherer und niedrigerer Wirkungen resultiert. In uns finden laufend Energie-transformationen statt. Das Muster dieser Transformation sind wir. Es ist unser Leben.

So wie das Wirken der Energien hinter dem Funktionieren der Welt steht, so steht das Wirken des Willens hinter den Energien. Eine Stufenleiter aus mehr oder weniger aktiven Energien durchzieht die Existenz. Der Wille ist das aktive, die Funktion das passive Prinzip. Das Sein ist sowohl aktiv als auch passiv. Wir können beobachten, dass eine Art von Existenz aktiver ist als eine andere, aber weniger aktiv als eine dritte. Dies lässt sich leicht veranschaulichen, wenn wir uns ein Feld vorstellen, das von einem Pferd gepflügt wird: Hier spielt der Pflug, der den Boden aufwirft, dem Boden gegenüber eine aktive Rolle, dem Pferd gegenüber aber eine passive. Der pflügende Bauer ist aufgrund seiner Intelligenz aktiver als das Pferd, spielt aber eine passive Rolle gegenüber dem Grundbesitzer, dem das Land gehört. Diese Relativität in der wechselseitigen Beziehung der Dinge zueinander betrifft die gesamte Existenz, weil das Sein immer diese zwei Seiten aufweist: die dem Willen verwandte aktive und die der Funktion verwandte passive Seite.

Wille existiert nicht; Wille ist auch kein Prozess. Da das Bewusstsein eine Energie ist, steht der Wille noch jenseits des Bewusstseins. Er hat deshalb eine Beziehung zu unseren tiefsten Intuitionen aus der unsichtbaren, spirituellen Welt, die niemals erkannt und auch nicht »gefühlt« werden können. Und doch ist es die unsichtbare Welt, die den Menschen gestaltet, und es ist uns möglich, in der Welt des Willens zu ›leben‹.

Es ist besonders wichtig, die normalen Vorstellungen von Bewusstsein beiseite zu lassen, wenn wir darangehen, die Wirkung des Willens in uns zu betrachten: Wo kommt er herein? Wodurch wird er wirksam? Wenn wir auf der Einbildung bestehen, dass das, was wir gewöhnlich als unser »Bewusstsein« bezeichnen, unser Höchstes ist, vor allem wenn wir uns mit diesem Bewusstsein identifizieren, können wir niemals hoffen, zu begreifen, wie der Wille innerhalb unserer Existenz wirksam werden kann.

Aufmerksamkeit

Jeder weiß, was es heißt, »einer Sache Aufmerksamkeit zu widmen«. Jeder weiß auch, wie schwer es ist, diese aufrechtzuerhalten, wenn wir nicht gerade interessiert oder angeregt sind. Wir können uns selbst in einen Zustand der Aufmerksamkeit versetzen, doch dieser wird früher oder später abbrechen und wir müssen uns dann »selbst zurückrufen«. Es geht hier darum, den Akt der Aufmerksamkeit zu betrachten, bei dem keine äußeren Anreize im Spiel sind. Das ist schwierig, da die Welt heute zu einem großen Teil von Leuten dominiert wird, die anderer Leute Aufmerksamkeit auf sich ziehen, sei es in Erziehung, Wirtschaft, Politik oder Religion. Inmitten all dieser Aufmerksamkeit heischenden Aktivitäten kommt der einzelnen Person eine passive Rolle zu, sie reagiert nur auf das, was von außen kommt. Dies ist *unfreiwillige* Aufmerksamkeit. Was uns hier interessiert, ist *freiwillige* Aufmerksamkeit, bei der wir selbst die Initiative übernehmen.

Die freiwillige Aufmerksamkeit ist nicht abhängig von der Reaktion unserer Instrumente. Normalerweise sehen unsere Augen, je nach Geschlecht, einer schönen Frau oder einem schönen Mann hinterher. Unsere Nase lässt sich betören durch angenehme Düfte. All das ist nur eine von außen kommende Stimulation des einen oder anderen unserer Instrumente. Wir werden dann von dem bestimmt, was uns zufällig anzieht. Im Bereich der Gefühle ist es das, was uns interessiert oder angeht. Wenn es ein Gegenstand aus der äußeren Umgebung ist, sind wir tatsächlich mit diesem Gegenstand identifiziert. Unfreiwillige Aufmerksamkeit heißt, dass wir durch die Mechanik unserer Funktionen handeln.

Was aber heißt, »aus sich selbst heraus handeln«? Es kann nicht bedeuten, mit diesem oder jenem Teil zu reagieren, da alle Teile nur Instrumente sind. »Aus sich selbst heraus handeln«, heißt, aus dem Willen heraus handeln. Wie aber kann der Wille in der Welt der Instrumente wirksam werden? »Durch die Energien«, könnten wir antworten; aber das reicht nicht aus. Nicht alle Energien sprechen direkt auf den Willen an. Für die Welt der Funktion existiert gar kein Wille. Um wirksam zu werden, braucht der Wille eine Energie, die ihm entspricht. Wir Menschen haben eine solche

Energie zur Verfügung, und mit ihrer Hilfe kann der Mensch sich selbst befreien.

Viele Menschen glauben, dass dieses die Energie der Gedanken oder des Bewusstseins sei. Es gehört nicht viel dazu zu sehen, dass die Gedanken von etwas Tieferem ausgelöst werden und dass das Bewusstsein selbst nichts bewirkt. Weder Gedanken noch Bewusstsein lösen eine Initiative aus. In jedem Willensakt liegt der Anfang von etwas Neuem, etwas Einzigartigem, und das Einzige, das den Anforderungen des Willens genügt, ist die kreative Energie.

Wie gelangt nun die kreative Energie an den Punkt, wo sie sozusagen aus unseren Augen oder Ohren heraustritt? Es gibt einen Übergang zwischen Energien verschiedener Qualitäten, so dass ein Vorgang auf höherer Ebene eine entsprechende Wirkung auf einer tieferen Ebene nach sich zieht. Es fällt schwer, sich diesen Vorgang nicht als einen Prozess von Ursache und Wirkung vorzustellen, was in die Welt der Funktion gehören würde.

Die meisten Menschen bestehen darauf, den Willen für eine Funktion zu halten, weil sie sich ihn nicht anders vorstellen können. Wir haben jedoch alle schon einmal die Erfahrung wirklicher Aufmerksamkeit gemacht und können vielleicht nachvollziehen, dass es sich dabei nicht um einen Prozess handelte. Denn in dem Moment, wo die Aufmerksamkeit auf etwas gerichtet wird, gibt es keine Anstrengung. Anstrengung kommt erst mit hinein, wenn wir versuchen, die Aufmerksamkeit zu halten. Diese Erfahrung, die wir selbst überprüfen können, zeigt uns, dass der Willensakt und die damit einhergehende schöpferische Tat nicht in der Zeit stattfinden. Sobald die Aktion jedoch in den Bereich der Energien eintritt, aus denen unsere Psyche besteht, gelangt sie unter die Bedingungen der Zeit. Die höheren Energien des Bewusstseins haben die Fähigkeit, die niedrigeren zu organisieren, ihnen eine ›Kohärenz‹ zu verleihen, die ihnen von sich aus fehlt. Umgekehrt sind die unteren Energien in der Lage, die höheren zu desorganisieren und ihnen etwas von der Zusammenhanglosigkeit der niedrigeren Ebenen einzuflößen. Diese Wechselbeziehung zwischen Organisation und Desorganisation erfahren wir bei dem angestrengten Versuch, unsere Aufmerksamkeit auf etwas gerichtet zu halten. Wenn aus irgendeinem Grund die Konzentration der höheren Energien angehoben wird, verschwindet diese Anstrengung, und alles wird sehr einfach.

Die Arbeit mit der Aufmerksamkeit gehört zu jeder Arbeit an sich selbst. Sie ist der Boden, auf dem vieles aufgebaut wird. Wenn wir den Unterschied zwischen freiwilliger und unfreiwilliger Aufmerksamkeit nicht kennen, leben wir in einer Traumwelt. Die Wissenschaft der Aufmerksamkeit ist in der heutigen Welt nicht sehr bekannt, und es nimmt viel Zeit in Anspruch, ein wirkliches Verständnis über sie zu gewinnen, wenn wir einmal von der vorherrschenden Kultur beeinflusst sind.

Das Bild Gottes

Im Kapitel *Der heilige Planet Fegefeuer* in *Beelzebubs Erzählungen* sagt Gurdjieff, dass der einzige wahre Ausspruch, der uns aus der Vergangenheit überliefert worden ist, der sei, dass der Mensch nach dem Bild Gottes erschaffen wurde. Weiter sagt er, das bedeute nun nicht, dass man sich Gott nach dem Bild des Menschen vorzustellen habe, vor allem nicht als einen älteren jüdischen Herrn im schwarzen Anzug, mit grauem Bart und einem Kamm in der Jackentasche. Es bedeutet vielmehr, dass der Mensch nach dem gleichen Muster geschaffen ist wie das Ganze, der Megalokosmos. Dies ist der wirkliche Mensch, nicht der Mensch in Anführungszeichen. Es ist der, in dem alle drei Zentren zum Leben erweckt sind, so dass er das »Gesetz der Drei« in sich selbst verwirklichen kann.

Was aber sind die drei Zentren? Wenn wir sie bloß mit Denken, Fühlen und körperlicher Bewegung in Verbindung bringen, erscheinen sie uns völlig funktional. Besser wäre es zu sagen, dass jedes einzelne von ihnen die Gegenwart einer der drei Welten repräsentiert. Unser Körper ist dabei offensichtlich der funktionale Teil.

Das Gefühl kann in Sein transformiert werden. Gefühle reichen weiter als alles, was uns die Erkenntnis vermitteln kann. Gefühle reichen bis in die Welt des Seins hinein, und der Zustand unserer Gefühle kann als ein Zeichen unseres Seinszustandes angesehen werden. Aber zum größten Teil zeugen unsere Gefühle mit ihren normalen Tumulten nur für die Ungeordnetheit unseres Seinszustandes. Gurdjieff beschreibt die gewöhnlichen emotionalen Zustände als »negativ« im Gegensatz zu den »positiven« Emotionen: Glaube, Wunsch und Hoffnung, die uns der Ganzheit näherbringen können.

Das Denkzentrum ist Sitz des Willens. Es ist leicht einzusehen, dass dies nicht der Normalzustand ist, sondern eine erhebliche Transformation erfordert. Wenn wir unseren Willen »Ich« oder »Meister« nennen, können wir davon ausgehen, dass unsere Kopfgehirne ihren Meister ins Exil geschickt haben, denn sie sind morgens, mittags und abends voller Träume. Wir können unser Denken kaum für etwas anderes als für den Umgang mit der Welt der Funktion benutzen. Sein wirklicher Zweck ist aber ein höherer und besteht darin, Sitz der kreativen Vision zu sein, durch die der Wille in uns eintreten kann.

Die Dreigeteiltheit, die Gurdjieff dem Menschen zuordnet, meint wahrscheinlich das Gleiche wie Körper, Seele und Geist. Ungeachtet der Terminologie sollten wir uns klar darüber sein, dass sich dies auf einen Menschen bezieht, der in drei Welten lebt: den Menschen, der eine Maschine ist und dennoch frei, der Seele ist und dennoch über Instrumente verfügt, der Wille ist und dennoch existiert. Das ist »der Mensch nach dem Bild Gottes«.

Vor vielen Jahren, noch bevor ich 1920 mit Gurdjieff zusammentraf, war ich als junger Offizier mit der Armee in Konstantinopel (heute Istanbul) stationiert und hatte dort eine Vision, die mein Leben sehr beeinflusste. Ich war zu der Zeit geradezu wie besessen am Konzept höherer Dimensionen interessiert, und ich versuchte, Wege zu finden, die es ermöglichten, sie zu erforschen. Während ich mit all dem beschäftigt war, hatte ich eine Vision, in der ich das ganze existierende Universum als Kugel wahrnahm: nicht wie eine normale dreidimensionale Kugel, sondern als eine Kugel, die den gesamten Raum und die gesamte Zeit in sich trug. Ich sah, dass all das, was ich später »die Welt der Funktion« nannte, in dieser Kugel existierte. Die ganze sichtbare Welt, das ganze uns bekannte Universum befand sich in dieser Kugel, die dabei war, sich wie eine Seifenblase auszudehnen – mit allem, was existiert, auf ihrer Oberfläche. Aber jenseits dieser Kugel, hinter ihr im Licht, waren freie Wesen, die nicht mehr an die Oberfläche der Kugel gebunden waren. Sie flogen hinein in eine Zukunft, die die Kugel noch nicht erreicht hatte, und ich sah, dass das die Freiheit war, nach der sich alles Lebendige sehnt. Ich sah auch einen dunklen Bereich innerhalb der Kugel, wo man zurückgelassen werden konnte. Ich zweifle nicht daran, dass das, was ich damals in meinem Geiste sah, die Wirklichkeit beschreibt. Wenn sich das Bewusstsein ändert, sieht man Dinge.

Vermutlich nahm ich es auf diese bestimmte Weise wahr, weil ich so bemüht war herauszufinden, wo es hier, auf dieser Welt, Freiheit gibt. Ich sah noch etwas anderes, was sowohl mit der freien Welt als auch mit der Situation auf der Kugel verbunden war: eine Art Atmosphäre um die Kugel herum, halb gebunden, halb frei. Wie ich später begriffen habe, stellte sie dasjenige dar, was mit »Sein« gemeint ist. Als ich kurz darauf Gurdjieff begegnete, bestätigte dieser die Genauigkeit meiner Vision. Ich begriff, dass wir es schaffen müssen, uns zu befreien und in jene Welt hinauszugelangen, in der man frei ist.

Wenn es in uns ein Gefäß für die Konzentration von Energie gibt, dann kann es auch einen Willen geben und wir können ganz sein. Die Vereinheitlichung unseres Seins ist ein praktisches Unterfangen. Sie besteht im ›Kampf‹ mit uns selbst und im Opfer. Kampf ist möglich, weil Sein etwas Relatives ist. Sein kann subjektiv oder objektiv sein: bis zu einem gewissen Grade erkennbar und äußerlich, wie eine Funktion, bis zu einem gewissen Grade unsichtbar und innerlich, wie der Wille. Ein höherer Seinszustand ist immer subjektiv in Bezug auf einen niedrigeren Seinszustand, wir können auch sagen, er ist aktiver. Von einem höheren Seinszustand aus können wir den niedrigeren betrachten und erkennen, so als ob er zur funktionalen Welt gehörte.

Wegen dieser subjektiven Seite des Seins besteht in uns immer dieses Gefühl einer »Ichheit«, das uns dazu verleiten kann anzunehmen, wir seien uns unseres »Ichs« oder unseres Willens bewusst. Wir haben ein Gewahrsein von unserer eigenen Präsenz und wir nennen dies »Ich«: »Ich« bin wirklich hier. Was tatsächlich geschieht, ist, dass »ich« mir meines körperlichen Instruments bewusst bin und zur gleichen Zeit mein Gefühl aktiviert wird. Selbst dann, wenn unsere Gefühle mit einem höheren Seinszustand Verbindung haben, und selbst wenn unser »Ich-Gefühl« sehr stark ist, können wir doch immer nur einen veränderten Seinszustand erfahren, nicht aber den Willen.

Vielleicht klingt es hart zu sagen, dass wir den Willen nicht nur nicht erkennen, sondern nicht einmal erfahren können. Aber Freiheit kann, wenn sie authentisch ist, weder erkannt noch beobachtet werden. Wir stellten vorhin fest, dass das Kopfgehirn Sitz der kreativen Vision ist, durch die der Wille in uns eintreten kann. Unser Denkzentrum ist ja darauf eingerichtet, mit geistigen Bildern zu arbeiten. Wir können von etwas, das wir wünschen, ein geistiges Bild formen und das Ganze dann ausführen, als würde es vom Willen dirigiert. Vielleicht kommt einmal die Zeit, in der wirklich eine Verbindung zwischen uns und dem Willen hergestellt ist, in der es wirklich der Wille ist, der bestimmt.

Die Willensseite in uns wird gestärkt, wenn wir aus eigener Initiative heraus handeln, unbeeinflusst von Vorlieben und Abneigungen, Vergnügen und Schmerzen, das heißt den Assoziationen unserer Maschinerie und den Reaktionen anderer Menschen. Solange wir nicht auf diese Weise arbeiten können – ganz egal, welche Übungen wir machen und welche Resultate wir scheinbar erzielen – haben wir die Schwelle zur Arbeit am Willen nicht wirklich überschritten.

Jede der drei Seiten des Menschen muss eine Entwicklung durchmachen. Werden sie in harmonischem Miteinander entwickelt, geht daraus schließlich etwas hervor, was die wirkliche Ganzheit des Menschen darstellt. Gurdjieff spricht davon, dass es Traditionen gibt, die den Menschen von der Funktion her zu entwickeln suchen, andere versuchen es über das Sein und wieder andere über den Willen. Gurdjieff wollte die Menschen auf den Vierten Weg bringen, auf den Weg der harmonischen Entwicklung.

Befreiung in diesem Leben

Es macht Sinn, dass wir vom »individuellen Willen« sprechen; jede Transformation des Menschen zielt auf seine Individualität. Der Mensch als ein »Wesen, das fähig ist zu tun«, kann im Kosmos eine wichtige Rolle spielen. Nach Gurdjieff sind solche relativ befreiten Wesen nötig, um dem Schöpfer beim Regieren der »expandierenden Welt« zu helfen. Deshalb ist auch dafür gesorgt, dass in diesem Leben die Möglichkeit der Transformation besteht, um – so Gurdjieff – »beschleunigte Resultate« zu erzielen. Mit Buddhas Worten ist die »Befreiung hier in diesem Leben« möglich. In den Upanischaden gibt es eine Stelle, wo es heißt: »Ihm, der es zu seinem alleinigen und einzigen Ziele macht, dem enthüllt das Selbst seine wahre Natur.« Das ist ein großartiges Angebot an den Menschen. Wie wir sehen, machen nur wenige von dieser Möglichkeit Gebrauch. Als ich gegen Ende seines Lebens mit Gurdjieff zusammen war, befand ich mich in großer Not, ich war wirklich verzweifelt über das, was passierte. Eines Tages sprach ich mit ihm darüber, und er sagte: »Sehen Sie, vor vielen Jahren kamen Sie zu mir und sprachen von der Freiheit. Würden Sie diesen Weg auch eingeschlagen haben, wenn Sie damals gesehen hätten, wohin er Sie führt?« Ich antwortete, dass ich nicht anders hätte handeln können.

Diejenigen, die dem Weg nicht folgen, erfüllen ihr Schicksal auf andere Weise. Das ganze Leben auf dieser Erde wird einmal zur Vollendung kommen. Der Mensch kann auch die Möglichkeit wählen, mit dem Strom zu gehen und mit dem Leben als Ganzem transformiert zu werden. Das ist der Weg der natürlichen Evolution, innerhalb derer keine Möglichkeit zu einer persönlichen Transformation besteht. Es ist ein unpersönlicher Prozess. Um mit Gurdjieff zu sprechen: »Diejenigen, die diesen Weg gehen, werden krepieren wie ein schmutziger Hund«. Es gibt für uns jedoch noch eine Möglichkeit, die zwischen beiden liegt. Wenn wir in diesem Leben einmal das Gebiet betreten haben, in dem das Sein sich verwandelt, wird der Tod die Aktion nicht mehr beenden können und wir haben die Möglichkeit, in die kreative Welt einzutreten, die Welt des wirklichen »Tuns«. Wenn wir wirklich nach Freiheit streben, müssen wir bereit sein, sie über alles andere zu setzen.

Diese Wahl entspricht dem, was im 5. Buch Moses gesagt wird: »Heute habe ich Licht und Dunkelheit, Leben und Tod vor euch gestellt. Daher wählt für euch das Leben, so dass ihr und eure Nachkommen leben mögt.« Das ist die Wahl, vor der wir ständig stehen und die wir hier und jetzt treffen müssen.

Kapitel zwei

Energien

SÄMTLICHE LEHREN, DIE SICH MIT DER TRANSFORMATION
des Menschen beschäftigen, sprechen von verschiedenen Welten;
und in der Tat würde Transformation keinen Sinn ergeben, wenn
es nicht verschiedene Identitätsformen gäbe, die verschiedenen
Ebenen der Erfahrung entsprächen. Die Transformation des
Menschen ist eine Veränderung seiner Natur. Viele begreifen jedoch die Transformation des Menschen als Befreiung von dieser
sichtbaren Welt, um fähig zu sein, in einer ganz anderen Welt zu
leben. Wir werden sehen, dass diese buchstäblich eskapistische
Sicht nur ein Leben des Traums an die Stelle eines Lebens der Mechanik setzt. Der wirkliche Mensch lebt hier und jetzt in drei Welten
zugleich – nicht jetzt in der einen und später in einer anderen.

Die erste Welt, die Welt der Funktion, umfasst all das, was wir
mit unseren Sinnen wahrnehmen und erkennen können. Es ist die
Welt, die wir denkend und planend erfassen können, denn unser
Denken ist ideal dazu geeignet, sich mit dem Funktionieren der
äußeren Welt zu beschäftigen. Wir haben es hier mit der Welt der
Dinge, Objekte oder Körper zu tun – angefangen bei den submi-
kroskopischen Teilchen bis hin zu den Galaxien, die Millionen
Lichtjahre von uns entfernt sind. Die Körper können fest, flüssig,
gasförmig, zerstreut, lebendig oder sonst etwas sein; alles, was be-
obachtet und gemessen werden kann, ist die Bewegung und
Aktivität der Körper. In der Sprache der Sufis ist dies die »Welt der
Körper«, *alam-i ajsam*. *Alam* bedeutet »Welt«, und *ajsam* ist der
Plural von *jasm*, »Körper«. Selbst ein oberflächliches Nachforschen
zeigt uns, dass in der Welt der Körper nicht alles gleich ist; hier
liegt der Grund für die verschiedenen Wissenschaften: Wir haben
es mit leblosen, unbewegten Dingen zu tun und mit lebendigen
Dingen, mit Körpern, die fühlen, und mit Körpern von Wesen,
die Herr ihrer selbst sind, und schließlich mit Himmelskörpern,
über deren Zweck wir nur sehr wenig wissen. Alles, was wir über
sie aussagen können, sind ihre körperlich Eigenschaften, die sich
auf ihre Existenz im *alam-i ajsam* beziehen.

Wenn wir die Dinge nur vom Standpunkt der Körperwelt aus
erforschen, können wir nicht viel von ihren Möglichkeiten erfas-

sen. Das trifft in besonderem Maß auf den Menschen zu. Wir können beobachten, dass Menschen dieses oder jenes tun, sich auf diese oder jene Weise verhalten, aber dies führt uns nicht dazu zu erkennen, was ein Mensch tun sollte, wofür er *Verantwortung tragen* sollte. Innerhalb der sichtbaren Welt leben und sterben die Menschen wie Tiere oder schlimmer. Aber was ist das Leben für einen Menschen, der zur Wirklichkeit anderer Welten erwacht? Welche Rolle kann ein Mensch im Leben der Erde einnehmen, wenn er *bewusst* lebt? Fragen wie diese können nicht in Begriffen des *alam-i ajsam* beantwortet werden. Sie haben mit dem zu tun, was hinter dem Szenario der sichtbaren Welt abläuft. Die Körperwelt funktioniert auf diese oder jene Art. Aber kann sie auch anders funktionieren? Und warum funktioniert sie auf diese bestimmte Art und Weise?

Ein wichtiger Schritt zur Beantwortung dieser Fragen liegt in der Erkenntnis, dass wir, sobald wir die Energien unter Kontrolle haben, auch das Verhalten der Körper kontrollieren können. Das ist am Beispiel der Maschinen leicht ersichtlich: Wir haben den Wagen nicht unter Kontrolle, wenn wir nicht seine Benzinzufuhr bestimmen. Die Einsicht fällt uns schwerer, wenn es um komplexere Instrumente geht. Aber es leuchtet uns auch ein, dass Lebewesen, deren Luft- und Nahrungsmittelversorgung wir in der Hand haben, sich weitaus stärker unter unserer Kontrolle befinden, als wenn wir ihnen Befehle gäben oder sie herumkommandierten. Gleichermaßen ist die Kontrolle über die Reize, die Energie in den Menschen freisetzt, ein Mittel, um Menschen zu manipulieren. Bedauerlicherweise sehen von denen, die fähig sind, andere zu manipulieren, nur sehr wenige die Möglichkeit und Bedeutung der Kontrolle über sich selbst.

Indem wir lernen, mit Energien umzugehen, können wir Dinge tun, die sehr schwer auszuführen wären, wenn wir bloß den Wunsch hätten, sie zu tun, oder »versuchen« oder »fühlen« wollten, eine Sache durchzuführen. Selbstkontrolle allein durch den Versuch, sich zu ändern oder sein Verhalten zu korrigieren, ist bei weitem mühsamer und unwirksamer. Wenn wir zum Beispiel in uns selbst ein negatives Verhalten entdecken, Ärger oder Sorgen, die zu nichts gut sind, dann geht es darum, diesen die Energiezufuhr abzuschneiden – das, was sie in Gang hält. In der Welt der Funktion derartige Emotionen zu unterdrücken, führt nur zu innerer Verkrampfung. Wenn wir eine Aufgabe erfüllen wollen, die von uns erfordert, in einem bestimmten Zustand zu sein, dann müssen wir lernen, die Energie zu erzeugen, die für diesen Zustand nötig ist; denn sonst sind wir gezwungen, darauf zu warten, dass es »geschieht«. Gurdjieff hat in seinem Buch *Leben ist nur dann wirklich, wenn ICH BIN* aus seiner praktischen Erfahrung heraus viel darüber ausgesagt. Diese Art Arbeit kann nur dann sicher in Angriff genommen werden, wenn unser Ich seinen rechtmäßigen Platz in uns eingenommen hat und nicht länger vom Egoismus usurpiert wird.

Zu den vielen praktischen Techniken, die Gurdjieff einführte, und sicherlich auch zu den wirkungsvollsten gehören die »Movements«. Diese richten sehr hohe Anforderungen an unsere Aufmerksamkeit: Wir gelangen schnell an den Punkt, wo wir einsehen müssen, dass ganz gleich, wie stark wir auch wünschen, unsere Aufmerksamkeit auf diesem oder jenem Bewegungsablauf zu halten, unser Kontakt damit doch immer nur für kurze Zeit anhält. Unsere Kapazität an Aufmerksamkeit hängt von etwas ab, wovon wir nur einen begrenzten Vorrat haben. Sobald dieser erschöpft ist, erlahmt unsere Aufmerksamkeit. Sie kehrt nach einer Weile zurück, da unser Vorrat ständig nachgefüllt wird. Obwohl in unserem Reservoir ständig etwas geschieht, reicht dies nicht aus, um ohne Unterbrechung zu arbeiten. Gurdjieffs Movements bieten einen Weg, etwas über die Wirklichkeit der Energien zu lernen. Ein weiterer Schritt ist es, dahin zu kommen, dass wir fähig sind, die benötigten Energien in uns zu konzentrieren.

Um etwas zu tun, brauchen wir die richtige Art von Energie, und diese muss in der richtigen Form zur Verfügung stehen. Das heißt aber noch nicht, dass wir wüssten, was diese Energien sind. In der Welt der Energien wissen wir nicht, womit wir es tatsächlich zu tun haben. Viele Leute begehen den Fehler, dass sie versuchen, die verschiedenen Energien zu ›kennen‹. Alles, was wir beobachten können, sind verschiedene Funktionsweisen, aus denen wir ableiten können, dass verschiedene Arten von Energien anwesend sind, die selbst nicht beobachtet werden können. Die zeitgenössische Wissenschaft hat dies begriffen. Sie hat das Wort »Energie« erst in den letzten zweihundert Jahren verwendet. Das Wort wurde in der ersten Hälfte des neunzehnten Jahrhunderts eingeführt, nicht, weil irgend jemand Energie beobachtet hätte, sondern weil es vorteilhaft war, ein Wort für die Beschreibung des Verhaltens der Materie zu haben, wenn diese ihre Zusammensetzung ändert, zum

Beispiel beim Verbrennen von Kohle. Man stellte fest, dass die Relation zwischen der Bewegungsenergie und der Wärmeenergie immer gleich blieb. Es erschien sinnvoll, ein Wort zu haben für das, was in einem erwärmten Körper vorhanden und messbar war. Man stellte dann fest, dass auch elektrische Energie gemessen und umgewandelt werden kann, was der Elektrizität eine neue Bedeutung verlieh. Grundlage der Energiemessung wurde die »Arbeitsleistung«, die erbracht werden konnte. Das ist ein völlig funktionaler Aspekt, so dass alle Energiemessungen zu einer Sache des Beobachtbaren wurden, obwohl die Energien selbst nie beobachtet wurden.

Wir finden in den Evangelien einen Satz, den man gut auf die Energien beziehen kann: »An ihren Früchten sollt ihr sie erkennen.« Wir wissen nicht, was Energien sind, so wenig wie wir wissen, was Körper sind. Wir können sagen: »Da ist ein Stuhl; da ist ein Kissen; da ist ein Fenster«, und wir sind in der Lage zu erkennen, worüber wir sprechen. Wenn wir aber sagen: »Das ist Wärme«, ist das nicht das Gleiche. Denn dabei beziehen wir uns aufgrund unserer Erfahrung von Wärme auf etwas, von dem wir nur annehmen, dass es vorhanden sei. Dasselbe gilt für das Licht. Wir nehmen die Lichtenergie selbst nicht wahr, sondern immer nur Dinge und Oberflächen, oder den Staub, der sich durch die Luft bewegt. Die Schwerkraft können wir weder sehen noch berühren, und es waren Menschen von außerordentlicher Begabung nötig, um über das Beobachtbare hinaus – zum Beispiel den Fall der Körper und das Kreisen der Planeten – auf die Energie der Schwerkraft zu verweisen.

Wenn wir miteinander sprechen, ist uns klar, dass es eine Energie gibt, durch die wir sprechen. Das ist aber schon alles, was wir wissen. Das Gleiche gilt für das Denken in uns. Wir können dabei zusehen, wie die Gedanken in uns ablaufen; etwas anderes ist es, sich der daran beteiligten Energie bewusst zu sein.

Wir können uns kein Experiment ausdenken, welches uns die Energien direkt enthüllen kann. Sie befinden sich allesamt außerhalb der Reichweite unserer Sinne und außerhalb der Beobachtbarkeit. Das heißt nicht, dass sie völlig jenseits des Erfahrbaren wären. In der Sprache der Sufis wird die Welt der Energien *alam-i arvah* genannt. *Arvah* ist der Plural des Wortes *ruh,* das wie das hebräische Wort *roh* »Geist« bedeutet. Als die Menschen entdeckten, dass in der Welt Kräfte wirkten, und diese »Geister« nannten, fanden sie im Grunde das Gleiche, was die Wissenschaft später anhand des Studiums der materiellen Umwandlungen entdeckte und als »Energien« bezeichnete. Deshalb können wir *alam-i arvah* auch korrekt mit »Welt der Energien« übersetzen. Was dies bedeutet, hat man schon vor langer Zeit gewusst: dass hinter dem, was wir sehen können, etwas Unsichtbares ist, das dennoch in der sichtbaren Welt wirksam wird.

Zwischen der Welt der Körper und der Welt der Energien besteht ein ständiger Fluss und Austausch. Alles, was existiert, hat einen Platz in beiden Welten. Zwischen den beiden Welten besteht keine scharfe Trennung, und es ist möglich, Energie in den Stoff, aus dem die Körper sind, umzuwandeln und Materie wieder in Energie zu verwandeln. Obwohl die beiden Welten so verschieden voneinander sind wie Land und Wasser, gibt es doch die Küste, an der sie einander berühren. Zwischen ihnen gibt es eine stetige Bewegung. Das Land erhält sein Leben vom Regen, dieser hat seine Quelle im Meer. Genauso ermöglicht die Welt der Energie die Handlungen, die in der Welt der Körper stattfinden. Das Meer ernährt sich von Stoffen, die vom Land abgespült werden, ähnlich wie die Welt der Körper die Apparate liefert, in der die Energien transformiert werden. Energien selbst haben keinen festen Platz; aber um sich gegenseitig beeinflussen zu können, müssen sie in einem Körper enthalten sein.

Ein Körper, der Energie für eine Reihe von Transformationen enthält, ist selbst wieder die Energie, die in einem anderen Körper für weitere Transformationen enthalten ist. Es gibt folglich keine Reihe von Dingen, die nur Körper sind, und eine andere Klasse, die zu den Energien gezählt wird. Die Relativität, die allem Existierenden zugrunde liegt, hat mit Transformationen auf verschiedenen Ebenen zu tun. Deshalb können wir von »Körpern« sprechen, die ein Mensch erwerben kann und die gänzlich verschieden sind von denen seines physischen und planetarischen Apparates.

Alles, was in diesem Universum existiert, ist deshalb so, wie es ist, damit verschiedene Energiequalitäten gespeichert werden und die zur kosmischen Ökonomie nötigen Energietransformationen stattfinden können. Das lässt sich in der mechanischen Welt leicht ersehen: Wir sind in der Lage, chemische Energie in Wärme umzuwandeln, Wärme in Bewegung und Bewegung in elektrische Energie und so weiter: das Prinzip des Kraftwerks. Unsere heutige

Lebensweise hängt immer mehr von solchen Transformationen ab. Nur ein kleiner Teil unseres Energiebedarfs wird durch den Stoffwechselprozess, durch unsere Nahrungsmittelaufnahme, gedeckt: Nur die Tiere erzeugen ihre Energie noch so. Dies hat uns außerordentlich abhängig von der Außenwelt gemacht, denn wir müssen uns ständig von dieser Energie leihen. Wir sollten verstehen, dass die Lebensenergien ebenso transformiert werden wie die niedrigeren Energieformen. Bestimmte Energien sind mit der physiologischen Funktion der Lebewesen verbunden und verleihen diesen die besonderen Qualitäten des Lebendigen. Sie alle unterliegen der Transformation. Es gibt auch Energien, die mit unseren psychologischen Funktionen verbunden sind und die ebenfalls der Transformation unterliegen. Dann gibt es noch höhere Energien, die auch transformiert werden müssen. Alles – von den Felsen, den Steinen und der Erde aufwärts zu den Pflanzen, über wirbellose Tiere und Wirbeltiere weiter bis zum Menschen und darüber hinaus – muss seine ihm zugeteilte Rolle im kosmischen Prozess der Energietransformation spielen.

Aufwärts- und Abwärtstransformation

Energien können auf zwei verschiedene Weisen transformiert werden. Für jede davon muss ein spezieller Apparat existieren, damit die Energien auf angemessene Weise zusammengeführt werden können. Es gibt zunächst einmal die Transformation einer Energie niedrigeren Grades in eine Energie höheren Grades. Dies erfordert das, was wir einen »Generator« nennen. Beim elektrischen Generator wird Bewegungsenergie in elektrische umgewandelt, die für anspruchsvolle Arbeitsleistungen genutzt werden kann. Wir können diesen Prozess als eine Transformation aus der Welt der Funktion in die Welt der Energien bezeichnen. Der umgekehrte Weg – aus der Welt der Energien in die Welt der Funktion – ist die Art, wie eine Energie höheren Grades in eine Energie niedrigeren Grades umgewandelt wird, um äußere Resultate hervorzubringen. Wir haben es hier mit einer Maschine oder einem Motor zu tun. Elektrisch betriebene Maschinen benutzen elektrische Energie, um Bewegung hervorzubringen. Ein Beispiel ist die Nähmaschine, die wir im letzten Kapitel erwähnten.

Das Höhertransformieren der Energie wird als »anabolisch« bezeichnet, das Hinabtransformieren als »katabolisch«. Obwohl wir sie hier getrennt behandeln, besteht jede Energietransformation gleichzeitig aus anabolischen wie auch aus katabolischen Umwandlungen. Wir sollten auch bedenken, dass ein einziger Körper Träger vieler verschiedener Energiearten sein kann und unter bestimmten Bedingungen eine große Anzahl von Energien zur gleichen Zeit transformiert werden können. Das ist sehr deutlich beim Essen der Fall. Während der Verdauung leistet unser Körper eine vielschichtige Transformationsarbeit, und als Resultat erhalten wir eine ganze Bandbreite von Energien, um unsere Körperwärme aufrechtzuerhalten, Treibstoff für die verschiedenen Triebwerke unseres Organismus, Energien für die Erneuerung unseres Gewebes, Energien für den Verdauungsprozess selbst, Energien für das Nervensystem und Energien, die uns denken und fühlen lassen. Sie alle gehen unter teilweiser Mithilfe der Luft aus unserer Nahrung hervor.

Unsere Rolle in der Welt ist mit der bewussten Transformation von Energien verbunden. Das ist leicht gesagt; was es für die Praxis bedeutet, ist jedoch nicht so leicht zu verstehen. Wir fühlen vielleicht, was es bedeutet, ohne aber eine klare Idee davon zu haben. Doch wahrscheinlich sind unsere Gefühle wirklicher als wir wissen.

Der Mensch verfügt über das Potenzial, Energien zu transformieren, die von anderen Lebensformen und leblosen Dingen nicht transformiert werden können. Zu lernen, wie diese Energietransformationen vollzogen werden, ist die gleiche Arbeit wie das Erlernen der eigenen Transformation, die eigene ›Selbsterschaffung‹. Der Weg dahin liegt verborgen in dem schwer begreiflichen Ausdruck »aus eigenem Anstoß arbeiten«, das heißt, zu arbeiten, ohne auf äußere Anstöße angewiesen zu sein. Dazu müssen wir mit höhergradigen Energien arbeiten als denen, die die Aufmerksamkeit des gewöhnlichen Menschen einfangen; der Begriff »gewöhnlicher Mensch« beinhaltet einen sehr großen Teil jedes Menschen, ohne Ausnahme. So wie die Dinge liegen, transformieren wir Energie ziemlich blind und häufig zu unserem eigenen Schaden, weil jede Initiative für diese Transformation von außen kommt. Wenn wir essen, atmen, sehen, berühren und so weiter, nehmen wir Energien auf, und solange wir nicht versuchen, an uns zu arbeiten, verwandeln sich diese Energien automatisch und ziehen automatische Folgen nach sich. In diesem Zustand sind wir ohnmächtig. Wir warten darauf, dass uns »die gebratenen Tauben in den Mund fliegen«, wie Gurdjieff es ausdrückt.

Die Wahrheit derartiger Ideen können wir leicht selbst überprüfen, sogar bei einer so einfachen Sache wie dem Lesen. Wenn wir passiv lesen, werden wir von Zeit zu Zeit vielleicht sensibel für die Bedeutung der Worte sein, doch der Reinerlös ist zumeist nichts anderes als eine Stimulation zufälliger Assoziationen. Wir können sogar völlig missverstehen, was da geschrieben steht. Versuchen wir aber, uns selbst mit dem Prozess des Lesens bewusst in Verbindung zu bringen, so dass wir fähig sind, zwischen unseren Assoziationen und dem, was im Buch gesagt wird, zu unterscheiden, dann wird unserem Konto neue Energie hinzugefügt. Dadurch werden wir vielleicht in die Lage versetzt, etwas auf ganz neue Weise zu verstehen.

Wenn wir zu unserem Bild von Land und Wasser zurückkehren, können wir sagen, dass wir bei automatischem Leben völlig davon abhängig sind, wie der Regen ausfällt. Regnet es, dann kann etwas geschehen, sonst aber tut sich bei uns nichts. Leben wir jedoch bewusst, dann können wir auch aufs Wasser hinausfahren und lernen, Segel zu setzen und über den Ozean zu reisen. Wir können von der Welt der Funktion hinübergehen zur Welt der Energie und lernen, uns ›wie ein Geist‹ zu bewegen.

Die Energien unserer Psyche, die wir normalerweise als unser eigenes Material erfahren, sind die Energien von Empfindungen, Gefühlen und Gedanken. Wenn wir anstreben, aus eigener Initiative heraus zu arbeiten, unabhängig von Außeneinflüssen, müssen wir lernen, diese Energien zu lokalisieren, zu bewegen, zu kombinieren und zu transformieren. Mit anderen Worten: Wir müssen lernen, unsere Generatoren und Maschinen unter die eigene Kontrolle zu bringen. Dann erst kann es geschehen, dass wir beim Essen, Atmen und bei Sinneseindrücken nicht nur unsere funktionale Aktivität aufrechterhalten, sondern etwas tun, das der Welt des Seins angehört, etwas, das fähig ist, sich in der Welt der Energien zu bewegen.

Die Transformation, die uns *Sein* verleihen kann, wird auch für den Ablauf der Welt benötigt. Darin liegt eine Verpflichtung des Menschen, die keiner anderen Form des Lebens auferlegt ist. Wir werden später sehen, dass viel davon abhängt, inwieweit ein Mensch es fertigbringt, in Berührung mit seinen inneren Energien zu kommen, und inwieweit er fähig ist, negative Impulse und Zustände in positive umzuwandeln.

Die Stufenleiter der Energien

Es gibt ein altes Ordnungssystem, das sehr einfach ist, und in dem sämtliche Energien in einer von zwölf Kategorien untergebracht werden können. Die Grundbegriffe hierzu habe ich von Gurdjieff und zwar aus einem Vortrag, den er vor vielen Jahren in der Prieuré, seinem erstem Übungszentrum in Europa, hielt. Als ich später mit Ouspensky zusammenarbeitete, beteiligte ich mich an einem großen Forschungsprojekt über dieses System und fand heraus, dass es aus einer sehr alten asiatischen Tradition stammt und in vielen Lehren auftaucht – im Buddhismus, im Sufismus, in der Kabbala und sogar im Christentum, zum Beispiel in »der himmlischen Hierarchie« des Dionysius Areopagita.[12] Es ist immer wieder verloren gegangen und neu aufgefunden worden. Diejenigen, die es entdeckten, hatten oft keine Ahnung, dass sie etwas gefunden hatten, was schon in der Vergangenheit bekannt war; so machte zum Beispiel kürzlich ein Wissenschaftler in einem Buch den Vorschlag, man solle die Existenz unter dem Aspekt zwölf verschiedener Ebenen betrachten, jede mit einer entsprechenden Energie.

An dieser Klassifikation der Energien in zwölf Kategorien oder zwölf Stufen ist die *Zwölfzahl* sehr bemerkenswert. Man findet nämlich die Zahl Zwölf in allen Traditionen in Verbindung mit verschiedenen Stufen der Transformation. Meine Erfahrung, die ich in vielen Jahren Arbeit mit diesem System gemacht habe, hat gezeigt, dass wenn wir es verstehen, diese Terminologie zu benutzen, sie uns ermöglicht, sehr explizit und klar über Dinge zu sprechen, die subtil und schwer vermittelbar sind. Diese Klassifikation umfasst nämlich alle Energiearten, die es gibt, alle Facetten, die unserer Erfahrung zugrunde liegen: angefangen bei den Energien, die Gegenstand physikalischer Forschung sind, über jene, deren Erscheinungsformen die Biologie und die Psychologie unter-

12. Von der heutigen Philosophiegeschichte als Pseudo-Dionysius Areopagita bezeichnet. Inzwischen weiß man, dass die Texte von einem Abt Hilduin um 830 geschrieben wurden. Ausführlich dazu in: Bruno Martin: *Das Lexikon der Spiritualität*, München 2005 (Anmerkung der Übersetzer).

suchen, bis zu jenen Energien, die den Bereich der normalen Forschung überschreiten, den so genannten »spirituellen Energien«.

Wir haben nicht zu allen Energien das gleiche Verhältnis. Zum Beispiel können wir Elektrizität nur äußerlich aufgrund dessen erkennen, was sie bewirkt. In diesem Sinne ist sie »objektiv«. Auf der anderen Seite gibt es Energien wie das Bewusstsein, mit denen wir »aufwachen«; diese Energien sind »subjektiv«. Es sind Energien, die direkt in unsere Erfahrung einfließen, was nicht heißt, dass wir uns ihrer in allen Fällen gewahr sind.

Wenn wir denken, arbeiten wir mit Gedankenenergie. Obwohl wir diese genauso wenig beobachten können wie die Elektrizität, besteht doch ein großer Unterschied in der Art, wie wir sie erfahren. Die Energie der Gedanken ist nicht so deutlich zu trennen von dem, was wir denken, wie die Elektrizität von ihren Wirkungen. Wir sind *im* Wirken unserer Gedanken. Doch eine Energie, die aus der einen Perspektive innerlich ist, kann aus einer anderen Perspektive äußerlich sein, der Unterschied ist relativ. In der materiellen Welt ist dies leicht zu sehen: Wenn wir in einem Raum sitzen, ist der Raum für uns außen, für das Haus jedoch innen. Man braucht etwas Übung, um zu sehen, dass auf unsere Energien das gleiche Prinzip zutrifft. Wenn »bewusste Energie« am Werk ist, befinden wir uns, auch wenn unsere normalen Gefühle, Empfindungen und Gedanken unvermindert weitergehen, nicht länger auf die gleiche Weise *in* ihnen. Wir sind stattdessen von ihnen fortgerückt, so dass sie etwas Objektives oder Äußeres für uns werden. Ähnlich ergeht es uns, wenn wir aus einer Träumerei aufwachen: Plötzlich bemerken wir, dass wir uns in einem Tagtraum befanden, einen Moment vorher *waren wir* noch das Träumen. Durch diese Relativität haben wir die Chance, den ›Inhalt‹ unserer selbst objektiv wahrzunehmen.

Zwischen den Energien des »Innen« und »Außen« liegt für uns eine Schwelle. Unterhalb eines gewissen Punktes ist das, was geschieht, nicht mehr ein direkter Teil unserer Erfahrung. In unserem Energieschema teilen wir deshalb das Spektrum in zwei Hälften und sprechen von sechs objektiven und sechs subjektiven Energien. Wir tragen auch dem besonderen Charakter des Lebens Rechnung: Im Leben gibt es Empfindung und Mechanismus. Es liegt *zwischen* dem subjektiven und dem objektiven Pol und hat etwas von beiden. Wenn wir die Lebensenergien in die mittlere

Region der Skala setzen, erhalten wir Energien ›oberhalb‹ und ›unterhalb‹ des Lebens. Wir teilen die Skala so ein, dass sich jede Region aus vier Energien zusammensetzt, was insgesamt zwölf ergibt. In der ersten Region befinden sich die vier Energien unterhalb des Lebens – die materiellen Energien –, in der zweiten Region liegen die Lebensenergien selbst und in der dritten die Energien oberhalb des Lebens – die kosmischen Energien.

Sehen wir uns die zwei Unterteilungen an, die wir getroffen haben, dann stellen wir fest, dass einige der Lebensenergien äußerlich sind und unterhalb der Bewusstseinsschwelle liegen, andere wiederum sind innerlich und haben ihren Platz oberhalb der Bewusstseinsschwelle.

Abb. 2.1 – Die Stufenleiter der Energien

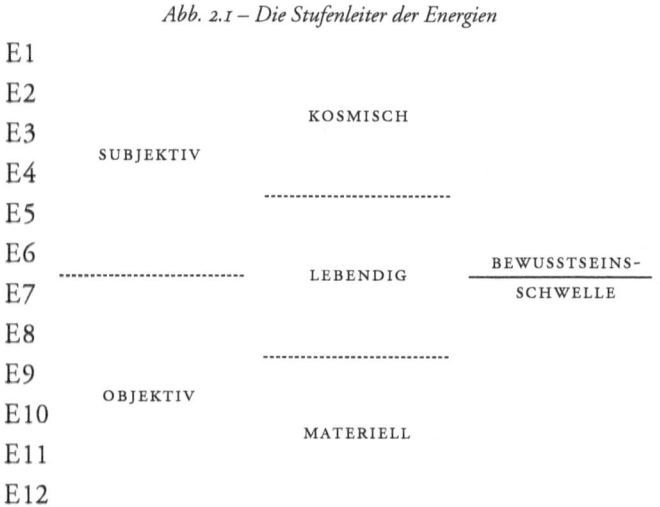

Das Besondere an einem Lebewesen ist seine Lage dazwischen. In unseren Körpern finden Lebensprozesse statt, derer wir uns nicht gewahr werden – physiologische Prozesse, die nichts Subjektives an sich haben, da sie den chemischen Prozessen viel näher stehen als den bewussten. Unser Körper schafft es, seine Gewebe wiederherzustellen, ohne dass wir uns dessen bewusst sind. Auch im Bereich des Bewusstseins finden Prozesse statt. Unsere Erfahrung ist voll mit dem Wirken jener Gedanken und Gefühle, die unser Körper produziert. Leben, egal wie primitiv, ist immer beides zugleich: mechanischer Prozess und Erfahrung.

Wenn wir uns das Schema anschauen, müssen wir beachten, dass wir nicht annehmen, hier würden zwölf verschiedene Dinge beschrieben. Energien sind nicht wie Körper, sie sind nicht so getrennt und verschieden voneinander wie Körper. Besser ist es, die Skala als eine Folge von Gradstufen zu sehen, innerhalb derer jede Energie fließend in die nächste übergeht. Jede Energieebene wird durch die nächst höhere Ebene gestaltet und durch die nächst tiefere aufgelöst. Auf diese Weise können wir ihre Unterschiede wahrnehmen.

Innerhalb jeder Ebene sind viele unterschiedliche Energiearten möglich: Gedanken, Gefühle, Empfindungen liegen alle auf der gleichen Energieebene, obwohl sie von unterschiedlichen Zentren aus arbeiten und unterschiedliche Resultate in uns bewirken. Die Energien, die wir in praktischen Situationen vorfinden, sind immer eine Mischung aus verschiedenen Energien, wir haben es nie mit einer Energie in Reinform zu tun.

Die materiellen Energien

Selbst im Bereich der materiellen Energien kann unterschieden werden zwischen den gröberen Energien niederen Grades und den Energien, die es den Körpern ermöglichen, sehr differenzierte, subtile Eigenschaften anzunehmen. Es ist ziemlich klar, dass zwischen Wärme und Biegsamkeit ein Unterschied besteht. Wir können etwas vereinfachend sagen, dass Biegsamkeit mehr mit den innewohnenden Eigenschaften des Körpers zu tun hat, während Wärme etwas ist, das hinzugefügt oder entzogen wird, ohne fundamentale Veränderungen zu bewirken. Dass Biegsamkeit wiederum durch Wärme hervorgerufen werden kann, ist nur ein Beispiel dafür, wie Energien verschiedener Ebenen einander beeinflussen.

Die Ebene einer Energie wird dadurch bestimmt, wie weit sie in sich selbst organisiert und wie vielseitig sie ist, das heißt, wie viele verschiedene Dinge sie bewirken kann. Daher leuchtet es ein, dass als niedrigste Energieform diejenige in Frage kommt, der überhaupt keine Organisationskraft innewohnt, die ein wahrer Ausbund an Desorganisation ist.

E12 – **Zerstreute Energie:** Wir nennen die niedrigste Form von Energie »zerstreut«, da es ihre Tendenz ist, sich auszubreiten und den Grad an Organisiertheit herabzusetzen. Dabei handelt es sich natürlich um die Wärmeenergie, die in der Thermodynamik studiert wird. Mit ihr sind bestimmte Gesetze verknüpft, wie zum Beispiel das zweite thermodynamische Gesetz, das besagt, dass der Grad der Unordnung mit jedem Energieaustausch zunimmt. Wärme ist die Energieform, die allen zufälligen oder ungerichteten Bewegungen zugrunde liegt. Sie ist die Energie der »ungerichteten Bewegtheit«. Sicherlich hat jeder bewegte Gegenstand in seinem Weg oder Fluss eine bestimmte Richtung. Wenn sich aber eine große Anzahl solcher Körper durcheinander bewegen, wie die Teilchen der Luft innerhalb eines Raumes, bewegen sie sich unbestimmt und ohne eine feste Richtung. Diese wilde Bewegung der Teilchen ist das, was wir als »Wärme der Luft« bezeichnen. Dabei handelt es sich um eine reale und messbare Energie, die wir aber nicht direkt wahrnehmen. Wir nehmen nur Gradunterschiede an Wärme wahr, was nicht das Gleiche ist. Manchmal können wir auch die Stäubchen unter dem Bombardement der Luftteilchen herumtanzen sehen, wenn gerade ein Sonnenstrahl hereinbricht. Das ist lediglich ein Resultat, das die Wärmeenergie in der Luft hervorruft, nicht die Energie selbst. Wir bezeichnen diese Energie deshalb als »zerstreut«, weil sie ohne Ort, Form oder Struktur ist, weil alles Existierende immer einen gewissen Grad an Wärme beziehungsweise Hitze besitzt und weil Wärme gleichmäßig passiv durch alles hindurchzieht und sich stets vom Wärmeren zum Kälteren hin ausbreitet. Obwohl sie in mancher Hinsicht notwendig ist und viele Objekte nur innerhalb eines bestimmten Temperaturbereichs existieren können, kann sie doch von sich aus nichts bewirken.

Nach der Hindukosmologie der Veden steht Wärme oder *tapas* am Anfang der Schöpfung. Wir sehen diese sich ausbreitende Natur der Wärme im anfänglichen Chaos, aus dem die Welt hervorging. Sie bildet die Antithese zu der transzendentalen Macht, welche die Welt ins Seins rief. In der Wärme liegt der Beginn der Bewegung, in der Bewegung der Anfang einer Veränderung, in der Veränderung der Beginn des Wachstums, im Wachstum der Beginn der Transformation und darin der Anfang der Einheit. Es ist nicht leicht zu verstehen, welchen Beitrag die Wärme im Weltprozess der Transformation leistet.

E11 – Gerichtete Energie: Die zweite Art von Energie geht aus der Trennung hervor und entsteht, wenn Bewegung eine stetige Richtung annimmt. Das können wir mit einem Wärmefluss veranschaulichen. Wenn wir das Ende einer Metallstange erhitzen und das andere Ende kalt lassen, wird ein konstanter Energiefluss von einem Ende zum anderen entstehen. Der Wärmeenergie wurde eine Richtung gegeben, weil sie durch die physikalischen Eigenschaften der Stange organisiert wurde. Wenn wir ein Ding hochheben, entsteht dabei auch eine Gerichtetheit zur Erde hin, an der es sich beim Fall entlang bewegen wird. Dem Gravitationsfeld der Erde ist eine Richtung eigen. Sobald etwas angehoben wird, bedarf es eines Potenzials an Gravitationsenergie, um die dabei stattfindende Trennung auszugleichen. Diese Energie ist gerichtet. Ähnliches geschieht, wenn wir die Pole einer Batterie miteinander verbinden: Ein gerichteter Energiefluss entsteht.

»Auf und nieder«, »positiv und negativ« beschreiben den polaren Charakter gerichteter Energien, zum Beispiel der Gravitationskraft, der Elektrizität und des Magnetismus. Mit jeder von ihnen verbindet sich ein Kraftfeld. Dieses Feld gibt die Richtung an, in der die Dinge sich bewegen werden, wenn sie mit dieser Energie in Berührung kommen. Wir können dafür leicht Beispiele finden: Wenn wir Eisenspäne auf ein Blatt Papier streuen und über einen Magneten halten, formen sie sich zu einem Muster, welches das magnetische Feld spiegelt, in dem sie sich befinden. Wenn wir einen Ball in die Luft werfen, geben wir ihm eine bestimmte Menge gerichteter Energie mit. Der Ball verbraucht jedoch auch Energie für die Bewegung durch das Gravitationsfeld der Erde, und aus der Wechselbeziehung dieser beiden Energien resultiert seine Wurfbahn. Es sind in der Hauptsache diese Energien, die in der Physik eine Rolle spielen.

E10 – Kohäsionsenergien: Die dritte Energie, über die wir hier sprechen werden, schließt die so genannten »chemischen Energien« mit ein und umfasst all die Energien, die die Dinge zusammenhalten. Es gibt Bindungsenergien, durch welche die Bestandteile der Atomkerne, Atome und Moleküle zusammengehalten werden. Diese machen es überhaupt erst möglich, dass chemische Elemente und chemische Verbindungen existieren. Sie liegen der gesamten uns bekannten Struktur der Materie zugrunde und geben sowohl den festen Körpern als auch den Flüssigkeiten ihren

Zusammenhalt. Es gibt Energien an der Oberfläche der Körper, wodurch diese aufrechterhalten werden. Sie bewirken auch eine Anziehung, wodurch sich die Körper, wenn sie zusammengebracht werden, aneinanderfügen lassen. In Flüssigkeiten äußert sich diese Oberflächenenergie als Oberflächenspannung.

Was wir mit unseren Sinnen aufnehmen, sind größtenteils die Formen, die durch die Kohäsionsenergie geschaffen werden. Sie prägen der Materie ein Muster ein. Sehr deutlich wird das am Kristall, bei dem die ›Gitterenergien‹ eine klare dreidimensionale Form bilden. Tatsächlich sind die Kohäsionsenergien verantwortlich für die Entstehung der uns vertrauten Welt von Körperoberflächen und Körperinhalten, von festen und flüssigen Dingen. Man weiß heute mehr über sie als vor hundert Jahren, aber es gibt noch vieles über sie zu lernen. Vor allem versteht man noch nicht wirklich, dass diese Energien tatsächlich die Körper formen. Jedes einzelne Ding, mit dem wir zu tun haben, uns selbst eingeschlossen, wird auf die eine oder andere Weise von der Kohäsionsenergie zusammengehalten.

Man kann sagen, dass diese Energie wirklich den Stoff von *alam-i ajsam,* der Körperwelt, bildet. Ohne sie gäbe es keine festen Körper. Ein großer Teil des Universums ist so beschaffen. Es gibt sehr weite Bereiche, die wir recht ungenau als »Weltraum« bezeichnen, in denen es keine festen Körper gibt, sondern nur Kraftfelder und die zerstreute Energie äußerst verdünnter Gase. Unsere Erde ist darin sehr außergewöhnlich, dass sie über feste, flüssige und gasförmige Körper in unzählig vielen Variationen verfügt. Auf ihr sind deshalb bestimmte Transformationen möglich, die in anderen Teilen des Universums unmöglich sind. Aufgrund der Konzentration von Kohäsionsenergie sind der Erde bedeutende Möglichkeiten gegeben.

E9 – Plastische Energie: Die Kohäsionsenergie ist nicht für alles zuständig, was wir in den materiellen Gegenständen antreffen. Die Körper haben weitaus mehr ›Aufgaben‹, als zusammenzuhalten. Sie müssen in der Lage sein, sich anzupassen und aufeinander einzugehen. Das ist ganz sicher wichtig für die Lebewesen. Sie wären fest, gefroren und tot, wenn es keine höhere als die zusammenhaltende Energie gäbe. Die Dinge müssen fähig sein, ihre Form zu einem gewissen Grad zu ändern und dabei doch zu bleiben, was sie sind. Diese Eigenschaft ordnet man dem zu, was wir als »plastische Energie« bezeichnen.

Unsere Körper sind wunderbar plastisch. Wie kommt es, dass wir fähig sind, unsere Hände zu bewegen? Wie kommt es, dass unsere Stimmbänder vibrieren können, so dass wir Töne produzieren, ohne dass unsere Kehle in Stücke bricht? Alle diese Dinge sind möglich, weil Hände und Kehlkopf elastisch sind. Jeder Muskel, jede Arterie ist ein wunderbares Beispiel dafür, wie plastische Energie arbeiten kann, und jedes Organ in unserem Körper arbeitet auf der Basis dieser Energie.

Dass Dinge ihre Form ändern können und dennoch bleiben, was sie sind, ist eine der höchsten Eigenschaften, die wir ihnen zuschreiben können. Durch die Techniken, mit denen wir Materialien bearbeiten, sollte uns dies ausreichend vertraut sein: Wir biegen, strecken, walzen etwas flach, drehen, pressen es zusammen und so weiter. Aber wir tun diese Dinge, ohne zu bemerken, was für ein Wunder es ist, dass sie möglich sind. Die plastische Energie ist die freieste, vielseitigste und aktivste der materiellen Energien. Durch die Erforschung ihrer Kräfte wurden wir in die Lage versetzt, großen Einfluss auf unsere Welt auszuüben.

Die plastische Energie kommt deshalb ins Spiel, weil nichts kontinuierlich ist. Dinge haben *Lücken*. Das heißt, dass das Innere der Dinge jeweils neu angeordnet werden kann, um sich äußeren Kräften anzupassen. Das geschieht beim Fließen einer Flüssigkeit, die sich laufend selbst innerlich neu ordnet. Weil in den Dingen diese Lücken sind, können sie auch verhältnismäßig leicht entzweigeschnitten oder zerteilt werden. Wäre ein Kristall ganz vollkommen, ohne Lücken in seiner Gitterstruktur, würde es uns eine enorme Energie kosten, ihn zu zerteilen oder seine Form zu verändern. Wahrscheinlich würde der ganze Kristall bei diesem Versuch zerbrechen. Diese ›Unvollkommenheiten‹ der Materie verleihen ihr die Kraft, auf die Umgebung zu reagieren. ›Unvollkommenheiten‹ sind sie nur vom Standpunkt der Kohäsionsenergie aus.

Es ist zum Teil auch möglich, Kohäsionsenergie in plastische Energie umzuwandeln. Dies geschieht bei bestimmten Materialien, wie zum Beispiel dem Ton, der »lebendig« wird, wenn wir ihn bearbeiten, formen und manipulieren. Beim Erdboden geschieht dasselbe durch Pflügen und Graben – und natürlich auch durch die Arbeit von Myriaden von Mikroorganismen und wirbellosen Tieren. Was für uns am Boden wichtig ist, das ist seine plastische Qualität. Der Boden zeigt uns deutlicher als alles andere, dass die Dinge nicht ununterbrochen kohärent sind. Es ist die Plastizität unserer eigenen Hände, die uns befähigt, die Wirkung dieser Energie im Boden zu fühlen, während wir die Erde zwischen unseren Fingern zerreiben. Die plastische Energie ist die höchste, die ohne Leben möglich ist. Wenn wir in den Dingen einen besonderen Grad an Freiheit finden wollen, müssen wir uns den Lebensenergien zuwenden.

Die Lebensenergien

Die Lebensenergien betreffen uns ganz direkt, nicht nur, weil sie das Leben mit sich bringen, sondern auch, weil sie Energien mit einschließen, die über die Schwelle des Bewusstseins hinausreichen. Leben ist ein Zustand, der an *Körper* gebunden ist, und jede Form von Leben, die wir kennen, ist das Leben eines lebendigen Körpers. Wenn es etwas mit einer Erfahrung gibt, was nicht an den Körper gebunden ist, dann können wir von vornherein sagen, dass es jenseits des Lebens liegen muss. Jeder lebendige Körper, auch der allereinfachste, ist außerordentlich komplex organisiert, weitaus komplexer als ein anorganischer. Mittlerweile wissen wir durch die Biochemie, dass sogar die einfachste Zelle, ein winziger Bazillus von einem tausendstel Millimeter Länge, eine Struktur aufweist, in der mehrere Tausend Atome in einer außerordentlich komplexen Weise angeordnet sind. Noch wichtiger ist, dass er über einen zentral gelegenen Molekülkomplex verfügt, von dem aus seine Form und Struktur bestimmt und sein Wachstum gesteuert wird. Er ist fähig, diesem ihm innewohnenden Muster entsprechend zu wachsen, und im Gegensatz zum Kristall vermag er dies, indem er Materialien verwendet, die von ihm selbst verschieden sind, und sie seiner eigenen Natur anverwandelt.

E8 – Konstruktive Energie: Die erste Eigenschaft lebendiger Dinge ist, sich von der Umgebung zu ernähren. Im Vergleich zur nichtlebendigen Welt sind sie daher aktiv. Der Übergang von der bloßen Materie zur lebendigen Form liegt in der Kraft, einen Körper auf einer höheren Ebene zu erhalten als die seiner Umgebung. Diese Kraft, einen Körper *aufzubauen*, schreiben wir der konstruktiven Energie zu. Die Forschungen auf dem Gebiet der Genetik zeigen, dass alles Lebendige ein organisierendes Muster in sich trägt, welches sein Wachstum dirigiert und seine besondere Struktur bestimmt. Die DNS, die Desoxyribonukleinsäure, ist ein Träger dieser konstruktiven Energie. Sie stellt das fundamentale genetische Material dar.

Wahrscheinlich nahm das Leben seinen Anfang, als Formen auftauchten, welche fähig waren, sich selbst zu reproduzieren. Die Erscheinungsform hochkomplexer molekularer Substanzen stellt eine Aktualisierung des Potenzials der konstruktiven Energie dar, die vor diesem Stadium nicht konzentriert werden konnte. Wir sehen diese Energie auch am Werk in biologisch wirksamen Substanzen, zum Beispiel den Enzymen, die fähig sind, auf anorganische Materie einzuwirken, Dinge aufzubrechen oder abzubauen. Ein weiteres Beispiel ist Chlorophyll, das für die gesamte Ökonomie des Lebens auf der Erde von größter Bedeutung ist. Wir finden diese Energie auch in der Aktivität der Viren, welche in sich selbst zwar bewegungslos sind, aber die Merkmale des Lebens annehmen, sobald sie in lebendige Dinge hineingeraten. Die konstruktive Energie steht direkt an der Schwelle des Lebens.

E7 – **Vitalenergie:** Die zweite Lebensenergie kann als eine »gerichtete Energie des Lebens« bezeichnet werden. Zwischen den einzelnen Energien der drei Gruppen besteht eine Verwandtschaft, und die Vitalenergie verleiht den lebenden Dingen ihre charakteristische nach außen gerichtete, zielorientierte Qualität. Wir können diese den »Drang nach Leben« nennen. Dieser hat nichts mit einem Bewusstseinszustand zu tun, sondern durchzieht das gesamte Leben von den einfachsten einzelligen Lebewesen über Pflanzen und Tiere bis hin zum Menschen. Die konstruktive Energie ermöglicht es den Dingen zu leben, die Vitalenergie treibt sie zum Leben. Wir können auch sagen: Die Vitalenergie ist das Leben selbst. Gewöhnlich betrachten wir lebendige Dinge so, als ob sie Leben hätten, in Wirklichkeit ist es aber umgekehrt: Das Leben, die Vitalenergie, hat die lebenden Dinge und bedient sich ihrer als Instrumente.

Die Vitalenergie verleiht den Ernährungs- und Vermehrungsfunktionen der Lebewesen ihren fordernden Charakter. Wenn ein Organismus nicht mehr in der Lage ist, seine Verbindung mit der

Vitalenergie aufrechtzuerhalten, stirbt er. Sobald beim Tod die Funktionen aufhören, verlässt diese Energie den Körper und wird frei, um in andere lebende Körper aufgenommen zu werden. Es ist möglich, Vitalenergie von einem Körper in einen anderen zu übertragen, was bei einer bestimmten Art von Heilung getan wird. Wenn wir die Konsequenzen eines solchen Handelns nicht überblicken können, richten wir damit nur Schaden an und stören den geregelten Mechanismus des Organismus. Solange ein Körper nicht die Organisation aufrechterhalten kann, die für die Konzentration von Vitalenergie nötig ist, wird kein Hinzufügen von außen überhaupt hilfreich sein.

Die Vitalenergie liegt an der Schwelle des Bewusstseins. Von ihr aus gesehen abwärts haben alle Energien objektive Qualität, das heißt, wir erfahren sie äußerlich. Nach oben hin reicht diese Energie bis an die Ebene der automatischen Energie, durch die wir die Möglichkeit haben, uns der Vitalität unseres Organismus von innen her gewahr zu werden und uns unserer selbst als Lebewesen bewusst zu sein.

E6 – Automatische Energie: Unser Drang nach Sex und Nahrung stammt aus der Vitalenergie, aber die Organisation dieser Funktionen gehört zum Wirkungsbereich der automatischen Energie. Die automatische Energie ist zum größten Teil ›Gewohnheitsenergie‹. Sie überträgt bestimmte Verhaltensmuster von Generation zu Generation, so dass die Vögel wissen, wie sie ihre Nester bauen und wohin sie im Winter ziehen sollen. Wir entdecken ihre Aktivität zum Beispiel im Hund, der sich beim Hinsetzen zusammenrollt, womit er Mustern folgt, die aus einer Zeit stammen, als seine Vorfahren noch in Steppen schliefen. Besonders offensichtlich ist ihr Wirken im sozialen Leben der Insekten. Wenn wir uns eine Termitenkolonie ansehen, haben wir den Eindruck, dass da eine Intelligenz am Werke ist. Die automatische Energie ist zu einem gewissen Grad intelligent. Sie wirkt selektiv und ist der Schlüssel, durch den die Ressourcen der Umwelt erschlossen werden. Die automatische Energie kann etwas vom Muster der Umgebung an sich haben. Sie ist die Energie, mit der unsere Sinne und unser Nervensystem arbeiten.

Sie trat zum ersten Mal in solchen Zellen auf, die in der Lage waren, sich sexuell fortzupflanzen. Auch in Pflanzen begegnen wir dem Wirken der automatischen Energie, da diese, um zu überleben, in ihrem Fortpflanzungszyklus die Aktivität der Insekten und anderer Lebewesen mit einbeziehen müssen. Das ganze Phänomen der »biologischen Uhr« ist höchstwahrscheinlich eine Manifestation der automatischen Energie.

Wir haben bereits darauf hingewiesen, dass sich die automatische Energie in den höheren Tieren so verhält, als ob eine innere Landkarte da wäre, die diese in die Lage versetzt, sich in der Umgebung zu orientieren. Stimmt die Landkarte nicht mehr, kann ihr Verhalten sinnlose Formen annehmen. Bei uns selbst können wir ein solches Verhalten beobachten, wenn wir plötzlich bemerken, dass wir aus Gewohnheit zum falschen Ort fahren. Ein sehr großer Teil unseres Verhaltens ist automatisch, auch wenn wir uns selbst vormachen, es sei beabsichtigt. Von außen gesehen mag es so erscheinen, als tue jemand etwas, als hätte er sich entschieden, etwas zu tun, aber in Wirklichkeit steckt nichts weiter dahinter als das Arbeiten einer automatischen Maschine. In seiner Psychologie bestand Gurdjieff darauf, dass die meisten so genannten geistigen Prozesse bei uns aus dem Funktionieren der automatischen Energien hervorgehen. Die automatische Aktivität unseres Denkens währt vom frühen Morgen bis zum späten Abend. Sie stellt einen notwendigen Teil unseres Funktionierens dar und ist eine normale Aktivität, die mit unserem Nervensystem zusammenhängt. Das Dumme ist nur, dass wir diese Aktivität als ein »Ich denke« wahrnehmen, während sie nichts als eine gewohnheitsmäßige Assoziation ist, die durch Reize der physiologischen und äußeren Umgebung ausgelöst wird. Von daher befindet sich diese Art »Denken« auf gleicher Ebene wie Atmung und Blutkreislauf.

Alle instinktiven automatischen Prozesse wie Assoziation, Herzschlag, Atmung und Verdauung sind bis zu einem gewissen Grad kontrollierbar. Hier können wir beginnen, von »Arbeit an sich selbst« zu sprechen, obwohl dies noch eine relativ äußerliche Angelegenheit ist: Wir haben bestimmte Arten zu sitzen, zu stehen und zu gehen – Manierismen in der Bewegung, die uns Unmengen Energie kosten und die Arbeit unseres Organismus beträchtlich stören. Richten wir unsere Aufmerksamkeit auf den Zustand unserer Muskeln, dann werden wir sie normalerweise unnötig gespannt vorfinden. Sie reagieren blind auf die Reize unserer Emotionen und Assoziationen oder auf unsere Umgebung. Es ist jedoch möglich, sie mit Hilfe des organisierenden Einflusses höherer Energien zu entspannen. Auch in unserem Denken und Fühlen gibt es gewohnheitsmäßige Haltungen und ›Verspannungen‹. Wenn wir beginnen, diese zu erforschen, stellen wir fest, dass sie zusammen das Erscheinungsbild eines Menschen ergeben, der nicht nur andere, sondern auch sich selbst zu täuschen versteht. Die automatische Energie ist die erste, die in den Bereich der subjektiven Energien fällt und mit der eine Art der Erfahrung verknüpft ist. Es ist etwas Geisterhaftes an der automatischen »Mensch-Maschine«. Sie ist ein Anzug ohne etwas drin. Der Mensch, der darin steckt, muss erst aus seinen Träumen geweckt werden.

E5 – Sensitive Energie: Sensitivität stellt die Grenze unserer gewöhnlichen Bewusstheit dar. Sie ist die höchste Energie, die wir unter unserer Kontrolle haben können. Die sensitive Energie benötigt eine sehr komplexe Apparatur, um in einem Lebewesen funktionieren zu können. Aus diesem Grund befindet sich ihr größtes Betätigungsfeld im Menschen, dessen drei Gehirne ihr jeweils eine andere Qualität der Wirkungsweise ermöglichen. Alle Lebewesen haben zu einem gewissen Grade Anteil an der Arbeit der sensitiven Energie, einige mehr, einige weniger. Aber erst in den Wirbeltieren gelangt sie zur Blüte; jede einzelne Tierart dient dazu, eine bestimmte Schattierung der sensitiven Energie zu transformieren. Nur wenn wir die Bedeutung dieser Transformationen kennen, können wir verstehen, wie wichtig die Vielfalt der lebenden Arten ist. Es lässt sich nicht abstreiten, dass die Tiere, besonders die Warmblütler unter ihnen, ebenso viel oder mehr Sensitivität besitzen wie die meisten Menschen. Durch diese Sensitivität erhalten sie ihren besonderen Charakter. Wenn wir einzelne Arten von Lebewesen ausrotten, liegt darin ein großes Risiko für uns, da *wir* dann die Rolle übernehmen müssen, die diese Wesen innerhalb der Transformation innehatten. Denn alles Lebendige, auch der Mensch, ist Mächten unterworfen, die die Transformation der Energien auf der Erde regeln.

Durch die sensitive Energie haben wir die Möglichkeit zu wählen. Für die Tiere bedeutet das hauptsächlich Sensitivität für gute oder schlechte Nahrung. Sie ermöglicht den Kontakt eines lebenden Körpers mit seiner Umgebung, was mehr bedeutet als bloßen Körperkontakt. Durch diese Energie sind sich Tiere und Menschen ihrer Umwelt gewahr.

Die sensitive Energie spielt für die Lebewesen die gleiche Rolle wie die plastische Energie für die materiellen Dinge. Sie ermöglicht ihnen Transformation und Verwandlung. Nur der Mensch ist in der Lage, diese Möglichkeit in ihrem vollen Ausmaß zu nutzen. Solange wir jedoch den größten Teil der Zeit in einem automatischen Zustand zubringen, bleibt unsere Sensitivität in einem Traumzustand befangen, innerhalb dessen wir auf vage Weise Eindrücke aufnehmen und dabei in unserem Verhalten unberührt bleiben. Gurdjieff vergleicht den Zustand der Energie im gewöhnlichen Menschen mit einer Wolke, die zusammen mit dem Körper umhertreibt und der es an Organisation mangelt.

Sind wir an etwas interessiert, dann konzentriert sich unsere Energie in diese Richtung. Essen wir etwas Gutes, dann bekommt sie für kurze Zeit eine ›Seele‹ in Form eines Mundes. Sie wird von den Dingen um uns herum angezogen oder abgestoßen. Um das zu werden, was wir sein sollten, müssen wir lernen, das Wirken der sensitiven Energie in unserem Körper, unserem Fühlen und unserem Denken in Gang zu setzen und aufrechtzuerhalten. Bevor wir das nicht können, haben wir nicht einmal die Schwelle zur Transformation erreicht. Zu lernen, unsere Zentren in einen sensitiven Zustand zu bringen, ist die einzige Weise, sie auf die Aktion höherer Energien in uns vorzubereiten.

Die sensitive Energie versetzt uns in die Lage, uns unserer Gedanken, Gefühle und körperlichen Zustände gewahr zu sein, das heißt der Assoziationen, Reaktionen und Empfindungen innerhalb unseres mechanischen Lebens. Die Mensch-Maschine ist so beschaffen, dass sie *als* Gedanke, Gefühl oder Körperzustand existiert und zum Sklaven jedes flüchtigen Impulses wird. Wir können nur wählen, wenn wir uns einer Alternative bewusst sind. Im sensitiven Zustand können wir etwas, das uns gegenübersteht, entweder akzeptieren oder zurückweisen; wir müssen nur zusehen, dass wir dies nicht mit automatischem Reagieren verwechseln. Um Verwirrung zu vermeiden, müssen wir wissen, was es heißt, die Gegensätze *zusammenzuhalten*. Wenn wir eine Sache mögen, ist es nützlich, gleichzeitig zu bedenken oder zu fühlen, wie es wäre, sie nicht zu mögen, und umgekehrt. Wenn wir uns dabei erwischen, dass wir zu einer Idee »Nein« sagen, ist es sinnvoll, sie auch zu erwägen und sie zu akzeptieren. Nur wenn wir fähig sind, unter die *kombinierte Aktion* von »Ja« und »Nein« zu treten, können wir wirklich wählen.

Die sensitive Energie bringt uns in Kontakt mit unseren Funktionen und mit der Welt um uns herum. Normalerweise sind wir uns der Bedeutung der Worte, die in unseren Gedanken und Reden auftauchen, nicht bewusst. Stattdessen werden Wörter von einer automatischen Maschine aneinandergereiht, die Gurdjieff den »formatorischen Apparat« nennt. Niemand ist da, der spricht, und niemand, der denkt. Es ist deshalb sehr wichtig, sich darin zu üben, selbst die Frage zu stellen: »Was bedeuten diese Worte, die gerade in mir ablaufen?« Nur so können wir zumindest zeitweise in Kontakt mir ihrer Bedeutung kommen. »Uns selbst eine Frage zu stellen«, bedeutet mehr als nur die Bildung einer weiteren Wörterkette in unserem Geist; es geht um eine Konzentration der sensitiven Energie.

Jeder Mensch glaubt, Gefühle zu haben; in Wirklichkeit besitzen die meisten Menschen sehr wenig Sensitivität in ihrem Gefühlsleben. Alles bleibt in einem engen Kreis von Reaktionen eingeschlossen. Wenn wir ernsthaft darangehen, unser emotionales Leben zu erforschen, vor allem wenn wir das mit anderen zusammen tun können, die das gleiche Ziel haben, dann werden wir bald feststellen, wie viel davon reine Einbildung ist und wie wenig emotional sensitiv wir anderen Menschen gegenüber sind. Im Schlusskapitel von *Beelzebubs Erzählungen* sagt Gurdjieff eine Menge über die Verarmung unseres emotionalen Lebens. In einer alten Analogie wird der menschliche Körper durch einen Wagen – in Gurdjieffs Vision ist es eine Mietskutsche – repräsentiert, der Verstand durch den Wagenlenker und die Gefühle durch die Pferde.

Gurdjieff malt uns das Bild eines Pferdes, eines erschöpften, schlecht behandelten Kleppers, der zum Sklaven desjenigen wird, der ihm die geringste Zuneigung schenkt. Weiter beschreibt er, dass wir, wenn wir einmal Gefühle erfahren, doch unfähig sind, diesen Ausdruck zu verleihen, was dazu führt, dass wir immer mehr von anderen Menschen abgeschnitten werden und uns in uns selbst verkriechen. Dabei sollten die Gefühle gerade das Mittel sein, sich den anderen Menschen gegenüber zu öffnen.

Es ist sehr schwer, direkt an den Gefühlen zu arbeiten. Mit dem Körper ist es sehr viel einfacher. Indem wir unsere Aufmerksamkeit in unseren Körper bringen, wird er sensitiv. Wir nennen dies »empfinden« und die dabei beteiligte Energie »Empfindung«. Auch die Arbeit mit dem Kopfgehirn ist einfacher als mit dem Gefühlsgehirn. Es ist uns bis zu einem gewissen Grad möglich, unsere Aufmerksamkeit auf eine Idee oder ein Muster zu konzentrieren. Wenn wir sensitives Denken mit sensitiver Körperpräsenz verbinden, können wir etwas im Reich der Gefühle hervorrufen. Der praktikabelste Weg, den Automatismus in einem Gehirn zu überwinden, führt über die gemeinsame Aktion der beiden anderen.

Es wäre nicht richtig zu sagen, dass wir mittels der sensitiven Energie in der Lage sind, eine Aktion zu »initiieren«. Sensitive Tätigkeiten hängen von dem ab, was vorhergegangen ist. Sie befähigen uns, innerhalb einer bestehenden Situation zu wählen, aber nicht, die Situation selbst zu ändern. Um über das, was existiert, hinauszugehen, um von »Ja« und »Nein« frei zu werden, brauchen wir die kosmischen Energien.

Die kosmischen Energien

Mit den kosmischen Energien tauchen wir in unser Bewusstsein ein, in Bereiche, für die die gewöhnliche Erfahrung »außerhalb« liegt. In diesen Bereichen und mit diesen Energien haben wir die Möglichkeit, frei zu werden. Es sind Energien jenseits des Lebens. Mit ihnen überschreitet unsere Identität die eines lebenden Körpers.

E4 – Bewusste Energie: In der Alltagssprache bedeutet »Bewusstsein« einen Zustand, in dem man sich der Dinge, die die sensitive Energie produziert, bewusst ist. Was *wir* jedoch mit Bewusstsein meinen, gehört einer höheren Ordnung an; wir können es grob beschreiben als »sich des gewöhnlichen Bewusstseins bewusst sein«. Wenn wir begreifen wollen, was Transformation für den Menschen bedeutet, ist es notwendig, die Unterscheidung von Sensitivität und Bewusstsein nachzuvollziehen. Es ist leicht, sich glauben zu machen, dass man »sich selbst beobachten« kann. Die meisten Menschen halten es sogar für selbstverständlich, dass sie wissen, was in ihnen vorgeht und was ihr Zustand ist. Meistens ist jedoch die so genannte Selbstbeobachtung nur die Beobachtung eines Zentrums durch ein anderes. Wir können zum Beispiel an unseren Körper denken und an die Art, wie er sich bewegt, oder wir können fühlen, wie die Gedanken sich durch unseren Geist bewegen. Dies ist immer nur die Beobachtung eines Funktionsbereichs durch einen anderen. Wir nehmen dabei nicht uns selbst wahr, es sind nur Teile unserer selbst, die einander wahrnehmen. Wirkliche Selbstbeobachtung erfordert eine ›innere Trennung‹ von sich selbst. Das bedeutet die Loslösung vom Funktionieren des Körpers, des Gefühls und des Denkens. Unser Funktionieren ist dann immer noch Teil von uns, aber wir sind nicht länger nur ein Teil von ihm. Wenn wir diese Erfahrung einmal gemacht haben, kennen wir ihren »Geschmack«, und wenn sie wieder in uns auftaucht, erkennen wir sie ganz unmissverständlich wieder. Haben wir diesen Geschmack jedoch nicht, dann ist es leicht, sich zu täuschen und zu meinen, er sei doch da.

Die bewusste Energie ist eine kosmische Energie, deshalb sind wir nicht in der Lage, sie in uns selbst ›herzustellen‹. Sie geht nicht direkt aus Anstrengungen hervor, wie die Sensitivität. Wenn wir mehr über die Transformation der Energien lernen, werden wir schließlich verstehen, dass beim Erwachen des Bewusstseins immer eine spontane Komponente mitspielt. Dies ist der Grund, warum der Akt der freiwilligen Aufmerksamkeit, der das Bewusstsein weckt, seinem Wesen nach kreativ ist.

Bewusstsein kann durch Schocks in uns freigesetzt werden, zum Beispiel durch intensive emotionale Einwirkungen. Dadurch wird eine ganze Reihe von Transformationen möglich. Die bewusste Energie kann mit der automatischen Energie in uns verschmelzen – das Resultat ist die Energie der dazwischen liegenden Ebene: die Sensitivität. Gurdjieff beschrieb diese Art Transformation folgendermaßen: »Das Höhere verschmilzt mit dem Niedrigeren, um ein Mittleres hervorzurufen. Dieses ist höher als das vorausgehende Niedrigere und niedriger als das nachfolgende Höhere«. Das gibt exakt wieder, was passiert. Die freigesetzte Energie wird so verfügbar, um mit der Energie jenseits des Bewusstseins, der kreativen Energie, zu verschmelzen. Das Resultat ist mehr Bewusstsein. Es wird möglich, die Dinge neu zu sehen, neu und anders zu denken und zu fühlen. Die Gefahr besteht in der Konditionierung, die unserer Sensitivität innewohnt, wo wir unser Selbstbild aufbewahren mit all seinen Vorurteilen, Einstellungen und Träumen. Diese bringen eine desorganisierende Kraft mit ins Spiel. Es ist uns nicht möglich, die Widersprüche in uns zu ertragen, die Kombination von »Ja« und »Nein«, die durch die Konzentration bewusster Energie möglich gemacht wird. Wir verfallen sehr schnell wieder in Schlaf. Die Welt sieht dort allzu anders aus, als wir sie uns vorgestellt haben.

Es ist also nicht richtig zu sagen, dass wir Bewusstsein in uns schaffen können; aber wir können uns auf das Wirken des Bewusstseins vorbereiten, indem wir unserer Sensitivität die Erfahrung der Kombination von »Ja« und »Nein« und »Innen« und »Außen« geben. Dies war Ouspenskys Art, die Leute auf die Erfahrung der »Selbsterinnerung« vorzubereiten. Diese, so meinte er, könne man nur *vorgeben*, in sich selbst herzustellen, da wir gar nicht in der Lage seien, genügend emotionale Energie anzusammeln. In sich selbst einen »Schock« hervorzurufen, ist etwas sehr Großes, und nicht jeder ist dazu fähig. Wir sollten noch hinzufügen, dass es nicht angebracht ist, in anderen Menschen Schocks hervorzurufen, selbst wenn wir die Intention haben, jemandem »etwas Gutes zu tun«, denn das Ergebnis ist meistens Abhängigkeit und Mangel an Spontanität.

Wenn Bewusstsein in uns ist, werden wir gewahr, dass unser gewöhnlicher Bewusstseinszustand eher wie Schlaf oder wie die Zweidimensionalität im »Flächenland« ist.[13] Wir sehen dann, dass wir im Normalzustand glauben, ein Wesen zu sein, das wirklich da ist, während in Wirklichkeit überhaupt kein Wesen da ist. Was freigelegt wird, ist kein Wesen, sondern das Bild eines Wesens. Dies wird uns klar, wenn genügend bewusste Energie konzentriert worden ist. Im gewöhnlichen Zustand haben wir sehr wenig davon, so dass wir bestenfalls einen nagenden Verdacht in uns spüren, dass »etwas nicht stimmt«. Aber schon dieses bisschen gibt uns die Freiheit zu arbeiten. Es heißt, es sei uns jederzeit möglich, den Zustand der »Selbsterinnerung« zu haben, wenn auch nur für den Bruchteil einer Sekunde. Es ist sehr wichtig, dass wir alles, was wir tun können, mit der ganzen Menge an bewusster Energie tun, die uns zur Verfügung steht. Wenn Menschen unter bestimmten Bedingungen zusammen arbeiten, können sie genügend bewusste Energie konzentrieren, so dass zumindest einige von ihnen ›aufwachen‹ und etwas sehen – und das wird für alle ein Gewinn sein.

Es erfordert viel Zeit, uns an die Trennung von Bewusstsein und Sensitivität zu gewöhnen. Durch die übliche Erziehung wird nichts Derartiges in uns gefördert. Wir müssen lernen, die Wahrnehmungen und Aktionen, die einer höheren Ordnung angehören, zu erkennen. Wir müssen uns auch üben im »Kampf mit uns selbst«, dem Hervorbringen einer Spannung zwischen »Ja« und »Nein«, durch den der Boden für die Saat des Bewusstseins bereitet wird.

13. Vergleiche Seite 145 ff.

Wenn Bewusstsein da ist, sprechen wir besser davon, dass *es uns hat,* als dass wir es hätten. Unsere Sensitivität ist es, die uns glauben macht, wir hätten »Bewusstsein« oder ein »Ich«. Bewusstsein ist nicht personalisiert oder an einen bestimmten Platz gebunden. Es ist überall. Wenn wir so tun, als gehöre es uns, dann ist dies genauso albern, als würden wir behaupten, die Atmosphäre gehöre uns, nur weil wir einen Atemzug machen können. Wir sind so beschäftigt mit den äußeren Dingen, dass wir gar nicht wahrnehmen, dass allen Dingen Bewusstsein innewohnt. Es ist in verschiedenen Dingen unterschiedlich konzentriert und es wirkt unterschiedlich in ihnen. Wenn wir beginnen, etwas von der Realität des Bewusstseins in der Natur zu erfahren, dann ist das eine sehr schöne, eine wunderbare Sache. Wir fangen dann an, wirklich zu verstehen, dass Bewusstsein kein menschliches Privileg ist.

Das Bewusstsein kann in uns die bestürzende Erfahrung auslösen, dass wir, während wir etwas ansehen, von diesem ›angesehen werden‹. Darin liegt eine solche Umkehrung unserer gewöhnlichen Betrachtungsweise, dass sie unmissverständlich von dem Wirken einer höheren Ordnung zeugt.

Obwohl Bewusstsein nichts ist, was man kontrollieren oder wie eine Lampe an- und ausschalten könnte, so können wir doch lernen, uns selbst auf die bewusste Erfahrung einzustellen. Es ist das Bewusstsein, was uns wahrnehmen lässt, was wir sind, und uns befähigt zu denken, was wir denken wollen, und zu fühlen, was wir fühlen wollen, und unseren Körper so zu bewegen, wie wir es beabsichtigen. Es ist das Bewusstsein, das uns in die Lage versetzt, all unsere Zentren gleichzeitig zu erfahren.

Wenn wir zu unserem Bild von Land und Meer zurückkehren, dann gleicht der Eintritt in die bewusste Erfahrung einem Eintauchen ins Wasser. Wir müssen lernen zu schwimmen. Wir können auf die Welt des Bewusstseins nicht einwirken, wir können nur lernen, daran teilzuhaben und teilzunehmen an den Energietransformationen, die sie aufrechterhalten. Dem Menschen ist die Rolle zugeteilt, die Welt des Lebens mit der Welt der kosmischen Energie zu verbinden. Das Freisetzen des Bewusstseins in uns ist eine kosmische Verpflichtung.

Viele Praktiken, die uns aus alten Zeiten überliefert worden sind, haben mit dem Freisetzen von Bewusstsein zu tun. Eine dieser Praktiken, die es sich besonders lohnt zu kennen, ist das »Beruhigen des Geistes« oder, wie die Yogis es ausdrücken, die

»Kontrolle der Bewegungen im Geist-Inhalt«. Dadurch werden wir zum »Gegenstand des Bewusstseins«, aber noch nicht zu einem »unabhängigen Wesen«. Denn hierzu benötigen wir höhere Grade der Energie, weil das Bewusstsein selbst transformiert werden muss.

E3 – Kreative Energie: Die zweite kosmische Energie liegt jenseits des Bewusstseins, ihr ist deshalb eine verborgene Qualität eigen. Dies heißt nicht, dass sie nur selten in uns arbeitet. Die kreative Energie wirkt zwar im Geschlechtsakt, aber wir nehmen sie nur auf der sensitiven Ebene wahr. Wir sind uns des Vorgangs, durch den ein Kind empfangen wird, nicht bewusst, auch nicht der Einswerdung von Mann und Frau. Die kreative Energie liegt jenseits *unserer* Reichweite, doch wir befinden uns nicht außerhalb *ihres* Zugriffs. Wir können Instrumente sein, durch die die kreative Energie in der Welt handelt. Sie ist die höchste Energie, die im Menschen wirken kann. Der entscheidende Unterschied zwischen einem Menschen und einem Tier ist vielleicht der, dass der Mensch mit der Möglichkeit ausgestattet ist, ein bewusstes Instrument der Kreativität zu sein.

Man kann das Wort »sehen« in einem bestimmten Sinn verwenden. Wir wollen es nicht benutzen, um die Aktivität unserer Sehorgane zu bezeichnen oder das allgemeine Erkennen. *Sehen* ist eine viel höhere Sache als das, was wir darüber wissen oder fühlen oder spüren, weil es eine direkte Wahrnehmung dessen ist, was die Dinge sind. Wir sind dann in der Lage, alles Notwendige zu wissen, über uns wie auch über die Welt. Die bewusste Energie, mit der wir uns selbst betrachten, steht unter der Kontrolle der kreativen Energie. Die kreative Energie gibt uns den Zugang zu dem, was für uns »jenseits« ist, zum kosmischen Prozess. Sie überschreitet die gewöhnlichen Zentren und arbeitet durch das, was Gurdjieff die »höheren Zentren« nennt.

Die kreative Energie ist die Energie, die uns Freiheit gibt und uns ermöglicht, uns selbst zu ›erschaffen‹. Sie ist die Energie, durch die wir in die Lage versetzt werden, freiwillige Aufmerksamkeit zu erzeugen. Wenn wir versuchen, aufmerksam zu sein, bemerken wir, dass dies kaum in unserer Macht steht. Es entzieht sich uns, wie angestrengt wir es auch versuchen. Dies zeigt uns unser tatsächliches Ausmaß an Freiheit. Die kreative Energie ist die Energie des Ichs, und nur dann, wenn sich der Wille mit dieser Energie verbindet, haben wir Macht. Ein Mensch wird erst dann zum freien Individuum, wenn er die Arbeit der kreativen Energie mit seinem Alltagsleben verbunden hat.

Kreative Energie wird durch die Transformation unseres Bewusstseins erzeugt. Diese Transformation hat zwei Seiten: »Negative Emotionen« führen dazu, dass unsere Kraft nachlässt, und »positive Emotionen« stärken unsere Kraft. Gurdjieff verwendet diese Begriffe so: Negative Emotionen sind alle gewöhnlichen Emotionen, die unter dem Gesetz stehen, dass sie immer ihr Gegenteil hervorrufen, so dass Mitleid sich in Abscheu verkehrt und Liebe in Hass. Die positiven Emotionen haben kein Gegenteil, wenn sie auch die gleichen Namen tragen wie die negativen, zum Beispiel Freude, Hoffnung, Liebe. Die positiven Emotionen sind keine Reaktionen. Sie werden hervorgerufen durch das Wirken der kreativen Energie in unserem Bewusstsein. Damit das Bewusstsein transformiert werden kann, muss die Energie der Einheit beteiligt sein, die einer höheren Ebene angehört als die kreative Energie. Während die Energie der Einheit allgegenwärtig ist, sind wir doch kaum offen für sie. Es ist wichtig, den Grund dafür zu verstehen: Die Energie des Bewusstseins erzeugt laufend das Gefühl eines »Ichs« in uns. Deshalb schrecken wir vor der Möglichkeit einer Transformation in uns zurück, denn es scheint uns so, als müsse unser »Ich« dabei verloren gehen. Wir stoßen hier an die mystische Erfahrung der »dunklen Nacht der Seele«, in der wir fürchten, uns selbst zu verlieren.

Nur wenn wir dieses Leerwerden in uns selbst zulassen können, kann die Energie der Einheit in uns eindringen und durch die Transformation des Bewusstseins die kreative Energie erzeugen, die die Energie unseres wirklichen Ichs ist, nicht des »Ichs«, das wir fühlen. Dann werden wir zu jemandem, der nach Gurdjieffs Definition »tun kann«, das heißt, wir werden unabhängige Schöpfer, werden wirklich ›Gott gleich‹.

Bei der ersten Transformation, von der wir sprachen, der Einwirkung des Bewusstseins auf den Automatismus, bei der Sensitivität geschaffen wird, kann man wohl sagen, dass »wir selbst« die Arbeit tun müssen, solange uns klar ist, dass wir mit dem »Wir« das Bewusstsein meinen. Bei der zweiten Art Transformation wäre es völlig falsch, so zu sprechen. Hier nehmen wir die Energie der Einheit in Anspruch, unsere Rolle ist die der Hingabe.

Es ist immer so, selbst bei den höchsten Dingen, dass es auch für uns gewöhnliche Menschen möglich ist, einen »Geschmack« davon zu bekommen. Eine Weise, wie die kreative Energie in uns wirkt, ist die Enthüllung unserer eigenen Nichtigkeit. Bewusstsein zeigt uns, dass wir schlafen; die Kreativität zeigt uns, dass wir *nichts sind*. Die bewusste Energie erzeugt in uns ein Gefühl, dass »ich« mich selbst schlafen sehen kann. Vor der kreativen Energie verschwindet das »Ich« ganz und gar, es bleibt nichts übrig. Das ist nicht zu verwechseln mit einem Zustand akuter Depression, der nur ein sensitiver Zustand ist. Es ist das, was im Sufismus *fana* – Entwerdung – genannt wird, wobei wir, wenn auch nur für einen Moment, uns selbst und der Welt entsterben. Es heißt, dass wir, um die Fähigkeit »zu tun« zu erwerben, die Illusion »wir könnten tun« aufgeben müssen.

Abb. 2.2 – Das Schema der Energien

E1	transzendent	ENERGIEN DES GÖTTLICHEN		
E2	vereinigend			
		----------------------	KOSMISCH	
E3	kreativ	ENERGIEN DES SEHENS		SUBJEKTIV
E4	bewusst			
		----------------------	----------------------	
E5	sensitiv	ENERGIEN DES FÜHLENS		
E6	automatisch			
		----------------------	LEBENDIG	----------------------
E7	vital	ENERGIEN DES WACHSTUMS		
E8	konstruktiv			
		----------------------	----------------------	
E9	plastisch	ENERGIEN DER FORM		OBJEKTIV
E10	kohäsiv			
		----------------------	MATERIELL	
E11	gerichtet	ENERGIEN DER BEWEGUNG		
E12	zerstreut			

E2 – Energie der Einheit: Die Welt steht ständig unter dem Einfluss der vereinigenden Energie, die wir auch »die Energie der kosmischen Liebe« nennen können, wenn wir auch einsehen müssen, dass sie den Menschen selten direkt erreicht. So wie er ist, ist der Mensch kein Wesen der Liebe, nicht einmal auf die Art, dass er kreativ ist. Liebe ist die erlösende Kraft, durch die die niederen Bereiche der Schöpfung in die Lage versetzt werden, zu ihrer Quelle zurückzukehren. Wir können nur schwer etwas über ihre Natur aussagen, aber wir glauben, dass sie die Kraft ist, die uns alle eins und ungeteilt sein lässt, so dass nicht mehr »viele Willen« herrschen, sondern nur noch *ein Wille*. Obwohl es jenseits unseres Verstehens liegt, fühlen wir, dass sie nur dann in uns eintreten kann, wenn wir unseren eigenen Willen aufgeben.

E1 – Transzendentale Energie: Alles, was wir darüber sagen können, ist, dass diese Energie die Grenzen der Schöpfung überschreitet. Wir postulieren, dass sie die oberste der Energien ist.

Die ganze Schöpfung unterliegt dem Prozess der Transformation, die Gurdjieff als *Trogoautoegokrat* bezeichnet hat. Zu diesem Zweck sind alle Energien notwendig. Alle Energien betreffen uns, obwohl die beiden höchsten ganz außerhalb unserer Reichweite liegen und die niederen allem Existierenden gemeinsam sind, nicht spezifisch für das Leben und die Erde, noch nicht einmal für diesen materiellen Körper, wie wir ihn kennen. Wir Menschen sind so geschaffen, dass wir fähig sind, einen weiten Bereich von Energien umzuwandeln, angefangen bei den materiellen Energien über die Lebensenergien, von denen wir zwei, die automatische und die sensitive, mehr oder weniger direkt erfahren können, bis hin zu den kosmischen Energien des Bewusstseins und der Kreativität. Die höheren Energien können allerdings nicht in uns umgewandelt werden, wenn keine bewusste Arbeit geleistet wird. Die Freiheit ist keine Eigenschaft des Menschen, er muss sie erst selbst in sich entstehen lassen. Das ist das Ziel der Arbeit an sich selbst. Wir sagen mit Gurdjieff, dass der Mensch ein kosmischer Apparat zur Umwandlung von Energien ist, das heißt ein spezieller Behälter oder ein Gefäß, in dem Energien, sogar Energien einer sehr hohen Ordnung, zusammengebracht werden können. Der Mensch ist jedoch ein ganz besonderer Apparat, weil er die Möglichkeit hat zu wählen, *wie er benutzt werden will*. Er kann entweder in einer Traumwelt von Hoffnungen und Ängsten, Wünschen und Ambitionen leben und solchen Phantomen wie »Glück« hinterherjagen, gänzlich unbewusst und ohne auf die Transformation zu achten, die zwischen den Energien, aus denen er sich zusammensetzt, vor sich geht. Oder aber er kann zu einem bewussten Instrument der Transformation werden und nicht länger wie ein Tier leben, wozu der unbewusste Mensch gezwungen ist. Nur durch bewusste Arbeit erfüllt der Mensch seine kosmischen Verpflichtungen. Durch die gleiche Arbeit kann er eine unzerstörbare Realität erlangen.

❦

Kapitel drei

Die drei Zentren

AM ENDE VON »BEELZEBUBS ERZÄHLUNGEN« FÜGT GURDJIEFF

einen Auszug aus einem Vortrag an, den er 1924 in New York hielt. Dieser Vortrag hieß: »Die gesetzmäßige Verschiedenheit der Manifestierung der menschlichen Individualität«. Darin wird gesagt, es liege in der Natur des Menschen, dass er mit Erreichen des »verantwortlichen Alters« sich aus vier verschiedenen Personen zusammensetzt. Drei dieser Personen entsprechen dem, was wir als die Automatismen von Denken, Fühlen und Bewegen kennen, die vierte ist der Herr über die Automatismen: das wirkliche Ich. Damit der Herr anwesend ist, muss jede der drei Persönlichkeitskomponenten eine spezifische Form der Erziehung durchmachen, um »spiritualisiert« zu werden.

Wir beginnen das Studium der Zentren mit der Beobachtung der Unterschiede zwischen verschiedenen Wahrnehmungsweisen, Bedürfnissen und Wünschen sowie ihren Funktionsweisen. Wir fangen an zu erkennen, dass die instinktiven Vorgänge in unserem Körper – der Blutkreislauf, die Atmung, die Verdauung und so weiter – in unsere Aktivität mit eingehen und unser Verhalten in einem solchen Ausmaß bestimmen, wie es uns normalerweise nicht bewusst ist. Als »Beelzebub« macht Gurdjieff die sarkastische Bemerkung, unsere geistige Tätigkeit sei bestimmt »durch unsere Verdauungs- und Geschlechtsorgane«. Die instinktiven Prozesse laufen selbsttätig ab, sie organisieren sich selbst, unabhängig von den anderen Teilen. Wir besitzen auch Werkzeuge wie die Hände, die die Neigung in sich tragen, Dinge zu tun, egal ob wir dabei aktiv oder passiv sind. Unsere Hände besitzen einfach diesen Tätigkeitscharakter. Jeder Teil unseres Körpers, der sich in der Außenwelt betätigt, hat diesen Charakter. Innere und nach außen gerichtete Teile bilden alle zusammen ein Ganzes, das eine eigene Organisation besitzt. Es ist genau so, als ob in uns eine Person existierte, die sich instinktiv bewegt, atmet, verdaut, sieht, herumläuft, agiert und Dinge tut.

Wir können nun damit beginnen, in den Zuständen, Interessen, Reaktionen, Launen und Wünschen – in all den Dingen, die unserer Erfahrung ihre Färbung und Richtung geben – ein emotionales Leben wahrzunehmen. Es gibt auch Zustände, die dem emotionalen Leben durch Funktionsstörungen des Körpers sozusagen aufgezwungen werden, so wie aus einer Krankheit eine Depression hervorgeht und aus einer Verletzung negative Emotionen entstehen. Wie es auch zustande kommt, das emotionale Leben ist nicht »unser eigenes«. Es folgt einer eigenen Logik und einem eigenen Automatismus. In uns befindet sich eine »Gefühlsperson«, und sie ist nicht die gleiche wie die »Bewegungsinstinktperson«. Sie ist auch nicht gleichzusetzen mit der »Denkperson« in uns. Ständig gehen uns Gedanken durch den Kopf: Worte, Bilder und Träume. Sie kommen und gehen, sind zusammenhängend oder zusammenhangslos, analytisch oder assoziativ. All das läuft von selbst ab, und auch das Denken bildet eine ›Persönlichkeit‹ für sich.

Wenn in einem Menschen die vierte Persönlichkeit fehlt, die das Prinzip der Ganzheit verkörpert, dann ist es ebenso, als ob drei Menschen zusammen in einem Organismus lebten. Gewöhnlich stehen die drei Komponenten Denken, Fühlen und Bewegung nicht miteinander in Kontakt, sondern wirken nur mechanisch aufeinander ein, so als ob sie sich getrennt voneinander befänden. Das Studium der Funktion führt uns unausweichlich dahin, dies zu sehen – was uns jedoch nicht leicht fällt. Wir lernen schnell, die Funktionen in uns in drei Teile zu gliedern; es ist aber etwas schwieriger, selbst zu entdecken, dass jeder dieser Teile ein selbstständiges Organisationsprinzip hat. Den größten Teil des Lebens verbringen wir nur in jeweils einem der drei Teile. Von einem Moment zum anderen kann sich unser Schwerpunkt vom Denken aufs Fühlen und auf die Bewegung hin verlagern, und beinahe immer identifizieren wir uns mit der Funktion, in der wir uns gerade befinden. Wir können aber, sobald ein Gehirn ein anderes beobachtet, daraus Nutzen ziehen und lernen, dass die Funktionen des Fühlens und der Bewegung ebenso an Gehirne geknüpft sind wie das Denken.

Wir verstehen unter »Gehirn« nicht einfach nur einen Teil unserer physiologischen Organisation, der mit einem Aspekt unseres Nervensystems verbunden ist. Der Bewegungsteil zum Beispiel kann außerordentliche Kunstfertigkeiten hervorbringen, was zweifellos zeigt, dass er nicht nur auf der automatischen Ebene von Nerven und Blut, sondern auch auf der sensitiven Ebene organisiert ist. Was wir tatsächlich unter »Gehirn« verstehen, ist die Organisation einer Funktion auf allen Ebenen; in diesem Sinn kann auch ein Gehirn kreativ sein. Mit dem Anheben der Organisationsebene eines Gehirns wird dieses zunehmend subjektiver. Wenn der Prozess bis zur Ebene der kosmischen Energie fortschreitet, sprechen wir davon, dass das Gehirn spiritualisiert wird.

Dies führt uns zum *Willen* und zu der Frage, warum Gurdjieff die drei verschiedenen Ausdrücke »Gehirn«, »Spiritualisierung« und »Zentrum« verwendet. Ein Gehirn stellt eine spezifische Art und Weise dar, wie der Wille zur Körperwelt in Beziehung treten kann. Sobald ein Gehirn spiritualisiert ist, wirkt es aus dem Willen heraus. Dann ist es der Wille, der das Zentrum darstellt. Wenn wir also das Wort »Zentrum« benutzen, dann sprechen wir mehr von der Willensseite des Denkens, Fühlens und Bewegens, nicht so sehr von ihrem Funktionsaspekt.

Wenn ein Mensch wirklich ein »dreizentrisches Wesen« geworden ist, dann besitzt er ein wirkliches Ich oder einen eigenen Willen. Ein dreizentrisches Wesen verfügt über die gleichen Möglichkeiten wie der »Verwirklicher alles Existierenden« und ist daher etwas sehr Hohes, weit entfernt vom gewöhnlichen Zustand des Menschen. So wie es um uns steht, sind wir nicht nur unfrei, sondern auch *aus dem Gleichgewicht.* Allgemein gesprochen besteht bei uns die Tendenz, dass jeweils eines der drei Gehirne aktiver ist. Dies hat eine Verzerrung unserer Erfahrung und unseres Lebens zur Folge. Gurdjieff nennt einen Menschen, der durch seinen

Körper bestimmt wird, *Mensch Nr. 1,* einen, der durch seine Gefühle regiert wird, *Mensch Nr. 2* und den, der sich von seinem intellektuellen Apparat bestimmen lässt, *Mensch Nr. 3.* Keiner von ihnen ist in der Lage, frei zu handeln, und keiner von ihnen ist fähig, die Schwelle der Transformation zu erreichen oder auch nur zu verstehen, weil dies die koordinierte sowie gleichgewichtige Arbeit aller drei Gehirne erfordert. Gurdjieff sagt in einem seiner berühmten Aphorismen: »Verstehen mit einem Gehirn ist Halluzination, Verstehen mit zwei Gehirnen ist halbe Halluzination, und nur Verstehen mit drei Gehirnen ist wirkliches Verstehen.« Es ist eine verbreitete Illusion anzunehmen, dass wir irgendetwas tun könnten, um unsere Transformation einzuleiten, indem wir uns bestimmten Einflüssen unterwerfen oder bestimmte Übungen machen. Nichts davon ist für uns nützlich, *solange wir nicht den Ausgangspunkt erreicht haben.*

Nur der Mensch, der sich im Gleichgewicht befindet – in Gurdjieffs Terminologie *Mensch Nr. 4* – ist fähig, einen wirklichen Sinn in seinem Leben zu haben und zu wissen, was er wirklich will. Nur er kann beginnen, auf seine eigene Transformation hinzuarbeiten. Er ist die erste Art Mensch, die wir als »normal« bezeichnen können, ein Mensch im wahren Sinne des Wortes. Er ist in der Lage, aus eigener Initiative zu funktionieren, und seine Bemühungen werden produktiv sein. Im Gegensatz dazu sind Menschen der ersten drei Arten im Nachteil. Ihr Wissen um die Dinge ist unvollständig und verzerrt, einseitig ausgerichtet auf das, worüber sie nachdenken und worauf sie reagieren oder was sie empfinden können. Ihre Versuche zu handeln sind einseitig und sie rufen sogar unbeabsichtigt das Gegenteil hervor. Für jede wirkliche und nicht bloß eingebildete Arbeit an der Transformation müssen wir den Ausgangspunkt erreichen. Das kann eine lange Zeit dauern. Man sagt auch, der erste Schritt sei der schwerste von allen!

Die drei Welten im Menschen

Die drei Welten, über die wir in Kapitel eins gesprochen haben, sind die von Funktion, Sein und Wille. Alles Existierende, der Mensch eingeschlossen, nimmt seinen Platz in jeder dieser Welten ein. Wir können auch sagen, dass sich alles in drei Welten befindet.

Wille bedeutet nicht immer Freiheit, und Sein nicht immer Selbstbewusstheit. Als gewöhnliche Menschen unterstehen wir auch dem Willen, aber wir haben kein eigenes Ich, und unsere Seinsebene mag über die eines Automaten nicht hinausgehen. Existiert etwas nur aufgrund des Austausches von Energien in materiellen Körpern, dann gibt es nichts in ihm, was die physische Zerstörung überdauert. Und wenn etwas keinen individuellen Willen hat, kann es nur als Teil des Weltprozesses funktionieren. Für den Menschen ist es möglich, ein unzerstörbares Sein zu erlangen und ein wirkliches Ich zu haben, aber das ist bloß eine Möglichkeit.

Um sich selbst zu transformieren, müssen sich im Menschen die drei Welten Wille, Sein und Funktion verbinden. Nur in einer Arbeit, die einen individuellen Willen realisiert, ein zusammenhängendes Sein herstellt und eine Vielfalt von Funktionen koordiniert, kann er zu dem werden, was er sein soll. Das ist die wirkliche Bedeutung des Ausdrucks »dreizentrisches Wesen«: Die Ganzheit des Menschen leitet sich aus jeder der drei Welten ab, und in einem Menschen, der transformiert ist, arbeiten sie nicht länger getrennt voneinander, sondern wirken zusammen als eine Einheit. Wir können uns davon ein Bild machen, wenn wir versuchen uns vorzustellen, wie jede dieser Welten aussehen würde, wenn sie völlig von den beiden anderen isoliert wäre.

Funktion alleine wäre dann ein Mechanismus ohne Sinn. Sie wäre zu nichts gut, sie ist nichts. Wir können zu Ouspenskys Raum zurückkehren und ihn uns völlig dunkel vorstellen: Es ist niemand da, der im Bett schläft, niemand, der durch das Mikroskop sieht, und niemand, der an der Nähmaschine arbeitet. Das ist eine Welt ohne Tiefe, wo nichts eine eigene Identität hat. Es gibt nur Prozesse oder Abläufe, die nichts bewirken. Sie entspricht der mechanischen Sicht des Universums, bei der man davon ausgeht, dass es nichts anderes als Mechanismen gibt und Identität und Zweck eine Illusion sind. Wir können versuchen, uns in die Welt eines einhirnigen Wesens zu versetzen, sagen wir, eines Wurms. Die Erfahrung, die ein Wurm hat, muss dem nahe kommen, was wir als Welt der Funktion bezeichnen, wo die Tiefe des Seins und die Zweckgebundenheit des Willens fehlen. Die ganz und gar funktionale Welt liegt auch im Bereich unserer Erfahrung. In der Überlieferung wird sie als »äußerste Dunkelheit« beschrieben, wo

Menschen als Mechanismen unter Mechanismen leben und nichts einen Sinn hat.

Wille allein ist der Zustand vor der Erschaffung der Welt, eine Bejahung, der es an Mitteln zur Verwirklichung fehlt. Wahrscheinlich brachte ein intuitives Erfassen dieses Zusammenhangs den deutschen Philosophen Arthur Schopenhauer dazu, den Willen als blinden Drang zu betrachten, der aus sich selbst heraus nicht zur Vision fähig ist. Der »Mensch« in Ouspenskys Raum greift ins Dunkle: Er kann die Instrumente nicht sehen, und sähe er sie, wäre er nicht in der Lage, sie zu erkennen, und außerdem gibt es dort gar keine Instrumente. Er befindet sich in der Leere und greift blind ins Nichts. Wir verspüren etwas von dieser Beschaffenheit des Willens, wenn in uns ein Drang herrscht, der nichts mit etwas Greifbarem oder Erkennbarem zu tun hat, eine Sehnsucht ohne Worte, Form oder fassbares Ziel. Was hier fehlt, ist die kreative Kraft »zu tun« und ein Aktionsfeld.

Der Zustand reinen Seins ist das »Licht« im Raum. Es gibt nichts zu sehen und niemanden, der sieht: ein Zustand reinen Gewahrseins, in dem Traum und Realität nicht voneinander unterschieden werden können, da es nichts gibt, woran man sie unterscheiden könnte. Nichts geschieht, und es existieren weder Ziel noch Zweck. Es gibt Zeiten, wo so etwas über uns kommt und in uns eine Lücke schafft, einen Zustand der Leere, der vom Schlaf sehr verschieden ist. Alles, was der wirklichen Welt angehört, ist eine Kombination aus Funktion, Sein und Willen. Dem Menschen wurde die Möglichkeit gegeben, diese Verbindung in sich zu transformieren, was bedeutet, »ein Schöpfer unserer selbst«, »ein Wesen mit drei Zentren« zu sein. Diese Arbeit beginnt in den drei Gehirnen. Wir müssen allerdings aufpassen, nicht in die Täuschung zu verfallen, als seien wir von ihnen getrennt, als würden »wir selbst« an ihnen arbeiten. Am Anfang der Arbeit muss eine neue Schulung der drei Gehirne stehen, so dass jedes von ihnen es erreicht, in seinem jeweils eigenen Zuständigkeitsbereich *normal* zu funktionieren. Denn gewöhnlich führen wir kein normales intellektuelles, emotionales oder physisches Leben. Anstatt der normalen Antriebe sind wir voller anormaler Wünsche und Bedürfnisse, die mit unserem tatsächlichen Wohlergehen gar nichts zu tun haben. Wir haben eingebildete Vorstellungen davon, was unser Körper braucht, wir kultivieren negative Emotionen und erlauben unseren Köpfen, dass sie sich mit sinnlosem Zeug beschäftigen. Wir müssen erst Schritt für Schritt ein Verständnis dafür entwickeln, was Denken, Fühlen, Handeln wirklich sind und wozu sie dienen.

Jedes der drei Gehirne stellt eine Organisation von Funktionen dar und kann auf höheren oder niederen Bewusstseinsstufen operieren. Ein altes Bild für den Denkapparat ist das der Lampe. Wenn die Lampe mit schwerem Öl angefüllt ist, raucht und rußt sie. Wenn sie dagegen mit hellem, leichten Öl angefüllt ist, das man gefiltert und gereinigt hat, wird die Flamme klar und hell brennen und ein starkes, stetiges Licht verbreiten. Die Unterschiede im Brennstoff entsprechen den Graden an Bewusstheit. Das Wirken höherer Energien in uns hat viel damit zu tun, inwieweit es uns möglich ist, über die durch Konditionierung gesetzten Grenzen hinaus zu funktionieren. Jeder weiß, wie eine drohende Gefahr die bemerkenswertesten Fähigkeiten in Menschen hervorrufen kann. Viele haben von den außerordentlichen Dingen berichtet, die sie angesichts einer drohenden Gefahr – manchmal im Bruchteil einer Sekunde – zu tun fähig waren. Aber es liegt nicht im Sinn der Arbeit an der Transformation, auf Schocks und Bedrohungen von außen zu warten. Wir können damit beginnen, in unseren Funktionen die eigene Initiative zu schulen, so dass wir nicht nur als Reaktion auf äußere Reize uns bewegen, fühlen oder denken, sondern dass unsere Bewegung, unser Denken und Fühlen von uns selbst ausgehen. Wir verfügen nur begrenzt über die Macht, das zu tun; wir müssen aber lernen, die Macht, die wir haben, zu gebrauchen.

Der Mensch als dreihirniges Wesen besitzt drei verschiedene Arten von Intelligenz, denn jedes Gehirn ist auf seine eigene Weise intelligent. Das Gehirn ist das Sein des jeweiligen Zentrums und ermöglicht es dem Willen, den wir selbst niemals erkennen oder wahrnehmen können, zur Wirkung zu kommen. Jedes Gehirn erkennt, funktioniert und erfährt auf eine andere Weise. Das ist es, was in uns den Eindruck oder die Erfahrung von drei fundamentalen Antrieben hervorruft. Diese Antriebe stellen nicht selbst den Willen dar – sie sind das dreigeteilte Gesicht, das wir von ihm erblicken können. Jedes Zentrum hat einen eigenen Drang. Das Denkzentrum hat den ›Willen zu sehen‹, den Drang, die Realität zu begreifen und zu verstehen; einen Widerhall dieses Antriebs finden wir in der Neugierde. Das Gefühlszentrum hat den ›Willen zu sein‹, den Drang, mit sich und der Welt eins zu werden, was auch

ins Gegenteil umschlagen kann: in Eitelkeit. Das Bewegungszentrum hat den ›Willen zu leben‹, den Drang zu tun und einen
Halt im Leben zu gewinnen. Über diese Antriebe können wir spiritualisiert werden. Durch sie können die Welten der Funktion,
des Seins und des Willens zu einer einzigen Realität verschmelzen
– die Welt der Funktion durch das Bewegungszentrum, die Welt
des Seins durch das Gefühlszentrum, die Welt des Willens durch
das Denkzentrum – und alle drei zu einer Einheit.

Das Bewegungszentrum

Es ist nicht unmittelbar einsichtig, welche Form die Körper- oder
Bewegungsintelligenz annehmen kann. Unsere Schwierigkeit, uns
die Intelligenz des Körpergehirns vorzustellen, rührt daher, dass
wir annehmen, sie müsse der Intelligenz des Denkgehirns irgendwie ähneln. Sie gleichen sich aber ganz und gar nicht. Das Bewegungsgehirn ist im Rückenmark mit Teilen des Nervensystems
verbunden und auch mit einzelnen Partien des Kopfgehirns, die
aber nicht auf die gleiche Weise arbeiten wie jene Teile, die bei den
geistigen Verknüpfungen eine Rolle spielen. Unsere Denkintelligenz ist sehr damit beschäftigt, Vergangenheit und Zukunft
zu verbinden, was kein Teil der Erfahrung des Bewegungsgehirns
ist. Die Körperintelligenz ist fast völlig mit der unmittelbaren
Gegenwart beschäftigt. Sie macht keine Pläne. Sie ist nicht daran
interessiert, in der Zukunft etwas zu erreichen oder vergangenes
Geschehen zu korrigieren. Die Dinge werden vom Körper registriert, aber nicht in Form von Erinnerungen, wie der Geist sie
kennt. Sie sind entweder aktiv oder latent, aber sie halten sich
nicht mit dem Gestern oder dem vergangenen Jahr auf.

Viele haben erfahren, dass unser Bewegungsteil bedeutend
schneller ist als unser Denkteil. Wenn etwas vom Tisch fällt, haben
unsere Hände schon längst danach gegriffen, um es in Sicherheit
zu bringen und es zurückzustellen, bevor unser Denken auch nur
begonnen hat, zu registrieren, was sich abgespielt hat. Obwohl wir
alle diese Erfahrungen kennen, verfallen wir häufig dem Fehler,
alles, was der Körper tut, als »automatisch« anzusehen und nur
dem Geist Zweck und Bewusstsein zuzusprechen. Die Bewegungsintelligenz des Körpergehirns befähigt uns, sehr schwierige Aufgaben auszuführen. Eine wesentliche Rolle spielt sie beim Erlernen

von Sprachen, wo es darum geht, eine Fähigkeit durch Imitation zu erwerben und schneller zu reagieren, als wir denken können. Müssten wir uns zum Ausführen von Handlungen auf das Denkgehirn verlassen, dann wären wir nicht in der Lage, wie menschliche Wesen zu leben. Unser Bewusstsein kann sagen: »Ich will an diesen oder jenen Ort gehen«, aber es ist die Intelligenz des Körpers, die uns dort hinbringt, die das Auto fährt, auf die Straßenverhältnisse reagiert, sich der Umgebung und der Maschine anpasst, die uns transportiert. Die Absurdität liegt darin, dass die meisten Menschen das Bewegungszentrum, nur weil es nicht tagträumt, für unbewusst zu halten!

Das Gehirn, über das wir sprechen, birgt zwei Aspekte in sich. Manchmal trennt Gurdjieff beide voneinander, indem er ihnen verschiedene Namen gibt. Es besitzt sowohl eine instinktive Funktion, die mit der Regulation unserer physiologischen Aktivitäten zu tun hat, als auch eine Bewegungsfunktion, die mit unseren äußeren Aktivitäten zu tun hat. Das instinktive Gehirn verleiht dem Körper die außergewöhnliche Fähigkeit der inneren Regulation, die dem menschlichen Organismus eigen ist. Während unser Denkgehirn nur mit zwei, höchstens drei Ideen gleichzeitig umgehen kann, erfordert allein der Verdauungsprozess die Balance und Koordination hunderter verschiedener Funktionen, die alle aufeinander einwirken. Die instinktiven Prozesse des Körpers sind von Geburt an funktionsfähig. Einige, wie das Wachstum und die Blutzirkulation, sind schon lange vor unserer Geburt im Gange. Vom Augenblick der Geburt an kann die Nahrung nicht länger in der vorverdauten Form durch die Nabelschnur aufgenommen werden. Aber innerhalb von Stunden oder Tagen wird das Kind in der Lage sein, sie durch den Mund zu sich zu nehmen und selbst zu verdauen.

Das Atmen ist eine bemerkenswerte Fähigkeit. Bevor wir geboren sind, atmen wir durch unsere Mutter, nach der Geburt atmen wir selbst. Das Atmen stellt vielleicht den machtvollsten Drang dar, den wir erfahren können. Falls irgendetwas unseren Atem stört, wird alles andere hinter unseren Willen zu atmen zurücktreten: Gedanken, Gefühle und alle sonstigen körperlichen Kräfte sind nichts dagegen. Wir atmen nicht, weil wir wissen, dass wir atmen müssen, sondern einfach, weil wir müssen. Wir können nicht unseren Finger auf diesen Antrieb legen und sagen: »Hier ist er, das ist er!« Der Drang zu atmen besitzt den verborgenen Charakter des Willens, und obwohl er unsere Erfahrung beherrschen kann, ist es uns doch nicht möglich, ihn als etwas zu erfahren, dessen wir uns gewahr sein können. Er ist niemals objektiv. Im Vergleich dazu sind alle unsere so genannten Entscheidungen und das Auswählen in Wirklichkeit sehr weit vom Willen entfernt. Die Atmung stellt ein so totales Ausgeliefertsein dar, dass unser Geist unfähig ist, sie zu verstehen.

Im Atmen erfahren wir den *Drang zu leben.* Dieser wird überall da sichtbar, wo Leute am Leben hängen, auch wenn ihr Körper verletzt oder krank ist, ganz egal wie stark der Schmerz ist. In ihnen wirkt etwas, was dem Instinktzentrum als Wille innewohnt: das Leben um jeden Preis zu erhalten. Das hat nichts mit dem Verstand oder den Gefühlen oder irgendeiner äußeren Aktion zu tun. Deshalb können wir durchs Leben gehen, ohne uns bewusst zu werden, dass in der Erhaltung unserer Existenz ein Geheimnis liegt.

Die Aktivitäten unseres Bewegungszentrums werden nicht in dem Maße vorgegeben wie die unseres Instinkts. Das Bewegungszentrum verleiht uns die Kraft, mit der Welt zurechtzukommen. Dennoch ist das menschliche Wesen im Augenblick der Geburt sehr viel schlechter für das äußere Handeln ausgestattet als jedes Tier. Ein neugeborenes Rentier ist in der Lage, dem Lauf der Herde zu folgen. Ein Affe kann sofort nach der Geburt Dinge ergreifen und festhalten und sich selbst vor dem Fallen bewahren. Das menschliche Neugeborene ist dagegen sehr hilflos. Viele Dinge, die den Tieren instinktiv gegeben sind, müssen vom Menschen erst gelernt werden. Dies ist deswegen so, weil es im menschlichen Bewegungszentrum ein kreatives Potenzial gibt. Diese Fähigkeit zum kreativen Handeln ist ganz eng mit unseren Händen verknüpft. Unsere Hände sind bemerkenswerte Instrumente. Kein anderes Tier verfügt über etwas annähernd so vielseitig Verwendbares. Fast alle unsere Fähigkeiten, etwas zu machen, beruhen auf diesem Instrument. Es ist auch sehr auffallend, dass der grundlegende Unterschied zwischen dem Homo erectus und dem Homo sapiens, der heutigen Form des Menschen, nicht in der Kapazität des Gehirns liegt, sondern in den anatomischen Bedingungen für die Sprache.[14]

14. Heute weiß man, dass der Homo erectus bereits vor 600 000 Jahren zur Werkzeugherstellung fähig war. Die Paläontologen nehmen inzwischen auch an, dass die Sprachfähigkeit im Homo erectus bereits vor 500 000 bis 370 000 Jahren vorhanden war.

Wir beherrschen nahezu alle Fortbewegungsarten, die den Tieren eigen sind, bis auf das Fliegen. Wir können klettern, kriechen, laufen und hüpfen, rennen, springen und tanzen, wir können umhertaumeln, uns drehen und uns herumwerfen. Aber es erfordert Zeit, diese Fähigkeiten zu erwerben. Ein Kind lernt in der Hauptsache, Objekte zu erkennen und zu benutzen, es lernt Geräusche zu machen, zu gehen und andere Bewegungen auszuführen. Zum größten Teil werden solche Dinge durch Imitation gelernt, was eine Fähigkeit des Bewegungszentrums ist. Gemeint ist nicht jene kopierende Imitation, die die Erwachsenen zu Sklaven macht, vielmehr eine, die durch kreative Kraft gelenkt wird. Unglücklicherweise wird die Entwicklung der Bewegungsintelligenz schon während der Kindheit gehemmt. Der Körper verfügt über ein enormes Potenzial, das in der heutigen Erziehung kaum genutzt wird.

In der Natur des Bewegungsgehirns liegt es, Dinge zu tun, das heißt, Veränderungen in der äußeren Umgebung zu bewirken. Wir besitzen diese Fähigkeit in weit größerem Maße als jedes Tier, da bei den Tieren die äußere Aktivität stark mit der Lebenserhaltung verbunden ist. Wir tendieren eher dazu, die Welt uns anzupassen als uns der Welt. Wir sind der Homo faber, der Mensch als »Macher«. Natürlich wird unser Denken dabei weit in die Aktivität der Körperwelt hineingezogen, dies aber geht von einem Antrieb des Körpers aus. Es wird viel menschliche Anstrengung darauf verwendet, unseren Einfluss auf die Welt zu vergrößern, sei es durch die Werkzeuge, die wir geschaffen haben, oder durch unsere natürlichen Instrumente. Dieser Antrieb führt uns dazu, dass wir uns über die Erde ausbreiten, dass wir forschen, verändern und experimentieren. Es ist nicht der Drang, zu verstehen oder zu wissen, sondern der Drang, sichtbare Resultate zu erzielen. Sein Platz ist die Welt der Körper, das *alam-i ajsam*.

Mit dem Körper ist noch ein weiterer machtvoller Antrieb verbunden, der Drang nach Sex. Er ist sehr machtvoll, weil er eng mit dem Wirken der kreativen Energie zusammenhängt. Wir können ihn neben den beiden anderen als etwas Eigenständiges behandeln, getrennt vom instinktiven Gehirn und seinem Drang nach Leben, getrennt vom Bewegungsgehirn und seinem Drang nach Tun. Dennoch ist er eher eine Kraft unseres Körpers als unseres Geistes oder Gefühls. Der Geschlechtstrieb sollte nicht in Begriffen von Begierden oder Wünschen gedacht werden. Diese spielen dabei sicher mit, sie machen aber nicht das Eigentliche der Sexualität aus. Die Gefühle, Gedanken und Spannungen, die in Verbindung mit Sex in uns auftauchen, spiegeln nur die in uns herrschende Verwirrung wieder. So erscheint es uns vielleicht seltsam, dass die wirkliche sexuelle Antriebskraft jenseits unserer Erfahrung liegt, aber dies ist tatsächlich der Fall. Viele Menschen behaupten, dass das Geheimnis der Transformation im Sex liege – aber damit ist nicht der gewöhnliche Geschlechtsakt gemeint, sondern die kreative Kraft, die jenseits der Reichweite unseres Bewusstseins liegt.

Wir sehen jetzt, dass es in dieser einen Region der Körperfunktionen drei verschiedene Antriebe zu berücksichtigen gibt: den Drang nach Leben, den Drang nach Tun und den Drang nach Sex. Das sind die ursprünglichen Antriebe in uns, nicht jene Gewohnheiten, zu denen wir konditioniert worden sind. Um sie zu verwirklichen, das heißt, um in der Welt der Körper oder der Welt der Funktion »spiritualisiert« zu werden, müssen wir uns an die Arbeit höherer Energien in unserem Körpergehirn gewöhnen. Gurdjieff verwendete große Anstrengungen darauf, Mittel zu finden, wie die Bewegungsintelligenz im Menschen aktualisiert werden kann. Wir verfügen über die wunderbare Kapazität, mit unserem Körper Dinge zu tun, und verbringen doch die meiste Zeit in stereotypen Haltungen, Gesten und Bewegungen. Wir haben eine Möglichkeit, die den anderen Tieren versagt ist, nämlich in dieser Welt auf kreative Weise zu handeln, und doch zeigt uns eine ehrliche Einschätzung dessen, was wir mit der Erde tun, dass der größte Teil unserer »Schöpfungen« nicht nur keine Kreativität aufweist, sondern ihr sogar den Zugang zu unserem Leben versperrt. Der normale Sextrieb, der im Menschen vorhanden sein sollte, ist nirgends auffindbar, so sehr ist unsere Sexualität mit allem möglichen Unsinn überlagert. Trotz der Tatsache, dass uns die instinktiven Prozesse zum größten Teil aus dem Blickfeld geraten sind, schaffen wir es dennoch, diese zu stören durch eine »Art zu leben, die für dreihirnige Wesen unangemessen ist«, wie Gurdjieff es ausdrückt. Dadurch bereiten wir unserem Körper endlose Schwierigkeiten, insbesondere rufen wir Krankheiten hervor, die durch unausgeglichenes Leben entstehen.

Erstens müssen wir uns darüber klar werden, dass wir viele sinnlose Angewohnheiten haben. Zweitens müssen wir die Potenziale unseres Körpers erforschen und uns damit vertraut machen, wie er funktioniert. Keine Transformationsarbeit ist ohne Wissen über unseren Körper möglich. Drittens müssen wir unseren Körper an ganz neue Dinge gewöhnen, und zu diesem Zweck ist es unerlässlich, die sensitive Energie in Form von Empfindungen zu konzentrieren. Um die Wirkungsweise eines Gehirns zu verändern, ist es, wie wir schon festgestellt haben, nötig, die beiden anderen Zentren ins Spiel zu bringen. In dem von Gurdjieff geschaffenen System des Bewegungstrainings werden alle drei Gehirne dazu gebracht zusammenzuarbeiten.

Das Gefühlszentrum

In all seinen Schriften betont Gurdjieff immer wieder, dass unser modernes Erziehungssystem unsere Gefühlsnatur vollkommen außer Acht lässt, so dass sie unsere am wenigsten entwickelte Funktion darstellt. Unsere Gefühle neigen dazu, instabil und unzuverlässig zu sein. Wir vermögen nicht so zu denken, wie wir wollen, da wir unsere Gefühle nicht unter Kontrolle haben. Wir sind die meiste Zeit angefüllt mit den automatischen Emotionen von Zuneigung und Abneigung und verbringen einen wesentlichen Teil unserer Zeit in emotionalen Zuständen, die unverkennbar negativ sind, wie Ärger, Bedauern und Furcht. Wir können daran erkennen, wie weit wir von dem entfernt sind, wie wir als menschliche Wesen sein sollten, denn diese negativen Emotionen dienen keinem nützlichen Zweck und sind völlig unnötig. Sie sind uns durch unsere Umgebung eingeimpft worden und behaupten sich in erster Linie als emotionales Gegenstück zu den instinktiven Reaktionen auf Schmerz und körperliche Beschwerden. Dies kann zu einem gewissen Grade genetisch bedingt sein und somit ein fester Bestandteil unseres Lebens. Das alles bedeutet, dass unsere Gefühle sich in einem Zustand der Sklaverei befinden. Erst wenn wir daran gearbeitet haben, unsere negativen Gefühle nicht auszudrücken und sie, wenn sie aufsteigen, zu neutralisieren, können wir das Potenzial unserer Gefühlsnatur mitsamt dem Zweck, dem sie dienen kann, verstehen.

Die wirkliche Macht des Gefühls liegt in der Fähigkeit, direkt wahrzunehmen, wie die Dinge sind. Dies geschieht nicht durch Sehen, Hören oder Wissen, sondern dadurch, dass man in die Dinge eindringt, durch *Partizipation*. Selbst beim gewöhnlichen Menschen ist die Gefühlsnatur in der Lage, in die Tiefe der Welt einzudringen, über die Körperwelt, die wir mit unseren Sinnen erreichen können, hinauszugehen und auch den Bereich, den wir mit unserem begrifflichen Denken erfassen können, zu überschreiten. Die wirkliche Natur des Gefühls ist nicht in Raum und Zeit begründet, sondern in der *Ewigkeit*. Ewigkeit ist eine Erfahrung, in der die Dinge nicht prozesshaft ablaufen, sondern sind, was sie sind.[15]

Nach Gurdjieff reicht die Desorganisation unserer Gefühlsnatur bis hin zur physiologischen Basis. Während man die beiden anderen Gehirne, das Bewegungs- und das Denkgehirn, bestimmten Stellen im Körper zuordnen kann, ist das Gefühlsgehirn auf die Nervengeflechte verteilt, von denen ein großer Teil im Solarplexus liegt. Die Vereinigung unserer Gefühle ist eine sehr große Sache.

Oft ist es unsere Gefühlsnatur, die uns auf den Weg der Transformation schickt. Wir fühlen die eigene Leere und verlangen danach, etwas Substanz für uns selbst zu erlangen und die Gewissheit zu haben, einen Platz in der Welt einzunehmen. Dies sind echte Gefühle. Sie sind Ausdruck eines ursprünglichen Drangs, der unsere Gefühle in Bewegung setzen kann, des *Drangs zu sein*. Es ist nicht der gleiche, der unseren Körpern innewohnt. Würmer zum Beispiel lebten lange, bevor wir in Erscheinung traten, und sie erfüllten ihre Aufgabe besser als wir. Der Wurm wird wahrscheinlich darin fortfahren, seine Rolle auf diesem Planeten zu spielen, lange nachdem wir verschwunden sind; er ist jedoch mit dem bloßen Leben zufrieden. Wir sind damit nicht immer zufrieden, wir brauchen eigentlich etwas mehr. Wir können wohl versuchen, unser Gefühl auszufüllen, indem wir auf die Welt einwirken und Dinge tun oder besitzen. Wir können auch zu einer geistigen Beherrschung der Welt in Form von Wissen gelangen. Doch ganz gleich, wie viele Gedanken und Tatkräfte wir auf dem Schauplatz unseres Lebens einsetzen, es reicht doch nicht aus, um unsere Gefühle zufrieden zu stellen. Etwas fehlt uns trotz allem, und wir fühlen die-

15. Bennett verwendet den Begriff »Ewigkeit« in einem technischen Sinn, als eine der sechs grundlegenden Dimensionen der Existenz. Es gibt für ihn drei raumhafte und drei zeithafte Dimensionen: die sequenzielle Zeit, die Ewigkeit und die potenzielle oder »hyparxische« Zeit, womit die Dimension der Interaktion zwischen dem Potenziellen und dem Tatsächlichen geschieht. In der Ewigkeit gibt es ein Muster der Dinge, während in der sequenziellen Zeit dieses Muster in ihrem Verhalten liegt. Wenn Zeit mit Funktion zu tun hat, dann hat Ewigkeit mit dem Sein zu tun (Anmerkung des Herausgebers).

sen inneren Hunger, der uns treibt, anderen Menschen näher zu kommen, mit dem Ziel, die innere Leere zu überwinden und unseren Platz in der Ordnung der Dinge zu finden. Nur dann, wenn wir jeden Versuch einstellen, die Welt dazu zu benutzen, unseren Hunger damit zu stillen, können die Dinge sich für uns richtig stellen. Dann erst können wir die Größe der Kluft ermessen, die zwischen dem Zustand liegt, in dem wir uns befinden, und dem, der uns bestimmt ist. Über Gedanken vermögen wir nicht dorthin zu kommen; wir müssen fühlen, welche große Aufgabe dem Menschen da zuteil wird – sobald er sie auf sich nimmt.

Es ist beinahe unmöglich, gedanklich zu erfassen, was der Mensch wirklich ist. Erst wenn unsere Gefühle sich etwas Tieferem geöffnet haben und der gewöhnliche emotionale Hunger in uns gestillt ist, wird es möglich zu fühlen, was die menschliche Natur ist, zu fühlen, dass sie seit vielen tausend Jahren auf diesem Planeten weilt und eine große Bestimmung damit verbunden ist. Dies geschieht erst, wenn sich unsere Gefühlsnatur dem Wirken höherer Energien öffnet. Ein richtiges Funktionieren unserer Gefühle ist so wichtig, dass wir die Transformation des Menschen eigentlich gleichsetzen können mit einer Transformation der Gefühlsnatur. Bevor diese nicht begonnen hat, hat die Transformation noch nicht einmal einen Anfang genommen.

Das Gefühl der inneren Leere kann uns, unter den richtigen Bedingungen, einen Antrieb zur Einheit und Vollständigkeit in uns selbst und mit anderen geben. Wir suchen das Gefühl der Zusammengehörigkeit. Dieses Bedürfnis nach anderen Menschen ist ganz verschieden von dem Bedürfnis, etwas über sie zu wissen oder etwas mit ihnen zusammen zu tun. Es ist auch, obwohl uns dies im Normalzustand sehr schwer verständlich ist, sehr verschieden von dem Wunsch, mit Leuten zusammen zu sein, die uns mögen oder gut zu uns sind. Diese Art Wunsch kann uns nicht helfen, genauso wenig wie die fast universale Gewohnheit der Menschen, miteinander zu sprechen, uns helfen kann, zusammen zu *sein,* obwohl wir das unter »Kommunikation« verstehen. Diese Art von Kommunikation hält uns voneinander getrennt. Es ist der Versuch, etwas über die Funktion zu erreichen, was zum Sein gehört. Wenn wir wirklich mit anderen zusammen sein können, ohne völlig in unseren eigenen Assoziationen befangen zu sein, ist das eine wunderbare Sache. Es ermöglicht uns, mit anderen schweigend zusammen zu sein und uns mit ihnen vereinigt zu fühlen. Wenn wir fähig sind, auf diese Weise teilzunehmen, wird eine Verbindung hergestellt, die nicht auf Wissen beruht, sondern direktes Gewahrsein ist. Erst wenn diese Art Erfahrung eine bedeutende Rolle in unserem Leben zu spielen beginnt, können wir anfangen, das zu sein, was wir sind.

Wenn wir über dieses Gewahrsein hinausgehen, können wir zur höchsten Seinsebene gelangen, der Liebe. Dann werden wir vollkommen über uns selbst hinausgeführt, der Einheit von allem entgegen. Das ist etwas Seltenes für den Menschen.

Der Drang zu sein, dessen Höhepunkt die Liebe ist, kann sich in uns durch das Gefühl der eigenen Leere festigen. Normalerweise ist er durch die »Gier nach Existenz« bewölkt und getrübt durch den Drang, uns selbst mit äußeren Dingen anzufüllen. Wir müssen vollkommen desillusioniert werden in Bezug auf diese Welt und darauf, was sie uns zu geben vermag, und begreifen, dass unsere Gefühle nicht davon abhängen dürfen, was gerade aus der äußeren Welt auf uns einwirkt. Die Gefühlsnatur ist nicht für die Welt der Körper gemacht, sondern für das *alam-i-arvah,* was wir als »Welt der Energien« bezeichnet haben. Sie arbeitet nicht vom Äußeren der Dinge her. *Alam-i-arvah* war in seiner ursprünglichen Bedeutung die »Welt der Geister«, was wir verstehen können als die »Essenz der Dinge« oder das, was sie wirklich sind.

Nur wenn wir ein klares Bild davon bekommen, wie verarmt unser Gefühlsleben ist, können wir die Dringlichkeit der Arbeit an uns selbst einzusehen beginnen. Wir sind kaum dazu in der Lage, mehr als ein Ding zur gleichen Zeit zu fühlen: wir sind entweder glücklich oder traurig, selten erfahren wir beides zugleich. Wir müssen begreifen, dass diese Gefühlsarmut reine Sklaverei ist. Der Kampf gegen die Versklavung unserer Gefühlsnatur ist isoliert von anderen nur schwer zu führen, aber es ist auch nicht leicht, den Vorteil von Gruppenbedingungen zu nutzen. In der Prieuré sagte Gurdjieff den Leuten, die mit ihm zusammen waren: »Sie sind hierher gekommen, weil Sie die Notwendigkeit erkannt haben, mit sich selbst zu kämpfen und nur mit sich selbst. Danken Sie deshalb jedem, der Ihnen die Möglichkeit dazu gibt.«

Das Denkzentrum

Das Kopfgehirn ist das, welches wir am besten zu kennen glauben, aber selbst Spezialisten, die viele Forschungen darauf verwendet haben, verstehen seine wirkliche Macht nicht. Der Grund ist, dass es unterschiedlich arbeitet, je nachdem, auf welcher Energiestufe es gerade operiert. Deshalb reicht es nicht aus, dieses Gehirn auf der gewöhnlichen Ebene der Funktion zu untersuchen.

Selbst auf der gewöhnlichen Ebene unterscheidet das Kopfgehirn den Menschen bereits vom Tier. Der Mensch hat eine andere Beziehung zu Zeit und Raum: Er kann in die Vergangenheit und in die Zukunft schauen und seine Aufmerksamkeit auf Dinge verschiedenen Maßstabs richten. Er besitzt eine Vorstellungskraft, die unabhängig von körperlichen Reizen arbeiten kann, was ihn in die Lage versetzt, Wissen zu erwerben, was die Tiere nicht erwerben können. Wir sind fähig, Erfahrungen zu speichern und zu vergleichen, Regelmäßigkeiten und Wiederholungen zu erkennen. Daraus können wir Vorhersagen über die Zukunft treffen. Wir sind auch in der Lage, uns durch die Kraft der Abstraktion ein Bild davon zu machen, wie die Welt funktioniert. Mit Hilfe dieses Wissens können wir unsere Macht erweitern, auf die Welt einzuwirken. Wir können feststellen, was aus den verschiedenen Materialien gemacht werden kann und welche Instrumente daraus hergestellt werden können. Dies alles gehört zur Welt der gewöhnlichen Dinge. Es verleiht uns keine Freiheit, da es nur ein Widerschein der Körperwelt ist.

In unserem jetzigen Zustand arbeitet unser Denken völlig im Einklang mit dem Zustand unseres Nervensystems und der chemischen Zusammensetzung unseres Blutes. Solange keine äußeren Anforderungen an uns gestellt werden, verbringen wir die meiste Zeit in einem Traumzustand, in dem sich automatisch geistige Bilder formen. Dieser Vorgang wird maßgeblich durch unsere Körperempfindungen beeinflusst: durch das, was wir sehen, hören, berühren, aber auch durch den Zustand unseres Organismus, so dass wir im gesunden, aktiven Zustand andere Gedanken haben als wenn wir krank sind. Manchmal nehmen die Träume in uns auch die Gestalt von Bildern an, für gewöhnlich treten sie aber als Worte, innere Monologe und Dialoge in Erscheinung. Gurdjieff nennt diesen Vorgang »formatieren« und macht klar, dass wir im

Normalzustand keinen Verstand, sondern nur einen »Formatier-apparat«[16] haben. Das ist ein Mechanismus in uns, der ohne Rücksicht auf deren Bedeutung Worte wälzt, ein Automatismus, der im heutigen Menschen sehr dominant ist.

Und dennoch können wir durch diesen ineffektiven und desorganisierten Zustand unseres Denkens einen ersten Anstoß zur Arbeit an uns selbst erhalten. Dem Verstand kann man, im Gegensatz zu Gefühl und Körper, etwas über die Möglichkeit der Transformation erzählen. Wenn wir lernen, diesen tollen Apparat, den wir als »Denken« bezeichnen, zu nutzen, kann etwas Produktives dabei herauskommen. Denn der gleiche assoziative Mechanismus, der uns in Träumen gefangen hält, kann uns auch bei der Arbeit helfen: Wir können ihn dazu bringen, eine Idee vor uns aufrechtzuerhalten, ein Bild dessen, was wir sein könnten. Dieses Bild kann uns helfen, uns unserer Sklaverei und unserer Blindheit gewahr zu werden. Entscheidend ist jedoch der darauf folgende Schritt: Wann immer in uns ein Gedanke hochsteigt, der die Idee der Arbeit vergegenwärtigt, sollten wir eine entsprechende Anstrengung unternehmen, um ihn in die Tat umzusetzen, so dass er keine bloße Denkmöglichkeit bleibt. Wenn wir um Beispiel den Gedanken haben, uns unserer selbst bewusst zu werden, dann können wir diesen Gedanken in unseren Körper hineinbringen und uns so unserer physischen Gegenwart bewusst werden. Auf diese Weise ist es uns möglich, uns von zwei Seiten aus, indem wir von Gedanke und Empfindung ausgehen, dem Gefühl anzunähern. So können uns also auch die Gedanken an die Arbeit erinnern. Sobald uns dies zur zweiten Natur geworden ist, kann sich in unserem Denken etwas ändern, und es ist nicht länger so schwach und passiv, wie das üblicherweise der Fall ist.

Unser Denkzentrum können wir uns als einen sensitiven Bildschirm vorstellen, auf den sowohl verbal wie auch visuell aus verschiedenen Quellen Bilder geworfen werden. Die Nützlichkeit dieser Bilder für unser Verstehen und unsere Fähigkeit, Kontrolle über sie auszuüben, hängt von den beteiligten Energien ab. Gewöhnlich herrscht die automatische Energie vor, und dies produziert den Traumzustand. Wenn höhere Energien in uns wirken,

---

16. »Schubladendenken«. Heute wird der Begriff in der Computersprache verwendet: die Einteilung von Datenblöcken auf dem Speichermedium (Anmerkung des Herausgebers).

bleibt das Instrument das gleiche, und es formt auf die gleiche Weise Bilder, jedoch ist die Quelle eine andere. Dann beginnt sich in uns der fundamentale Drang des Denkzentrums zu äußern, der *Drang zu sehen.* Dieser Drang erweckt in uns das Verlangen danach, dass die Dinge einen Sinn ergeben. Dieses sollten wir nicht mit der Unzufriedenheit verwechseln, die in uns aufsteigt, wenn die Dinge keinen Zusammenhang ergeben und wir nicht in der Lage sind, zu erkennen, wie sie zusammenpassen. Der Drang zu sehen steigt von innen heraus auf und ist in sich kreativ. Wir sind nicht länger zufrieden damit, einer bestimmten Wissensrichtung zu folgen, nur weil wir uns daran gewöhnt haben. Wir versuchen, das, was wir wissen, in einen immer größeren Kontext einzufügen. Vom Moment unserer Geburt an greifen wir hinaus, um zu verstehen, warum die Welt so ist, wie sie ist, und in der stufenweisen Organisation dieses Hinausgreifens liegt unsere intellektuelle Kraft. Automatisches Denken stellt eine Sackgasse dar, die nirgendwo hinführt.

Wir können unter dem Einfluss des Drangs zu sehen, die Welt und uns selbst erforschen und dabei erkennen, dass wir im Grunde das Gleiche erforschen. Die ›Gleichheit‹, die wir vorfinden, hat mit der *Welt des Willens* zu tun. Eine traditionelle Weise, diese Tatsache auszudrücken, ist zu sagen, dass »Mensch und Universum die gleichen Gesetze in sich tragen«, was der Bedeutung von Gurdjieffs Aussage entspricht, dass der »Mensch nach dem Bilde Gottes«, das heißt des großen Megalokosmos erschaffen wurde. Der Drang zu sehen stellt den klarsten Ausdruck des Willens in uns dar. Wenn wir imstande sind, geistige Bilder unabhängig von der Umgebung und unserem eigenen Zustand zu formen, gelangen wir zu einer außerordentlich kreativen Kraft. Das Denkzentrum gelangt dann zu sich selbst. Es wird zu dem, was es sein sollte: einem direkten Instrument unseres Willens. Wir können dann denken, was wir denken wollen, und haben im Gurdjieffschen Sinne des Wortes »die Kraft zu tun«. Bevor wir jedoch die Arbeit aller Gehirne ausgeglichen haben, ist es unserem Denken ganz unmöglich, »Willen zu haben«.

All das mag uns sehr weit entfernt erscheinen von der einfachen Neugierde, die die niedrigste Erscheinungsweise des Drangs zu sehen ist. Sie ist auch tatsächlich weit entfernt davon, und dennoch ist bei beiden das gleiche Instrument beteiligt. Wenn die kreative Energie in das Kopfgehirn eintritt, wird dieses zum Sitz dessen, was Gurdjieff die *objektive Vernunft* nennt, deren Wirken ganz jenseits des Wirkens des normalen Verstandes liegt. Es gibt viele Abstufungen von objektiver Vernunft, aber alle schließen die Fähigkeit direkter Wahrnehmung der Welt mit ein, dessen, was wirklich geschieht und wie es geschieht. Dies ist eine Art Sehen oder Vision, die eine andere Beziehung zur Zeit hat als das gewöhnliche Denken. Wir nehmen blitzartig wahr, ohne die Notwendigkeit irgendeines Prozesses. Wie hoch diese Art Zustand ist, können wir daran ermessen, dass sogar *Mensch Nr. 4* keinen Zugang zu dieser Art Funktionieren hat.

Das Aufsteigen der objektiven Vernunft hängt von der Bildung dessen ab, was wir die »höheren Körper« nennen. Diese ›Körper‹ sind die Frucht der Transformation, und es gibt zwei verschiedene Arten. Außer dem physischen Körper, der der Träger der menschlichen Funktionen ist, kann es in der Welt des Seins eine Materialisierung geben, die Gurdjieff den *Kesdjan*-Körper nennt, und ein Vehikel des Willens, das er einfach den *höheren Seinskörper* nennt. Von der Formierung des Kesdjan-Körpers hängt es ab, wenn ein Mensch sein Denken ordnen will. Von der Formation des höheren Seinskörpers hängt es ab, ob in ihm die objektive Vernunft aufsteigt. Durch den höheren Seinskörper kann ein Mensch einem höheren Willen zu eigen werden als seinem eigenen, und auf diese Weise wird er zum universalen Instrument. Der Effekt einer solchen Transformation fließt manchmal in das Denken mit ein in Form von Visionen oder Enthüllungen, aber die tiefsten Erhellungen treten ganz ohne die Teilnahme der niederen Funktionen auf. Der letzte Akt der Wahl, die sich dem Menschen eröffnen kann, in der er sein letztendliches Schicksal wählt, stellt ihn vor die Entscheidung, ob er sich selbst oder Gott sein will. Er kann wählen, getrennt zu bleiben oder eins zu sein, zu leben und für sich selbst zu handeln, oder eins mit dem Willen zu werden, der die Welt regiert. Es kommt schließlich der Moment, in dem er sieht, dass entweder Gott für ihn verschwinden muss oder er für Gott. Das ist so, obwohl wir nicht begreifen können, was es bedeutet.

Die Struktur des Menschen

Vor fast sechzig Jahren, während des Ersten Weltkriegs, führte Gurdjieff in Russland bei seinen dortigen Gesprächen ein Diagramm der verschiedenen Zentren ein. Ich war dabei, als er es 1923 in der Prieuré anwandte; aber später, als er anfing zu schreiben, ließ er es fallen. Es taucht weder in *Beelzebubs Erzählungen* noch in seinen anderen Schriften auf. Er hat es sicher nicht aufgegeben. Am Ende seines Lebens sprach er noch darüber und benutzte es. Wie so vieles von dem Material, das Ouspensky in seinem Werk *Auf der Suche nach dem Wunderbaren* aufbewahrte, brachte Gurdjieff es vielleicht deswegen nicht in seine eigenen Bücher mit hinein, weil er festgestellt hatte, dass die Leute es allzu wörtlich nahmen und nicht allzu tief in das eindrangen, was er ihnen vermittelte. Es erschien alles etwas zu einfach und direkt zu sein. Was mich betrifft, so habe ich es die ganzen Jahre hindurch, seit ich zum ersten Mal davon hörte, als sehr wertvoll empfunden. Es diente mir sowohl zum Verständnis meiner eigenen Natur als auch bei Gesprächen mit anderen Menschen über psychologische Fragestellungen. Dennoch habe ich den Ansatz gewählt, der von den Gehirnen des Menschen ausgeht, um künstliche Beschreibungen der drei Zentren zu vermeiden, die den Eindruck vermitteln, als handle es sich bei allen um den gleichen Mechanismus.

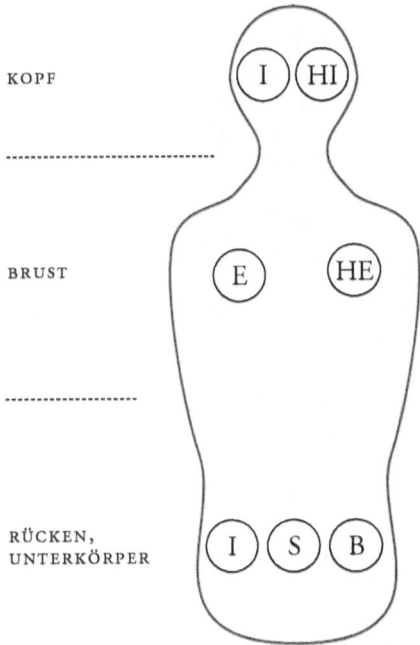

Abb. 3.1 – Die Struktur des Menschen

KOPF

BRUST

RÜCKEN,
UNTERKÖRPER

Das Diagramm ist eine Darstellung des menschlichen Körpers als einer »dreigeschossigen Fabrik«. Das oberste Stockwerk ist der Kopf, das zweite die Brust und das dritte die Rücken- und Beckenregion des menschlichen Körpers. Diese drei Stockwerke entsprechen den drei Gehirnen von Denken, Fühlen und Bewegen. Wir können den Menschen auch vom Gesichtspunkt seiner Zentren aus betrachten, dann finden wir, dass er nicht länger aus drei, sondern aus sieben besteht. Im Untergeschoß gibt es drei verschiedene Zentren: das Bewegungszentrum, das mit unseren äußeren körperlichen Aktivitäten zu tun hat, das Instinktzentrum, das für die Lebenserhaltung zuständig ist, und das Sexzentrum, welches mit weit höherer Energie arbeitet als alle anderen körperlichen Zentren.[17]

Im mittleren Stockwerk befindet sich das emotionale Zentrum und ein weiteres Zentrum, welches Gurdjieff das »höhere emotionale Zentrum« nennt. Unsere normalen emotionalen Zustände und Reaktionen gehören alle zum emotionalen Zentrum, das sehr mit unserer eigenen Existenz beschäftigt ist. Unter dem Einfluss des »Drangs zu sein« kann das Potenzial unserer Gefühle erwachen, um über Zeit und Raum hinaus in höhere Ebenen von Sein und Bewusstsein zu reichen und in die ewige Wirklichkeit zu gelangen. Das ist bereits das Wirken des höheren emotionalen Zentrums, das uns zu Frieden und Loslösung gelangen lässt. Im oberen Stockwerk finden wir das intellektuelle Zentrum, das wieder mit der uns umgebenden Welt zu tun hat, aber der »Drang zu sehen« treibt uns dazu, über diese Welt hinaussehen zu wollen. Stellen wir uns einen reinen Zustand vor, in dem es ein umfassendes Bewusstsein von Sinn und Bedeutung der Welt gibt. Hierdurch erreichen wir die Vereinigung mit dem Willen, durch den die Welt erschaffen und erhalten wird. Der Teil in uns, der fähig ist, sich mit dem höchsten Willen zu verbinden, nennt Gurdjieff das »höhere intellektuelle Zentrum«.

Im ganzen Menschen existieren drei Gehirne und sieben Zentren. Die höheren Zentren entsprechen jeweils höheren Funktionsebenen. Dieses Bild vom vollkommenen Menschen ist ganz nützlich, indem es uns zeigt, dass auch dieser nicht nur in den höchsten Bewusstseinszuständen weilt. Die kosmischen Energien

---

17. Nach Gurdjieff versöhnt das Sexzentrum das Bewegungs- mit dem Instinktzentrum.

sollen den Menschen befähigen, mit Gott zu kommunizieren und mit dem kosmischen Zweck in Verbindung zu kommen. Es wäre Verschwendung, sie dafür zu benutzen, mit materiellen Objekten umzugehen. Die niedrigeren Funktionen existieren, um den alltäglichen Verpflichtungen nachzukommen. In der Existenzart, in der wir uns gerade befinden, kann es keine endgültige Vollendung geben. Das Ziel der Arbeit, die wir vor uns sehen, ist nicht, unsere menschliche Natur loszuwerden, sondern sie so zu transformieren, dass sie ein Ganzes wird, in dem jeder Teil das tut, was er tun soll.

Die Einheit in der Dreiheit

Auf den ersten Blick können die verschiedenen Beschreibungen des Menschen widersprüchlich oder sogar verwirrend auf uns wirken. Einmal besteht er aus drei Teilen, einmal aus vier, einmal aus sieben, einmal ist er eins, dann wieder viele. Die Schwierigkeit ergibt sich daraus, dass wir die verschiedenen Beschreibungen so auffassen, als ginge es dabei um fassbare, sichtbare Dinge. Es geht aber um Dinge, die erst dann einen Sinn erhalten, wenn wir beginnen, in die Natur unserer eigenen Erfahrung hineinzublicken und unter die Oberfläche der Dinge zu dringen. Jede einzelne Betrachtungsweise geht dabei von einem anderen Aspekt, einer anderen Fragestellung aus: »Wer bin ich? Wie funktioniere ich? Wie sieht mein Organisationsprinzip aus?« Durch alle diese Fragen können wir hinter die Welt der Körper oder Dinge gelangen, aber sie lassen uns nicht notwendigerweise unsere eigene Erfahrungswirklichkeit überschreiten.

Ein großer Teil des in diesem Kapitel angeschnittenen Materials stammt aus Gurdjieffs Erklärung der »vier Persönlichkeiten«, wo er folgende Aussage macht: »Infolgedessen ist es zur allseitigen Vervollkommnung des Menschen unbedingt nötig, jedem dieser drei Teile eine besondere, ihm entsprechende, richtige Erziehung zuteil werden zu lassen, und nicht eine solche, wie sie heutzutage gegeben und auch ›Erziehung‹ genannt wird. Nur dann kann das ›Ich‹, das im Menschen sein sollte, sein ›eigenes Ich‹ sein.« Um seine Meinung zu veranschaulichen, bringt Gurdjieff ein Bild, in dem er den Menschen mit einer Mietskutsche vergleicht. Diese befindet sich in sehr schlechtem Zustand, wird von einem elenden Gaul gezogen, der sich schwer tut, zwischen links und rechts zu unterscheiden, und wird gefahren von einem Kutscher, der von Langeweile geplagt, sein ganzes Interesse dem Wodka und den Küchenmädchen widmet. Diese Kutsche ist nirgendwohin unterwegs; das Einzige, was diesen eitlen Traum unterbrechen kann, ist, dass sie ab und zu von einem zufälligen Passagier angehalten wird, der irgendwohin gebracht werden möchte. Gurdjieff arbeitet das Bild, das wir schon an anderer Stelle erwähnt haben, sehr detailliert aus, so dass es uns möglich wird, eine klare Vorstellung von der Situation eines Menschen ohne eigenes Ich zu erhalten. Aber was ist ein »eigenes Ich«? Gurdjieff nennt es den Herrn der Kutsche, des Pferdes und des Fahrers. Der Herr kann nicht in Erscheinung treten, bevor viele Dinge richtig geordnet sind: Der Fahrer muss lernen, mit dem Pferd umzugehen und dessen Bedürfnisse zu berücksichtigen. Die Zügel, die beide verbinden, bestehen aus einer Substanz, die gebildet wird, wenn Gedanke und Gefühl verschmelzen. Sie ist anfällig für alle möglichen Einflüsse aus der Welt der Energien, die Gurdjieff als »Wetter« oder »Atmosphäre« bezeichnet. Die Achsen des Wagens müssen mit Öl geschmiert werden, was durch die Arbeit mit dem Körper geschieht. Der Fahrer muss in der Lage sein, die Anweisungen des Herrn »zu hören«; dies erfordert etwas, was Gurdjieff den »Äther« nennt. Alle diese Dinge haben mit der Harmonisierung der Funktionen zu tun und mit der Konzentration subtiler Energien. Wir wissen damit aber immer noch nicht, wer und was der Herr ist.

Wir haben das Ich dem Willen gleichgesetzt. In diesem Sinne wäre es richtig, zu sagen, dass jeder von uns ein wirkliches Ich, einen Herrn hat, dieses aber nur in *latentem* Zustand vorhanden ist. Unser »eigenes Ich« ist nicht allein der Wille, sondern die Verwirklichung des Willens in dem, was wir sind, und dem, was wir tun. In dieser Verwirklichung liegt unsere eigene Realität. Ohne diese sind wir nur eine Anhäufung von Teilen, die früher oder später unvermeidlich zerfällt.

Es liegt in der Natur des Willens, dreifach zu wirken. Das ist Gurdjieffs Bild vom »allgegenwärtigen aktiven Element *Okidanoch*«, das eine Darstellung kontinuierlicher Schöpfung ist. In Kapitel eins wird beschrieben, wie das *Okidanoch* sich in drei Kräfte aufspaltet, sobald es eine neue kosmische Bildung betritt, und wie sich diese drei getrennten Kräfte »um Wiederverschmelzung bemühen«. Das ist es, was jeder neuen Gestaltung ermöglicht, wirklich zu werden, was sie erst dann zu einem Teil des großen Ganzen, und nicht nur einem Zahnrad im Weltgetriebe macht. Auch im Menschen geschieht diese Teilung und das Streben nach Wiedervereinigung der drei Kräfte, woraus die drei charakteristischen Antriebe hervorgehen, die wir zu beschreiben versucht haben. Die Namen, die wir für diese Kräfte verwandten, waren: aktiv, passiv und neutralisierend, oder: affirmativ, verneinend und versöhnend. Wir können sagen, dass Wille universale Bejahung ist, Funktion universale Verneinung und Sein universale Versöhnung. Diese drei Kräfte können sich ›kristallisieren‹ und in den drei Zentren des Menschen Wurzeln schlagen: die bejahende Kraft im Kopfgehirn, die verneinende Kraft im Körpergehirn und die versöhnende Kraft im Gefühlsgehirn. Nach Gurdjieff soll diese Kristallisation durch gezielte Erziehung zustande kommen, durch verstandene und richtig angeleitete Arbeit. So gelangt ein Mensch an den Punkt, wenn »alle drei getrennt voneinander spiritualisierten Teile« in ihm erwachen. Diese Dreiheit der menschlichen Natur ist während des gewöhnlichen, unerweckten Zustands im Essen und in der Luft sowie den Eindrücken, die wir aufnehmen, enthalten, bleibt aber unterhalb der Schwelle unseres Bewusstseins, oder aber sie sorgt nur für einen flüchtigen Schock, der im *Djartklom,* der Trennung der drei Kräfte resultiert, jedoch stellt sie nichts dar, woran wir uns halten könnten.

Obwohl also Denken, Fühlen und Bewegen alle gleichermaßen Funktionen sind, können wir doch das Denkzentrum als Stellvertreter des Willens, das Gefühlszentrum als Stellvertreter des Seins und das Körperzentrum als Stellvertreter der Funktion bezeichnen. Sie sind fähig, die universale Realität der drei Welten von Funktion, Sein und Wille in die individuelle Realität zu überführen. Diese individuelle Realität ist die vierte Persönlichkeit im Menschen, sein »eigenes Ich«, seine *Ganzheit.*

Die Ganzheit des Menschen ist gleich der Einzigartigkeit seines Willens, der Einheitlichkeit seines Seins und der Harmonie seiner Funktionen. Die Einheit von Funktion, Sein und Wille ist der innewohnende »göttliche Funke« in uns. Wir können sagen, dass diese Einheit, die vierte Persönlichkeit, ›entdeckt‹ werden muss; ebenso gut lässt sich aber auch sagen, dass wir sie ›herzustellen‹ haben. Auf jeden Fall müssen die Schleier beseitigt werden, die uns von der Realität trennen, und dies ist eine konkrete Aktion, nicht nur eine veränderte geistige Einstellung. Alle drei Zentren streben der Ganzheit zu, jedes auf seine Art. Je enger sie zusammenarbeiten,

Abb. 3.2
Die Ebenen
der Funktion

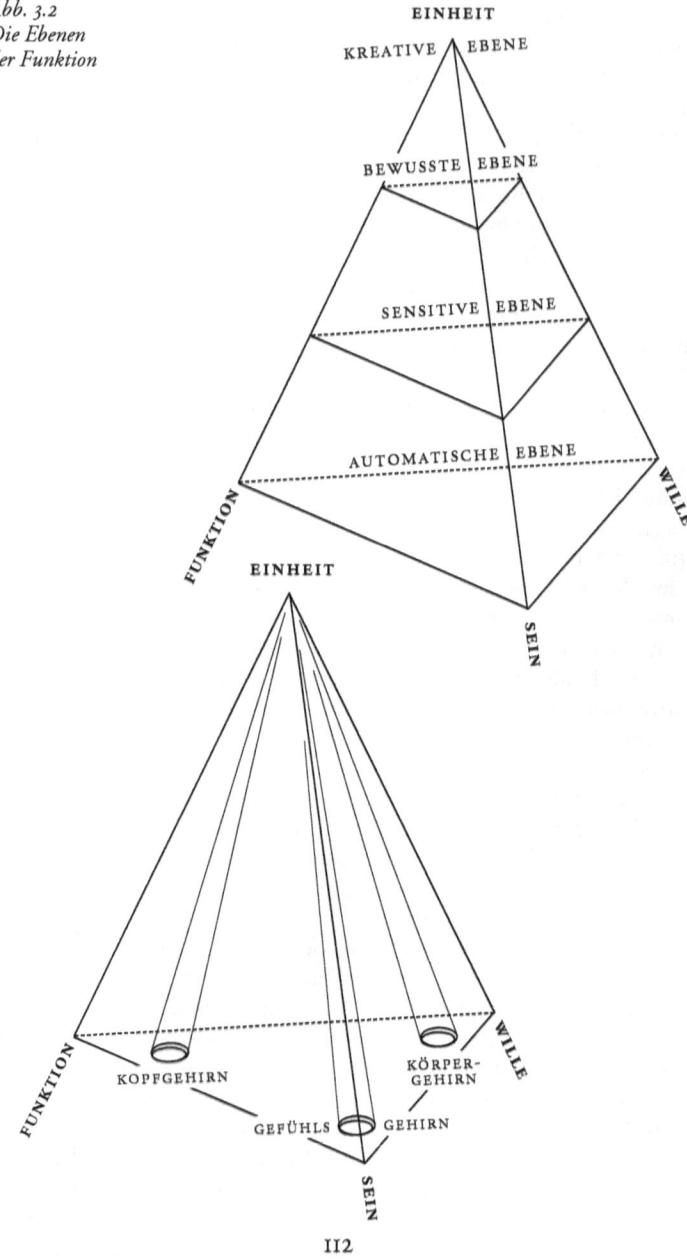

EINHEIT

KREATIVE EBENE

BEWUSSTE EBENE

SENSITIVE EBENE

AUTOMATISCHE EBENE

FUNKTION

WILLE

SEIN

EINHEIT

FUNKTION

WILLE

KOPFGEHIRN

KÖRPER-
GEHIRN

GEFÜHLS GEHIRN

SEIN

desto mehr nähert sich ihr Funktionieren der Einheit. Diese ist abhängig von der *Ebene der Energie*, auf der sie funktionieren. Auf der automatischen Ebene befinden wir uns im Traumzustand, wo wir Sklaven jedes vorüberziehenden Impulses sind und die Zentren nicht miteinander in Kontakt stehen. Auf der nächsten Ebene, der sensitiven, können wir damit beginnen, die Dinge zu bemerken, die in uns ablaufen, und ein Gehirn kann ein anderes beobachten. Auf der bewussten Ebene schließlich ist wirkliche Selbstbeobachtung möglich, wenn alle drei Gehirne zusammenarbeiten und es uns möglich wird, uns selbst als ganze Wesen zu erfahren. Auf der kreativen Ebene können wir unter der Initiative unseres eigenen Ichs handeln und zu einem Wesen werden, das sich selbst erschaffen kann. Gurdjieff nennt es *Mensch Nr. 5*. Deshalb ist die Harmonisierung der Zentren eine wichtige Sache, die uns über die materielle Welt hinaus in höhere Welten führen kann, wo unsere physischen Körper nicht handlungsfähig sind und keine Unterstützung für unsere Erfahrung bieten.

Indem wir uns der Einheit nähern, werden das Wesen und die Bedeutung unseres Lebens eine andere. Es verändern sich nicht nur unsere Wahrnehmung und unser Verständnis, sondern die ganze Art, wie wir leben können. Wir existieren nicht in einem Vakuum. Unsere eigene Entwicklung dient dazu, uns in näheren Kontakt mit anderen Lebewesen und unter den Einfluss dessen zu bringen, was ganz jenseits unserer Existenz liegt. Indem wir selbst wirklicher werden, sind wir zunehmend in der Lage, mit der Realität zu kommunizieren.

❧

Kapitel vier

Das Selbst

und dieses reicht aus, um anzuzeigen, worüber wir sprechen. Wir sagen »Stuhl« oder »Kissen«, und das ist genug, uns mit allem zu verbinden, was wir mit der Erfahrung eines Stuhls oder Kissens assoziieren. Mit Pflanzen, Tieren und Menschen ist es oft ebenso: Wir nennen sie bei ihrem Namen, und das genügt uns, um uns mit den verschiedenen Assoziationen, die wir zu ihnen geformt haben, zu verbinden. Diese Art, an die Dinge heranzugehen, dient einem Zweck, bleibt aber völlig an der Oberfläche und erfasst nur die Dinglichkeit der Dinge: das, was sie in der Welt der Körper sind, wo alles und jedes Ding vom anderen getrennt ist und als äußerlich erlebt wird. Über diesen Ansatz kommen wir nicht mit den tieferen Wesenszügen der Lebewesen und Menschen in Kontakt.

Wir sprechen von uns selbst als von »ich« oder »mir«, auch von »mir selbst«. Wenn wir aber versuchen, zu ergründen, was diese Wörter bedeuten, werden wir finden, dass sie nicht das Gleiche meinen und dass das, worauf sie sich beziehen, ebenfalls nichts Konstantes ist.

»Ich« ist das ganz Subjektive in uns, wovon wir glauben, dass es frei ist. Es bezeichnet nicht die Gedanken oder Gefühle oder körperlichen Empfindungen. Aber zu begreifen, dass »ich« nicht mein Körper bin, das ist ein gewaltiger Schritt.

»Mein Körper«, »mein Geist« und »meine Gefühle« sind ein Teil von »mir«, und ich kann meiner selbst gewahr sein, das heißt mir dessen gewahr werden, *was* ich bin. Wir können uns nicht des Ichs bewusst werden, weil es immer im Verborgenen bleibt, egal wie weit wir in uns selbst hineinschauen oder graben. Wir haben das Ich mit dem Willen verbunden, und der Wille ist niemals ein Objekt, das man erkennen oder fühlen oder empfinden kann; er ist noch nicht einmal dann für uns greifbar, wenn wir bewusst sind. Wer wäre da, um das Ich zu sehen? Die gewöhnliche Vorstellung, dass wir ad infinitum zurückgehen können, wobei ein Ich das andere beobachtet und seinerseits beobachtet wird, ist nicht die richtige Weise, die Relativität unseres Bewusstseins zu beschreiben.

Wir haben gesehen, wie ein Zentrum ein anderes beobachten kann und wie wir uns unserer automatischen Funktionen und sogar unserer Sensitivität bewusst werden können. Nichts davon hat irgendetwas mit dem Ich zu tun. Womit es zu tun hat, ist, dass »ich selbst« vielfältig bin und auf verschiedenen Ebenen existiere. Es ist legitim, von den verschiedenen Selbsten zu sprechen, die »mich selbst« umfassen.

Wenn wir die Wörter »ich selbst« auf die gleiche Weise gebrauchen wie den Namen eines Objekts, begehen wir einen großen Fehler. Wie kommt es, dass wir in der einen Minute auf diese Weise handeln und in der nächsten Minute auf ganz gegensätzliche Weise? Wenn wir beginnen, unser Verhalten unvoreingenommen zu überprüfen, können wir zu der Feststellung kommen, dass wir uns ständig von einer Existenzebene zur nächsten bewegen und dass es auf jeder Ebene ein entsprechendes Selbst gibt. Die Art des Selbsts, das aktiv ist, hängt von dem Zustand der jeweils tätigen Funktionen ab. Wir sollten uns auch daran erinnern, dass »ich selbst« teilweise subjektiv bin, und in jedem Selbst müssen wir einen Zustand des Willens in Betracht ziehen. Ich bin »ich selbst«, ist zwar immer richtig, doch auf so viele verschiedene Weisen, wie es Selbste gibt.

Wir müssen uns klarmachen, dass jedes Selbst, über das wir sprechen werden, genau genommen auf den physischen Körper und seine Instrumente bezogen ist. Ein Selbst ist ein verkörperter Existenzzustand und sollte unabhängig von den menschlichen Möglichkeiten, andere Arten von Körpern zu erwerben, betrachtet werden. Die verschiedenen Selbste machen verschiedene Arten von Erfahrung möglich. Sie sind Standorte, durch die wir etwas darüber lernen können, was wir sind. Sie sind Funktionsstrukturen, durch die wir in dieser Körperwelt operieren und mit der Welt des Lebens und der Welt des Denkens oder der Menschen in Kontakt treten können. Keines von ihnen, nicht einmal das »Wahre Selbst«, kann ohne physischen Körper existieren.

Der Mensch hat durch seine Natur Zugang zu der kosmischen Energie der Kreativität, und diese Energie ermöglicht es ihm zu handeln, zu wirklichem Verstehen zu gelangen und die Arbeit an der Transformation zu beginnen. Dies bedeutet nicht, dass er eine kreative Existenz hat. Es besagt nur, dass die kreative Kraft in die mit seinem Körper verbundenen Instrumente eintreten kann, zum Beispiel beim Sex. Dies ist eine großartige Sache. Hier liegt die

Quelle der menschlichen Fähigkeit, nicht nur äußerlich, sondern auch innerlich zu erschaffen, das heißt, frei zu werden.

Es ist das Gleiche wie mit dem Bewusstsein, das ebenfalls in die Instrumente einfließen kann, die wir zur Verfügung haben, um sie in einen harmonischen und kooperativen Zustand zu bringen. Das macht aus dem Menschen jedoch noch kein bewusstes Wesen.

Mit Hilfe jeder dieser Energien besteht die Möglichkeit einer anderen Art zu funktionieren, zu erfahren und zu wollen. Dies lässt die verschiedenen Selbste entstehen. Mit der Ansammlung von Erfahrungen während unseres Lebens entwickeln sich die Selbstaspekte mehr oder weniger richtig und zu einem höheren oder niederen Grad. Wenn sich unser Schwerpunkt auf die höheren Selbste verlagert, ist das ein wirklicher Fortschritt in unserem Leben und es eröffnen sich uns verschiedene Möglichkeiten. Dann können wir auch über das Erschaffen eines anders gearteten

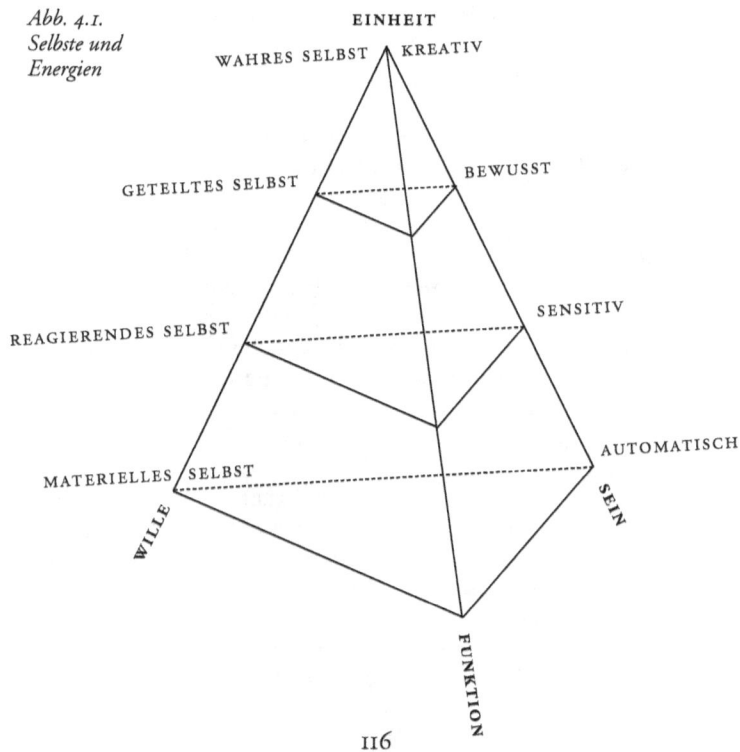

Abb. 4.1.
Selbste und
Energien

EINHEIT

WAHRES SELBST — KREATIV

GETEILTES SELBST — BEWUSST

REAGIERENDES SELBST — SENSITIV

MATERIELLES SELBST — AUTOMATISCH

WILLE

SEIN

FUNKTION

Körpers sprechen, eines inneren Körpers, der uns befähigt, auf ganz andere Weise zu leben. Nur wenn ein solcher Körper geformt ist, sind wir nicht länger den Gesetzen unterworfen, die uns an unsere physische Existenz binden. Dies ist etwas ganz anderes als die zeitlich begrenzte Erfahrung, die wir von höheren Ebenen haben mögen und die vom höheren Selbst ausgehen.

Im Normalzustand befinden sich die höheren Selbste in einer Art Schlafzustand. Sogar dann mag es Momente höheren Funktionierens geben, aber uns fehlt die Organisation der Erfahrung, wodurch diese Momente mehr als Träume für uns sein können. Dies erklärt, wieso Menschen sogar sehr tiefe Erfahrungen haben können – und, in einem anderen Sinne, doch *nicht* haben. Die höheren Teile des Selbsts machen es möglich, unsere Erfahrungen zu gestalten, was ein Mittel dazu ist, Energien zu transformieren, wodurch wir einen Schritt in die höheren Welten machen können. Sie selbst sind nicht die Freiheit, die wir suchen.

Jedes Selbst stellt eine Kombination von Funktion, Sein und Wille dar, die auf solche Weise organisiert sind, dass sie gewisse Arten von Erfahrungen möglich machen. Dies bedeutet, dass jedes Selbst sein eigenes Set von Funktionen besitzt. Dabei handelt es sich in Wirklichkeit um die gleichen Instrumente, aber sie arbeiten mehr oder weniger effektiv, mehr oder weniger sensitiv und mit mehr oder weniger Bewusstsein. Wie die Instrumente des Menschen eingesetzt werden können, hängt ganz von den verschiedenen Ebenen ihrer Organisation ab. Dies führt uns zum Seinsaspekt der Selbste, den wir unter dem Begriff »Energien« betrachtet haben. Jedes Selbst arbeitet mit einer bestimmten Energiequalität, und wenn die entsprechende Energiequalität nicht verfügbar ist, dann ist das Selbst nur latent vorhanden, so als wäre es »nicht da«. Wenn wir die Terminologie unseres Energieschemas benutzen, können wir sagen, dass es ein *Materielles Selbst* gibt, das automatisch arbeitet, ein *Reagierendes Selbst,* das sensitiv arbeitet, *ein Geteiltes Selbst,* das bewusst arbeitet, und ein *Wahres Selbst,* das kreativ arbeitet. Wir können uns diese vier Selbstaspekte vorstellen als vier Erfahrungsebenen im Diagramm von Funktion, Sein, Wille und Einheit. Jedes Selbst besitzt einen ›eigenen Willen‹, was einen Moment des Risikos in unsere Existenz hineinbringt, der ein wichtiges Merkmal unserer menschlichen Situation ist.[18]

18. Siehe dazu ausführlich: John G. Bennett: *Risiko und Freiheit,* Chalice Verlag, Zürich 2004.

Jedes der vier Selbste hat die Kraft, sich selbst als unabhängige Einheit zu behaupten oder sich der Einwirkung eines höheren Willens zu öffnen. Auf diese Weise kann jedes der vier zur Verkörperung des wirklichen Ichs beitragen, das sozusagen im obersten Punkt der Pyramide versteckt liegt, am Punkt der Einheit. Sie können aber auch ein Hindernis für diese Verkörperung bilden. Das führt zu der Frage, die in Gurdjieffs zweiter Serie von Schriften, *Begegnungen mit bemerkenswerten Menschen*, häufig gestellt wird: Wie ist es möglich, unter den Einfluss höherer Gesetze zu kommen? Das bedeutet auch: Wie können wir aus den Gefängnissen unserer Selbste befreit werden? Um zu verstehen, was dafür nötig ist, brauchen wir Einsicht in die Gesetze, unter denen der Mensch existiert. Im zweiten Teil dieses Buches wollen wir versuchen, ein Verständnis dieser Gesetze zu entwickeln.

Um zur Vervollkommnung zu gelangen, werden alle Selbste gebraucht. Es geht keineswegs darum, unsere niederen Teile des Selbsts zu zerstören; wir müssen ihre Arbeitsweise verstehen und regulieren, um die höheren Teile zu erreichen. Die niederen Selbstaspekte sind uns sowohl durch eigene Erfahrung zugänglich als auch durch die Beobachtung anderer Menschen. Solange sie uns beherrschen, sind wir in einem Zustand der Sklaverei und besitzen keinerlei Initiative, abgesehen von der Wechselwirkung zwischen unserer Konditionierung und den äußeren Einflüssen. Dennoch besitzen sie eine charakteristische Form von Erfahrung, die wir erkennen lernen müssen. Wir werden mit einer Studie des Materiellen Selbsts, der Mensch-Maschine, beginnen.

Das Materielle Selbst

Durch dieses Selbst hat der Mensch Macht über alle anderen Dinge der Erde. Es ist in der Welt der Körper das höchste, aber innerhalb dieser Welt bleibt es den Gesetzen dieser Welt unterworfen. Es arbeitet mit automatischer Energie, die sehr hoch organisiert ist. Das Materielle Selbst besitzt alle Funktionen, wie Denken, Fühlen, Bewegung, Instinkt und so weiter, aber sie arbeiten ohne Bewusstsein. Gurdjieff nannte es die »Mensch-Maschine«, aber es ist doch ein Selbst und hat auch subjektive Eigenschaften. Das Materielle Selbst kann ein sehr nützliches Instrument sein, um mit der materiellen Welt umzugehen, aber es besteht auch die Gefahr, dass es unsere wahre menschliche Natur usurpiert und sich so verhält, als sei es der ganze Mensch. Unsere Vorstellungen von der Welt sind größtenteils durch dieses Selbst geprägt, und die Erfahrung, die es macht, basiert auf unserer körperlichen Natur. Unsere Vorstellungen von Raum und Zeit sind beinahe vollständig durch die Tatsache geprägt, dass unsere Körper solide materielle Objekte sind. Dies erklärt auch, warum unser Denken zum größten Teil nur in der Welt der Körper, im *alam-i-ajsam,* nützlich ist und den Erfahrungen in anderen Welten keinen Sinn abgewinnen kann. Unser Sprachapparat ist auch Teil des Materiellen Selbsts und entwickelt sich beinahe völlig durch den Kontakt mit materiellen Körpern.

Ein Kind beginnt zu sprechen, indem es die materiellen Objekte benennt, gelangt später zu Wörtern für Handlungen und noch später zu Ausdrücken des Lebens und Bewusstseins. Aus diesem Grund verfallen wir leicht dem Fehler, anzunehmen, dass die Gesetze, die die materielle Welt beherrschen, auch die Gesetze sind, die alles andere beherrschen. Materielle Gesetze schließen die Möglichkeit aus, dass zwei Dinge den gleichen Platz einnehmen; aus diesem Grund neigen wir dazu zu glauben, wir könnten nicht glücklich und traurig zur gleichen Zeit sein, weil wir davon ausgehen, dass Glück und Trauer die gleiche gesonderte materielle Natur haben wie ein Tisch oder ein Stuhl.

Unsere Sprache, die ein sehr feines Werkzeug ist, um mit materiellen Dingen umzugehen, ist in Wahrheit ein Hindernis, wenn es darum geht, innere Zustände und Realitäten zu verstehen. Das Materielle Selbst unterscheidet nicht.[1] Es ist fähig, zu denken und zu sprechen, aber es nimmt keine Qualitäten wahr. Es ist in der Lage, über alles zu sprechen, aber es reduziert auch alles auf den gleichen Nenner. Es ist fähig, etwas über die anderen Welten zu wissen, aber es nimmt immer an, dass die materielle Welt das einzig Wirkliche ist. Es gibt Leute, die vom Materiellen Selbst beherrscht werden und, obwohl sie in der äußeren Welt sehr mächtig oder erfolgreich sind, doch kein Gefühl, keine Sensitivität besitzen. Sie werden andere Leute so behandeln, als wären sie Sachen, und sind zu großen Grausamkeiten fähig. Das heißt nicht, dass der Mensch des Materiellen Selbsts nicht auch Bedürfnisse, Wünsche, Freuden und Schmerzen hätte. Er kennt sie alle, aber entweder sind sie von sozialen Konventionen mechanisch hergeleitet oder sie gehen aus dem Wirken seines tierischen Instinkts hervor. Er kann sich Macht und Herrschaft über andere wünschen, aber das ist alles künstlich; er ist nur eine Maschine. Er kann sehr starke sexuelle Impulse haben, sich sogar dem Essen und Trinken hingeben, aber das dient alles nur der Selbsttäuschung. Er ist nicht fähig, das Leben wirklich zu genießen, und seine Erfahrung geht über einfache Zustände von Freude und Leid nicht hinaus.

Es liegt in der Natur der automatischen Energie, die die Qualität der Energie des Materiellen Selbsts darstellt, dass ein solcher Mensch nicht wahrnimmt, was er tut, und nicht merkt, was ihm fehlt. Er sieht nicht, dass er nicht wirklich lebendig ist. Sein Leben ist eine Scharade, aber er besitzt nicht die Energie, um durch die Maske hindurchzublicken. Obwohl er nicht bewusst wahrnehmen kann, was falsch ist, fühlt er sich doch vielleicht dazu getrieben, nach etwas zu suchen, das ihn seine Existenz fühlen lässt. Er muss sich selbst mit Erfolg und mit Reichtümern ausstaffieren, um zu fühlen, dass er existiert. Die einzige Art Existenz, derer er sich bewusst ist, ist die materielle Existenz. Er ist abhängig von den Dingen. Der Mensch des Materiellen Selbsts ist nicht nur an materiellem Besitz und an Geld interessiert, obwohl diese oft von Bedeutung sind, aber im Wesentlichen ist seine ganze Weltanschauung materialistisch. Wir können von einem physischen Materialismus sprechen, einem emotionalen Materialismus, einem sexuellen und intellektuellen Materialismus, und in allen diesen Funktionen ist das Materielle das einzig Wirkliche.

Der Körpertyp des Materiellen Selbsts, Mensch Nr. 1, lebt ausschließlich für die Befriedigung seiner körperlichen Impulse. Sein einziger Weg, um das Leben zu erfahren, ist die Stimulierung körperlicher Impulse. Ein Mensch Nr. 2, der sein Zentrum im emotionalen Gehirn hat, ist entweder eine sehr negative und kritische Person, die an jeder Situation, mit der sie in Berührung kommt, etwas Falsches sieht, oder eine Person mit einem großen Verlangen nach Macht. Ein solcher Mensch ist in seinen Beziehungen nur zufrieden zu stellen durch das Gefühl, etwas zu besitzen. Er ist nicht zu Kompromissen in der Lage, da er unfähig ist, in einer Situation mehr als nur einen Aspekt zu sehen. Zu ihm dringt nichts Wirkliches durch, am wenigsten aber erreicht ihn die Wirklichkeit anderer Menschen, ihre Gefühle und ihre Erfahrungen.

Ein Mensch Nr. 3 der materiellen Ebene kann sehr intellektuell und sehr logisch sein, wird aber immer nur analytisch und atomistisch an Ideen herangehen. Er sieht die Dinge in Schubladen und ist nicht fähig, sie im Zusammenhang zu sehen. Es liegt nicht in der Macht der automatischen Energie, eine Synthese des Wissens herzustellen, so dass eine solche Person trotz ihres großen Vorrats an Wissen kein Verlangen nach einer tieferen Sicht der Dinge haben wird, beziehungsweise, ihr werden sogar diejenigen verdächtig erscheinen, die sich zu einer Sicht des Ganzen hingezogen fühlen. Eines der wichtigsten psychologischen Konzepte, die Gurdjieff aufstellte, war das vom *formatorischen Apparat*, der dem Denkzentrum des Menschen im Materiellen Selbst entspricht. Der formative Apparat wird von automatischer Energie gespeist. Es laufen dort ständig Assoziationen ab, die heutzutage zum vorrangigen Werkzeug für Gedanke und Aktion geworden sind. Er gebraucht Wörter, als seien es materielle Gegenstände, und ist unfähig, zwischen Ideen zu unterscheiden. Er verfügt über eine phantastische Fähigkeit, sich zu erinnern und Worte und Ideen zu assoziieren. Es ist dieses Formatieren, was wir üblicherweise als »Denken« bezeichnen. Es ist so erfolgreich im Umgang mit der materiellen Welt, dass wir es manchmal für ein Zeichen echter menschlicher Intelligenz ansehen, was es aber nicht ist, denn Intelligenz entspringt einem tieferen Teil unseres Selbsts.

Eine Person, die vom Materiellen Selbst beherrscht wird, befindet sich in einer wirklich schlimmen Lage: Nach außen hin kann sie äußerst erfolgreich sein, jedoch ist ihr Leben, objektiv gesprochen, erbärmlich. Sie besitzt keine wirkliche, eigene Erfahrung, und wenn höhere Energien in ihr arbeiten, dann arbeiten sie unabhängig vom Selbst, so dass sie das Wirken dieser Energien nur als einen Traum begreifen kann. Ein solcher Mensch greift ständig nach etwas außerhalb seiner selbst, das ihm ein Gefühl der eigenen Existenz vermitteln kann. In Wirklichkeit ist er eine leere Hülse, und wenn er stirbt, wird er für immer und vollständig vernichtet werden, da das Materielle Selbst nicht in der Lage ist, unabhängig vom Körper zu existieren.

Immer wenn ich von diesem Selbst spreche, fällt mir etwas ein, das vor Jahren geschehen ist und was einen tiefen Eindruck in mir hinterließ. Ich hatte einen sehr guten Freund, der ein bemerkenswerter Rechtsanwalt war und ein guter Mensch. Einer seiner Brüder war ein erfolgreicher Mann, der Schatzkanzler (Finanzminister). Die ganze Familie war stolz auf seine Intelligenz und verhalf ihm zum Erfolg. Seine Brüder arbeiteten sogar eine Zeit lang, um Geld für ihn zu verdienen, um ihm bei seiner Karriere zu helfen. Obwohl jeder zu ihm aufsah, besaß er kein Gefühl, keine Sensitivität; irgendwie war alles Gefühl, alle Sensitivität, in der Familie und auf die anderen Brüder verteilt. Als er starb, ging ich zu seinem Begräbnis, da ich mit seinem Bruder befreundet war. Es war ein unvergessliches Erlebnis. Als der Sarg zur Einäscherung in die Kapelle getragen wurde, hatte ich das ganz starke Gefühl, dass dies nur eine leere Hülse war, so etwas wie eine hohle Nussschale. Alles Innere war verschrumpelt und vertrocknet, und ich sah ein für alle Mal, wie schrecklich es ist, wenn jemand es zulässt, zum Gefangenen der materiellen Welt zu werden. Man kann außen alles haben und innen nichts.

Wir haben ein Materielles Selbst, in dem unsere Zentren automatisch funktionieren, und das ist auch notwendig. Wir könnten ohne es nicht zu dem werden, was wir sein sollten. Es ist nicht unsere Aufgabe, es zu zerstören, sondern vielmehr, darauf zu achten, dass es die richtige Rolle einnimmt. Das Materielle Selbst sollte das Instrument sein, über das wir mit der materiellen Welt in Kontakt stehen. Alles was wir tun, wie Atmen, Essen, Bewegen, Denken und so weiter, findet teilweise in der Welt der Körper statt. Wir haben in dieser Welt eine Rolle einzunehmen. Aber wenn wir nur diese Mechanismen sind und nur die dazugehörigen Energietransformationen, die sie in Gang halten, verfehlen wir den Sinn unserer Existenz. Wir müssen lernen, uns selbst von dem Mechanismus zu trennen: Ich bin nicht diese Assoziationen, nicht diese Reaktionen und Empfindungen, die in mir aufsteigen – ebenso wenig wie ich Bremse, Gaspedal oder Kupplung des Wagens bin, mit dem ich gerade fahre. Wir müssen einen Weg finden, diese Trennung in uns zu erreichen. Aber wenn wir das Wort »Trennung« benutzen, meinen wir nicht, dass diese Dinge von uns abgeschnitten werden müssen wie eine Art Krebsgeschwür. Die ständige Anregung, die von unseren Empfindungen und unseren Assoziationen ausgeht, ist für uns notwendig. Es ist die Arbeit der automatischen Energie, die den Tonus unseres Nervensystems und die Vitalität unseres gesamten Organismus aufrechterhält.

Alleinstehend ist das Materielle Selbst nicht mehr als eine »durchgedrehte« Maschine, die außer Kontrolle geraten ist und keinem nützlichen Zweck dient. Es gehört zu unseren Aufgaben, den Zweck dieses Selbsts herauszufinden und es dazu zu bringen, diesen Zweck zu erfüllen. Das Materielle Selbst ist in den mittelalterlichen Bildern häufig als Drache gezeichnet. Wir haben vom

Drachen nichts zu befürchten, solange wir ein Auge auf ihn werfen. Wenn wir aber unachtsam sind, dann kriegt er uns.

Auch wenn das Materielle Selbst das Instrument darstellt, durch das wir die Welt beherrschen können, so heißt das doch nicht, dass sich ein Materielles Selbst von sich aus der materiellen Welt bewusst sein kann. Es ist nur ein *Teil* dieser Welt, und wenn wir uns von ihm beherrschen lassen, verlieren wir allen Sinn dafür, dass wir in einer Beziehung zur äußeren Welt stehen, das heißt, wir verlieren den Sinn dafür, dass wir den Dingen gegenüber, die wir benutzen, Verpflichtungen haben. Wenn er den rechten Platz in der Welt einnimmt, ist der Mensch ein Gott in Relation zu den materiellen Gegenständen. Aber es ist ein Zeichen des vom Materiellen Selbst beherrschten Menschen, dass er mit den Werkzeugen, die er benutzt, nicht sorgfältig umgeht, da sein Interesse hauptsächlich deren Besitz ist. Das, was den anderen gehört, genauso sorgfältig zu behandeln wie das Unsere, kann zu außergewöhnlichen Resultaten führen, zu ganz unerwarteten Wirkungen. Wir spüren plötzlich, wie wir einen anderen Kontakt finden zu unserer Umwelt, unseren Handlungen und zu den Werkzeugen, die wir benutzen. All das ist dem Materiellen Selbst ganz unmöglich, da es die Werkzeuge nicht sehen, sondern sie nur benutzen kann. Sobald wir diese Erfahrung machen, können wir das Materielle Selbst begreifen als das, was es ist – als Maschine.

Wenn es seinen rechtmäßigen Platz einnimmt, hat das Materielle Selbst die wichtige Rolle, unser automatisches Funktionieren sowie das gewohnheitsmäßige Verhalten, das wir zu einer harmonischen Organisation unseres Lebens brauchen, ordentlich zu erledigen. Selbst der vollkommene Mensch hat ein Materielles Selbst, aber es ist dem Höheren in ihm untergeordnet. Wir erwarten von einer Schere nicht, dass sie für uns entscheidet, was geschnitten werden soll, aber wir laufen Gefahr, das Materielle Selbst bestimmen zu lassen, wie wir unser Leben leben. Wenn dieses Selbst seinen richtigen Platz eingenommen hat, dann sind die höheren Teile unserer Selbstheit freigestellt, ihre Funktion zu erfüllen, die Teile, die mit den höheren Energien von Sensitivität und Bewusstsein zu tun haben. Diese höheren Energien sollten nicht auf Aufgaben verschwendet werden, die wir automatisch verrichten können. Wenn wir mit materiellen Dingen beschäftigt sind, kann der Schwerpunkt unserer Aktionen das Materielle Selbst sein. Wie Gurdjieff es ausdrückt: »Du kannst soviel Geld verdienen, wie du willst, solange du es mit dem linken Fußzeh machst.« Der restliche Teil von uns darf von der Materialität nicht geschluckt werden.

Das Reagierende Selbst

Wir können ein Bild betrachten und es so sehen, wie eine Maschine es sehen würde; aber wir können es auch sensibel wahrnehmen. Was diesen Unterschied in der Erfahrung ausmacht, ist leicht ersichtlich: Im zweiten Fall haben wir eine Erfahrung davon, was es bedeutet, am Leben zu sein. Die automatische Energie ist in der Lage, die Beschreibung eines Bildes zu erzeugen und, wenn es ein Gemälde ist, dieses dem Stil der Zeit einzuordnen und auch wiederzugeben, was andere Leute darüber gesagt haben. Aber bei all dem ist keiner da, der das Bild wirklich betrachtet. Die zusätzliche Bewusstheit, die uns in Berührung bringt mit der umgebenden Welt, den anderen Menschen und auch mit dem, was in uns selbst vorgeht, kommt durch die sensitive Energie. Sie gibt das Gefühl, lebendig zu sein.

Das gesamte Leben ist sensitiv und wird bestimmt durch die Pole von Anziehung und Abstoßung. Sensitivität stellt keine neutrale Form der Berührung mit der Welt dar, sondern immer eine Erfahrung, die Kraft und Richtung hat. Aus diesem Grund bezeichnet man das Selbst, das mit dem Wirken dieser Energie verbunden ist, als *reagierend*. Wir müssen es unterscheiden vom Zustand des konditionierten Reflexes, der zur materiellen Ebene gehört. Das Reagierende Selbst besteht in unserer Erfahrung, während das Materielle Selbst »ganz draußen« liegt. Man spricht meistens von »Gefühl«, um diesen Unterschied zu kennzeichnen, aber jedes einzelne der drei Zentren besitzt seine eigene sensitiv reagierende Natur. Es gibt instinktive Schmerz-Freude-Reaktionen, emotionale Vorlieben und Abneigungen, sexuelle Anziehung und Aversion, mentale Jas und Neins sowie vom Bewegungszentrum ausgehende »Ich möchte«- und »Ich möchte nicht«-Stimmungen. Die Menschen, die aus dem Reagierenden Selbst leben, unterscheiden sich von denen, die ihr Zentrum im Materiellen Selbst haben, dadurch, dass sie mit den Dingen Berührung haben können, aber sie tun es immer nur in einer Entweder-oder-Weise.

Wenn wir aufwachsen, zielen all unsere Erfahrungen daraufhin, den Fluss der sensitiven Energie zu organisieren. Ohne die Aktion eines höheren Selbsts führt das zum Annehmen verschiedener gewohnheitsmäßiger Reaktionen, mit denen wir uns identifizieren. Wir haben gesagt, dass jede Energieebene eigentlich in die andere übergeht. So besteht auf der sensitiven Energieebene ein größerer oder geringerer Grad an Freiheit vom Automatismus. Die Reaktionskraft der Sensitivität kann beeinflusst werden. Wenn man Kinder dazu ermutigt, ihren Wünschen und Abneigungen zu folgen, werden sie zur Sklaverei erzogen. Gurdjieff sagt über Leute, die Kinder auf solche Weise ›fördern‹: »Man sollte sie umbringen, Messer in den Rücken.« Die richtige Rolle für die sensitive Energie ist es, uns in Berührung mit dem Leben zu bringen und uns mit Substanzen für die Transformation auszurüsten – sie sollte aber nicht unser Verhalten diktieren. Es ist fürchterlich mit anzusehen, in welchem Ausmaß das, was wir tun, durch die Konditionierung unserer Sensitivität bestimmt wird, wie wir die ganze Zeit nach dem streben, was wir mögen, und dem aus dem Weg gehen, was wir nicht mögen, so dass wir auf ganz eingeengte Art und Weise leben. Das ist das Leben der »falschen Persönlichkeit«, wie Gurdjieff sie nennt. Sie wird mit allen wirklichen Problemen des Lebens nur fertig, indem sie sie vermeidet. Das kann uns sogar dazu führen, Dinge zu tun, die unserer Gesundheit und unserem Wohlergehen schädlich sind, weil die ursprüngliche sensitive Kraft zur Unterscheidung zwischen dem, was gesund, und dem, was schädlich ist, wie die Tiere sie haben, überlagert ist mit allen Arten künstlicher Reaktionen.

Für den Menschen des Reagierenden Selbsts sind seine Vorlieben und Abneigungen die Wahrheit: Das, was ich mag, muss gut sein, was ich nicht mag, schlecht, und jeder andere sollte es ebenfalls vermeiden. Diese Absurdität stellt im Leben vieler Menschen eine einflussreiche Kraft dar. Wenn der reagierende Mensch sein Zentrum im Körper hat, dann wird er nichts tun, was sich für seinen Körper »nicht gut anfühlt«. Dies muss keine Beziehung zu dem zu haben, was der Körper wirklich braucht. Aufgrund der gewaltigen Kapazität der sensitiven Energie, sich organisieren und strukturieren zu lassen, kann das Reagierende Selbst alle möglichen Arten sexueller Vorlieben neben der grundsätzlichen Anziehungskraft zwischen Mann und Frau haben. Keine dieser Manifestationen von Polarität muss stabil und von Dauer sein. Reagierende Menschen können im einen Moment eine Sache mögen und sie im nächsten Moment ablehnen. Es wird ihnen aber nicht bewusst sein, dass dies so ist. In jedem einzelnen Augenblick ist für sie das, was sie mögen, »gut« und das, was sie nicht mögen, »schlecht«. Sie sind anderen Leuten gegenüber intolerant, die nicht die gleichen Vorlieben und Abneigungen teilen, und sie werden schwerlich zugeben, dass sich die eigenen Reaktionen jemals geändert haben.

Die Kraft im Reagierenden Selbst ist verführerisch. Das Reagierende Selbst will fühlen, dass seine Reaktionen sein fester Halt in der Realität sind. Wir müssen begreifen, dass die stattfindenden Reaktionen in unserem Leben eine sehr wichtige Rolle spielen, dass sie aber nur »Rohmaterial« für unser eigenes Sein sind und keinesfalls Selbstzweck. Wir müssen auch lernen, den »Zusammenprall der Gegensätze« in uns selbst zu ertragen. Nur dann wird die reagierende Natur zu dem, was sie eigentlich sein soll.

Es ist charakteristisch für den Menschen, dass er diese innere Spannung vermeidet, wenn er von seinem Reagierenden Selbst beherrscht wird. Das hält ihn davon ab, jemals in Kontakt zu kommen mit dem, wie die Dinge wirklich sind. Die Stärke seines Gefühls ist in Wirklichkeit die Barriere, die ihn davon abhält, sich und die anderen zu verstehen. Er wird nie eine Einsicht in etwas haben, er wird immer nur wissen, wie er die Sache oder den Umstand emotional »fühlt«. Falls er geistig aktiv ist, wird er alles entweder als richtig oder als falsch betrachten. Er ist dann nicht in der Lage, Ideen zu verstehen, er kann sie nur annehmen oder ablehnen. Woran er glaubt, das ist für ihn absolut, und er lässt sich nicht auf eine andere Sichtweise ein. Dabei wird er der Ansicht sein, vollständig unvoreingenommen und objektiv zu verfahren.

Ich las kürzlich ein Buch über die Geschichte von Buchara, das ein großer Gelehrter geschrieben hat. Obwohl dieser mehr für die Erweiterung unseres Verständnisses der zentralasiatischen Sprachen getan hat als irgendein anderer seit hundert Jahren, ist er ein schlagendes Beispiel für diese Form von intellektuellem Vorurteil, und das umso mehr aufgrund seiner augenscheinlichen Intelligenz. Er sieht die Geschichte so, dass ganz bestimmte Dynastien und Völker überhaupt nie Unrecht taten, während andere gar nichts richtig machten. Wenn ich nicht schon viele Bücher zu diesem Thema gelesen und es von verschiedenen Seiten her kennen gelernt hätte, wäre ich da leicht hineingerutscht. Ich war erstaunt zu verfolgen, wie sein Vorurteil alles färbte, was er schrieb, und wie er trotz seiner hohen Intelligenz doch nicht unparteiisch sein konnte.

Wenn wir damit anfangen wollen, die Arbeit der sensitiven Energie in uns zu beherrschen, müssen wir untersuchen, wie sie in unserem Leben am Werk ist. Dies wird erschwert durch die Tatsache, dass wir dazu neigen, uns mit jedem Zustand zu identifizieren, der zufällig in uns herrscht. Was wir lernen müssen, ist, die Aufmerksamkeit außerhalb »unserer selbst« – das heißt unserer Zustände – auf das zu richten, was uns umgibt. Wenn wir zum Beispiel bemerken, dass wir irgendeine Idee zurückstoßen, müssen wir uns selbst dazu bringen, zu sehen, dass sich *hier* dieses Zurückweisen in mir abspielt und *dort* die Idee ist, die zurückgewiesen wird. Wir können uns auf diese Weise erziehen, aber am Anfang ist das nicht so leicht, wie es sich anhört. Wir müssen unser Bewusstsein über seine engen Grenzen hinaus erweitern. Das wiederum setzt Energie in uns frei, und wenn wir nicht aufpassen, wird diese Energie wieder von unserer reagierenden Natur aufgesogen. Die Energie, die wir durch unsere Bemühungen erzeugt haben, kann schnell wieder verloren gehen durch Enthusiasmus oder Aufregung, Selbstmitleid oder Sich-elend-Fühlen. Auf diese Weise verschwenden wir die sich im Laufe unseres Lebens ergebenden höchst kostbaren Gelegenheiten, bei denen höheres Bewusstsein in uns erzeugt wird. So ›stiehlt‹ das Reagierende Selbst unsere Energie dadurch, dass wir das, was wir an uns selbst sehen, entweder mögen oder ablehnen und auf diese Weise in einen Zustand hineingeraten, der genauso blind ist wie der Zustand vor dem Moment des Sehens. Sich selbst *ohne Reaktion* erleben zu können, vermittelt einen ersten Geschmack der Freiheit.

Um zum »Sehen« zu gelangen, reicht es nicht aus zu versuchen, »bewusster zu sein«. Das allein führt nicht sehr weit. Wir müssen aktiv gegen die Vorlieben und Abneigungen in uns selbst vorgehen. Wir müssen das tun, was wir nicht tun wollen, und dasjenige nicht tun, was wir gerne tun möchten. Wir müssen uns selbst dazu bringen, eine Sichtweise einzunehmen, die derjenigen, die wir für unsere eigene halten, genau entgegengesetzt ist – aktiv sein, wenn wir uns träge fühlen, inaktiv, wenn wir energiegeladen sind, und so weiter. Regeln wie diese unterliegen immer fürchterlichen Missverständnissen und werden als Befürwortung eines masochistischen Lebens angesehen. Die Frucht derartiger Praxis ist aber nicht Leiden, sondern ein *erweitertes Lebensgefühl*. Wir werden ein wenig freier dadurch, und anstatt nur an dem einen oder anderen Pol zu sein, erfahren wir die Kraft, die zwischen den Polen herrscht. Dies ist die Lebenskraft, die uns aus dem mechanischen Leben heraushebt und für die das Reagierende Selbst existiert.

Erst wenn wir in uns selbst die Gegensätze vereinigt erfahren können, beginnen wir, uns unserer menschlichen Natur bewusst zu werden. Diese Natur ist von großer Tiefe, aber solange wie wir von unseren Reaktionen gefangen gehalten werden, sind wir dazu verdammt, nur eine Oberflächenexistenz zu führen. Wenn wir dagegen die Energie unserer Reaktionen benutzen, haben wir die Möglichkeit, in das, was vor uns liegt, einzudringen. Die angemessene Rolle für das Reagierende Selbst ist die eines *Generators von Energien,* und die Vereinigung der Gegensätze ist die Bedingung der Transformation, in der höhere Grade von Energie hergestellt werden können. Ähnlich wie wir in der Elektrizität keinen Strom erzeugen können, bevor wir nicht gelernt haben, den positiven vom negativen Pol zu trennen, können wir aus unseren Aktivitäten erst dann eine Energiequelle für die innere Arbeit gewinnen, wenn wir gelernt haben, die positiven von den negativen Kräften unseres Reagierenden Selbsts zu trennen. Das Leben ist nur da wirklich lebendig, wo es ein Ja und ein Nein zur gleichen Zeit gibt. Wo dies der Fall ist, wird das Reagierende Selbst zum Sitz eines Wahrnehmungsorgans von großer Kraft, welches uns helfen kann, unser Leben ganz zu leben und Anteil am Leben anderer zu nehmen. Weit entfernt davon, zusätzliches Leiden hervorzurufen, befreit uns diese Art zu leben von einer Unmenge an *unnötigem Leiden.* Das meinte Gurdjieff, als er sagte: »Opfere dein Leiden!« Wir müssen dahin gelangen zu realisieren, dass das, was aus der sensitiven Interaktion unserer selbst mit den Bedingungen unseres Lebens hervorgeht, nicht das ist, was wir sind, sondern nur die Energie, die wir benutzen können, um zu *sein.*

Erst wenn wir zur Realität des höheren Selbsts erwacht sind, leuchtet es uns ein, dass das Materielle Selbst eine Maschine ist, um mit der Welt der Körper umzugehen, und das Reagierende Selbst ein Generator von Energien, die uns befähigen können, die Realität des Lebens zu erfahren. Sie sind nicht selbst vollkommen, sie sind nur Instrumente.

Wir müssen noch etwas mehr über die Ausbildung des Reagierenden Selbsts sagen: Diese kann richtig nur von innen heraus geschehen. Für den Menschen ist es schädlich und sogar zerstörerisch, wider seinen Willen in widersprüchliche Situationen hineingezogen zu werden. Man kann Bedingungen schaffen, unter denen es den Menschen leicht fällt, Gelegenheiten zur Selbstüberwindung zu erkennen. Man kann sie auch dazu ermutigen oder anleiten, aber Zwang dient nur dazu, das niedrige Selbst zu stimulieren. Wenn der Kampf mit sich selbst auf die richtige Weise geführt wird – von innen heraus, und nicht wegen irgendeiner Anerkennung oder Nichtanerkennung durch andere oder wegen einer äußeren Belohnung –, kann er zu einem Weg werden, sich dem nächsthöheren Selbst, dem »Geteilten Selbst«, zu öffnen. Wer Menschen auf diesem Weg zu erziehen sucht, trägt eine große Verantwortung.

Das Geteilte Selbst

Die Schwierigkeit, das Geteilte Selbst zu erwecken, wird deutlich in einer Geschichte, die uns Gurdjieff erzählt hat. Es ist eine Geschichte aus dem Osten. Sie vergleicht die Menschheit mit einer Schafherde, deren Besitzer ein Zauberer ist. Will dieser Wolle, dann schert er die Schafe, will er ihr Fleisch, dann tötet er sie. Er ist zu geizig, um die Wiesen einzuzäunen. Deshalb muss er zu einem anderen Mittel greifen, damit ihm die Schafe nicht weglaufen. Als Zauberer, der er ist, vermag er die Schafe zu hypnotisieren und ihnen zu suggerieren, sie seien unsterblich und es sei ganz und gar nicht schädlich, sondern sogar segensreich für sie, ihre Haut zu verlieren. Weiter suggeriert er ihnen, er sei ein Zauberer, der nur ihr Bestes im Sinn habe. Falls ihnen tatsächlich etwas zustoßen sollte, dann würde dies ganz bestimmt nicht heute der Fall sein, und deshalb hätten sie keinerlei Veranlassung, sich jetzt schon irgendwelche Sorgen zu machen. Für den Fall, dass dies noch nicht ausreicht, redet er einigen von ihnen ein, sie seien Löwen, die keiner anzugreifen wagt, anderen, sie seien Adler, die im Notfall davonfliegen können, und wieder anderen, sie seien Menschen, die über ihr eigenes Schicksal bestimmen, und anderen redet er ein, dass sie auch Zauberer seien, die das Schicksal anderer beeinflussen können. Mit all dem sind die Schafe so zufrieden, dass er sie problemlos töten oder scheren kann, wann immer er will.

Am Schluss der Geschichte wird berichtet, auf welche Weise der Zauberer den Zustand der Hypnose aufrechterhält: indem er seine

Schafe jeden Tag ein bisschen verprügelt. Die Schläge entsprechen der dauernden Stimulation unseres Reagierenden Selbsts, die ein Erwachen unseres Bewusstseins verhindert und die Trennung von Bewusstheit und Sensitivität unmöglich macht. Solange wir auf diese Weise schlafen, sehen wir die wirkliche Situation nicht. So lange wir von unseren eigenen Reaktionen, Vorlieben und Abneigungen hypnotisiert sind, all den Vorurteilen, Meinungen, Denkgewohnheiten und so weiter, so lange sind wir nicht in der Lage, das zu erkennen, was Gurdjieff im Bericht vom Legomonismus des Aschiata Schiämasch in *Beelzebubs Erzählungen* den »Schrecken der Situation« nannte.

Bewusstsein und Sensitivität zu trennen, führt dazu, dass wir aus der Hypnose des Reagierenden Selbsts erwachen. Erst dann beginnen wir zu begreifen, was es bedeutet, vom niedrigen Selbst beherrscht zu werden. Jetzt kann der wirkliche Kampf beginnen, der uns hin- und herzerrt zwischen unserer höheren und unserer niedrigeren Natur. Es ist die spezifische Eigenschaft des Geteilten Selbsts, in zwei Richtungen gezogen zu werden aufgrund der bewussten Energie, die über die Grenzen der Sensitivität hinaus Verbindungen herstellen kann. Auf der einen Seite werden wir in die Welt hineingezogen, und der Wunsch, mit der Welt in Berührung zu sein, bildet die Basis dessen, was wir normalerweise »Begehren« nennen. Auf der anderen Seite werden wir in uns selbst hineingezogen in Richtung unserer unsichtbaren höheren Natur. Das ist, was Gurdjieff »Nicht-Begehren« nennt. Das Geteilte Selbst ist sowohl Sitz des Begehrens als auch Sitz des Nicht-Begehrens. Deshalb spricht man davon, dass es im Menschen Engel und Teufel gibt.

Es ist wichtig, sich klarzumachen, dass die Energie des Geteilten Selbsts an sich weder gut noch weise ist. Das Bewusstsein ist die Kraft, die hinter unseren tiefsten Antrieben steht. Bewusstsein ist die erste Ebene, auf der alle ursprünglichen Antriebe, die den drei Zentren angehören, ihre Wirkung entfalten können, aber vermischt mit dem, was von außen an uns herankommt. Hier finden wir den Wunsch zu verstehen, sich mitzuteilen, zu leben, zu handeln und so weiter, aber all diese Dinge sind normalerweise verunreinigt durch die Beimischung von Begehren.

Wenn wir beginnen, ernsthaft an uns zu arbeiten, werden wir früher oder später in uns auf etwas treffen, das damit nichts zu tun haben will, das nur sein Eigenes will und keinen anderen Herrn außen oder innen anerkennt. Es kann sich aber auch nur in Form von Teilnahmslosigkeit zeigen und nichts anderes wollen, als in Ruhe gelassen zu werden. Diese Art Selbstbehauptung ist jedoch nicht alles. Von der gleichen Stelle in uns geht der Wunsch aus, sich aus der Sklaverei zu lösen, sich ins Ganze einzuordnen, zu dienen und zu verstehen, was getan werden sollte. Beide Aspekte liegen im Geteilten Selbst und verleihen ihm seinen Namen.

Es ist nicht so einfach einzusehen, worum es sich bei dem Geteilten Selbst handelt. Es liegt wesentlich tiefer als die Ebene der Reaktion. Während des größten Teils unseres Lebens bildet das Geteilte Selbst nur das Muster, das uns von Geburt an begleitet und die Art von Beziehungen begrenzt, die wir eingehen können. Es lässt sich nur auf indirekte Weise kennen lernen, zum Beispiel indem wir herausfinden, was wir in bestimmten Situationen »nicht können«, wie wir eine Initiative ergreifen oder uns an einen vorgegebenen Plan halten und so weiter. Auf diese Weise können wir unseren Typ erkennen. Die Beobachtung typischer Verhaltensweisen zeigt uns, dass es in uns etwas gibt, das uns ein Muster auferlegt, mit dem festgelegt ist, was uns möglich und was uns unmöglich ist, ein Muster, das weder auf äußere Umstände noch auf den Zustand unseres Mechanismus zurückzuführen ist. Damit ist nicht gesagt, dass wir nicht auch außerhalb dieses Musters leben und erfahren können, aber dafür ist kreative Aktion notwendig.

Auch in unserem gegenwärtigen Zustand ist dieses Muster etwas, das in die Tiefe geht und nicht nur eine »abwehrende« sondern auch eine »zulassende« Seite hat. Der »Typ« eines Menschen ist eher sein Lebensstil, der beinahe unzählige Variationsmöglichkeiten aufweist. Doch sollten wir daran denken, dass wir mehr einem Schauspieler gleichen, der ein begrenztes Rollenrepertoire hat. Es ist uns beinahe unmöglich, in einer Weise zu handeln, die nicht typisch für uns ist.

Wir bezeichnen den Typ manchmal auch als »Charakter«, wobei hier die Bedeutung mehr in Richtung der Wünsche, Ziele, Begierden und Ideale weist, auf denen unser Verhalten beruht; doch »Typ« umschreibt mehr den Inhalt als die Form. Wir werden von innen her angetrieben, von einem Bedürfnis nach Verbindung und nach Beziehung, so dass wir etwas suchen, etwas verlangen und um etwas kämpfen. Das verleiht unserem Leben und unserer Erfahrung eine bestimmte »Gestalt«, die man erkennen kann, aber sie zu erkennen, erfordert Bewusstheit. Beinahe jeder kann ein

Gefühl dafür entwickeln, dass man verschiedenen Menschentypen verschiedene Tiere zuordnen kann. Zwischen Menschen und verschiedenen Tierarten scheint eine Affinität zu bestehen. Doch immer, wenn wir so etwas festmachen wollen, gerät es außer Sicht: Es kann nicht auf die sensitive Ebene reduziert werden.

Der Schweizer Psychologe Carl Gustav Jung hat uns mit seiner Arbeit über die Archetypen einiges Wichtige gesagt. Die »Tiere« oder Archetypen, die unseren Charakter formen, entstammen einer Schicht, an der wir alle Anteil haben, wo wir die Grenzen unseres privaten Selbsts übersteigen. Wenn wir tatsächlich auf den Grund dieser Sache dringen können, entdecken wir unsere Einheit mit anderen Menschen und stellen fest, dass wir es mit Strukturen der menschlichen Psyche zu tun haben. Für jemanden, der in die Welt der Archetypen eingedrungen ist – die Welt, die Jung das »kollektive Unbewusste« nennt –, wird das Leben schwerer, denn er wird sich der dunklen Seite seines eigenen Lebens bewusst. Er sieht, wie viel von der gesamten menschlichen Realität er zurückweist. Wir müssen lernen, zu akzeptieren, was wir in dieser Welt finden, da Ablehnung uns an das beschränkte Muster unserer eigenen Natur bindet.

Diese Begrenztheit unseres Musters nennen wir auch »Schicksal«, das, was uns von Geburt an bestimmt ist. Wir selbst binden uns an unser Schicksal, aber es ist nicht leicht zu durchschauen, wie wir das anstellen. Selten geschieht dies nur aus Faulheit oder aus Gewalttätigkeit oder aus dem Wunsch nach Herrschaft. Irgendetwas ›verdreht‹ sich in uns, so dass wir in uns geschlossen bleiben. Die Charakterzüge sind »positiv« oder »negativ«, je nach der Quelle, aus der sie entstehen, obwohl sie nach außen hin gleich erscheinen mögen. Echter Stolz beruht zum Beispiel auf dem Kontakt mit dem inneren Reichtum dessen, was wir als menschliche Wesen sein können, und ist in seinem Wirken von der Demut nicht verschieden; wogegen falscher Stolz uns selbst, so wie wir sind, diejenigen Qualitäten zuschreibt, die eigentlich nur ganzen Männern und Frauen gebührt. Der eine Stolz führt zu Gott, der andere versucht, uns innerhalb der Welt bedeutender zu machen.

Bevor die beiden niedrigeren Selbste beherrscht werden, ist die Arbeit auf dieser dritten Ebene gefährdet. Die niedrigen Selbste bringen die ganze Angelegenheit in einem solchen Ausmaß durcheinander, dass jede Anstrengung, am Geteilten Selbst etwas zu ändern, entweder nutzlos oder sogar schädlich ist. Wir müssen erst den Unrat der niedrigeren Selbste aus dem Weg räumen, bevor wir anfangen können, die verborgenen Muster unserer Natur wahrzunehmen. Wenn diese zum Vorschein kommen, kann das sehr schwer zu ertragen sein. Wir fangen dann an einzusehen, wie wir selbst damit beschäftigt sind, unsere Möglichkeiten zu zerstören, wie wir es zurückweisen und ablehnen, Opfer zu bringen – alles in dem Glauben, wir hielten uns an unsere wahre Realität.

Wenn das Reagierende Selbst die Tür ist, durch die wir hindurchschreiten müssen, um die Welt der Energien zu betreten, ist das Geteilte Selbst die Tür, durch die wir gehen müssen, um in die Welt des Willens zu gelangen.[19] Aus diesem Grund sieht das, was auf der ›anderen Seite‹ unserer Natur liegt, für uns wie ein Nichts aus, wie lauter Abwesenheit, wie Mangel, obwohl dort in Wirklichkeit unsere wahre Realität ist. Eins der wenigen Dinge, die es uns möglich machen, durch diese Tür zu gehen, ist *zu sehen, dass wir hilflos sind* und unfähig »zu tun«, das heißt, dass wir tatsächlich gar nichts aus uns selbst heraus erschaffen können. Durch den Schlüssel jenes Musters, das wir in unserem Bewusstsein haben, können wir viele Türen aufschließen und viele Dinge erreichen, aber nichts davon ist »Tun«. Jeder wirkliche Schritt, den wir machen, muss von der kreativen Energie in uns stimuliert werden, und diese können wir nicht direkt sehen. Wille und Energie sind immer noch getrennt. Unsere Zentren können beginnen zusammenzuarbeiten, so dass wir fähig sind, alle Arten von Verbindungen herzustellen. Wir können sogar von unseren Reaktionen ganz frei werden, aber nichts davon verleiht uns die wirkliche Freiheit, denn wir sind immer noch nicht in der Lage zu ändern, was wir sind.

Dieses Eingeständnis der eigenen Hilflosigkeit ist sehr subtil. Es hat damit zu tun, dass wir keine äußeren Resultate erzielen könnten. Es bedeutet, dass wir uns nicht selbst ändern können und im Wesentlichen alles gleich bleiben wird. Und es bedeutet auch, dass wir akzeptieren, dass es eine Kraft in uns gibt, die »tun« kann, dass diese Kraft aber jenseits unseres Bewusstseins liegt, so dass wir sie

19. Eine einfachere Weise, diese Aussage zu verstehen, wäre zu sagen, dass das Reagierende Selbst der Weg zum Leben ist und das Geteilte Selbst der Weg zum Geist. Doch das bedeutet nicht, dass Leben eine Energie oder Geist Wille ist. Das wäre auch nicht zutreffend.

mit den Mitteln, die uns zur Verfügung stehen, nicht erreichen können. Dieses Wissen muss unser gesamtes Verständnis durchdringen, denn das Verstehen ist *die* Kraft des Geteilten Selbsts. Rufen wir uns Gurdjieffs Zitat ins Gedächtnis zurück: »Verstehen mit einem Zentrum ist Halluzination. Verstehen mit zwei Zentren ist halbe Halluzination. Nur Verstehen mit drei Zentren ist wirkliches Verstehen.« Wir können daraus ersehen, dass für das Geteilte Selbst wirkliches Verstehen möglich ist. Doch es gibt ein Verstehen, das alles an sich zu ziehen versucht, und ein Verstehen, das sich an die Wirklichkeit der Dinge hält. In diesem Sinne lässt Gurdjieff in *Begegnungen mit bemerkenswerten Menschen* Vater Giovanni sagen: »Glaube erwächst aus wirklichem Verstehen.«

Es ist richtig zu sagen, dass ein Mensch wirklich *sein Verstehen ist*. Es ist witzlos zu sagen: »Natürlich gibt es Dinge, die ich nicht verstehe – meinem Verständnis sind eben Grenzen gesetzt«, oder zu sagen: »Ja, ich gestehe zu und erkenne an, dass es verborgene Wirklichkeiten gibt.« All das sind nur Worte. Wenn sich das Verständnis wirklich den verborgenen Welten gegenüber öffnet, ist dies ein bedeutender Schritt. Wir müssen dazu völlig desillusioniert sein in Bezug auf das »Tun« und fähig sein, die Erkenntnis zu ertragen, dass wir nicht wirklich die Quelle unserer eigenen Handlungen sind. Wir können alle Arten von Erfahrungen haben, zum Beispiel durch Meditation, wodurch wir uns gewahr werden, dass etwas in uns wirkt, was nicht das Resultat unserer Initiative ist. Und doch nehmen wir immer noch an, dass dies »uns« widerfährt oder dass es sich in »uns« abspielt, das heißt, wir bleiben noch im Mittelpunkt. Das Höhere bleibt für uns auf der Ebene eines Bildes, es wird nicht Wirklichkeit.

Das heißt nicht, dass das, was jenseits unseres Verstehens liegt, so weit entrückt ist, dass es niemals etwas mit uns zu tun haben wird, bevor wir völlig befreite Wesen sind. Es arbeitet ständig in uns, aber auf verborgene Weise. Was wir in der Arbeit der Transformation anstreben, ist, mit diesem Wirken in uns in Kontakt zu kommen und zu kooperieren, so dass wir an den Punkt gelangen, wo wir entdecken, *wer wir sind*.

Das Wahre Selbst

Das Wahre Selbst ist eine Ganzheit. Es handelt nach dem, was es tatsächlich ›sieht‹. Was getan wird, wird vom ganzen Menschen getan. Es ist für unsere Sprache sehr schwer, etwas von dem zu vermitteln, was Ganzheit bedeutet. Wir glauben zu wissen, was es bedeutet, wenn wir sagen »das Ganze ist größer als die Summe seiner Teile«, aber diese Formulierung verrät, dass wir die Ganzheit unter materialistischen Gesichtspunkten betrachten. Der tiefste Grund für unsere Schwierigkeit ist, dass wir es hier mit etwas zu tun haben, was das Bewusstsein überschreitet – selbst das vollste Ausmaß dieses Bewusstseins innerhalb des Bereichs der bewussten Energie.

Mit dem Wahren Selbst eröffnet sich uns eine ganz neue Ebene der Erfahrung, die mehr mit dem Willen zu tun hat, als mit einem neuen Inhalt unseres Bewusstseins. Wir können von kreativer Aktion sprechen, aber tatsächlich erfahren wir die Kreativität erst *nachdem* sie eine Wirkung hinterlassen hat – auf der Ebene der Sensitivität und des Bewusstseins. Hier gibt es nichts, was wir objektivieren oder als etwas betrachten könnten, dessen man sich bewusst sein kann. Manche unserer Wörter, wie zum Beispiel »Gleichgewicht« oder »Harmonie«, deuten etwas aus dieser Ganzheit an, die wir zu ertasten suchen. Wir können uns ein Bild davon machen, was es heißt, in Hinblick auf die Harmonie der Zentren ein Mensch Nr. 4 zu sein, aber es ist buchstäblich nicht greifbar für uns, was es in Bezug auf Sein und Willen heißt. Wir können gedanklich den Aufstieg zum Wahren Selbst nur verfolgen, wenn wir uns am Faden der Funktion entlangbewegen. Das Reagierende Selbst kann uns ein Mittel sein, um in die Welt des Lebens einzudringen, das Geteilte Selbst kann ein Mittel sein, um in die Welt des Intellekts zu gelangen, und das Wahre Selbst schließlich kann uns helfen, in die Welt jenseits des Lebens einzutreten, jene universale Welt, die nicht im Körper und separaten Daseinsformen einzuschließen ist. Die Tür zu dieser universalen Welt ist das wirkliche Ich, das für uns zur Zeit erst eine Möglichkeit darstellt. Das Ich ist der unberechenbarste Punkt in der Welt. Weil das Wahre Selbst ein Ganzes ist, kann es unter die Autorität des Ichs kommen, aber hier liegt eine große Ungewissheit. Das Wahre Selbst kann sich mit dem »Ich« als *einer separaten Wirklichkeit* identifizieren. Das ist *Egoismus*. Es ist nicht dasselbe wie die Selbstsucht und

Selbstliebe unseres gewöhnlichen Zustandes. Der Mensch mit einem Ich besitzt wirkliche Macht. Wenn er sich als Selbstzweck ansieht, als Zentrum des Ganzen, verfügt er über die Macht, Schreckliches in der Welt anzurichten. Gurdjieff nennt einen solchen Menschen *Hasnamuss,* ein persischer Begriff, der »Seele aus Scheiße« bedeutet. Dem Wahren Selbst eröffnet sich die Möglichkeit, kreative Macht auszuüben. Das kann über die Existenz hinausführen – auf den Weg des Dienens –, oder aber zu noch tieferer Anhaftung an die Existenz – auf den Weg des Egoismus.

Alle Bestandteile des Menschen leiten sich vom größeren Ganzen her, aber am Punkt des Ich kann es zu einem Unglück kommen. Das größere Ganze ist nicht nur eine Maschine, in der jeder Teil eine festgelegte Position hat und automatisch funktioniert. Für den Menschen gibt es die Möglichkeit wirklicher Freiheit, aber es hängt sehr viel von der Weise ab, wie er seine Freiheit verwirklicht. Freiheit ist ihm nicht gegeben worden. Es ist nicht möglich, Freiheit zu geben. Freiheit muss erworben werden, ein Prozess, der viel Ungewissheit in sich birgt. Es hängt auch von gewissen Risikofaktoren ab, ob wir Freiheit realisieren und ausüben. Ein Mensch, dem es gelungen ist, über die Existenz hinauszugehen und sich von den Kräften seines Körpers loszulösen, nennt Gurdjieff *Mensch Nr. 5.* Der Mensch Nr. 5 befindet sich jenseits der Selbstheit. Er hat die Barriere des Egoismus hinter sich gelassen, aber er ist noch nicht frei von dem, was er aus den unteren Welten mitgebracht hat. Die endgültige Erlösung vom Abgetrenntsein erfolgt erst dann, wenn die vereinigende Kraft der Liebe in ihn eintritt. Dazu muss er ins *Fegefeuer* gehen, und sich der letzten Reinigung unterziehen – der Agonie des klaren Wissens um das Getrenntsein von der Quelle.

All das mag uns sehr weit entfernt vorkommen, bis wir feststellen, dass die Bedeutung des kosmischen Dramas des Ichs hier und jetzt – in diesem Leben – in Szene gesetzt wird. Um dies zu verstehen, müssen wir die buchstäbliche Wahrheit von Gurdjieffs Definition des *Gewissens* erkennen, des Gewissens als »Stellvertreter des Schöpfers«,[20] das in uns erzeugt wird durch »die Lokalisierung der Teilchen der Emanationen des Kummers unseres All-Liebenden, Langduldenden, Unendlichen Schöpfers.« Gurdjieff beschrieb an vielen Stellen, wie es kommt, dass das

---

20. Vergleiche: *Beelzebubs Erzählungen.*

Gewissen, da es ganz außerhalb der Reichweite unseres Bewusstseins liegt, ungetrübt geblieben ist voh den Einflüssen, die die anderen »heiligen Impulse« wie Glaube, Liebe und Hoffnung zu Faktoren der Versklavung gemacht haben. Gewissen hat nichts mit unserer Moralerziehung zu tun. Das Gewissen ist eine der schöpferischsten Kräfte, die uns zur Verfügung stehen. Es kann die Realität jeden einzelnen Moments in unserem Leben durchdringen, und es gehört zu den Zielen der Arbeit an sich selbst, das Wirken des Gewissens zu wecken.

In Gurdjieffs Beschreibung des Fegefeuers stehen über dessen Tore die Worte: »Hier kann nur der eintreten, der fähig ist, sich selbst an die Stelle der anderen Resultate Meiner Arbeit zu setzen.« Dies zu schaffen, ist eine große Sache. Gurdjieff selbst bezeichnet es als »das Letzt-Erreichbare für einen Menschen«. Aber es liegt direkt vor uns, hier und jetzt. Für jemanden, der die menschliche Natur in ihrem Wirken erforscht, ist nichts offensichtlicher, als dass wir uns alle selbst in das Zentrum des Universums setzen und überhaupt keinen Sinn für die Realität anderer Menschen haben. Wie können wir an dem, was der Arbeit des Gewissens entgegensteht, arbeiten? Gurdjieff gab den Rat, »die unangenehmen Manifestationen anderer zu ertragen«. Wir müssen begreifen, dass so, wie wir momentan sind, wir uns selbst alles verzeihen, anderen aber nichts. Gurdjieffs Rat führt uns zur Erfahrung der Realität hier und jetzt. Wenn wir damit anfangen, das zu praktizieren, was er uns rät, leisten wir schon einen Beitrag zur Überwindung des Egoismus, so dass unser Ich, anstatt ein Tor zu Trennung und Hölle zu sein, zu einem Tor zu Gott werden kann.

Nur für das Wahre Selbst ist die Wahl zwischen Einheit und Egoismus eine Realität. Auch wenn wir uns dieses Selbsts nicht bewusst sind, bedeutet es nicht, dass es keine Relevanz für unser Leben hätte. Die Arbeit, die wir tun, ist darauf ausgerichtet, Kräfte zu wecken, die uns an diesen Punkt führen, wo es um eine Entscheidung zwischen uns und Gott geht.

Das Wahre Selbst ist ein »Vehikel des Ichs«. Es gibt Einflüsse, die *von innen* heraus auf unser Leben wirken und die auf der Ebene dieses Selbsts ihren Ursprung haben. In gewissem Sinn kommuniziert unser eigenes Ich mit uns, wenn auch nur in einem geringen Grad. Die wirkliche Suche nach der eigenen Realität beginnt beim Wahren Selbst, auch wenn wir uns der Aktion, die da stattfindet, nicht bewusst sind.

Aber es ist noch ein weiter Schritt, um von dieser Stufe aus, auf der unsere eigentliche Wirklichkeit nur »wie ein Dieb in der Nacht zu uns kommt«, dorthin zu gelangen, dass sie ganz in unser Wachleben eindringen kann.

Das Wahre Selbst ist der eigentliche Bereich geistiger Arbeit, einer Arbeit, die über die Transformation von Energien hinausführt in die Welt des Willens. Seinen größten Beitrag zum menschlichen Verstehen hat Gurdjieff mit diesem Hinweis gemacht. Er betont in *Beelzebubs Erzählungen* immer wieder, dass

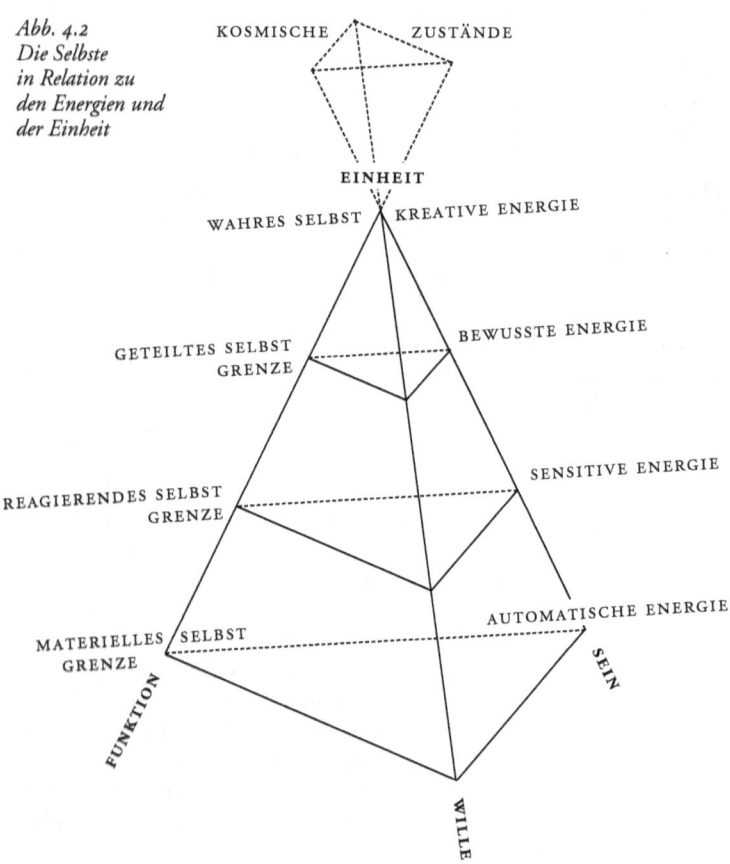

Abb. 4.2
Die Selbste
in Relation zu
den Energien und
der Einheit

KOSMISCHE   ZUSTÄNDE

EINHEIT

WAHRES SELBST   KREATIVE ENERGIE

GETEILTES SELBST
GRENZE   BEWUSSTE ENERGIE

REAGIERENDES SELBST
GRENZE   SENSITIVE ENERGIE

MATERIELLES SELBST
GRENZE   AUTOMATISCHE ENERGIE

FUNKTION   SEIN

WILLE

wir »alle Kinder unseres gemeinsamen Unendlichen Vaters und Schöpfers sind«. Wir verstehen diese Tatsache nicht, und dass wir sie nicht verstehen, ist einer der größten Flüche, die auf dem menschlichen Leben lasten. Als Kinder eines gemeinsamen Vaters können wir in die Arbeit des großen Ganzen eingehen, was Gurdjieff in Form der ursprünglichen Willenskräfte beschrieben hat: der heiligen Bejahung, der heiligen Verneinung und der heiligen Versöhnung. Diese drei Mächte sind die kosmischen Aspekte von Wille, Sein und Funktion. Wenn wir unser Pyramiden-Diagramm über die Mitte hinaus verlängern, erreichen wir andere Realitätsebenen jenseits des Menschen mit einem »wirklichen Ich«. In Gurdjieffs Terminologie entspricht dies den Menschen Nr. 5, 6 und 7. Diese leben in Welten, die keinen physischen Körper brauchen, um sich zu erhalten.

Sie besitzen Körper, die wir uns nicht vorzustellen vermögen. Alles, was in unserer Macht steht, ist, uns innerhalb dieser planetarischen Existenz selbst zu erkennen, indem wir Apparaturen benutzen, die von Menschen gemacht sind, welche die Hilfe von Kräften erhalten haben, die für die Erhaltung des gesamten Sonnensystems zuständig sind. Es scheint hingegen ganz unmöglich, uns selbst in die Lage zu bringen, kreative und selbständige Arbeiter auf einer Stufe zu sein, wie wir sie vorhin angesprochen haben. Es geht darum, zu verstehen, dass wir, um auf die andere Seite des Ichs zu gelangen, die ganze Idee der getrennten Existenz aufgeben müssen. Das erscheint uns als pure Vernichtung. Um den Unterschied zwischen der Welt der Körper und der Welt der Energie zu verdeutlichen, haben wir das Bild von Land und Wasser benutzt. Jenseits des Meeres aber ist Luft. Sie ist formlos und allgegenwärtig und unsichtbar. Sie kann uns als Symbol für die geistige Realität dienen, die alles berührt und ohne die nichts möglich ist.

Bevor unser Sehen sich öffnet,
gibt es eine unvermeidliche Abhängigkeit.

JOHN G. BENNETT
Private Zitatensammlung *Fallen Leaves*

Zweiter Teil

Gesetze

Vorbemerkung

ICH ERINNERE MICH NOCH LEBHAFT AN DIE FRAGE EINES
Studenten des vierten Sherborne-Kurses: »Welche Welten können
wir während dieses Lehrgangs zu erreichen hoffen?« Meine un-
mittelbare Reaktion war der Gedanke: »Was für ein Idiot!« Mr.
Bennett sagte nur: »Sie können so weit gehen, wie es Ihnen möglich ist.« Ich bin da nicht so sicher. Er hätte auch sagen können:
»Sie können so weit gehen, wie Sie wollen.« Dann zitierte er das
letzte Gedicht von Francis Thompson, und ich wünschte, ich
könnte die Art wiedergeben, in der er es vortrug. Alles, was ich tun
kann, ist, das ganze Gedicht an dieser Stelle wiederzugeben und zu
sagen, dass Bennett in seinem Vortrag mit jedem einzelnen Wort
übereinstimmte und die Bedeutung jeder einzelnen Zeile sichtlich
verstand.

ANTHONY G.E. BLAKE

Das Königreich Gottes

»Nicht in der Fremde«

Unsichtbare Welt – wir sehen dich.
Unfassbare Welt – wir fühlen dich.
Unbekannte Welt – wir kennen dich.
Du Ungreifbare – wir halten dich.

Schwingt der Fisch sich auf, um den Ozean zu finden?
Taucht der Adler hinab auf der Suche nach Luft?
Müssen wir denn die Sterne befragen,
um Deine Stimme zu vernehmen?

Nicht dort, wo es dunkelt um wirbelnde Sterne,
wo unser Geist betäubt sich emporhebt.
Wenn wir hinhorchen, können wir den Flügelschlag
an unsere eigene lehmverschmierte Tür pochen hören.

Die Engel sind noch da, wo sie von jeher waren.
Du brauchst nur einen Stein zu heben und...
„Ihr seid es, Eure verblendeten Augen,
können das glänzende Wesen nicht erblicken.«

Und wenn du so schwer mit Traurigkeit bist,
dass du weinst, fällt vielleicht zum Trost
ein Licht auf dich herab von Jakobs Leiter,
aufgestellt zwischen Himmel und Charing Cross.

Ja, weine durch die Nacht, meine Seele, meine Tochter.
Weine – und fasse den Himmel beim Rocksaum.
Dann geht vielleicht Christus noch einmal übers Wasser,
nicht über Genezareths See, aber über die Themse.

FRANCIS THOMPSON

143

Kapitel fünf

Die sieben Welten

VOR FAST SIEBZIG JAHREN – DAMALS WAR ICH NOCH EIN
Junge – las ich zwei Bücher, die einen großen Einfluss auf mich
ausübten. Beide sind um 1890 herum geschrieben worden. Eines
hieß *Flächenland*, das andere *Was ist die vierte Dimension*.[21]
Flächenland ist die Geschichte von Menschen, die auf einer Ebene
leben, in einer Welt, die nicht dreidimensional, sondern nur zwei-
dimensional ist. Ihre Bewohner sind Dreiecke, Vierecke und
Kreise etc. Der Autor schildert die verschiedenen Abenteuer und
Romanzen, die sie erleben; aber die Hauptsache ist – das, worauf es
ihm in der Geschichte ankommt –, die Begrenzung zu schildern,
die in diesem zweidimensionalen Leben liegt und die bestimmt,
was möglich und was unmöglich ist. Es gibt vielerlei, was wir in
einem dreidimensionalen Raum ohne weiteres tun können und
was in einer zweidimensionalen Welt unmöglich ist, weil jede
Bewegung auf die flache Ebene beschränkt ist. So kann zum Beispiel in Flächenland kein Knoten gebunden werden, denn um
einen Knoten zu binden, muss man die flache Ebene verlassen, um
die Fäden über- und ineinander zu schlingen. Sie können sich das
leicht selbst ausmalen: Stellen Sie sich ein Flächenland vor, in dem
es nicht möglich ist, dass sich ein Flachländer über einen anderen
hinwegbewegt, und Sie werden begreifen, dass sich zwar die
Schnüre dort leicht biegen und in Kurven legen lassen, sich jedoch
nicht über- und untereinander schlagen können, weil dies bedeuten würde, die Ebene zu verlassen.

An einem gewissen Punkt in der Geschichte kommt es natürlich
zu einem Einbruch aus der dritten Dimension, das heißt aus einer
dreidimensionalen Welt, wie wir sie haben. Das ist für die Flachländer eine merkwürdige Begebenheit, da sie keine Vorstellung
von einem festen Körper haben; und wenn sich eine Kugel durch
ihre Ebene bewegt, erfahren sie diese nur als einen Punkt, der sehr
schnell zu einem Kreis anschwillt, dann wieder abnimmt und zum
Punkt wird, um daraufhin völlig zu verschwinden. Es erschien selt-

---

21. Edwin Abbott: *Flatland*, deutsch: *Flächenland*, Renate Götz Verlag 1999.
Charles Howard Hinton: *What Is the Fourth Dimension?*, deutsch in: *Wissenschaftliche Erzählungen*, Büchergilde Gutenberg 1989.

sam und unerklärlich, wie sich irgendetwas aus dem Nichts heraus materialisieren konnte, um an- und abzuschwellen und wieder zu verschwinden; aber sie dachten in diesen Begriffen, weil sie sich keine andere Welt als ihre eigene vorstellen konnten. Nachdem ich dieses Buch gelesen hatte, begann ich zum ersten Mal, über die Möglichkeit verschiedener Welten nachzudenken. Das zweite Buch, *Was ist die vierte Dimension?,* ist ein weitaus mathematischer aufgebautes Buch über den vierdimensionalen Raum.

Der Autor gibt dem Leser eine Reihe von Übungen, um ihm zu helfen, vierdimensionale Körper zu visualisieren, zum Beispiel einen vierdimensionalen Würfel, den er «Würfler» nennt. Der Leser soll versuchen, sich diesen Würfler vorzustellen, indem er sich ausmalt, was passieren würde, wenn dieser sich durch unsere Welt hindurchbewegt – auf ganz ähnliche Weise, wie er sich ausmalen kann, was geschieht, wenn ein Würfel beim Durchkreuzen einer flachen Ebene zu einem zweidimensionalen Gebilde reduziert wird. Ich war als Junge sehr an all diesen Dingen interessiert und bemühte mich, verschiedene Gestaltungen zu visualisieren und mir verschiedene Arten von Welten vorzustellen. Ich glaube, diese Übungen haben mir später viel geholfen. Ich begann damit, als ich vierzehn oder fünfzehn Jahre alt war, und habe es über viele Jahre hindurch fortgesetzt. Wenn ich eben sagte, dass diese Bücher einen großen Einfluss auf mich ausübten, dann deswegen, weil sie mich erkennen ließen, dass es möglicherweise Welten gibt, die von der, die wir kennen, vollkommen verschieden sind.

Unser Leben in einer dreidimensionalen Welt besitzt weit mehr Freiheit als das Leben in Flächenland, aber in einer vierdimensionalen Welt wird das Leben noch viel freier sein und Möglichkeiten beinhalten, die wir uns nicht einmal erträumen können. Gleichzeitig hat die dreidimensionale Existenz Eigenheiten, die die vierdimensionale nicht aufzuweisen hat, zum Beispiel ist es in einer vierdimensionalen Welt auch nicht möglich, einen Knoten zu binden, genauso wenig wie in der zweidimensionalen Welt. Denn diese Welt ist so frei, dass alle Knoten aufgrund des zusätzlichen Bewegungsspielraums aufgleiten würden. Im vierdimensionalen Raum also halten keine Knoten, Kettenglieder lösen sich ohne Schwierigkeit voneinander ab, Gefäße, die in unserer Welt verschlossen sind, stehen dort offen, und in dieser höheren Dimension ist ein »Behälter« etwas ganz anderes als in der Welt, die wir kennen. Vielleicht begreifen wir, dass die Welten nicht deshalb verschieden sind, weil es darin verschieden geartete Dinge, sondern weil es darin *verschiedene Grade an Freiheit* gibt.

Sowohl Abbott als auch Hinton hatten eine Vision von dem, was die Welten wirklich voneinander unterscheidet, und versuchten, ihre Vision in Form von Bildern zu vermitteln. Wir haben die Schwierigkeit, dass unsere Gedanken auf dieser Welt der Sinneserfahrung basieren, auf der Welt der dreidimensionalen Körper. Es verlangt von uns eine besondere geistige Anstrengung, sich eine andere Form von Existenz vorzustellen. Wenn Leute über »höhere Welten« sprechen, stellen sie sich gewöhnlich etwas Verrücktes darunter vor. Wir sind durch die Welt der Körper[22] so reduziert, dass wir gar nicht merken, dass wir Möglichkeiten ganz anderer Art haben als die, die uns in dieser Welt zur Verfügung stehen. Wenn höhere Welten in unsere Welt eingreifen, begehen wir den gleichen Fehler wie die Flachländer beim Eindringen der Kugel: Da sie sich nicht vorzustellen vermögen, dass so etwas wie eine Kugel existieren kann, machen sie sie zu etwas, worüber sie auf die übliche Weise nachdenken und sprechen können. Es ist gerade unsere Denk- und Sprechweise, die uns das, was mit uns geschieht, auf so konditionierte Weise erfahren lässt. Wir können sogar das Material dieser zwei Bücher dazu benutzen, unsere Denkgewohnheiten zu verstärken.

Worauf es uns aber ankommt, ist die wirkliche Substanz dieser Bilder von höheren Welten: die Möglichkeit, transformiert und eine andere Art von Mensch zu werden. Wir haben bisher versucht, verschiedene Grade des Menschseins zu beschreiben und sollten dabei nicht vergessen, dass die beschriebenen Unterschiede keine Unterschiede in der Welt der Körper sind, sondern Unterschiede in der Welt des Seins, der Tiefe und Einheitlichkeit

---

22. In der Sprache der Sufis das *alam-i ajsam*. Dies ist nicht das Gleiche wie die Welt der Funktion, denn sie beinhaltet nicht die Sensitivität des Lebens und das Bewusstsein des Verstandes, die beide materiell sind und Funktionen auf der ihnen entsprechenden Seins- und Organisationsebene haben. Wir haben im ersten Teil gesagt, dass Funktion, Sein und Wille in der kreativen Energie miteinander verschmelzen. In dieser Energie treffen die Welten jenseits der Form auf die Welten, die an die Form gebunden sind, das heißt sowohl die körperliche Welt des *alam-i ajsam* als auch die psychische Welt des *alam-i arvah*. Im Nachfolgenden ist die gewöhnliche dreidimensionale Welt die Körperwelt, die vierdimensionale ist die seelische Welt (oder Welt der Geister) und die fünfdimensionale die geistige Welt (die Welt des Willens). Zeit ist eine Dimension anderer Art. Sie spielt innerhalb unserer Analogie keine Rolle.

des Bewusstseins. Die Welt, in der wir gerade leben, entspricht unserem Seinszustand. Das Sein gewöhnlicher, unentwickelter Menschen, wie wir sie kennen und sind, kann sich nur in einer Welt halten, die jener gleicht, in der wir körperlich existieren. Wenn sich unsere Seinsebene verändert, können wir in einer höheren Welt leben. Wir erlangen einen ›Behälter‹ für das, was wir sind, einen Behälter, der vom physischen Körper verschieden ist. Das heißt nicht, dass damit unsere Existenz in der gewöhnlichen Welt zu Ende ist. Transformation bedeutet fähig sein, in mehr als einer Welt zu leben.

Ein Fehler, der häufig begangen wird, liegt darin anzunehmen, dass die höheren Welten »märchenhafter« oder »unsubstanzieller« seien als die uns vertrauten. Dieser Glaube rührt zum Teil daher, dass wir Wörter gebrauchen wie »feiner«, »subtiler« und so weiter, um die Qualität unserer Erfahrung auszudrücken. Wir haben selbst über die »Geister-Welt« gesprochen, und unsere üblichen Assoziationen lassen uns an Gespenster und ähnliche unsubstanzielle Wesenheiten denken, was nur in die Irre führt. In Wirklichkeit ist der Übergang von einer niedrigeren zu einer höheren Welt der Übergang von einem substanzärmeren Seinszustand in einen, der mehr Substanz besitzt. Um auf unser Beispiel von Flächenland zurückzukommen: Die Flachländer besitzen keine »Dicke«; in unserer Welt würden sie zu nichts zusammenfallen, wogegen sie in ihrer eigenen Welt intelligente Wesen mit unzerstörbaren Körpern sind. Auf gleiche Weise würde alles, was wir für fest und dauerhaft ansehen, ausgestattet mit inneren und äußeren Eigenschaften, in einer höheren Welt nicht so erscheinen. Vielmehr würden unsere Körper, auf die wir uns für die Existenz in dieser Welt gut verlassen können, dort dünn und substanzlos erscheinen. Tatsächlich können feste Körper, wie wir sie kennen, in höheren Welten gar nicht existieren.

Diese Zusammenhänge werden in einem anderen Buch sehr gut anschaulich gemacht, in C.S. Lewis' *Die große Scheidung*.[23] Das Buch hat mich sehr beeindruckt, vielleicht haben es einige von Ihnen auch gelesen. Dieser Mann hatte großartige Einsichten – wirkliche Intuitionen in Bezug auf das Wesen höherer Wirklichkeiten – und er brachte es fertig, einiges davon in seinen Schriften

23. Clive Staples Lewis: *Die große Scheidung oder Zwischen Himmel und Hölle*, Johannes Verlag, Einsiedeln 2008.

zu vermitteln. In diesem Buch beschreibt er drei Welten. Die unte-
re Welt ist eine Welt des Abgetrenntseins, der Scheidung, deren
ganze Tendenz auf Isolation gerichtet ist und die sich immer mehr
in der eigenen Subjektivität verbarrikadiert. Diese Welt gleicht
einem Traumzustand, der keinerlei Substanz in sich hat. So wie es
der Autor darstellt, eine Welt derjenigen, die den Sinn des Lebens
zurückgewiesen haben, nur für die Erfüllung ihrer eigenen egoisti-
schen Wünsche leben und ganz darin eingeschlossen sind. Die
höhere Welt, die Welt der geistigen Wirklichkeit, ist unvergleich-
lich solider. Sie ist bewohnt von Menschen, die aus der ersten aus-
gebrochen und frei geworden sind. Die dritte Welt ist die Welt, die
wir kennen, die normale Welt. Sie liegt zwischen den beiden anderen, sie ist es, mit der wir alle beginnen. Die Geschichte handelt
vom Schicksal der Menschen nach dem Tod. Diejenigen, die in
diesem Leben etwas in sich gebildet und etwas erworben haben,
das wir eine »Seele« nennen, sind fähig, die höhere Welt zu betreten, während die, die in dieser Welt nichts für sich erworben
haben, absteigen in eine tiefere Welt. Es besteht aber auch für sie
die Möglichkeit, aus der tieferen in eine höhere Welt zu gelangen.
Diejenigen, die frei wurden, streben danach, den Menschen in der
unteren Welt zu helfen, sich ebenfalls zu befreien.

Es werden ein halbes Dutzend verschiedener Episoden erzählt
von Menschen, die aus der unteren Welt freigelassen werden –
Menschen, denen man die Chance einräumt, die höheren Welten
zu betreten. Nur einer von ihnen ist fähig, darauf einzugehen und
freizuwerden, denn die geistige Welt ist verglichen mit den tieferen
Welten unerträglich substanziell. Die freieren Wesen, diejenigen,
die eine Seele haben, besitzen einen Körper von mehr Substanz als
die anderen. Wer nicht freikommt, bleibt substanzlos, gespenster-
haft; selbst wenn man ihm die Möglichkeit zeigt, aus diesem
Zustand herauszugelangen, ist er unfähig, einen Vorteil daraus zu
ziehen. Lewis beschreibt das sehr schön. Er erzählt, wie sie sich
plötzlich auf einer Wiese der höheren Welt wieder finden und es
nicht ertragen können, auf dem Gras zu stehen, weil es zu stark, zu
stofflich für sie ist. Sie können die Berührung mit dem Gras nicht
ertragen, weil es sich anfühlt, als stünden sie auf Nadeln, während
diejenigen, die sich während des Lebens etwas erworben haben,
substanziell genug sind, um das Gras niederzudrücken.

Wenn Sie einmal etwas über die Natur dieser höheren Welten
erfahren haben, werden Sie sehen, wie wertvoll diese Bilder sind,

und wissen dann, dass eine Person, die fähig ist, so etwas zu schreiben, den Unterschied zwischen der einen und der anderen Welt direkt erfahren hat. Es ist wahr, dass die materielle Welt die dünne, substanzlose Welt ist. Dies wurde oft von Menschen ausgesprochen, die Visionen hatten, von Mystikern und so weiter. Sie erfahren einen Zustand und berichten anschließend: Ich habe gesehen, dass diese Welt nur ein Schatten ist und dass das Wirkliche die andere Welt ist. Bevor Sie diese Erfahrung gemacht haben und fähig sind, sie vor Augen zu halten, so lange ist es schwer zu verstehen, was sie sagen.

Wir nähern uns dieser Welt zunächst über die Betrachtung der *Energien,* denn diese bestimmen, welche Art von Erfahrung wir machen können. Verschiedene Energien entsprechen verschiedenen Seinsebenen, die jeweils ihren eigenen Grad an Freiheit haben, ihre eigenen Möglichkeiten und Unmöglichkeiten. Verschiedene Energien besitzen auch verschiedene Grade der Substanzialität, wodurch wiederum verschiedene Formen der Energien möglich werden. Wir können noch weitergehen und sagen, dass jede der Welten, über die wir sprechen, ihre eigene Art von Energie hat. Es gibt die eingeschränkteren, begrenzteren Energien der physischen Welt, die freieren Energien des Lebens und schließlich die Energien jenseits des Lebens, die noch weniger Einschränkungen unterliegen.

Vom Standpunkt der beteiligten Energie her gesehen, können sich zwei Menschen, die äußerlich in der gleichen Situation sind, in Wirklichkeit in ganz verschiedenen Welten aufhalten. Wenn in einem von ihnen eine höhere Energie anwesend ist, dann wird dieser Mensch zu größerer Freiheit im Denken, Fühlen und Handeln fähig sein als der andere, es werden ihm mehr Möglichkeiten zur Verfügung stehen. Es ist möglich, dass er dies nur erfährt, ohne es zu verstehen, und dass er gar nicht sieht, dass er eine »innere Welt« betreten hat, *die kein Traum ist.* Für ihn ist zum Beispiel Wahl eine Realität geworden, während Wahl in der Welt der Körper keine Realität darstellt. Wenn wir »an uns selbst arbeiten«, ist es möglich, eine Energie zu konzentrieren, die uns in eine Welt bringt, in der Wahl möglich ist. Was dabei stattfindet, ist keine Bewegung im physischen Sinne, sondern eine Positionsveränderung von einer Existenzebene zu einer anderen, was physikalisch gar nicht beobachtet werden kann. Dabei kann ein Gefühl großer Freude und Erleichterung entstehen. Aber das Wichtige daran ist, dass wir etwas von jener Substanz erworben haben, die einer höheren Welt angehört, und uns damit einen Platz in ihr erworben haben. Gäbe es diese zeitlich begrenzten Entrückungen in andere Welten nicht, hätten wir keine Möglichkeit zur Transformation und könnten kein Material für das Verständnis unseres wahren menschlichen Potenzials sammeln. Doch wir sind dann immer noch weit davon entfernt, uns einen dauerhaften Platz in der höheren Welt zu sichern.

Die Welt, die für den Menschen *natürlich* ist, nicht die gewöhnliche Welt, hat ihren Schwerpunkt in der sensitiven Energie und reicht von der automatischen Energie eine Stufe darunter bis zur bewussten Energie eine Stufe darüber. Der Mensch, der in dieser Welt lebt, ist dem Wirken seines Körpers, seiner Gefühle und seines Geistes gegenüber sensitiv. Er ist fähig, erfolgreich mit der automatischen Energie zu arbeiten, ohne in ihrem Fluss gefangen zu werden, und er kann auch das Bewusstsein von der Sensitivität trennen. Durch diese Trennung, die wahrscheinlich das ist, was Gurdjieff unter »Selbsterinnerung« versteht, kann sich der natürliche Mensch noch höheren Welten gegenüber öffnen. An all dem können wir erkennen, dass wir gar nicht in der natürlichen Welt leben, sondern in einer niedrigeren Welt.

Der natürliche und der übernatürliche Mensch

Der Mensch kann auch ein Leben führen, das in anderen Energien als der Sensitivität begründet ist. Sind diese von niedrigerer Art, dann sprechen wir vom »unnatürlichen Menschen«. Die Energie des Bewusstseins und dessen, was darüber hinausgeht, führt uns zum »übernatürlichen Menschen«. Wir haben Schwierigkeiten, über diese beiden zu sprechen. Wenn wir uns in einem unnatürlichen Zustand befinden, können wir diesen als solchen nicht wahrnehmen. Dazu müssen wir erst ›aufwachen‹ und die Perspektive der normalen menschlichen Welt einnehmen. Bei den höheren Welten liegt die Schwierigkeit in einem anderen Punkt: Wir sind niemals ganz von ihr abgeschnitten, aber wenn irgendetwas aus einer höheren Ordnung in unser Leben eingreift, vermögen wir es nicht als solches zu erkennen. Es ist unerlässlich, alle ungeeigneten Bilder loszuwerden, die wir in unserem Denken über die höheren Welten gespeichert haben.

Einen Schritt unter der sensitiven Welt liegt die Welt der Automatismen, die wir als die Welt des »schlafenden Menschen« bezeichnen. In dieser Welt sind wir nur sehr selten fähig, uns der Welt um uns herum und sogar dessen, was wir tun, gewahr zu sein. Das klingt überraschend für jene Leute, die die enorme Macht der automatischen Energie noch nicht erkannt haben, die in der Lage ist, die schwierigsten Aktivitäten zu organisieren, welche dennoch nur Routine- und Gewohnheitshandlungen sind: Unsere Augen blicken, aber sie sehen nicht; unsere Ohren hören etwas, aber sie hören nicht zu; unser Verstand produziert laufend Assoziationen, aber wir denken nicht. Vielleicht bilden wir uns ein zu wählen – in Wirklichkeit jedoch passiert alles wie in einer Maschine, die von einem Ablaufprogramm gesteuert wird: Alle Schritte werden nacheinander abgearbeitet, und alles erfolgt aufgrund äußerer Anreize oder innerer Verknüpfungen. Verglichen mit der sensitiven Welt ist dies wirklich Flächenland. Es ist eine Welt, die angemessen ist für Tiere, aber nicht für Menschen. Wir können uns in dieser Welt nicht selbst beobachten. Wir mögen viel über uns nachdenken und alle Arten von emotionalen Hochs und Tiefs haben, aber wir *sehen* nicht wirklich etwas. Dies wird auch die »Welt der Blinden« genannt, *le monde des aveugles*. Wenn wir uns in dieser Welt befinden, sind unsere Urteile und Meinungen völlig falsch. In *Beelzebubs Erzählungen* unterscheidet Gurdjieff zwischen dem, was er das *Itoklanoz* und das *fulasnitamnische Prinzip* des Lebens nennt. Ersteres ist richtig für alle ein- und zweihirnigen Lebewesen, die wirbellosen und die Wirbeltiere. Nur das zweite Prinzip ist die richtige Lebensweise für dreihirnige Wesen, für den Menschen. Es tritt dann in Kraft, wenn die Sensitivität nicht programmiert ist, und es steht der organisierenden Macht der höheren, bewussten Energie offen. Es ist dann möglich, gemäß der wahren Bedeutung des »Sinns und Ziels der menschlichen Existenz« zu leben. Die vom Automatismus beherrschte Welt kennt nur die Sensitivität sklavischer Reaktionen: Ausbrüche von Emotion und Empfindung, die uns ganz verschlucken. Innerhalb dieser Welt haben wir keine Möglichkeit zu begreifen, worum es in diesem Leben geht.

Um uns herum werden alle möglichen absurden Kunstgebilde errichtet, die uns mit einer Alternative zum wirklichen Leben ausstatten: eine Landschaft aus Meinungen, Moden, Gewohnheiten, Unterhaltungen, Mitteln zur Manipulation, Worten und so weiter, die völlig nebensächlich sind. Gurdjieff bezeichnet all das als »unpassende Bedingungen des gewöhnlichen Daseins, die von den Menschen selbst hergestellt wurden.« Wir sind verblendet durch die Kraft der Gedanken, da diese uns Macht über die Tiere und den Rest der materiellen Welt verleiht. Es ist eine wirkliche Macht, die aber, solange sie automatisch bleibt, der physischen Welt angehört. Wir kontrollieren sie nicht mehr als irgendetwas anderes. Genauso können wir beobachten, wie schlafende Menschen andere schlafende Menschen manipulieren: Doch der eine ist kein bisschen freier als der andere.

Die wenigen Momente von Sensitivität, die in der automatischen Welt zu uns dringen, bilden unsere »Gipfelerfahrungen«. Ansonsten ist diese Welt schrecklich langweilig: Nichts kann wirklich geschehen, nichts kann sich wirklich ändern. Wir sind die ganze Zeit abhängig von äußeren Reizen, die uns in Gang halten und uns eine gewisse Schwungkraft verleihen. Die uns innewohnende Sensitivität kann sich der Dunkelheit des Ganzen sehr wohl bewusst sein. Manche Menschen, die eine langweilige und eintönige Arbeit ausführen, werfen vielleicht einen Schraubenzieher ins Getriebe oder sie streiken, einfach um etwas Neues zu erleben, eine Art Gefühl zu haben. Wir werden vielleicht feststellen können, dass negative Emotionen uns das Gefühl geben können zu existieren, weil wir in uns selbst nichts haben, was dem Leben nahesteht. Wir suchen sogar die Negativität, um die Schalheit unserer Welt zu beleben.

Unterhalb der Ebene der automatischen Energie finden wir die vitale Energie. Wir können auch auf die Ebene hinabsteigen, wo überhaupt keine Erfahrung möglich ist: in die Welt der Dinge. Wir können uns in sie verstricken. Betrachten wir sie als Abschaum des Automatismus, als Schatten des Schattens der lebendigen Erfahrung. Unsere Versuche, der mechanischen Welt durch Negativität zu entrinnen, ziehen uns hinab in eine Welt der Täuschung, in der uns die Kraft unserer Emotionen glauben macht, wir seien wirkliche Menschen und wirklich lebendig, während wir uns in Wirklichkeit in einem nicht menschlichen Zustand befinden. Deshalb ist die Identifikation mit unseren Emotionen so fürchterlich: Wir werden zu etwas, das *noch unter den Automaten* steht. Wir sind ganz und gar gefangen von einem falschen Bild der Welt und uns selbst, welches überhaupt nur aufrechterhalten werden kann durch die Ebene der Lebensenergie.

Dieser Zustand ist niedriger als der der Tiere. Im Neuen Testament wird er die »äußerste Finsternis« genannt – der Ort von Wehklagen und Zähneknirschen.

Solange wir unser Leben in diesen untersten Welten zubringen, besteht keine Möglichkeit zur Veränderung. Veränderung ist erst in der Welt der Sensitivität möglich, die bis an die bewusste Ebene heranreicht. Die Welt oberhalb der natürlichen Welt besitzt ihren Schwerpunkt im Bereich des Bewusstseins. Sie reicht hinab bis an die sensitive Ebene und hinauf bis an die kreative Ebene. Im Vergleich zur Welt unserer gewöhnlichen Erfahrung ist sie »vierdimensional«. Bestimmte Formen von Beschränkungen verschwinden. Wir entdecken, dass wir nicht länger »verknotet« sind. In dieser Welt haben wir eine andere Sichtweise. Das Sehen bedeutet keine Anstrengung mehr, wir leben darin. Wenn wir sagen, dass es eine Welt der Blinden und eine Welt der Einäugigen gibt und »dass im Land der Blinden der Einäugige König ist«, dann ist die Welt des Bewusstseins eine Welt von Menschen mit zwei Augen, Männern und Frauen, die ihr eigenes Ich, ihren eigenen Motivator, gefunden haben. Das hauptsächliche Ziel unserer Arbeit ist es, in diese Welt zu gelangen, da erst dort Transformation zur Wirklichkeit wird und die tiefere Art von Arbeit, die wirkliche geistige Arbeit, überhaupt erst beginnen kann.

Es ist sehr schwer für uns, in dieser Welt zu leben, da sie vieler Unterstützungen entbehrt, an die wir gewöhnt sind. Denken wir nur daran, wie ein Behälter, der in der dreidimensionalen Welt geschlossen ist, es in einer vierdimensionalen plötzlich nicht mehr wäre. Was in der dreidimensionalen Welt verschlossen ist, steht in einer höher dimensionalen Welt offen. Es ist wichtig, dass wir dies verstehen, damit wir begreifen, wovon wir sprechen, wenn wir sagen, dass wir in unserem momentanen Zustand nichts haben, was bewusste Energie halten könnte. Vielleicht ist es uns möglich, für einen Moment lang zu sehen – alles ganz anders zu sehen und zu verstehen; doch bevor es wirklich zum Teil unserer Erfahrung geworden ist, ist es schon wieder von uns fortgerückt. Wir sind nicht gefestigt genug, um die Erfahrung zu halten. Wir können deshalb die Welt des Bewusstseins nicht betreten, bevor wir nicht »etwas« haben, was bewusste Erfahrung bewahren kann. Dieses Etwas nennen wir einen »Körper«, gebrauchen dieses Wort aber in einem allgemeineren Sinn und bezeichnen damit einen Behälter von Erfahrung, nicht etwas, das Arme und Beine hat.

Zum größten Teil ist das, was über die »inneren, höheren oder feinstofflicheren Körper« ausgesagt wird, großer Blödsinn, da es keinerlei praktische Fundierung aufweist. Es wird oft angenommen, dass wir diese Körper einfach so haben und dass sie uns Erfahrungen vermitteln, vergleichbar denen, die wir kennen, nur etwas angenehmer. Tatsache ist, dass diese »Körper« durch innere Arbeit erst erworben werden müssen und ganz und gar nicht erreichbar sind für Menschen, die auf der subhumanen Ebene leben.

Die falsche Vorstellung, dass der Körper der Bewusstseinswelt ein Geistkörper ohne viel Substanz ist, rührt daher, dass sich dieser Körper in einem Reich bewegen kann, das dem physischen Körper nicht zugänglich ist. Gurdjieff nennt diesen Körper den *Kesdjan*-Körper. Dieser kann einen Einfluss ausüben, der über den physischen Körper hinausreicht und sogar völlig unabhängig vom physischen Körper ist, nicht weil er so dünn ist, dass er durch unsere Poren hindurchschlüpfen kann, oder etwas ähnlich Unsinniges, sondern weil er zusätzliche Grade an Freiheit besitzt. Es ist unmöglich, das Wirken dieses Körpers zu erkennen, selbst wenn jemand vor uns stehen sollte, in dem er entwickelt ist. Sein Wirken ist in der physischen Welt nicht wahrnehmbar. Die Transformation, die ihn bildet, ist eine innere, geheime Umwandlung, die jenseits normaler Wahrnehmung liegt. Da wir nicht wirklich sehen, was dieser Körper ist, laufen wir Gefahr, uns entweder in Phantasien darüber zu verlieren oder aber ihn ganz zu verwerfen als eingebildete oder völlig subjektive Erfahrung. Wir verhalten uns dann wie Flachländer, wenn sie über das Erscheinen der Kugel spekulieren und versuchen, alles auf das denkmögliche Maß der Flächenland-Erfahrung zu reduzieren.

Es gibt eine Welt, die noch höher ist und deren Schwerpunkt in der kreativen Energie liegt. Bewusstsein finden wir hier nur noch an der untersten Grenze. Diese Welt befindet sich über dem Bewusstsein und reicht hinauf bis zur Energie der Einheit, der Liebe. Es ist dies die Welt des *großen Werks,* in der Ereignisse stattfinden, die für Geist und Bewusstsein nicht sichtbar sind. Sie liegt jenseits von Zeit und Raum, jenseits von Zahl und Trennung. Sie ist ganz und gar frei von der Begrenzung durch das physische Dasein und sie kann nur betreten werden, wenn wir unsere separate Natur opfern. In dieser Welt ist das Realität, was uns hier unmöglich erscheint.

Wir können sie die »fünfdimensionale Welt« nennen. Der entsprechende fünfdimensionale Behälter ist ein Körper höherer Ordnung als derjenige, der Träger bewusster Erfahrung ist. Gurdjieff bezeichnet ihn als *höheren Seinskörper,* manchmal auch als »Seele«. Obwohl es möglich ist, in dieser abstrakten Weise davon zu sprechen, können wir uns doch schwerlich eine Vorstellung davon machen, was es heißt; wir können es nur selbst erfahren. Zwischen uns und dieser Welt besteht eine fast unüberbrückbare Kluft, die es uns beinahe unmöglich macht, sie zu verstehen. Durch Offenbarungen wissen wir, dass verschiedene Manifestationen höherer Wesen hier auf der Erde gearbeitet haben, aber wir können sie nicht wirklich als das sehen, was sie sind. Wir sehen sie nur innerhalb der Beschränkungen unserer Welt als einzelne Heilige oder Propheten und beschäftigen uns damit, die Dinge, die sie gesagt haben, zu vergleichen und gegeneinanderzustellen. Sie sind in Wirklichkeit weder viele noch eins, weder eine Anzahl getrennter Individuen noch alle dasselbe Individuum. In der Welt, zu der sie gehören, trifft die Unterscheidung in eins und vieles einfach nicht mehr zu.

Wir können uns vielleicht ein Bild von dieser höheren Welt machen, wenn wir sagen, dass die Wesen, die in ihr leben, wählen können, ob sie existieren oder nicht existieren. Es besteht keinerlei Notwendigkeit mehr für irgendeine Abhängigkeit von existenziellem Stützwerk. Der »höhere Seinskörper« ist zu jedem beliebigen Zeitpunkt imstande, die Instrumente zu formen, die er braucht. Um zur Ausdrucksweise der früheren Kapitel zurückzukehren: Diese Welt stellt wirklich das Medium des Willens dar, wir können sie auch die »Welt des Willens« nennen.[24] Auch die Lebensdauer kann eine Sache der bewussten Wahl werden. Es steht in ihrer Macht, *zu tun.* Das, was geschieht, kann von dem, was in der Vergangenheit stattgefunden hat, völlig unabhängig

---

24. Das scheint ein Widerspruch zu dem zu sein, was wir über die Universalität von Wille, Sein und Funktion gesagt haben. Hier bedeutet die »Welt des Willens« einen Bereich des Willens, der nicht verstrickt ist in die Existenz. Im Sufismus ist es der Bereich des universalen, aber geschaffenen Geistes, *ruh-i kulli,* und des individuellen Geistes. Das gleiche Wort *ruh,* Geist, wird auch verwendet, um den Willen im kosmischen Sinn zu bezeichnen und auch die Energien, die ihm als Instrument dienen. Deshalb also *alam-i arvah,* die Welt der Geister oder Energien. Die »Welt des Willens« ist die Welt der Aktionen, die nicht von einem existierenden Apparat abhängig sind. Diese Welt ist unbedingt oder geistig.

sein. Nichts ist festgelegt, weil es in dieser Welt nichts gibt, was existieren muss, um zu sein.

So unfassbar das alles für uns ist – es gibt noch höhere Welten. Der Schwerpunkt der vorletzten Welt liegt im Bereich der Einheitsenergie, der kosmischen Liebe, die allem zugrunde liegt. Sie ist die Energie, welche die ganze Schöpfung erlöst, so dass sie zurückkehren kann zu der Quelle, aus der alles stammt. Wir verbinden die Welt der Erlösung mit den hohen Gestalten der Menschheit – mit Abraham, Moses, Buddha, Christus und Mohammed, aber da hört es für uns auf. Was wir sehen können, sind die Bilder dieser Wesen, die *von oben gesandt* wurden, aber wir können nicht sehen, was sie wirklich sind. Jenseits der vorletzten Welt liegt der Anfang und das Ende von allem – die Unergründliche Quelle.

Abb. 5.1 – Die sieben Welten in Begriffen der Energien

E1 transzendent — Das Unfassbare

E2 vereinigend — Die erlösende Welt

E3 kreativ — Die Welt des Traums

E4 bewusst — *Kesdjan*-Welt

E5 sensitiv — Natürliche Welt

E6 automatisch — Schlafende Welt

E7 vital — Täuschung

Wenn die Beschreibungen der höheren Welten einen Nutzen für uns haben sollen, müssen wir uns selbst dazu bringen, die Begrenzungen unserer Gedanken und unseres Verstehens einzusehen. Das ist nicht das Gleiche, wie zu sagen: »Nun gut, wahrscheinlich verstehe ich diese Dinge nicht. Wenn Sie mir sagen, das ist so – ja, wer bin ich denn, mit Ihnen darüber zu streiten!« Wir brauchen den praktischen Ansatz des Kampfes mit uns selbst, um wirklich zu sehen, wie eng und oberflächlich unser Denken tatsächlich ist und wo die Art, wie wir denken, herstammt. Wir müssen in der Lage sein, die Erfahrungen, die wir haben, unabhängig von den Assoziationen und Bildern zu sehen, die auf dem Bildschirm des formativen Apparates erscheinen. Dann erst können wir dem gegenüber, was wir erfahren, eine andere Haltung einnehmen.

Wir müssen lernen, nicht mehr auf Ideen zu reagieren, sondern sie mit unserer Erfahrung zu konfrontieren. Das ist von besonderer Wichtigkeit für das, worauf wir uns jetzt einlassen wollen, was in gewisser Weise viel abstrakter ist als alles Vorangegangene. Doch obwohl es schwierig ist, das Folgende auf Anhieb zu begreifen, wird es möglich, Dinge, die sonst ganz flüchtig und unfassbar sind, zu verstehen und auch darüber zu sprechen, wenn wir gelernt haben, es auf die eigene Erfahrung zu beziehen.

Unter Gesetzen stehen

Wir haben gerade betrachtet, was die Idee der verschiedenen Welten vom Standpunkt der Energien her bedeuten könnte. Wir müssen nun zum Ausgangspunkt zurückkehren und uns fragen, was man mit der Aussage machen soll, dass die höheren Welten »geringeren Einschränkungen« unterliegen als die niedrigeren Welten. Zunächst bedeutet dies, dass das, was in einer niedrigeren Welt *unmöglich* ist, in einer höheren Welt *möglich* sein kann. Ob etwas stattfinden oder nicht stattfinden kann, hängt davon ab, in welcher Welt wir uns bewegen. Zum Beispiel sind alle uns bekannten Welten einer Trennung im Raum und einer Aufeinanderfolge in der Zeit unterworfen. Die Identität der Dinge hängt davon ab, dass sie *nicht* etwas anderes sind. In höheren Welten gibt es diese Einschränkungen nicht: »Hier« und »dort«, »Vergangenheit« und »Zukunft«, »Ich« und »Nicht-Ich« schließen einander nicht aus. Auch die höheren Welten sind jedoch Bedingungen unterworfen, nur können wir uns kaum vorstellen, wie diese aussehen. Gurdjieff spricht in *Beelzebubs Erzählungen* häufig davon, dass »höhere Ereignisse« sich »gesetzmäßig« vollziehen.

Gesetze sind Ausdruck des Willens: Etwas kann geschehen, etwas anderes kann nicht geschehen. Je mehr Gesetze wir haben, desto größer sind die Einschränkungen und umso »fragmentarischer« die entsprechende Existenzweise. Ereignisse werden zunehmend abhängiger von anderen Ereignissen, bis schließlich überhaupt nichts mehr stattfinden kann, außer wenn eine ganze Reihe von Umständen zusammentreffen. Wir nähern uns mit unserer Betrachtung etwas, das große Ähnlichkeit mit der physischen Welt hat, wie die Wissenschaft sie studiert, oder auch mit der Welt der Körper, wo alles außerhalb von allem anderen ist, und alles, was geschieht, dazu tendiert, vom restlichen Geschehen aufgehoben zu werden. Dies ist die Welt der Thermodynamik und der Wahrscheinlichkeiten. Wir können sie auch anhand offensichtlicher Tatsachen beschreiben, wie dass man aus einem Ding nicht mehr herausholen kann, als was darin ist. Hier sind die Dinge so festgelegt, dass sie gezählt und gemessen werden können, und so abhängig voneinander, dass aufgrund der Trägheit des ganzen Komplexes, sich nichts wirklich ändern kann.

Was wir mit der Arbeit der Transformation anstreben, ist, einen Zustand zu erreichen, in dem wir weniger Gesetzen unterworfen sind. Keines unserer wirklichen Probleme kann in dieser Welt gelöst werden. Wir sind viel zu abhängig, zu verstrickt in die Dinge. Wir können nicht sehen, was los ist. In der Welt der Schlafenden sind »Inneres« und »Äußeres« getrennt – wir träumen nur davon, Dinge zu tun. Nichts kann sich wirklich ändern, weil es nicht den Grad an Freiheit gibt, wo Veränderung möglich wäre.

Es lässt sich leicht ausmalen, wie es ist, unter immer mehr Gesetze zu geraten. Wenn wir uns der Armee anschließen, sind wir den militärischen Gesetzen unterstellt, die zu den Gesetzen des bürgerlichen Lebens hinzukommen. Wir können nicht einfach irgendwo hingehen, wenn uns danach zumute ist. Wir müssen Pflichten erfüllen, die uns willkürlich zugeteilt werden und so weiter. Wenn wir eine Militärvorschrift brechen, werden wir ins Gefängnis gesteckt, wo die Beschränkungen noch härter sind: Wir sitzen hinter verriegelten Türen, und unser ganzer Tagesablauf ist uns vorgeschrieben. Jeder, der einmal im Gefängnis war, weiß, wie sich das anfühlt und wie es sich anfühlt, entlassen zu werden – es ist ein gewaltiges Gefühl von Freiheit. Genauso ist der Übergang zwischen den Welten, aber dabei handelt es sich noch um eine weit tiefer gehende Erfahrung. Die Kirchenväter pflegten darum zu beten, aus »der Gefangenschaft der Sünde« befreit zu werden. Unser gewöhnlicher Zustand gleicht einem Gefängnis – das ist ein Bild, das in vielen Reden des Buddha auftaucht. Wir haben das Bild der »Sklaverei« verwendet, um den automatischen Zustand des Menschen zu beschreiben, obwohl ein solcher Mensch eher der Sklave seiner eigenen konditionierten Natur als eines äußeren Meisters ist. Es ist eine unverkennbare Erleichterung, eigene Gedanken und Gefühle zu haben sowie selbständig handeln zu können. Von daher können wir ein Stück weit verstehen, was es bedeutet, aus einer tieferen in eine höhere Welt hinüberzugehen und in einen Bereich zu gelangen, wo wir weniger Gesetzen unterstehen.

Gurdjieffs Grundlage für die Behandlung dieses Themas war seine Idee vorn *Gesetz der Dreiheit.* Dieses Gesetz beschreibt, »wie die Dinge geschehen«. Es lässt sich auch so wiedergeben, dass »nichts geschehen kann, bevor eine Kombination aus drei unabhängigen Kräften zustande kommt, die die Natur der Bejahung, der Verneinung und der Versöhnung in sich tragen.« Ouspensky beschreibt Gurdjieffs Darstellung des Schemas der Welten in seinem Buch *Auf der Suche nach dem Wunderbaren;* es taucht dort in einer sehr abstrakten Form auf. Gurdjieff spricht davon, dass die drei Kräfte in der höchsten Welt untrennbar eins sind, er nennt diese »Welt 1«. In der darauf folgenden Welt sind die Kräfte voneinander getrennt, deshalb heißt sie »Welt 3« im Sinne der »Welt der Drei«. Als nächstes haben wir Welt 6, wo die Kräfte miteinander in Kombination treten. Es geht weiter mit den Welten 12, 24, 48 und 96. Alle diese Zahlen beziehen sich auf die Anzahl der jeweils herrschenden Gesetze. So existiert in der höchsten Welt nur ein Gesetz, während wir es in der untersten Welt mit 96 Gesetzen zu tun haben. Was diese verschiedenen Gesetze bedeuten, wird nicht diskutiert – das Ganze mutet wie eine einfache Mathematikaufgabe an. Es entsprach Gurdjieffs Methode, den Leuten Material an die Hand zu geben, damit sie daran arbeiten und selbst zu einer Lösung gelangen konnten. Die Leute sollten eigene Anstrengung aufbringen, um zu verstehen.

Das Material, das Gurdjieff vermittelte, stammt aus den außergewöhnlichsten Traditionen, die man unmöglich alle im Laufe eines einzigen Lebens kennen lernen kann. Das gilt im besonderen Maße auch für das von Gurdjieff formulierte Gesetz der Dreiheit.

Wir finden in vielen östlichen wie westlichen Traditionen Lehren über das Gesetz der Dreiheit. Wir stoßen darauf im *Tao Te King*, wie auch im ältesten Zeugnis der Samkhya-Philosophie Indiens, die mehr als 2500 Jahre alt ist. Diese handelt von den *gunas*, den drei Qualitäten, und hat das gesamte indische Denken nachhaltig beeinflusst. Sie beschreibt die Natur der drei *gunas* – *rajas, tamas* und *sattwa* – auf verschiedene Weise und postuliert einen anfänglichen Zustand der Reinheit, in welchem die drei noch eins sind. Aus dem Einen gehen die unvermischten Qualitäten hervor, aus diesen wiederum bilden sich sämtliche Mischformen, die die Vielfalt der Welt ergeben. Dies ähnelt dem, was Gurdjieff über die Welten aussagt. Das Besondere an Gurdjieffs Material war sein Wissen darüber, was es für den Menschen bedeutet, die Arbeit des Gesetzes der Dreiheit erkennen zu können. Nach Gurdjieffs Konzept ist der Mensch in seinem momentanen Zustand »blind für die dritte Kraft«. Deshalb sieht er nicht, wie die Dinge wirklich sind, wie sie entstehen und sich verändern können. Er bewegt sich fortlaufend in einer Welt, in der er die Dinge entweder fordert oder ihnen Widerstand leistet: Er ist gar nicht fähig, die versöhnende Kraft wahrzunehmen. Erst wenn er mit Kopf, Herz und Körper zusammen wahrnimmt, wird das Gesetz der Dreiheit für ihn Wirklichkeit.

In *Beelzebubs Erzählungen* erscheint die Idee der verschiedenen Welten in einer ganz anderen Form als bei Ouspensky. Gurdjieff wählt eher das Gegenteil der abstrakten Darstellung. Wir werden den größten Teil des Materials aber erst später behandeln. An dieser Stelle müssen wir uns klarmachen, dass die Schöpfung erst in Welt 6 ihren Anfang nimmt. Die vorhergehenden Welten, Welt 1 und Welt 3, sind unerschaffen. Erst dort, wo die drei Kräfte aufeinander treffen, lässt sich davon sprechen, dass »überhaupt etwas da ist«. Welt 1 nennen wir auch die »Unergründbare«, weil sie völlig jenseits des Seins liegt. Dort sind die drei Kräfte noch untrennbar miteinander verbunden, sie sind eins. Uns erscheint dies wie das totale Nichts, da darin keinerlei Unterscheidungen bestehen. Sein, Freiheit, Aktion und Zweck haben in dieser Welt keinerlei Bedeutung. Als Nächstes gelangen wir dorthin, wo sich die drei Kräfte scheiden – in Welt 3. Sie ist das Verbindungsglied zwischen der Unergründbaren Quelle und der Schöpfung. Wir betrachten sie hier unter dem Gesichtspunkt der drei verschiedenen Kräfte, der drei Gesetze. Sie liegt ebenfalls jenseits der Wahrnehmung.

Wir sind nicht in der Lage, uns einen Zustand der Bejahung vor-zustellen, der kein Aktionsfeld benötigt und der nicht auch Bejahung *von etwas* ist und nicht im Gegensatz zu einer Ver-neinung beziehungsweise einem Widerstand steht. Keine der Kräfte kann ohne die anderen vorgestellt werden. Was wir besten-falls tun können ist, von unserer Erfahrung von Funktion, Sein und Willen zu extrapolieren, so wie wir es in einem früheren Kapitel gemacht haben. Gurdjieff betonte, dass es für ein geschaf-fenes Wesen dennoch möglich ist, in diese Welt zu gelangen. In *Beelzebubs Erzählungen* entspricht dies dem Grad der *objektiven Vernunft*, den er das *Heilige Anklad* nennt, das nur »drei Grad« entfernt ist von der Vernunft »Unserer Unendlichkeit« – das ist ein klarer Hinweis auf Welt 3. Zwischen Welt 1 und Welt 3 verläuft eine Barriere, die von der unteren Welt her nicht durchbrochen werden kann.

Alle großen religiösen Traditionen beziehen sich auf höhere Welten. Es muss etwas Wichtiges daran sein, etwas, was wir wissen müssen. Welt 3 ist der Wohnort des Buddha, des »vollkommen Erleuchteten«. Im Sufismus ist es der Wohnsitz Gottes, *beit-ul ma'-mour,* und im Christentum die Heilige Dreifaltigkeit. Was jenseits dieser Welt ist, ist Leere, unergründbar, die Gottheit, Welt 1. Sie ist die Letzte Quelle, aus der die anderen Welten stammen; aber Welt 3 geht nicht durch einen kreativen Akt aus ihr hervor. Im Christentum verwendet man deshalb den Ausdruck »gezeugt, nicht geschaffen«. Welt 3 ist göttlich, weil sie nur durch die Liebe besteht.

Die Wechselwirkung zwischen den drei Kräften lässt die sechs fundamentalen Gesetze der Schöpfung entstehen, die die Welt 6 bilden. Wir beziehen uns im Folgenden auf diese Gesetze, indem wir für die bejahende Kraft die 1, für die verneinende Kraft die 2 und für die versöhnende Kraft die 3 setzen. Jedes einzelne Gesetz ist eine Kombination dieser drei Kräfte, und die Gesetze unter-scheiden sich voneinander durch die Anordnung der jeweiligen Kombination. Wir haben zunächst das Gesetz 1-2-3, das auch Gesetz der Expansion oder der Involution genannt wird. Durch dieses Gesetz wird die Vielheit der Welt geschaffen. Dann gibt es noch das komplementäre Gesetz der Evolution oder Konzen-tration, das wir auch als 2-1-3 bezeichnen. Durch dieses Gesetz kann die Vielheit wieder zur Einheit werden, und die Dinge kön-nen zurückkehren zur Quelle, aus der sie hervorgegangen sind. Das dritte Gesetz, 3-2-1, ist das Gesetz der Freiheit, da es der freien Initiative ermöglicht, in der Schöpfung wirksam zu werden. Dann gibt es noch die Gesetze, die mit der Ordnung und Aufrechterhaltung der Welt zu tun haben: das Gesetz der Ordnung, 3-1-2, wonach allen Dingen ein Muster zugrunde liegt, und das Gesetz der Interaktion, 1-3-2, das die universale Verbundenheit repräsentiert, wodurch jedes Ding mit allen anderen Dingen interagieren kann. Und schließlich gibt es noch das Gesetz der Identität, 2-3-1, durch das jedes Ding imstande ist, seine eigene Natur aufrechtzuerhalten. Zusammen sind das die sechs grundlegenden Gesetze der »Welterschaffung und Welterhaltung«, von denen Gurdjieff sagt, dass sie die Grundlage für das Verständnis eines wirklichen Menschen sind.

Welt 6 stellt die Welt der Einheit in der Verschiedenheit dar, doch es fehlt hier noch die Unterscheidung zwischen dem Einen und dem Vielen. Der Teil von uns, der dieser Welt angehört, ist bei allen gleich. Aus dieser Welt kommt die Einheit des Lebens. Diese Welt erreicht nur derjenige, der seine Individualität, sein Ich, aufgegeben hat und nichts Eigenes mitbringt. In der sorgfältigen Darstellung des Mahayana-Buddhismus wird solch ein Mensch *Bodhisattva* genannt, »der reine Geist«. Sein Merkmal ist das Mitgefühl. Er verzichtet auf endgültige Befreiung, um die physische Existenz beizubehalten und fähig zu sein, mit den Kreaturen zu arbeiten. Er nimmt an allen Lebewesen Anteil und akzeptiert das Sein alles Lebendigen. Auf diese Weise wird er zur Quelle der Hilfe für uns. Welt 6 ist die Welt höchster mystischer Erfahrung, reines Sein ohne die Getrenntheit der Existenz.

Als Nächstes kommen wir zu Welt 12, der *Welt der Individualität*. Hier hat sich die Zahl der Gesetze verdoppelt. Es gibt Teile, Unterscheidungen zwischen innen und außen, diesem und jenem, wodurch Individuen möglich werden. Welt 12 ist die erste Welt, in der wir zählen können; deshalb ist sie auch die erste, von der wir eine Vorstellung bilden können. Sie entspricht der Welt der Menschen mit einem eigenen Ich und ist die Welt des individuellen Willens. Es gibt nicht viele Willen, so wie es viele Objekte gibt – alle Willen sind eins. Hier herrschen die Gesetze von Welt 6, aber zusätzlich noch eine weitere Reihe von Gesetzen, die mit der Mannigfaltigkeit der getrennten Existenzen zu tun haben. Es gibt in dieser Welt das Eine und das Viele, deshalb hat sich die Zahl der Gesetze verdoppelt.

Der Wille ist vergleichbar mit der Luft. Trotz ihrer Einheit und Ungeteiltheit geht sie in den Atem jeden einzelnen Individuums ein. Innerhalb der niedrigeren Welten dient der Wille – ähnlich der Luft – nur dazu, die Dinge in Gang zu halten; in Welt 12 dagegen ist der Wille der Träger der kreativen Kraft. Raum und Zeit haben dort nicht die gleiche Bedeutung wie in der körperlichen Welt, sie werden beherrscht. In dieser Welt ist Entscheidung eine Realität. Was entschieden wird, *ist*. Jede unserer Erwartungen bezüglich dieser Welt bildet nur ein Hindernis. Um in diese Welt zu gelangen, müssen wir nicht bessere oder überlegenere Versionen unserer selbst werden, sondern die Freiheit erwerben »zu tun«. Wir leben in der Absurdität, dass wir die Begrenzungen und Einschränkungen unserer Existenzweise, in der wir durch die Materialität der Welt von uns und anderen getrennt sind, mit dem verwechseln, was wirklich ist und was wir wirklich sind.

Wir gebrauchen an dieser Stelle das Wort »Materialität« in folgendem Sinne: Je konditionierter eine Existenzweise ist, um so »materieller« ist sie – im Sinne von festgelegt, unkreativ und vorhersagbar. Je »spiritueller« eine Existenzform ist, um so mehr kann sie sich verändern und verwandeln. Wenn wir in die höheren Welten kommen, finden wir zunehmend weniger Existenzweisen, die nur eine Kombination von bereits bestehendem Material darstellen. Die Substanz, aus der die höheren Welten gemacht sind, ist »ewig-neu« und fähig, ihre eigenen Formen zu erschaffen, ohne sie aus äußeren Quellen herleiten zu müssen. Unsere Vorstellung von dem, was »Substanz« ist, rührt fast ganz aus unserer Erfahrung der unteren Welten her. In Wirklichkeit ist Substanz völlig relativ in Bezug auf die verschiedenen Welten. Zur Zeit ist die Substanz unseres Selbsts noch zu ›dünn‹, zu konditioniert, um vom Ich in Dienst genommen zu werden. Die Substanz der Welt 12 ist von solcher Art, dass sie in den gewöhnlichen Welten des Menschen überhaupt nicht enthalten sein kann. Es ist deshalb korrekt, davon zu sprechen, dass es für uns wirkliche »Individualität« gar nicht gibt. Wenn wir diese Tatsache bedenken, beginnen wir zu sehen, dass die Annäherung über die *Gesetze* zu den gleichen Schlussfolgerungen führt wie die Annäherung über die *Energien*.[25]

25. Der Leser wird herausfinden, dass dies nicht bedeutet, dass die zwei Schemata der sieben Welten ohne weiteres zusammengebracht werden können. Wahrscheinlich hatte es Bennett auf einen strengen Parallelismus abgesehen, doch die Ergebnisse entsprechen dem nicht ganz (Anmerkung des Herausgebers).

In der nächst tieferen Welt, der Welt 24, sind die Ereignisse einer Verwirklichung in Raum und Zeit unterworfen. Das ist etwas, was wir begreifen können. Wir nennen es auch die *Welt der Essenz,* weil dort das innere Leben des Menschen Wirklichkeit bekommt. Das ist die Welt, in der wir normalerweise leben sollten, so wie Welt 48 die angemessene Welt für die Tiere ist. Welt 24 entspricht dem, was wir als wirklich »menschlich« ansehen. Der Ausdruck »sich selbst sein« bekommt in dieser Welt einen Sinn, der ihm in den tieferen Welten völlig fehlt. Wir sprechen hier auch von der Welt der *Selbste,* in welcher der Wille der Existenz verpflichtet ist. Wir hatten in Welt 12 eine Trennung zwischen den Individuen – hier findet nun eine innere Trennung statt. Das ist die Welt des Geteilten und des Wahren Selbsts. Erinnern wir uns daran, dass die tieferen Stufen des Selbsts abhängig vom Äußeren sind, das höhere Selbst jedoch nicht; dann begreifen wir, dass innere Trennung die Regel ist. Beim Geteilten Selbst ist das offensichtlich, weil es dessen Natur ist, in zwei verschiedenen Richtungen gezogen zu werden – in die Richtung seiner »höheren« und die seiner »niedrigeren« Natur. Was das Wahre Selbst angeht, so befindet es sich genau an der Schwelle zum Ich, und es ist ungewiss, ob es zulässt, zu einem Instrument des Willens zu werden oder nicht.

Die Welt der Selbste hängt von inneren Zuständen ab, was eine zusätzliche Reihe von Gesetzen und weiterreichende Konditionierungen ins Spiel bringt. In Welt 24 gibt es verschiedene »Räume« – die Erfahrung ist also nicht einheitlich. Sie ist für das Geteilte Selbst eine andere als für das Wahre Selbst. Wir können auch sagen, das Wahre Selbst steht mit der Welt 12 so in Resonanz, wie diese sich in Welt 24 manifestiert. Und doch ist auch dieses Selbst noch an die Existenz gebunden. Es kann sich in Welt 12, der Welt der Individualität, nicht selbst erhalten. Die Aufrechterhaltung unserer Existenz in Welt 24 hängt davon ab, dass wir in allen drei Zentren sensitiv sind. Um uns in Welt 12 halten zu können, müssen wir fähig sein, bewusste Energie zu konzentrieren.

Wir nähern uns der Einsicht, dass die verschiedenen Formulierungen, mit denen wir über den Menschen sprechen – Begriffe wie Zentren, Gurdjieffs »Persönlichkeiten«, Selbste, Energien, Gesetze und so weiter – in Wirklichkeit dieselbe Sache behandeln. Es wäre jedoch falsch, wenn wir versuchen wollten, die verschiedenen Ausdrucksweisen auf einen Begriff zu reduzieren.

Wenn wir sie jeweils als eine unabhängige Anschauung betrachten, erhellen sie sich gegenseitig. Indem wir von einer Darstellung zu einer anderen übergehen, können wir den ansonsten fast unumgänglichen Automatismus im Denken vermeiden, der jede Hoffnung zerstört, Dinge jenseits der physischen Welt zu verstehen.

Als wir die Idee der verschiedenen Selbste einführten und besprachen, haben wir häufig die Idee geäußert, dass eines von einem anderen Selbst »beherrscht« wird. Wir können diese Aussage nun von dem Aspekt her verstehen, dass wir unter den Gesetzen des jeweiligen Selbsts stehen und begreifen, dass es zwar der bewussten Energie möglich ist, im Geteilten Selbst zu wirken, aber das Geteilte Selbst noch kein bewusster Seinszustand ist. Auf ähnliche Weise besteht das Wahre Selbst, obwohl es dem Wirken der kreativen Energie untersteht, nicht aus dieser kreativen Substanz. Jedes Selbst kann entweder das Instrument oder der Herrscher sein, das ist das Risiko dabei. Wenn das Selbst das Instrument ist, können die Gesetze einer höheren Welt wirken. Wenn das Selbst »sich selbst Gesetz« ist, bindet es uns an die jeweilige tiefere Welt. Wir können auch sagen: Die Selbste sind die Hilfsmittel, um von einer Welt in eine andere zu gelangen. Zum Beispiel können wir durch das Wahre Selbst vorbereitet werden, in die Welt der Individualität zu gelangen. Wir müssen jedoch lernen, anders zu sehen und andere Arten von Energien zu konzentrieren, aber auch fähig zu sein, von unserer konditionierten Existenzweise etwas aufzugeben, »zu opfern«. Wenn wir die Substanz eines »inneren Lebens« aufbauen, gewinnen wir dadurch einen ›Körper‹, ein ›Vehikel‹, womit wir uns in der Welt der 24 Gesetze bewegen können. Dann können wir das »erlernen«, was nötig ist, um sich von zwölf dieser Gesetze zu befreien und in die nächste Welt einzugehen.

Abb. 5.2 – Die sieben Welten in Begriffen von Gesetzen

Welt 1	Das Unergründbare
Welt 3	Göttlicher Wille
Welt 6	Mitgefühl
Welt 12	Individualität
Welt 24	Essenz
Welt 48	Persönlichkeit
Welt 96	Täuschung

Welt 24 beruht auf freier Sensitivität. Das bedeutet, dass wir uns hier dessen bewusst sind, was um uns herum und in uns vor sich geht, und uns nicht in der Maschinerie verfangen. Die meisten Menschen nehmen an, dass sie schon da wären: »Ich bin mir meiner selbst bewusst. Ich bin mir meiner Umgebung bewusst.« Der Beginn wirklicher Arbeit liegt in einer gründlichen Desillusionierung in Bezug auf diese Dinge. Es ist erstaunlich, dass Leute sich diesen natürlichen Zustand des Menschen vorzustellen vermögen, ohne je zu prüfen, ob er auf sie auch zutrifft oder nicht. Auch wenn es unfreundlich erscheinen mag, das zu sagen, stimmt es, dass die heutigen Männer und Frauen in niedrigeren Welten leben, in Welt 48. Das ist die *Welt der Persönlichkeit,* wo es einen Unterschied zwischen subjektiven und objektiven Zuständen gibt, so dass wir keine Verbindung zum wahren Sachverhalt haben.

Diese Unterscheidung bedeutet auch, dass uns etwas zustößt, so als seien wir gar nicht vorhanden. Demgemäß gibt es 24 Gesetze, die mit unserer Existenz als Objekte zu tun haben. Die 24 Gesetze, die aus Welt 24 in die Welt 48 gelangen, sind Teil unseres subjektiven Zustandes, in dem alles »Höhere« nur Träume sind. Wir haben kein Mittel in der Hand, um die Dinge zu unterscheiden. Selbst wenn wir Anstrengungen auf uns nehmen, führt dies nur dazu, die Konditionierung zu verstärken. Es bilden sich alle möglichen Arten von künstlichen Zwängen, die uns völlig voneinander trennen, so dass wir schließlich nur noch von außen miteinander kommunizieren können. Unsere Zeiterfahrung ist subjektiv und hängt davon ab, in welchem geistigen, emotionalen oder physischen Zustand wir uns befinden. In der Welt der Essenz ist unser Sinn für Zeit ein anderer, weil wir dort mit dem Muster der Dinge in Berührung stehen.

Welt 48 ist die Welt des Materiellen und des Reagierenden Selbsts. Wenn wir unser Reagierendes Selbst schulen, können wir mit seiner Hilfe in Welt 24 aufwachen. Werden wir jedoch von ihm regiert, dann wird unsere ganze Erfahrung verzerrt durch das, was wir gerade »fühlen«, das heißt durch unseren Mangel an Objektivität. Das Materielle Selbst ist nur eine Maschine. Wenn es die Kontrolle übernimmt, wird jegliche Sensitivität, die in unserem Organismus produziert wird, »negativiert«; seine relative Freiheit verwandelt sich in noch größere Sklaverei. Auf diese Weise erreichen wir die letzte und niedrigste der Welten, Welt 96, die wir auch *Welt der Täuschung* nennen.

Es ist sehr wichtig, diese Welt zu verstehen, da sie allen psychologischen Problemen zugrunde liegt. Wir sind mit ihr durch etwas verbunden, was Gurdjieff die »kristallisierten Folgen der Eigenschaften des Organs *Kundabuffer*« nennt. Gurdjieff stellt die Hypothese auf, dass dem Menschen in früheren, prähistorischen Zeiten ein bestimmtes Organ eingepflanzt wurde, was ihn zwang, die Realität »verkehrt herum« zu sehen. Diese Operation hielt ›man‹ für notwendig, weil die menschliche Evolution angehalten werden sollte, und hätten die Menschen dies erkannt, dann wäre es zur Revolte gekommen. Das Organ wurde später wieder herausgenommen, doch zu dieser Zeit hatten sich bereits gewisse Lebensbedingungen verfestigt, welche die Folgen von *Kundabuffer* aufrechterhielten. Die »kristallisierten Folgen« von *Kundabuffer* sind die Impulse in uns, die im eigentlichen Sinn menschenunwürdig sind, wie Selbstliebe, Eitelkeit, Angeberei, List und so weiter. Leben wir in diesem Zustand der Täuschung, dann dient unser Leben nur dem Vergnügen. Sobald unser Vergnügen unterbrochen wird, werden wir zur Beute verschiedener negativer Emotionen, die uns dazu bringen, uns selbst völlig zu verlieren.

Alles, was mit dieser Welt in Verbindung steht, ist anormal und verdreht. Und doch kann die Persönlichkeit in dieser Welt gewisse Dinge tun: ihre Pflichten erfüllen, rechnen, sich warm anziehen, wenn es kalt ist, und so weiter. Tief unter all dem liegt der Zustand der Täuschung. Wir beschäftigen uns hier mit Dingen, die keinerlei Realität besitzen. Was wir für Freiheit halten, ist in Wirklichkeit elende Sklaverei, und, was wir für wirkliches Leben halten, leere Verschwendungssucht. Dieser Zustand verursacht sogar alle möglichen Krankheiten. Gurdjieff wies darauf hin, dass dieser Zustand sich nachteilig auf unsere Lebensdauer auswirkt.

Die Beschreibung der Welt der Täuschung gehört zu Gurdjieffs wichtigsten Einsichten in die Wirklichkeit der verschiedenen Welten. Nur in Welt 24 existieren wir wirklich. In der Welt darunter, Welt 48, sitzen wir sozusagen »die Zeit ab«; jedoch ist die Zeit, die wir hier zubringen, nicht Teil unserer wirklichen Lebensdauer. In Welt 96 können wir sogar von »negativer Zeit« sprechen, weil hier Möglichkeiten zur Erfahrung zerstört und vergeudet werden. Einzusehen, wie oft wir uns in dieser Welt aufhalten, ist eine sehr harte Erfahrung. Kein Mensch wird akzeptieren, wie oft er sich darin aufhält, bevor er dies nicht selbst erkannt hat. Bevor wir zu dieser Einsicht kommen, ist alles, was wir tun und womit wir auf unsere Befreiung hinarbeiten, durch die Täuschungen dieser Welt getrübt. Wir müssen in uns selbst einen Sinn für Objektivität herausbilden. Die negativen Zustände sind so machtvoll, dass sie uns zu verschlingen drohen und es dann unmöglich wird, sie zu sehen. Das bedeutet, dass wir mit unseren Emotionen kämpfen müssen. Darum heißt es, dass wir »negative Gefühlen nicht ausdrücken dürfen«.

In der Welt der Täuschung herrschen 96 Gesetze, da jedes Gesetz aus Welt 48 hier ein negatives Gegenstück hat. In diesen Zusammenhang passt die Aussage, dass das Einzige, was schlimmer ist als eine Maschine, eine Maschine ist, die sich selbst für Gott hält.

Wirkliches Verstehen

Ich habe dieses Bild für Sie entworfen, damit Sie sich eine Vorstellung davon machen können, was es heißt, transformiert zu werden. Normalerweise sehen und berühren wir die Welt um uns herum, ohne jemals wahrzunehmen, dass die substanzielle Wirklichkeit nicht in dieser, sondern in der höheren Welt liegt. Wir können dies unmöglich verstehen, wenn wir es selbst nicht erfahren haben. Dazu müssen wir gelernt haben, auf andere Weise, nämlich in mehreren Welten gleichzeitig zu leben. Als wir von den sieben Welten sprachen, die allesamt auf unser Leben einwirken, taten wir so, als seien diese Welten voneinander getrennt. Das stimmt wohl in Bezug auf den Austausch, der zwischen ihnen stattfinden kann, aber an sich sind diese Welten koexistent. Wir müssen keineswegs physisch den Ort wechseln, um von einer Welt in eine andere zu gelangen. Wir brauchen nur zu lernen, unter den Einfluss höherer Gesetze kommen, die jederzeit anwesend sind. Wenn wir das System der verschiedenen Welten erforschen wollen, müssen wir zunächst die verschiedenen Gesetze studieren, die in den einzelnen Welten wirken, und sehen, wie wir eine Reihe von Gesetzen durch eine andere Reihe ablösen können. Die verschiedenen Gesetzmäßigkeiten sind alle Auswirkungen des Gesetzes der Dreiheit, sie stellen nur jeweils andere Kombinationen dieses Gesetzes dar und werden in »verschiedenen Graden der Verlebendigung«, wie Gurdjieff es formulierte, in den verschiedenen Welten wirksam.

Wir können diese Gesetze und ihre Wirkungen nicht theoretisch erforschen, sondern nur, indem wir erfahren, wie *sie in uns* arbeiten. Schon die Praxis der Selbstbeobachtung stellt uns unter andere Gesetze und gibt uns die Möglichkeit, unser Dasein in mehreren Welten gleichzeitig zu erfahren. Denn derjenige, der beobachtet, ist ein anderer als der, der beobachtet wird. Er gehört einer anderen Welt an als dieser und untersteht einer anderen Reihe von Gesetzen. Wenn jemand das vorliegende Schema der Welten auf diese Weise verwendet, in dieser forschenden Haltung, wird es zu einem nützlichen Rahmen für die Gliederung der Gedanken und zu einem wertvollen Instrument, das uns helfen kann, Ordnung in unser Verständnis zu bringen.

Den größten Teil des Lebens verbringen wir in Welt 48 und Welt 96. Vielleicht widmen wir uns verschiedenen geistigen Übungen, die eine Vorstellung von den höheren Welten und den anderen Dimensionen vermitteln. Oder wir lesen Beschreibungen von den verschiedenen Welten – mehr oder weniger überzeugende Darstellungen, doch dabei besteht immer die Gefahr, dass wir diese Übungen oder Beschreibungen ganz falsch interpretieren. Das System der verschiedenen Welten ist überaus wertvoll, aber es kann auch irreführen, da es uns in die Lage versetzt, über Dinge zu sprechen, die sich außerhalb der Reichweite unserer Sinne befinden. Das Schema selbst ist ein Resultat aus Einflüssen höherer Welten. Wir haben hier eine symbolische Sprache vor uns, die wir solange nicht korrekt gebrauchen und verstehen können, als wir nicht selbst die entsprechende Erfahrung gemacht haben. Wir verwechseln normalerweise wirkliches Verständnis mit der Fähigkeit, über die Dinge zu sprechen und Worte überzeugend verwenden zu können. In Wirklichkeit ist Verstehen nicht verbal. Um ein bestimmtes Gesetz zu erkennen, müssen wir seine Wirkung in uns und auf uns kennen und seine Wirkung erleben. Das ist eher ein verborgenes, inneres Wissen, genauso verborgen wie das Sein, für das es ein Maßstab ist. Es beruht nicht auf einer Veränderung in dem, was wir wissen, als vielmehr auf unserer eigenen Umwandlung und der unseres Lebens. Um mehr zu verstehen, müssen wir mehr *sein*. Dazu benötigen wir die Transformation.

Wirkliches Verstehen zeigt sich nicht darin, dass es unserem gewöhnlichen Selbst mehr Gesprächsstoff bereitstellt, sondern darin, dass es uns befähigt, höhere Welten in uns zu erwecken und höhere Welten zu betreten, die bisher nur bloße Worte für uns gewesen sind. Wir entdecken dabei, dass wir lernen müssen, uns selbst von dem freizumachen, was wir gewöhnlich als unsere Reichtümer betrachten: von unserm »Verstehen«, unseren »Einstellungen«, unseren »Meinungen«, von all dem, was sich im Laufe unseres Lebens in uns gefestigt hat. Gelingt es, davon freizuwerden, innerlich wirklich leer zu werden, dann kann alles in uns geschehen. Wir können alles haben, sobald wir gelernt haben, uns von unserem gewöhnlichen Selbst zu trennen und uns selbst sozusagen aus dem Weg zu gehen. Es gibt nichts Schwierigeres, als sich selbst leer zu machen. Wenn wir aber einmal gelernt haben, wie das geht, wird alles möglich.

Kapitel sechs

Das Gesetz der Drei

UM DIESE VERÄNDERUNG IN UNS ZU VOLLBRINGEN, MÜSSEN wir in wirklichem Sinn das Gesetz der Drei verstehen und erkennen, wie es beim Abstieg durch die verschiedenen Welten abgeändert und eingeschränkt wird. Die Leute, die dieses Gesetz nur intellektuell begreifen, kommen der Sache kaum näher als diejenigen, die gar nichts damit anfangen können. Es ist eine Sache, fähig zu sein, mit diesen Dingen in Worten umzugehen, und eine ganz andere, sie zu leben. Schon von Beginn an leiden wir alle unter einem enormen Nachteil: Die Arbeit unserer Zentren wird durch Polarisierung derart dominiert, dass alles, was wir betrachten, alles, was wir fühlen, denken und empfinden, nur in Form zweier Kräfte, und nicht als das Wirken dreier Kräfte erfahren wird. Für uns sind schon drei Kräfte eine höhere Dimension, was Gurdjieff als »Blindheit gegenüber der dritten Kraft« bezeichnete. Wir sehen alles nur im Rahmen von Zustimmung und Ablehnung, Ja und Nein, Mögen und Nicht-Mögen – das heißt in Gegensatzpaaren. Beim Bewegungszentrum ist das die Polarität von Aktion und Ruhe, Aktivität und Passivität. Entweder sind wir unruhig und auf der Suche nach etwas, was wir mit unseren Händen und Körpern tun können, oder wir sind das genaue Gegenteil, träge und unbeweglich, so dass uns schon der Gedanke an körperliche Arbeit ermüdet. Im Instinktzentrum stoßen wir auf den Dualismus von Schmerz und Freude, Gesundheit und Krankheit, instinktiver Anziehung und Ablehnung. Dieses Zentrum ist ständig damit beschäftigt, durch seine polare Sensitivität die inneren Prozesse im Gleichgewicht zu halten. Es reguliert zum Beispiel den Säurehaushalt des Blutes. Das emotionale Zentrum folgt der Polarität von Mögen und Nicht-Mögen. Es bewirkt, dass wir stets das Angenehme suchen und dem Unangenehmen aus dem Weg gehen. Bei emotional neutralen Erfahrungen arbeitet das emotionale Zentrum überhaupt nicht, da Neutralität keine unabhängige Kraft ist. Unser intellektuelles Zentrum kennt die Gegensatzpaare Ja und Nein, Zustimmung und Ablehnung, Akzeptieren und Zurückweisen, bekannt und unbekannt. Wir können beim Betrachten des einen Objekts sagen: »Dies ist ein Stuhl«, und beim

Betrachten eines anderen: »Dies ist kein Stuhl.« Diese Art, Dinge einzuteilen, basiert auf unserer gewöhnlichen mechanischen Logik.

Bei der gewöhnlichen Funktion unserer Zentren geschieht es selten, dass wir die Gegensätze gleichzeitig erfahren. Normalerweise wird unsere Erfahrung durch eine der zwei Kräfte beherrscht. Das führt, wie wir sehen werden, zu einem fundamentalen Missverständnis der Bedeutung von Bejahung und Verneinung. Denn im natürlichen Zustand des Menschen verfügt dieser, gerade durch die gleichzeitige Erfahrung der beiden Kräfte, über die Macht der Wahl. Nur, wenn er in der Lage ist, Freude und Schmerz, Vorlieben und Abneigungen, Ja und Nein zur gleichen Zeit zu erfahren, kann er erkennen, dass es eine Gesetzmäßigkeit ist, dass die Gegensätze einander aufheben. Obwohl es in der Natur der Sache liegt, dass sich Freude und Schmerz in diesem Leben die Waage halten, ist diese Erfahrung der »Persönlichkeit« in Welt 48 nicht zugänglich. Wenn sie aktiv ist, stellt Passivität für sie etwas Unwirkliches dar. Wenn sie träge ist, kann sie sich nicht vorstellen, was es bedeutet, energiegeladen zu sein. Fühlt sie sich gerade gut, dann existiert für sie kein Schmerz und umgekehrt. Wenn wir anfangen, diesen Zusammenhang zu erkennen, begreifen wir vielleicht, wieso wir so viele Dinge tun, die nicht wirklich unserem Wohlergehen dienen, sondern ihm sogar entgegengesetzt sind. Das einzig Wirkliche für die Persönlichkeit ist die Kraft, die sie im Augenblick erfährt. Ist diese angenehm, dann gibt es für sie nichts Unangenehmes: Das Leben ist rosarot. Befindet sie sich aber in einem negativen Zustand, dann ist das Leben einfach nur schrecklich. Es ist wichtig, die Absurdität von Welt 48 in aller Deutlichkeit zu sehen. Auch wenn wir viel über diese Fakten lesen, werden wir sehr überrascht sein, dieses für uns selbst zu entdecken.

In Welt 48 funktionieren wir wie Mechanismen. Wir suchen das Vergnügen, möchten mit Leuten zusammen sein, die wir mögen, fühlen uns von Ideen angezogen, mit denen wir übereinstimmen; diese Dinge halten wir für »gut«. Was uns Unbehagen bereitet – die Leute, die wir nicht mögen, die Ideen, mit denen wir gerade nicht übereinstimmen und so weiter –, halten wir für schlecht. Auch wenn diese Haltung einseitig und blind ist, leben wir in einer Welt, die aus »Ja-Dingen« und aus »Nein-Dingen« besteht, und wir nehmen an, dass sie voneinander getrennt sind und dass wir eines ohne das andere bekommen könnten. Wegen dieses Realitätsmangels beurteilen wir die »Nein-Dinge« notwendigerweise als schädlich oder sogar als böse, was ein Sehfehler ist. Wir können uns leicht eine Vorstellung von der kosmischen Rolle der bejahenden Kraft machen, und stellen uns in diesem Zusammenhang einen Schöpfergott oder eine kreative Macht vor. Doch wir verstehen die kosmische Rolle der verneinenden Kraft nicht, weil wir diese nur »negativ« wahrnehmen. Tatsächlich ist die verneinende Kraft der bejahenden an Größe und Bedeutung gleich.

In *Beelzebubs Erzählungen* wird gesagt, Seine Unendlichkeit, die Quelle,[26] habe die existierende Welt erschaffen müssen, um von diesem Ausgangspunkt Seinen Wohnort erhalten zu können. Es liegt in Seiner Macht, etwas zu erschaffen, was wirklich von Ihm unabhängig ist. Gurdjieff beschreibt weiter, wie vom Wohnort Seiner Unendlichkeit, der *heiligen Sonne Absolut,* aus Emanationen in den Raum des Universums ausstrahlen und an bestimmten Punkten wirksam werden, so dass dort Konzentrationen entstehen, die wir »Sonnen zweiten Grades« nennen – die Sterne. Die Sterne bilden die verneinende Quelle im Verhältnis zur *Sonne Absolut,* sie bilden das Aktionsfeld. Innerhalb des Schöpfungsprozesses, der von den Sternen ausgeht, ist es dann den Emanationen der *Sonne Absolut* möglich, die Rolle der versöhnenden Kraft einzunehmen und die Rückkehr zur »Quelle« einzuleiten. Die Schöpfung spielt also eine wichtige Rolle innerhalb des Ganzen, und wir sollten uns davor hüten, sie als negativ anzusehen.

In einer weiteren Beschreibung wird uns die Gleichheit von Schöpfung und Schöpfer vor Augen geführt. Gurdjieff spricht dort von den drei Kräften als von »Gott-Vater«, »Gott-Sohn« und »Gott-der-Heilige-Geist«. Dabei kann der Sohn nicht als negativ angesehen werden, denn irgendwie muss sich die kreative Kraft des Vaters die Möglichkeit zum Ausdruck und zur Selbstbejahung verschaffen. Aus diesem Grund wird der Sohn gezeugt. Durch seinen Eintritt in die Welt wird er zum Medium, durch das der Vater sich ausdrücken kann. Den christlichen Theologen war durch eine Art Intuition von jeher klar, dass der Sohn in keiner Weise weniger wert ist als der Vater. Seine Rolle im kosmischen Zusammenhang ist eine andere, aber sie ist von gleicher Wichtigkeit.

Ein oft verwendetes Beispiel für das Zusammenspiel von bejahender und verneinender Kraft ist das Verhältnis von Mann und

---

26. Im Sufismus wird diese *hahut* genannt. Das Sufi-Wort leitet sich von dem göttlichen Namen *huwa,* »Er«, ab. Gurdjieff hatte neue Begriffe geschaffen, da die alten durch leere Wiederholung sinnlos und steril geworden waren.

Frau. Es wird gesagt, der Mann stehe für die erste, die bejahende Kraft und die Frau für die zweite, verneinende oder rezeptive Kraft. Man hat aus dieser Vorstellung abgeleitet, dass der Frau eine unterlegene Rolle zukomme und dass sie im sozialen Bereich passiv zu bleiben habe. Das ist natürlich vollkommen abwegig: Mann und Frau sind einander gleichgestellt, die Geschlechter sind völlig gleichwertig. Der einzige Unterschied zwischen beiden liegt darin, dass sie im kosmischen Sinn verschiedene Rollen innehaben. Beide Rollen sind gleichermaßen notwendig für das Ziel der menschlichen Vervollkommnung. Sie müssen sich nicht im Medium sozialer Konvention manifestieren, denn sie sind von einer inneren, verborgenen Natur. Nur wenn sich Menschen als Gleiche begegnen, die einander voll und ganz annehmen, können sich die kosmischen Rollen erfüllen und Wirklichkeit werden.

Unsere eigene Blindheit gegenüber der Bedeutung der verneinenden Kraft sehen wir deutlich, wenn es darum geht, die kosmischen Rollen von Gott-Sohn und Satan, die vom Wesen her das Gleiche sind, einander gleichzustellen. Es fällt uns schrecklich schwer, uns Satan nicht negativ zu denken, da er der Widersacher ist und die exakte Personifizierung der verneinenden Kraft darstellt. Doch ohne Versuchung, ohne die Kraft des Widerstands, würde keine Transformation von Individuen möglich sein – genauso wenig das gesamte Weltgeschehen – und der Zweck der Schöpfung könnte nicht erfüllt werden. Diese Darstellung ist nicht einfach theologisch. Praktisch stoßen wir auf diese Wirklichkeit, wenn wir beginnen, ernsthaft an uns zu arbeiten, denn die unumgängliche Grundlage jeder Praxis ist das In-Gang-Setzen eines Widerstreits zwischen der bejahenden und der verneinenden Kraft in uns selbst. Die Befreiung ist erst dann möglich, wenn wir mit dem eigenen »verneinenden Prinzip« kämpfen. Ohne Verneinung wären wir nicht in der Lage, uns zu transformieren.

Wenn wir so leben, dass wir nur jeweils zu einer Kraft eine Beziehung haben, befinden wir uns in Welt 48. Wir sind erst in Welt 24 in der Lage, zwei Kräfte gleichzeitig zu erfahren, da dort »unsere Sensitivität freigesetzt« wird. Wir können dann, während wir einen Zustand erfahren, gleichzeitig sein Gegenteil verspüren, wenn wir einer Idee zustimmen und uns gleichzeitig auch in Distanz zu ihr befinden.

Bevor wir dazu fähig sind, haben wir kein rechtes Verständnis der zweiten Kraft – der Verneinung. Wir kommen auch innerhalb von Welt 48 manchmal in einen solchen Zustand, dass uns für einen Augenblick lang die nötige Sensitivität zur Verfügung steht, um die Gleichzeitigkeit der Pole zu erfahren. Wir müssen lernen, solche seltenen Gelegenheiten zu ergreifen und zu nutzen. Das Verständnis aller drei Kräfte gehört eigentlich zu Welt 12. Wir können jenseits von Bejahung und Verneinung auf etwas stoßen, was eine Quelle der Freiheit darstellt – die dritte Kraft, die uns wieder mit der Ganzheit verbindet.

Wir können eine Menge über das Wirken der drei Kräfte in uns lernen, wenn wir sie uns in der Erfahrung unserer Zentren vergegenwärtigen: Das Kopf-Gehirn entspricht der bejahenden, das Körper-Gehirn der verneinenden und das Gefühls-Gehirn der versöhnenden Kraft in uns. Immer, wenn wir uns bemühen, etwas zu verstehen oder unsere Arbeitsweise zu ändern, sollten wir alle drei Gehirne mit einbeziehen. Worum es uns letztlich geht, drückt ein Gebet aus, das Gurdjieff in *Beelzebubs Erzählungen* zitiert: »Quellen göttlicher Freuden, göttlicher Widerstände und göttlicher Leiden – leitet eure Aktionen auf uns herab!« Das Gebet richtet sich auf die Formierung der höheren Körper in uns. In unserem Ich befindet sich der Samen des spirituellen Körpers – die Quelle der Freude. Im Laufe der Transformation wird der physische Körper zur Quelle des Widerstands, weil das, was geschehen soll, für unser normales Selbst so »andersherum« ist, dass die verschanzte Existenzform, die wir mit unserem Körper eingenommen haben, notwendig zur verneinenden Kraft werden muss. Wenn wir auf diese Weise beten, können wir uns bewusst werden, dass wir pure Verneinung sind, und uns der Einsicht nähern, dass alle unsere Ideen über die bejahende Kraft auf den Erfahrungen unseres Eigenwillens und der Selbstbehauptung beruhen. Erst wenn wir vor einer verborgenen Verpflichtung uns selbst verneinen können, tritt Befreiung ein. Das nennt Gurdjieff »absichtliches Leiden«. Nur mittels eines solchen Leidens kann die unbegrenzte Bejahung mit der bedingten Existenz versöhnt werden. Was dieses Leiden bedeutet, kann nicht erklärt werden. Alles uns bekannte Leiden ist an Emotionen wie Unglück, Furcht, Anhaftung und Begehren gebunden. Ein Leiden, das mit Freude verbunden ist, würde uns absurd oder sogar pervers vorkommen.

Es ist keineswegs leichter, die kosmische Arbeit der drei Kräfte zu verstehen, als das Gebet. Wir können uns zwar eine Vorstellung von einer kosmischen Situation bilden, in der die drei Kräfte beispielhaft dargestellt werden, aber alles, was wir dadurch gewinnen, ist nur Material für das intellektuelle Gehirn. Wirkliches Verstehen würde erfordern, den Inhalt dieser Vorstellung zu erfühlen und von innen wahrzunehmen. Das ist sehr schwierig, denn wir müssten fähig sein, uns wirklich mit der Erfahrung zu konfrontieren und sie als das anzunehmen, was sie ist. Das heißt, wir müssen mit der Angewohnheit aufhören, über unsere Erfahrungen nachzudenken, denn dadurch vergeuden wir Erfahrungen, was uns davon abhält, dem Leben realistisch gegenüberzutreten. Wir müssen alles Nachdenken, Assoziieren und Kategorisieren ausschalten und nur »sehen«.

Die kosmische Situation, die wir im Folgenden besprechen, berührt jedes menschliche Wesen. Keiner würde ohne sie existieren, alle haben an ihr teil, bewusste wie unbewusste Menschen, der Heilige wie der Sünder. In dieser Situation liegt ein Schlüssel für unser Menschsein. Wir sprechen über die Vereinigung von Mann und Frau, über das Zeugen und Empfangen eines Kindes.

Vater – Mutter – Kind

Eine kosmische Situation zeichnet sich dadurch aus, dass in ihr die Gesetze der Schöpfung selbst – das heißt die sechs grundlegenden Gesetze aus Welt 6 – zum Ausdruck kommen. Unsere Erfahrung dessen, was sich zwischen Mann und Frau abspielt, ist auf die Welt der Sexualität reduziert, die nur von zwei Kräften bestimmt wird. Wir begreifen daher nicht, dass aus der Polarität der Geschlechter allein nichts entstehen kann, wenn nicht ein dritter, unabhängiger Faktor dazukommt. Mann und Frau brauchen etwas, an dem sie gemeinsam teilhaben können. Sie spüren vielleicht, dass zwischen ihnen etwas geschehen muss, damit sie einander helfen können, das zu sein, was sie wirklich sind. So können sie im Geschlechtsakt zueinander finden, sie können sich bei einem gemeinsamen Interesse oder Unternehmen gegenseitig ergänzen oder über eine Konflikts- oder Wettbewerbssituation zueinander in Beziehung treten. Was immer es auch sein mag – es fehlt ein unabhängiger Faktor, der von gleicher Kraft ist, um auf die Situation der zwei mit einzuwirken und dem Ganzen Stabilität zu verleihen.

Üblicherweise ist es zwischen Mann und Frau so, dass sie entweder voneinander angezogen oder abgestoßen sind, entweder stimmen sie miteinander überein oder nicht, einmal ergreift die eine die Initiative, dann wieder der andere. Es ändert sich aber etwas Grundlegendes, wenn beide ein Kind haben. Diese Aussage wird möglicherweise missverstanden, denn sie hat für die uns bekannte Welt, Welt 48, keine Gültigkeit. Dort nämlich wird das Kind als Eindringling gesehen, als etwas, das gegenseitige Abhängigkeit schafft. Aus der Sicht der höheren Welten kommt mit der Geburt eines Kindes ein unabhängiger Faktor ins Spiel, der die ganze Situation völlig verändert. Wir drücken dies auch in unserem normalen Sprachverhalten aus, wenn wir plötzlich von »Vater und Mutter« reden, und nicht mehr von »Mann und Frau«. Das Kind ist nicht nur ein Stück vom Vater und ein Stück von der Mutter, sondern hat etwas von beiden, und zwar in einer solchen Weise, dass es zum Mittel wird, die beiden in eine bestimmte Beziehung zueinander zu bringen. Das ist die leichteste Art, die dritte Kraft zu erklären: als Resultat des Zusammentreffens von bejahenden und verneinenden Impulsen. Wir werden sehen, dass in dieser Situation alle sechs Gesetze am Werke sind. Die erste Manifestation hat mit der mütterlichen Kraft zu tun. Dies ist in der Welt der Persönlichkeit nicht ohne weiteres ersichtlich, aber im Leben der Natur sehen wir die Frau als das initiierende Element, das den Mann zu sich hinzieht. Das Bedürfnis, Mutter zu sein, verleiht der Frau die Kraft, im Mann die väterliche Kraft zu wecken: Das Mütterliche erweckt das Väterliche, dadurch kommt es zu der Vereinigung, in der das Kind gezeugt und empfangen wird.

Übersetzen wir dies in unseren Symbolismus, dann ist die Mutter die Trägerin der zweiten Kraft, welche im Vater die aktive, erzeugende, erste Kraft weckt. Aus diesem Prozess geht der Träger der dritten Kraft hervor: das Kind. Das ergibt die folgende Triade:

2-1-3 – die Triade der Evolution: Nach diesem Muster findet jede Lebenserneuerung statt, nicht nur die des Menschen, sondern die aller Lebensformen, die sich geschlechtlich fortpflanzen. Wenn diese Anziehung nicht wirksam wäre, käme es niemals zu der Verbindung, durch die ein neues Wesen auf die Welt kommen kann. Das neue Wesen betritt die Welt mit einem neuen Potenzial: Es bringt neue Möglichkeiten der Entwicklung mit sich.

Eine Mutter sieht ihr Kind in Hinsicht darauf, was aus ihm werden kann – sie erkennt das Potenzial in ihm, die dritte Kraft. Wir können den Sachverhalt auch so ausdrücken, dass die Frau-Mutter auf den Mann-Vater einwirkt, um in ihm das Potenzial für ein neues Leben, die dritte Kraft freizusetzen. Oder wir sagen, dass die Frau die bejahende Kraft umwandelt, die sie herbeigerufen hat, damit das Kind entstehen kann. Alle diese verschiedenen Sichtweisen haben ihre Berechtigung.

Wenn wir das Geschehen in Hinblick auf den Geschlechtsakt selbst betrachten, spielt der Mann die initiierende Rolle. Er ist derjenige, der der Frau seinen Samen einpflanzt. Aus dieser Sicht stellt der Akt der Zeugung eine Übertragung des Lebens von Generation zu Generation dar. Der Mann erblickt in der Rezeptivität der Frau ein Mittel, die Zukunft neu zu erfüllen, sie weiterzugeben, zu erneuern und sie überhaupt zu öffnen – dies geschieht durch das Kind als Träger der dritten Kraft. Vom Standpunkt der Frau als Initiatorin bedeutet die Erschaffung eines neuen Lebens eine neue Möglichkeit für die Welt. Vom Standpunkt des Vaters als der initiierenden Kraft, geht es mehr um die Vermittlung der bereits bestehenden Möglichkeiten der Rasse; diese werden mit dem Samen des Vaters übertragen. Das Kind als Träger der dritten Kraft kann dann seinerseits die Rolle des Vermittlers übernehmen und zum Repräsentanten des Vaters werden; auf der sichtbaren Ebene und besonders in den westlichen Gesellschaften wird der Sohn zum Vertreter des Vaters. Er führt dann seinerseits die Linie durch die genetische Vererbung weiter, übernimmt häufig die Berufung des Vaters und vollendet dessen Werk. Beim Vater als Initiator haben wir es mit der Triade der Involution zu tun:

1-2-3 – die Triade der Involution: Wir können dies als Kette der Generationen oder Kette der Überlieferung verstehen. Die dritte Kraft stellt ein Mittel zur Erhaltung der Kontinuität der Welt dar. Ohne die dritte Kraft würde die Kette der Überlieferung unterbrochen. Ohne das Erscheinen des Kindes bliebe die Beziehung unfruchtbar.

Bis zu dieser Stelle haben wir das Kind nur in seiner Rolle als dritte Kraft, als ein Resultat des Zeugungsvorgangs angesehen. Das ist die leichteste Art, die Sache zu betrachten, weil dies die Art ist, wie die Dinge in der Zeit ablaufen. Die ersten beiden Triaden sind für jedermann ersichtlich. Weniger leicht zu erkennen ist, dass auch das Kind Macht hat und dass es der Urheber seiner eigenen Empfängnis ist. Was ist das, was Mann und Frau wirklich bewegt, zueinander zu kommen? Das ungeborene, unempfangene Kind –

ein Wesen, das einen Körper sucht – stellt die Kraft dar, welche in der Frau die mütterliche Initiative weckt. Diese Kraft kommt aus einer anderen Dimension. Innerhalb der gewöhnlichen Welt kennen wir nur Kräfte, die in die eine oder die andere Richtung ziehen und im Flächenland unserer gewöhnlichen Erfahrung bleiben. Wir können durch mechanische Berechnung die Summe aus diesen beiden Kräften ziehen. Aber auch auf den Bereich des Sichtbaren bezogen, ergibt sich aus dem Zusammenwirken zweier Kräfte oft etwas völlig Unerwartetes. Dies rührt aus unabhängigen Einflüssen aus Dimensionen her, die der Flächenland-Welt nicht angehören.

Es gibt eine schöne Erzählung von Robert Louis Stevenson mit dem Titel *The Poor Thing* (Das arme Ding). Darin beschreibt er die außergewöhnliche Geschichte eines ungeborenen Kindes. Er führt uns hier das außerordentliche Bild eines ungeborenen Kindes vor Augen, welches unnachgiebig auf die Frau einwirkt, bis diese trotz ihres Widerstandes und ihrer Ablehnung schließlich nicht anders kann, als alles zu unternehmen, um seine Empfängnis zu ermöglichen: Das Kind zieht den Mann zu ihr und ermöglicht dadurch, dass es zur Welt kommen kann. Vor seiner Empfängnis besitzt das Kind noch keinen Körper, es existiert noch nicht einmal in der Welt der Geister, im *alam-i-arvah*.[27] Es ist einfach der Wille zu sein, reiner Wille, reine dritte Kraft. Wenn wir das Geschehen unter dem Gesichtspunkt betrachten, dass das Kind auf die Frau einwirkt, damit diese den Mann anzieht, dann bekommen wir folgende Triade:

3-2-1 – die Triade der Freiheit: Für Menschen, deren höhere Zentren noch nicht erweckt sind, ist es gar nicht möglich, das Kind außerhalb von Raum und Zeit, in seinem ungestalteten Zustand zu sehen. Noch bevor wir existierten, wurde uns in diesem Bereich die Möglichkeit der Geburt gegeben. Es heißt in der islamischen Tradition, dass wir dieses Leben wählten, lange bevor wir empfangen wurden.[28] Wir sind unfähig, zu begreifen, was das heißt, weil wir nicht in der Lage sind, uns einen Willensakt jenseits

27. Wir haben uns einige Male auf das *alam-i arvah* als die Welt der Energien bezogen und meinen hier die nicht-kreativen Energien von Sensitivität und Bewusstsein.

28. Bennett verweist auch auf die Legende von Er, dem Sohn des Armenios. Dieser wird während eines Gefechts schwer verwundet und betritt das Reich der

der Existenz vorzustellen. Alle »Entscheidungen«, mit denen wir zu tun haben, sind nur Reaktionen auf bereits existierende Situationen. Das Kind befindet sich vor der Empfängnis nicht etwa in einer früheren Zeit, sondern in einer höheren Welt, wo freie Entscheidung eine Realität ist.

Dabei handelt es sich nicht nur um die Entscheidung, geboren zu werden, sondern auch um die Wahl, wo und durch welche Eltern und mit welchem Erbgut wir zur Welt kommen wollen. Das ist ein Entscheidungsakt, bei dem es um größere Einschränkungen geht, da er eine völlige Verpflichtung an die existierende Welt und ihre Bedingungen darstellt.

Wenn ein neues Leben in Erscheinung tritt, dann ist es durch ein bestimmtes Muster geprägt: Es hat eine Gestalt, eine bestimmte Form, was ihm unausweichliche Einschränkungen auferlegt. Dies wird am deutlichsten an der genetischen Struktur, die dem Kind das Erbgut zuteilt, wobei eine Hälfte vom Vater und die andere Hälfte von der Mutter stammt. In dem Moment, wo die Samenzelle des Vaters auf die Eizelle der Mutter trifft, steht das Muster des künftigen physischen Lebens fest. Es gibt wohl noch ein anderes Schicksalsmuster, das weder vom Vater noch von der Mutter stammt und das, wie man sagt, von den planetarischen Einflüssen zum Zeitpunkt der Geburt bestimmt wird. Diese beiden Erbschaften, die physische wie die »astrale«, werden im Augenblick der Empfängnis festgelegt. Sie stellen die Gesetze dar, die das neue Leben bestimmen. Die Mutter bildet den Fruchtboden für das vom Vater übertragene Muster. Das Festlegen des Musters bezeichnen wir als

3-1-2 – die Triade der Ordnung: Diese Triade bezeichnet die Kraft, zu genau diesem oder jenem Zeitpunkt, unter diesen oder jenen Einflüssen, von diesen oder jenen Eltern empfangen zu werden. Wir staunen manchmal darüber, dass sich innerhalb einer Familie die Geburtstage alle um wenige Tage herum gruppieren. Zwischen den Geburtstagen einzelner Familienmitglieder bestehen oft Querverbindungen. Diese gehen auf die Macht der Kinder

---

Geister, wo er sieht, wie sich die einzelnen Individuen ihr Leben aussuchen (Platon: *Der Staat,* Buch 10, 614 ff). Problematisch in Platons Beschreibungen, zumindest in den Übersetzungen, erscheint die Tatsache, dass er »Individuen« mit »Verstand« gleichsetzt. Es ist aber der Wille, der die Wahl trifft, sich entscheidet und verpflichtet (Anmerkung des Herausgebers).

zurück, die eigene Geburt unter von ihnen gewünschten Bedingungen stattfinden zu lassen.

Neben den genetisch übermittelten physischen Mustern und den »geistigen« Mustern des Schicksals gibt es noch eine höhere Ordnung, die wir »Bestimmung« nennen können. Die physische Vererbung hat mit Welt 48 zu tun, das Schicksal mit Welt 24 und die Bestimmung mit Welt 12. Die Bestimmung eines jeden Menschen ist einzigartig. Sie wird einem Kind mitgegeben, ganz unabhängig davon, was seine Eltern sind. Sie stammt nicht von den Eltern, sie stammt tatsächlich auch nicht von irgendwo »außerhalb« des Kindes. Wir können auch sagen: Sie stammt von Gott. Sie gibt an, was jeder Mensch in seinem Leben und durch sein Leben erfüllen muss. Daher rührt die Kraft, entsprechende Lebensbedingungen zu wählen. Aber auch die Bestimmung ist nicht von unbegrenzter Kraft. Manchmal kann es geschehen, dass das Muster der Bestimmung und die Lebensbedingungen nicht zusammenpassen. Die Empfängnis kann schiefgehen, es kommt zu körperlichen Schwierigkeiten oder zur Fehlgeburt, so dass die Bestimmung davon abgehalten wird, sich im Menschen zu verkörpern. Möglicherweise wird das Kind auch geboren, aber es stellt sich heraus, dass Lebensbedingungen und Schicksal es nicht zulassen, dass sich seine Bestimmung erfüllt. Es gibt auf der Welt immer nur sehr wenige Kinder mit einer hohen Bestimmung. Für sie werden spezielle Bedingungen bereitgestellt, damit Empfängnis und Geburt sicher verlaufen.

Jeder von uns ist dazu aufgerufen, in seinem Leben eine einzigartige Bestimmung zu erfüllen. Die Aufgabe besteht darin, nicht nur das Beste aus unserem physischen Erbe zu machen und mit unserem Schicksal zurechtzukommen, sondern auch darin, Frauen und Männer zu werden, die fähig sind, den Zweck zu erfüllen, für den sie ins Dasein kamen. Dazu ist es nötig, unter höhere Gesetze zu kommen. Es geht dabei nicht um das, was wir »zu tun« haben, was wir lernen und wissen können. Es geht um unser Dharma, um die »Richtigkeit« in unserem Leben.

Wirkt die dritte Kraft als Verbindungsglied zwischen Bejahung und Verneinung, dann erhalten wir die beiden letzten Formen der Triade. Betrachten wir zunächst den Fall, worin die Mutter die auslösende Kraft darstellt: Das Kind versetzt sie in die Lage, vom Vater zu verlangen, ihr ein Zuhause zu schaffen. Sie wird zur Haushälterin, zum stabilisierenden und vereinigenden Faktor, der das Haus zusammenhält. Das Kind gibt der Mutter das Recht, vom Vater zu fordern, dass er seine Rolle als Oberhaupt der Familie einnimmt. Es wäre besser zu sagen, dass es das Kind ist, was das Paar zur Familie macht, wodurch die Familie eine Identität gewinnt und die drei ein Ganzes bilden. Das ergibt

2-3-1 – die Triade der Identität: Wenn der Vater die initiierende Rolle einnimmt, sieht die Lage etwas anders aus. Durch das Kind werden die Rollen von Mann und Frau miteinander versöhnt. Die Arbeit des Vaters in der Welt wird zur Aufgabe, für die Familie zu sorgen. Er muss von seiner Freiheit etwas opfern. Gleichzeitig kann die Familie nicht völlig mit seiner Arbeit verbunden werden. Mit der Anwesenheit des Kindes verändert sich sein ganzes Handeln: Seine Kräfte und sein Potenzial erhalten einen neuen Zweck, und er verbindet sich auf neue Weise mit der Zukunft. Die Mutter stellt die Umgebung für die Familie bereit. Auch ihre Unabhängigkeit wird beschnitten. Das Kind verleiht Vater und Mutter ein Band gegenseitigen Akzeptierens, das in allen Interaktionen zwischen der bejahenden Kraft des Mannes und der verneinenden Kraft der Frau zum Ausdruck kommt. So erhalten wir

1-3-2 – die Triade der Interaktion: Wir sehen an dieser Stelle, dass die dritte Kraft, je nach ihrer Position innerhalb der Triade, in verschiedener Form erscheinen kann. Sie kann Resultat oder Initiator oder Band der Vereinigung sein. Die Bilder, die wir uns von den sechs Triaden gemacht haben, sind eingängig. Normalerweise ist es nicht möglich, diese Dinge direkt und intuitiv zu erfassen. Die direkte Wahrnehmung kann nur von einem höheren Teil unseres Selbsts ausgehen. Die Beschreibungen, die wir hier gegeben haben, sollen eher Hinweise sein. Sie sind keine Abstraktionen, über die man sprechen oder von denen man sich einbilden kann, dass man sie verstünde. In den Welten, in denen wir leben, weicht unsere Erfahrung von dem Beschriebenen ab, weil alle möglichen nicht dazugehörigen Dinge mit hineinkommen, die es uns schwer machen, diese Kräfte klar zu erkennen.

Wir können davon ausgehen, dass es sechs verschiedene Manifestationsweisen der dritten Kraft gibt und dass in allen das Gleiche enthalten ist: das Kind. Selbst wenn wir dies sehen, brauchen wir nicht tatsächlich auch zu verstehen, dass es wirklich so ist. Wir nehmen normalerweise an, dass wir wüssten, was es bedeutet, Vater, Mutter oder Kind zu sein. In Wirklichkeit wissen wir nur das Äußerliche. Innerhalb der Welt der Körper kennen wir nur Körper: männliche Körper, weibliche Körper und Körper von Kindern. Die kosmische Situation ist völlig unsichtbar.

Die Macht des Kindes ist etwas Geheimnisvolles. Noch vor dem Zeitpunkt der Empfängnis hat sie die Mutter wachgerufen, und auch nach der Empfängnis hört diese Macht nicht auf zu wirken: Sie hält an, während die Mutter das Kind austrägt und noch lange Zeit danach. Dies geht tiefer als die gewöhnlichen emotionalen Zustände – ein Band weit über das von Fleisch und Blut hinaus. Manchmal sehen wir Kinder, die ihren Eltern in keiner Weise ähnlich sehen, so dass wir uns erstaunt die Frage stellen: Wie ist es bloß möglich, dass es dennoch mit ihnen beiden Ähnlichkeit hat? Wir fassen nicht leicht, was es für ein Kind heißt, sowohl das Kind des Vaters als auch das Kind der Mutter, das heißt, beides zugleich zu sein.

In vielen alten Mythen geht es um die Vorstellung, dass wir in diese Welt hineingeraten sind aufgrund einer Tat, an die wir uns nicht mehr erinnern und zu der wir den Kontakt verloren haben.[29] Doch alles, was in den unteren Welten geschieht, ist das Resultat einer solchen vergessenen Tat. Das Gesetz der Drei wirkt überall und in allem, wir jedoch befinden uns im Land der Blinden.

Der Abstieg der Welten

Der »Ursprung« der Gesetze liegt in einer Welt jenseits von Zeit und Raum, sogar außerhalb der Existenz – in einer Welt, in der alles möglich ist. Für uns ist die Wirklichkeit dieser Welt erst dann erfahrbar, wenn wir so weit transformiert sind, dass wir die Leere in unserer Mitte durchschritten haben. Wir sprechen über Welt 3, in der die drei Grundkräfte noch unabhängig voneinander bestehen können, ohne sich zu Triaden oder Kombinationen zusammenzuschließen, da sie hier noch vollkommen frei sind. Dieser Zustand liegt jenseits dessen, was wir sehen können; wir können ihn nicht einmal dann erreichen, wenn alles in uns still geworden

---

29. Diese Idee wird in Doris Lessings *Anweisung für einen Abstieg zur Hölle* wunderbar beschrieben.

ist. Hier braucht die bejahende Kraft noch keinen Gegenpol, kein Aktionsfeld. Erst wenn sich die drei Kräfte aus dieser Welt lösen, um in Kombination miteinander zu treten, entstehen Formen, die für uns wahrnehmbar sind.

In Welt 6 schließlich findet die Bindung an die Existenz statt. Es gibt dort die sechs Gesetze: Involution, Evolution, Freiheit, Ordnung, Identität und Interaktion, aber wir finden hier noch keine separaten Existenzformen. Welt 6 ist die universale Welt, die Welt des universalen Willens,[30] und die Gesetze dieser Welt haben ihren Ursprung in Welt 3. Die universale Welt wird ihrerseits zur Quelle für die Gesetze der existierenden »niedrigeren« Welten, in denen die Existenzformen voneinander geschieden sind. Daraus folgt, dass die Impulse, die in den unteren Welten in Kombination miteinander treten, entweder aus Welt 3 stammen oder aus der in Welt 6 erfolgenden Bindung an die Existenz hervorgehen. Um zwischen diesen beiden Impulsen unterscheiden zu können, nennen wir die ersteren »essenziell« und die anderen »existenziell« und gebrauchen dabei diese Worte in einem anderen Sinn als in der Philosophie üblich. Wenn wir den Symbolismus der Zahlen 1, 2 und 3 gebrauchen, unterscheiden wir zwischen essenziellen und existenziellen Impulsen, indem wir letztere durch einen Stern kennzeichnen. Deshalb schreiben wir das völlig essenzielle Gesetz der Involution als 1-2-3, das entsprechende existenzielle Gesetz als 1*-2*-3*.

Wir treffen die vollständigen essenziellen Gesetze aus Welt 3 auch in den niedrigeren Welten an.[31] Die niederen Welten unterscheiden sich voneinander durch ihr Maß an Bedingtheit und die Zahl der Gesetze, denen sie zusätzlich unterstehen. Die niederen Welten sind derart voll von Gesetzen, dass wir schließlich auf Kausalität und Dinglichkeit reduziert werden, wo sich jegliches

---

30. In der Sufi-Terminologie: »der Universelle Geist«, *ruh-i kulli*.

31. Bennett beschreibt in einem Vortrag Welt 3 unter dem Aspekt der drei Gesetze: Involution (1-2-3), Evolution (2-1-3) und Freiheit (3-2-1). Darin liegt ein Widerspruch zu der Idee, dass Welt 3 die drei Kräfte unvermischt enthält. Wir können dies zum Anstoß nehmen, uns daran zu erinnern, dass die Triaden nicht bloß intellektuell zu verstehen sind. Sie können uns auch eine neue Perspektive in Bezug auf die sechs Gesetze eröffnen: Interaktion, Identität und Ordnung sind das Gegenstück zu Involution, Evolution und Freiheit. Bennett gehörte nicht zu den Menschen, die an einmal errichteten Systemen festhalten. Für ihn waren Systeme etwas, das man benutzen und fortwerfen kann, wenn sie beginnen, einem im Wege zu stehen (Anmerkung des Herausgebers).

Geschehen im Rahmen getrennter Existenz abspielt. Bei dem Abstieg auf der Stufenleiter der Welten gehen aus jeder Ebene neue existenzielle, unreine Impulse hervor, das heißt, mit jeder neuen Ebene nimmt auch der Grad an Bedingtheit zu.

Alle reinen Triaden aus Welt 6 werden an Welt 12 weitergegeben. Doch hier kommen noch sechs Gesetze hinzu, die sich aus der Bindung an die Existenz ergeben haben (vgl. Abbildung 6.1).

Die Gesetze von Welt 6 sind noch Teil des Schöpfungsplans, der Schöpfungsidee. Dieser Plan ist in Welt 12 noch gegenwärtig, auch wenn wir daneben jene Gesetze vorfinden, die sich aus dem manifestierten Plan ableiten. Die unbedingten essenziellen Impulse von Welt 3 machen die Schöpfung zu etwas, das mehr ist als nur ein einschränkender Mechanismus. Im Verlaufe der Stufenleiter gibt jede Ebene etwas von sich an die nächste weiter. Auch in Welt 96 ist der reine Schöpfungsplan noch anwesend, nur ist er unter einer Reihe von Beschränkungen ›verschüttet‹ und durch die negativen Kräfte der Täuschung unwirksam gemacht. Im Kapitel *Der heilige Planet Fegefeuer* in *Beelzebubs Erzählungen* spricht Gurdjieff ausführlich über die Kombination von Essenziellem und Existenziellem. Er geht davon aus, dass es eine primäre Schöpfung gibt, die ihren Anfang im Sonnensystem hat. Deshalb bezeichnet er die Sonne als *Deuterokosmos*, die zweite kreative Quelle. Betrachten wir die Sonne als Zweitschöpfer, dann lässt sich der Schöpfungsakt der Sonne als 1-2-3* darstellen, im Gegensatz zu der Kreativität der primären Quelle (1-2-3). Alles, was in der Sonne seinen Ursprung hat, muss von daher seinem Wesen nach schon begrenzt sein, weil es einer Schöpfungslinie angehört, die nur eine unter tausenden Millionen anderer Sonnen darstellt. Obwohl das kreative Potenzial der Sonne größer ist als alles, was wir uns vorzustellen vermögen, ist es im Vergleich zur letztendlichen Quelle äußerst begrenzt. Die Konditionierung kommt erst mit der resultierenden Kraft, mit Kraft 3*, ins Spiel; sie liegt nicht etwa in der initiierenden Kraft 1. Das kommt daher, weil die Kreativität der Sonne ihrem Wesen nach dieselbe ist wie die Kreativität der primären Sonne, der *Sonne Absolut* – sie ist lediglich in ihren Manifestationen begrenzt.

Wir können die solare Welt mit Welt 12 gleichsetzen. Die Hälfte der Gesetze stammt aus existenziellen Impulsen und hat mit der individualisierten Existenz zu tun. Es ist nützlich, sich an dieser Stelle den Satz ins Gedächtnis zu rufen, dass »der Wille dem

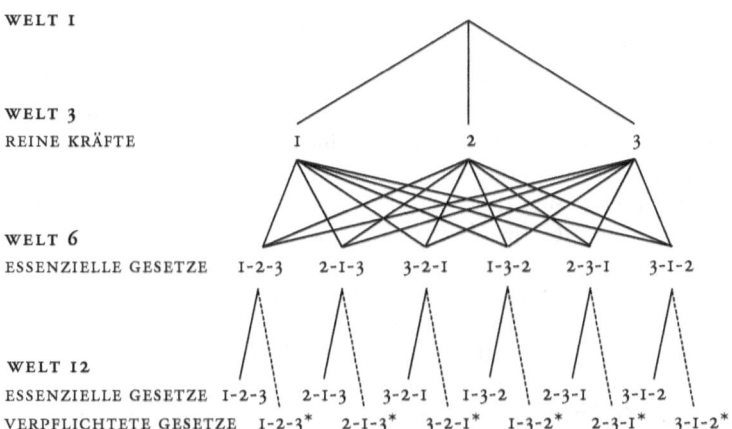

Abb. 6.1 – Wie die Gesetze der Welt 12 entstehen

WELT 1

WELT 3
REINE KRÄFTE

WELT 6
ESSENZIELLE GESETZE

WELT 12
ESSENZIELLE GESETZE
VERPFLICHTETE GESETZE

Wesen nach unbegrenzt, in seinen Auswirkungen aber begrenzt ist«.[32] Die Initiative selbst ist in Welt 12 keinerlei Bedingungen unterworfen, aber die Hälfte ihrer Resultate weist die Folgeerscheinungen der separaten Existenz auf. Diese Folgeerscheinungen sind nur von einem Gesichtspunkt aus eine Verarmung. Von einem anderen Blickpunkt aus sind es gerade die den Wesen und Ereignissen hier auferlegten Beschränkungen, die etwas möglich machen, was der Essenz allein trotz ihrer größeren Freiheit nicht möglich ist. Die Schöpfung wurde aus diesem Grunde geschaffen, damit sie von sich aus zur Quelle zurückkehrt. Ob dieser unabhängige Beitrag von einem bestimmten Individuum geleistet wird, ist nicht sichergestellt; dies unterliegt den gleichen Einschränkungen wie die gesamte existierende Welt.

Um sich vom »Abstieg der Welten« einen Überblick zu verschaffen, aus dem ersichtlich wird, auf welche Weise der Übergang zwischen den Welten stattfindet, greifen wir das Beispiel eines militärischen Befehls auf: An der Spitze steht der Oberbefehlshaber, der eine Vision davon hat, was die Armee erreichen kann. Die von ihm gefällten Entscheidungen mitsamt der da-

32. Schlüsselaussage aus *Die Lebensquelle* von Solomon Ibn Gabriol »Avicebron« (1021–1057), deutsch: Junghans-Verlag, Cuxhaven 1989.

hinter stehenden Autorität reichen durch sämtliche Ränge hindurch bis hin zum gemeinen Soldaten. Sie passieren auch die Stufenleiter der verschiedenen untergeordneten Offiziere, welche jedes Mal von sich etwas hinzufügen müssen, da nicht alle Einzelheiten von der Führungsspitze geliefert werden können. Das heißt: Jeder von ihnen interpretiert die oberste Entscheidung aufgrund der Begrenzungen seiner eigenen Befehlsgewalt. Daraus resultiert notwendigerweise ein Verlust an Einfachheit. Die Befehle erreichen die unterste Ebene nur bruchstückhaft – mit jeder Stufe auf dem Abwärtsweg innerhalb der Hierarchie wächst die Möglichkeit der Verwirrung.

Innerhalb unseres Symbolismus hieße das, dass die kreative Vision des Befehlshabers in ihrer Reinform – vor ihrer Überführung in die Aktion – als 1-2-3 erscheint, also noch gänzlich unkonditioniert ist. Sobald jedoch die Entscheidung getroffen ist, die dann als Befehl hinausgeht, nimmt die Triade die Form 1-2-3* an: Die Armee begibt sich dann in einen Handlungsablauf. In dieser Triade wird der zweite Platz von den Ratgebern des Befehlshabers eingenommen. Diese helfen ihm, seine Vorstellungen in operative Begriffe zu übersetzen. Der tatsächliche Befehl stellt die dritte Kraft 3* dar. Dieser geht mit seiner Weitergabe in den nächsten Befehlsbereich ein, dem dann wieder die Rolle der rezeptiven Kraft zukommt. Auf dieser Ebene nun kommt es zu einer Beschränkung der Vorstellung. Die Anwesenheit der reinen Triade des Befehlshabers lässt im zweiten Befehlshaber die Form 1-2*-3 entstehen: die Triade der »begrenzten Vision«. Wer sich auf dieser Ebene bewegt, ist der erste, der Befehle sowohl erhält als auch selbst gibt. Seine Befehle beruhen auf dem jeweiligen partiellen Verständnis der Sache. Und dennoch ist ihnen durch die Befehle, die er selbst erhält, Autorität und eigene Befehlsgewalt gegeben. Was von ihm ausgeht, nimmt die Form 1-2*-3* an. Die von ihm erteilten Anordnungen hängen ab von den Bedingungen, mit denen er vertraut ist. Es kommt im weiteren Fortgang zu einer Vervielfachung von Befehlen. Die Kommunikation zwischen den verschiedenen untergeordneten Befehlshabern ist niemals so perfekt, dass alles glatt geht. Es werden auch Fehler gemacht, und es bleiben Lücken, die niemand bemerkt. Vielleicht nehmen zwei Untergebene die gleiche Sache in Angriff und geraten sich dabei gegenseitig in die Quere. Vielleicht haben sie gegensätzliche Auffassungen vom richtigen Zeitplan. Die Aufgabe des Stabs ist es, die Verwirrung so gering wie möglich zu halten, das heißt, darauf zu achten, dass die zweite Kraft die übermittelten Befehle des Oberbefehlshabers richtig ausführt.

Wenn wir die tieferen Ebenen erreichen, treffen wir bedingtere Formen der Initiative an. Die ursprüngliche Vision ist wohl noch da, aber ihre Ausführung hängt vom Bewusstseinszustand der Soldaten ab. Der Kommandant der Einheit hat an der Vision des Oberbefehlshabers Anteil durch die eigene bejahende Kraft 1*-2-3. Diese Formen bedeuten, dass die höhere Vision die Begrenzungen der Erfahrung der Soldaten an der Front angenommen haben. Die Befehle des Offiziers haben dann die Form 1*-2-3* und 1*-2*-3*. Sie sind völlig auf die spezifischen Aktionen bezogen, doch die erste Form spricht noch etwas von der »unbegrenzten« Seite an, das »Herz« der Soldaten. So wie wir durch die verschiedenen Ebenen hinabsteigen, können wir sehen, wie der Befehl immer weitergehend vervielfältigt wird.

Abb. 6.2 – Die Vervielfältigung des Befehls durch die absteigenden Ebenen

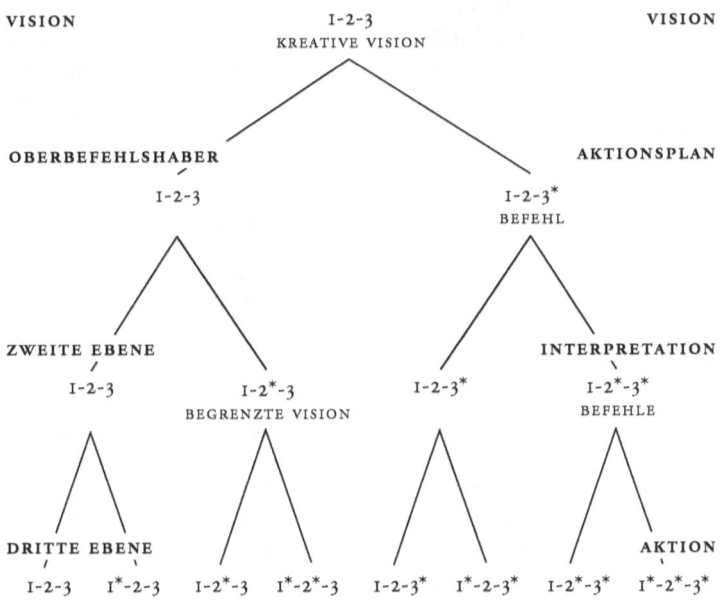

Es passiert nichts, bis der Oberbefehlshaber einen Befehl ausspricht; dann erst wird auf den anderen Ebenen alles in Gang gesetzt. Die ursprüngliche Vorstellung »involviert« die Befehlskette hinunter, bis sie die kämpfenden Soldaten erreicht, die dann unter einer ganzen Reihe von Befehlen handeln: nach dem allgemeinen Befehl des Oberbefehlshabers zusammen mit den besonderen Befehlen der untergeordneten Kommandeure auf den verschiedenen Ebenen bis hinunter zum Bataillon oder den Kommandanten der Kompanie, mit dem die Soldaten direkten Kontakt haben. Doch die ursprüngliche Vision finden wir auf der Stabsebene – in der Qualität des Befehls, der Autorität, die er in sich trägt, und dem Vertrauen, das er hervorruft. Wenn der Oberbefehlshaber ein Napoleon oder ein Dschingis Khan ist, reicht sein Name allein schon aus, jeden mit einem Glauben an den Sieg zu inspirieren. Aufgrund dieser umfassenden Bejahung, die in der verborgenen Vision des höchsten Kommandeurs liegt, fühlt der gewöhnliche Soldat sich in der Lage, die Befehle richtig auszuführen. Hierin liegt das Geheimnis der Befehlskraft, dass der Befehlshabende jeden zu inspirieren vermag, auch wenn der Leiter nur selten von den Soldaten gesehen wird. Die Aktion der reinen Triade 1-2-3 wird von allen anderen Triaden aus den verschiedenen Ebenen überdeckt: vom zweiten Befehlshaber durch die Notwendigkeit, den Gesamtplan zu interpretieren, und von den Unteroffizieren durch die Zufälligkeiten, die sich im Verlauf der Schlacht ergeben. Von je weiter unten die Befehle kommen, umso weniger reagieren die Soldaten aufgrund einer ›Mystik‹, sondern auf der Grundlage ihrer tatsächlichen Erfahrung vom Verdienst der Person, die den Befehl ausspricht. Die Vision des höchsten Befehlshabers ist häufig zu weit weg; die einzige Möglichkeit, an ihr teilzuhaben, liegt in der ›Magie‹ seines Namens. Wenn wir die Stufenleiter herabsteigen, zählt immer mehr, was der einzelne Soldat selbst mit eigenen Augen sieht. Er erwartet nicht, dass sein Kompanieleiter ein Napoleon ist, sondern gibt sich damit zufrieden zu wissen, dass er einfallsreich ist.

Natürlich besteht ein großer Unterschied zwischen der Hierarchie der Armee und der Hierarchie der Welten. In der Schöpfung findet – trotz eines fortwährenden involutiven Prozesses – auch ein entsprechender evolutiver Prozess von unten nach oben statt, und es wirken hier auch alle anderen grundlegenden Gesetze. Wenn wir das Gesetz der Evolution studieren wollten, hätten wir ein

Beispiel aus der Nahrungskette genommen, um es zu illustrieren. Doch wir haben ausreichend Material, um unser Bild dessen zu erweitern, was mit »essenziellen« und »existenziellen« Impulsen gemeint ist. Wir können sagen, dass die existenziellen, begrenzten Kräfte mit Tatsachen zu tun haben, mit dem, was wirklich vor sich geht, und die essenziellen, unbegrenzten Kräfte dagegen mit dem Muster dessen, was ›hinter den Kulissen‹ vor sich geht. Hier ist der gewöhnliche Gebrauch der Wörter sehr kantig. Es wäre angemessen, Wörter wie »Idee« oder »Ideal« für die essenziellen Triaden zu verwenden, doch sind diese Wörter durch ihre Verbindung mit »Verstand« und »Denken« unbrauchbar geworden.[33] So wie die Dinge liegen, haben wir keine Sprache zur Verfügung, um über Angelegenheiten des Willens so zu sprechen, dass wir ihn nicht zu einer menschlichen Funktion reduzieren. Wir gebrauchen das Wort »Muster« für die Kombination der unbegrenzten Impulse, die erst in den bedingten Welten, wie wir sie kennen, ihre Form erhalten. Im Beispiel des militärischen Befehls wird das reine Muster durch die kreative Vision des Oberbefehlshabers symbolisiert. Wir ordnen dies Welt 6 zu. In Welt 12 besteht eine Verpflichtung zur Aktion; es wird ein Befehl ausgesprochen, der das Muster auf eine unbestimmte Weise ausdrückt. Von nun an wirken beide zusammen: das Muster und seine Manifestation. Auf der nächsten Ebene müssen die Offiziere sehen, was für sie zu tun ist. Sie müssen nun den Befehl eigenständig auslegen. In unserem Symbolismus wird dies dadurch veranschaulicht, dass die mittlere Zahl Bedingungen unterworfen wird. Die Interpretationen werden mit den ursprünglichen Befehlen vermischt, und es gibt jetzt vier verschiedene Befehlsarten. All das gehört zu Welt 24. Auf der nächsten Ebene ist es Sache der Kommandeure, hinauszugehen und mit den Soldaten direkt zu sprechen. Ihre Art zu befehlen, ist eine existenzielle: den Soldaten zu sagen, was sie tun sollen. Das ist eine große Veränderung gegenüber der anfänglichen Vision, die eine kreative Schau der Möglichkeiten ist, und dem ersten Befehl, dessen Funktion es ist, diese Schau zu realisieren. Etwas zu sehen und sich – oder seine Armee – dieser Sache zu verpflichten, ist etwas ganz anderes, als diesen oder jenen konkreten Schritt zur Verwirklichung zu unter-

---

33. Man pflegte Platos »Ideen« so aufzufassen, und beinahe jeder hat sie als reine Gedankenformen missverstanden, als ob Plato so dumm gewesen wäre zu glauben, das rationale Bewusstsein sei die letztgültige Realität.

nehmen. Dies wird dadurch gekennzeichnet, dass wir die erste Zahl der Triade in der niedersten Welt, Welt 48, begrenzen, wo es nun acht verschiedene Formen der Anweisung gibt.

Die Muster des Kindes

Die kosmische Situation Vater-Mutter-Kind gehört in den Bereich von Welt 6. In der Welt, wie wir sie kennen, üben die Frauen jederzeit eine Anziehung auf die Männer aus, und nicht nur in dem Augenblick, wo eine Empfängnis stattfinden soll. Eine solche Vorstellung liegt außerhalb unseres sexuellen Erfahrungsbereichs. Wir erleben diesen als eine Welt zufälliger Interaktionen zwischen Männern und Frauen und können uns nicht vorstellen, dass es das unempfangene Kind sein soll, was die Frau veranlasst, den Mann anzuziehen, so dass es zur Empfängnis eines Kindes kommen kann. Welt 48 ist für den Menschen eine anormale Welt – in ihr steht alles, was wir sehen, »auf dem Kopf«. Unser sexuelles Leben ist völlig in Unordnung, aber je ungeordneter es ist, umso mehr glauben wir, frei zu sein. In *Beelzebubs Erzählungen* spricht Gurdjieff von der »bewussten Reproduktion von neuen Wesen außerhalb ihrer selbst, die ihnen gleichen«. In Welt 12, der Welt des wirklichen Menschen, des »Menschen ohne Anführungszeichen«, wird keine Bewegung auf das Kind zu gemacht, die nicht von diesem selbst ausgelöst würde. Darin liegt ein Akt der Freiheit. Die Freiheit beginnt weder beim Vater noch bei der Mutter, weder im Mann noch in der Frau. Mann und Frau können sich nicht von sich aus vereinigen. Freiheit liegt einzig und allein in der dritten Kraft.[34]

Innerhalb unseres Symbolsystems schreiben wir das Gesetz der Freiheit als 3-2-1. Hierbei regt das Kind die Frau an, Mutter zu sein, und die zukünftige Mutter regt den Mann an, Vater zu sein.[35] Wir gelangen auf diese Weise zur Triade der Evolution: 2-1-3. Das

---

34. Dies ist ein wichtiger Gesichtspunkt. Gewöhnlich verstehen wir Freiheit als eine Befreiung von äußerlichem Zwang. Hier stellt Freiheit jedoch die Kraft dar, etwas Neues in Gang zu bringen. Das menschliche Leben wird von der falschen Idee beherrscht, dass die Freiheit in der Bejahung ansetzt.

35. Entscheidend an diesem Schritt ist, dass dabei das Rezeptive gegen das Aktive gekehrt wird. In dieser Umkehrung liegt das Wunder der Evolution. Es ist richtig zu sagen, dass jede Arbeit in der Gnade ihren Ursprung hat.

scheint einfach zu sein. Wie kommt es aber dann, dass wir diese Sachen nicht wahrnehmen, dass wir die Situation so verwirrt sehen? Das rührt daher, dass wir wohl niemals in der Lage sein werden, die reine Form zu erfahren, einfach weil innerhalb unserer Erfahrung auch alle anderen Formen gleichzeitig enthalten sind. Sie sind ›miteinander vermischt‹, weil wir selbst ein »Mischmasch« sind und weil in unserer Welt nichts als »Mischmasch« entstehen kann. Wenn wir sagen, dass wir »in Welt 48 sind«, dann bedeutet das auch, dass wir selbst aus dem Stoff von Welt 48 gemacht sind und dass wir nicht in der Lage sind, irgendetwas tatsächlich als das zu sehen, was es ist – uns selbst eingeschlossen. Das heißt, wir leben nicht nur in einem »Zustand« der Verwirrung, sondern in einer Welt der Verwirrung, mehr noch, wir tragen selbst die Verwirrung in uns. Wenn wir die Praxis des »Geistberuhigens« ausüben, kann sich einiges von dieser Verwirrung beheben, aber wir sind auch in diesem beruhigten Zustand noch weit von der reinen und ›einfachen‹ Welt entfernt.

Wenn das Kind in die Existenz eintritt, geboren wird und heranwächst, gerät es in zunehmendem Maße in Welten größerer Bedingtheit. Wir können diese ganze Bewegung als eine Bewegung weg von der Quelle verstehen, welches den Zweck der Rückkehr in sich birgt – indem sie zu ihrer Quelle zurückkehrt, erfüllt die Schöpfung ihren Zweck. Die Bedingtheit der Existenz ist eine Realität, sie gehört mit zum Plan der Dinge. Und dennoch kommt durch sie ein Moment des Unberechenbaren, des Risikofaktors ins Spiel. Durch diesen Faktor ist es uns möglich, umgewandelt zu werden; denn es liegt eine größere Entwicklungsmöglichkeit vor uns als die Entwicklung, die das Samenkorn zur blühenden Pflanze vollzieht. Samenkorn und Pflanze gehören der gleichen Welt an. Wir jedoch müssen die Welt wechseln, in der wir leben.

Die Natur eines Kindes wird durch drei verschiedene Muster geprägt: das Muster der Bestimmung, das Muster des Schicksals und das Muster der Vererbung. Wenn diese in den Wirkungsbereich von Welt 48 eintreten, wo das Kind zur separaten Existenz wird, die mit anderen separaten Existenzen in Interaktion tritt und mit sich und ihnen nur äußerlich kommuniziert, dann wirkt sich das ganze Risiko einer Empfängnis in einem menschlichen Körper aus. Die drei eben genannten Muster gehen eine Beziehung zu eventuellen äußeren Ereignissen ein, wie zum Beispiel Umgebung und Erziehung.

Unter den »Mustern eines Kindes« verstehen wir die verschiedenen Formen, welche die Triade der Ordnung annimmt. In ihrer reinen Form schreiben wir sie 3-1-2. Darin stellt die dritte Kraft das Kind dar, die erste Kraft den Vater und die zweite Kraft die Mutter. Das Kind nimmt nun bestimmte Erbanlagen an, die durch die genetische Kombination des jeweiligen Vaters und der jeweiligen Mutter vorliegen, was wir mit der Formel 3-1*-2* bezeichnen können. Diese stellt das Kind in seiner unbedingten Natur dar, wie es eine Art selektiven Einflusses auf die Verkörperung ausübt, in die es demnächst eingehen wird. Das Geschehen auf dieser Ebene gehört zu Welt 24, der Welt der Essenz. Vielleicht wird hierdurch deutlicher, was wir unter dem Begriff »Essenz« verstehen. In Welt 24 ›gehört‹ das genetische Potenzial der Eltern dem Kind, ist seinem »wahren Wesen« innewohnend.

In Welt 48 sieht dies anders aus. Hier reagiert die vollständige existenzielle Triade 3*-1*-2*. Durch die Bedingtheit der ersten Zahl wird deutlich gemacht, dass das Kind von seinem Körper Besitz ergreift, um es selbst zu sein. Dieses Muster gilt auch für das Tier – die dritte Kraft ist hierbei einfach Teil der existierenden Welt. Das Kind ist auf dieser Ebene ein Organismus, der geboren wird, aufwächst und stirbt. 3*-1*-2* ist das Gesetz der selektiven Fortpflanzung, worin alles Interesse äußeren Merkmalen gilt, wie Stärke, Erscheinung und messbarer Intelligenz. Wenn diese Haltung in einem Kind herrscht, besteht die Gefahr, dass es den Kontakt zu seiner Essenz verliert.

Wir bezeichnen die planetarische Vererbung – das Schicksal – als 3-1*-2. Damit soll ausgedrückt werden, dass das Kind eine gewisse Macht hat, sich ein passendes Schicksal zu wählen, das heißt, selber Ort und Zeit der Empfängnis zu bestimmen. Die Wirklichkeit einer solchen Sache wie dem »richtigen Zeitpunkt« liegt außerhalb des Ursache-Wirkungs-Zusammenhangs: Es gibt viele Menschen, die spüren können, welche bestimmten Einflüsse bewirken, ob ein bestimmter Akt der sexuellen Vereinigung die Empfängnis hervorbringen wird oder nicht. Die 1* in der Mitte weist auf die Tatsache hin, dass der Akt der Befruchtung unwiderruflich ist, und dies nicht nur im physischen Sinne, sondern ebenso in Bezug auf die Fixierung der psychischen Merkmale. Traditionsgemäß wird die Übertragung des Charakters mehr dem Vater als der Mutter zugesprochen. Was zählt, ist, dass sich ein

Erfahrungsmuster aufgrund dessen bildet, was zur Zeit in Welt 24 – der planetarischen Welt – dominant ist.[36]

Ein menschliches Wesen, das sämtliche Eigenschaften des wirklichen Menschen besäße, wäre als solches nicht mehr zu erkennen. Für einen solchen Menschen hätten weder das eigene Selbst noch die Beziehung zu anderen irgendeine Bedeutung. Was wir eigentlich allen Menschen gegenüber verspüren, das Gefühl, dass sie »jemand« sind, beruht neben der körperlichen Existenz eben auch auf diesem speziellen Muster ihrer Natur. Dieses Muster, das wir auch »Charakter« nennen, ist eines der wichtigsten Werkzeuge für unser Leben und versetzt uns in die Lage, mit den Problemen des Lebens umgehen zu können. Was es nicht kann, ist, uns Klarheit darüber zu bringen, warum wir überhaupt leben. Wenn wir von diesem Muster beherrscht werden, ist es unmöglich, dass wir zur Ebene der Transformation gelangen.[37] Der Charakter ist das Material, mit dem wir arbeiten können – er ist kein Selbstzweck. Er gibt uns einen Ausgangspunkt in der natürlichen Welt des Menschen, in Welt 24. In Welt 48 nimmt der Charakter die Form der Triade 3*-1*-2 an, das Muster eines durch das Schicksal gebundenen Lebens. Wir sprechen oftmals davon, »Gefangene unseres Schicksals« zu sein, vergessen dabei aber, dass diese Existenz nur in etwas gefangen gehalten werden kann, das auch existiert.

Die Triade der Bestimmung schreiben wir 3-1-2*. Sie stellt nur insofern eine Begrenzung dar, als das Kind in die Existenz eintreten muss, um eine bestimmte Aufgabe zu erfüllen. Doch die Existenz, die uns von der eigenen essenziellen Wirklichkeit abschneidet, ist nicht als Selbstzweck gedacht. Es existiert eine höhere Form der Aktion, die von uns verlangt, dass wir die Transformation in einen lebendigen Körper akzeptieren. In unserer Welt jedoch, Welt 48, wird diese reduziert zu der Bestätigung, dass

36. Das umfasst den Charakter des Vaters (wenn er wirklich die dominierende Kraft ist), den Zustand der Eltern während der sexuellen Vereinigung und die Stellung der Planeten. Es ist möglich, Beeinträchtigungen zu überwinden, die aus einer schlechten Verfassung der Eltern im Augenblick der Empfängnis herrühren, aber recht schwierig. Es ist nicht so, als ob der Zustand der Eltern diese oder jene Resultate verursacht – aber er bewirkt, dass höhere oder niedrigere Einflüsse angezogen werden.

37. Charakter und Schicksal gehören zum Geteilten Selbst, Ort der Transformation ist das Wahre Selbst.

wir selbst einzigartig und unsere physische Existenz von besonderer Bedeutung seien. Wir verlieren den Zweck des Ganzen aus den Augen und vergessen, welchem Zweck wir selbst dienen. Wir verwechseln Existenzielles und Materielles mit dem Essenziellen und Spirituellen. Die Triade 3*-1-2* enthält unsere »Schicksalsblindheit«, welche bewirkt, dass unser Leben mit der Jagd nach Schatten angefüllt ist.

Im System der verschiedenen Welten entspricht das Muster der Bestimmung Welt 12, das Muster des Schicksals Welt 24 und das Muster der Vererbung Welt 48. Es gibt jedoch auch ein essenzielles genetisches Muster, das in Welt 24 gehört. Wir können nun Gurdjieffs Definition verstehen, dass die Essenz dasjenige ist, womit der Mensch zur Welt kommt. Nach seiner Geburt geht das Kind in eine Welt der getrennten Existenz ein, worin sich seine eigene Selbstheit entwickeln kann. Dies ist dann der Fall, wenn das faktisch Gegenwärtige das Essenzielle in ihm zu überwältigen vermag. Die Ergebnisse seiner Interaktion mit anderen und mit der Welt kristallisieren sich zu einer Schale oder Persönlichkeit, die ein Mittel darstellt, um mit der Welt der äußeren Dinge umzugehen, der Dinge, die wir nur indirekt kennen, die Welt der Körper. Die Persönlichkeit ist kein Wesen und besitzt nichts Eigenes. Sie kann jedoch die wirkliche innere Welt so usurpieren, dass sich die Essenz »nicht entwickeln« kann. Dann wird aus dem Kind ein Erwachsener, der in seiner Persönlichkeit lebt und das »Bewusstsein« dieser Persönlichkeit hat, aber kein wirkliches Bewusstsein besitzt.

Die Persönlichkeit existiert in Welt 48. Unter den Gesetzen von Welt 48 stehend, sind wir von unseren eigenen inneren Mustern getrennt. Alles ist eine Sache von Kraft, Schwungkraft und Trägheitsmoment – die Ereignisse dieser Welt bewirken in Bezug auf unser inneres Leben nichts.

Das Höchste in uns kommt aus Welt 6. Dieses liegt völlig jenseits der Grenzen der uns bekannten Welt, hat nichts mit Vater oder Mutter zu tun, ebenso wenig wie mit den Bedingungen, unter denen unsere Empfängnis stattfand und auch nicht mit der Kraft oder dem Einfluss, den das unempfangene Kind auf seine Verkörperung ausübt. Es kommt von Gott. Die unbedingte dritte Kraft ist göttlicher Natur. Das Kind bekommt von Gott einen Willen, ein Ich. Dies ist es, was den Menschen »nach dem Bilde Gottes erschafft«. Die letzte Triade ist 3-1-2. Unser Wille, unser eigenes Ich ist es, was uns befähigt, unseren Platz in der sich ausweitenden Harmonie einzunehmen und »eine Hilfe bei der Verwaltung der immer größer werdenden Welt« zu werden – weil wir imstande sind, frei zu sein.

Es ist eine großartige Sache, zur Wirklichkeit des Willens zu erwachen und somit ein bewusstes »Instrument« des Schöpfungszwecks zu werden. Das ist jeder Art von Funktionieren, wie wir es kennen, so unähnlich, dass selbst das Wort »bewusst« uns in die Irre führen muss. Wir befinden uns dann in dem Zustand, den Gurdjieff den Zustand des »Sklaven aller universaler Zwecke« nennt. Alles dient einzig und allein dem großen Zweck, ohne Ausnahme. Wir haben nur die Wahl, als ein Ding, ein Körper zu dienen, durch den bestimmte Energieformen transformiert werden können, oder dahin zu kommen, als ein Ich in Freiheit zu dienen. Wenn wir als ein Ding dienen und die materielle Welt für die eigentliche Realität halten, wenn das Ich noch nicht einmal eine Möglichkeit für uns darstellt, wird das Geschenk des Willens umgeformt zur Triade 3*-1-2. Wenn wir unter diesem Gesetz stehen, glauben wir, dass Freiheit etwas aus der äußeren Welt ist und dass wir »Freiheit haben« können. Aber selbst Gott kann dem Menschen nicht die Freiheit geben. Freiheit muss verwirklicht werden.

Die Absurdität von Welt 48 ist deshalb so schwer zu vermitteln, weil sie selbst das Medium darstellt, in dem wir leben und wodurch wir geformt werden. Sie lässt uns glauben, höhere Welten seien »Träume«, seien »weit weg«, »Imaginationen« oder »dasselbe wie dieses, nur besser« oder gar »absurd«. Sie bewirkt, dass wir gemäß einer Ordnung leben, die dieser Welt entstammt, und macht uns blind derjenigen Ordnung gegenüber, die uns aus den höheren Welten ruft. Die höhere Ordnung ist uns gegeben, aber wir sind nicht gezwungen, sie zu erfüllen. Wir haben die Wahl: auf eine Weise zu leben, in der die große Natur automatisch ihren Lohn fordert – oder aber unseren eigenen Weg durch das zu bezahlen, was Gurdjieff »bewusste Arbeit und absichtliches Leiden« nennt, auf dass wir frei werden und sogar »Gott helfen« können.

Praktisch beginnen wir die Arbeit, indem wir den Übergang von Welt 48 zu Welt 24 herstellen, um in die Welt hineinzugelangen, in der es möglich ist, wir selbst zu sein und frei zu sein von den Gesetzen, die uns von den Dingen unserer selbst abhängig sein lassen. Was in unserer Essenz liegt, wird durch die vier Gesetze repräsentiert:

3-1-2	Freier Wille
3-1-2*	Bestimmung
3-1*-2	Schicksal
3-1*-2*	Vererbung

In Welt 48 kommen zu diesen Gesetzen noch weitere Gesetze hinzu, welche durch den Apparat unserer Persönlichkeit in Gang gesetzt werden, durch die Gesetze der »Mensch-Maschine«. Diese zusätzlichen Gesetze werden uns von den Bedingungen auferlegt, die wir in der Welt um uns herum vorfinden – in diesem Sinne sind sie künstlich, etwas, was uns aufgepfropft wird. Diese Gesetze sind es, die uns im Lande der Blinden festhalten.

Kapitel sieben

Die Welt der Täuschung

ten, werden wir sehen, dass wir die größte Zeit in einer unwirklichen Welt und einem unwirklichen Zustand verbringen. Wir verschwenden viel Zeit und Energie mit Dingen, die wir in einem Jahr, einem Monat oder noch kürzerer Zeit vergessen haben werden, da sie keinerlei Bedeutung für unser Leben als Ganzes haben. Wir sprechen auf alles Mögliche an, was keinerlei Bedeutung für unsere Essenz hat, während die Dinge, die wirklich zählen, uns kalt lassen. Jeder von uns ist »nach dem Bilde Gottes« geschaffen, mit unendlich reichen Möglichkeiten ausgestattet – und wir werfen sie einfach weg. Wir halten an einem Bild unserer selbst fest, welches unsere Taten rechtfertigt, und weigern uns, die Nichtigkeit hinter dieser Fassade zu erkennen, die Vergeudung, die in unserem Leben herrscht. Obwohl wir oft mit Gewalt darauf gestoßen werden, wie wenig wir aus unserem Leben machen, so ist es doch selten, dass jemand das volle Ausmaß der Absurdität des menschlichen Lebens begreift. Wir sind so sehr daran gewöhnt, diese bedeutungslose, sinnlose Art von Leben zu führen, dass wir nicht erkennen, wie unnatürlich es ist. Gurdjieff bezeichnet dies als die »anormalen Bedingungen der Existenz gewöhnlicher Wesen – von diesen selbst geschaffen«.

In Welt 48 geht die Hälfte der Gesetze von bedingten Impulsen aus, die nicht auf das Ganze in uns oder auf das Ganze der Situation bezogen werden können. Wenn sie unsere Handlungen bestimmen, können wir sicher sein, dass wir keiner Sache dienen, sondern nur danach streben, den eigenen Gesichtspunkt zu verstärken, auch wenn es uns so erscheint, als täten wir etwas, das objektiv richtig ist. Die existenziellen Gesetze machen unser Handeln selbstbezogen, aber das, worauf wir dabei bezogen sind, hat nichts mit dem zu tun, was wir wirklich sind, sondern nur mit dem Apparat unserer Persönlichkeit, der durch den Impuls äußerer Gesetze stimuliert wird. Unsere Abhängigkeit von äußerer Unterstützung lässt in unserem Selbst den Egoismus entstehen: Jeder zufällig aufsteigende Impuls nennt sich »Ich«. Wir sehen dabei nicht, dass diese fragmentarischen »Ichs« fast gar nichts gemeinsam haben und dass sie nur im Bereich unserer Persönlichkeit auftauchen. All das steht uns im Weg. Wir können uns nicht auf unabhängige Weise auf das Ganze beziehen und haben nicht einmal einen Schimmer davon, was es heißt, »an sich selbst zu arbeiten«.

Und noch etwas Wichtigeres ist mit unserem Leben nicht in Ordnung: Wir zerstören Dinge, die wir zu erhalten wünschen, und werfen Dinge weg, die wir brauchen und von denen wir wissen, dass wir sie brauchen. In Welt 48 birgt unsere Abhängigkeit noch etwas Realität in sich. In Welt 96 jedoch, der Welt der Unwirklichkeit und der Täuschung, herrschen *negative Gesetze*, Gesetze der Zerstörung, Gesetze der Vergeudung und der Unwirklichkeit. In *Beelzebubs Erzählungen* beschreibt der »einfache Idiot« Mulla Nasruddin die Macht der Täuschung in folgenden Worten: »Was ist unmöglich in dieser Welt, in der es möglich ist, dass eine Fliege einen Elefanten verschluckt.« Wir pflegen Mücken zu Elefanten und Elefanten zu Mücken zu machen. Das hat nichts mit Moral zu tun: Wir sind nicht schlecht, verdorben oder übel. Es hat mit Wirklichkeit, beziehungsweise Unwirklichkeit zu tun. Wir werden durch unser fiktives Leben zerstört, nicht durch unsere Unfähigkeit, irgendeinen Moralkodex einzuhalten. Die großen traditionellen ethischen Grundsätze sind aus dem Grunde ins Leben der Menschen gebracht worden, um diese vor den Konsequenzen ihres unwirklichen Lebens zu schützen. Da wir aber nicht in der Lage sind, von diesen Codices etwas nach innen zu nehmen und mit unserem Herzen, unserem Geist und unseren körperlichen Impulsen auszuführen, können sie uns nicht als Mittel zur Befreiung von der Nichtigkeit unseres Lebens dienen.

Gurdjieff erklärt den Ursprung der Welt der Täuschung im Zusammenhang mit dem Organ *Kundabuffer*. Er versucht klarzustellen, dass wir für die Täuschung, in der wir uns befinden, nicht verantwortlich zu machen sind, dass diese keine Konsequenz unserer Taten ist, wie es uns die religiösen Ideen von der Erbsünde glauben machen wollen. Gurdjieff führt die Entstehung der ganzen Angelegenheit zurück auf einen Konflikt zwischen essenziellen und existenziellen Gesetzen. Beim ›Hineingehen‹ in die Existenz sind ›Fehler‹ unvermeidlich. An einem Punkt während der menschlichen Evolution wurde nach Gurdjieffs Auffassung ein kosmischer Fehler begangen. Wesentlich höhere Kräfte als der Mensch trafen die Entscheidung, dass es wegen der Erhaltung der allgemeinen Ordnung des Sonnensystems, die man damals durch äußere Intervention bedroht sah, notwendig sein würde, dass der Mensch die Energien nur automatisch und nicht bewusst transformieren solle. Man pflanzte dem Menschen das Organ *Kundabuffer* ein, das ihn davon abhalten sollte, seine wahre Natur zu erkennen. Später, als man keine Gefahr mehr sah, wurde das Organ wieder entfernt. Der Mensch gewann die Möglichkeit zurück, ein unabhängiges, verantwortliches Wesen zu sein. Unglücklicherweise war er zu dieser Zeit von den Folgen seines »gepufferten« Zustands bereits gefangen genommen. Von dem Zeitpunkt an wurden die Eigenschaften des Organs *Kundabuffer* von Generation zu Generation weitergegeben. Deshalb sind wir heute unfähig, der Realität ins Gesicht zu sehen. Für uns wird die Realität verkehrt herum reflektiert, so dass wir sie »auf den Kopf gestellt« wahrnehmen. Anstatt Freiheit anzustreben, sehnen wir uns nach Sklaverei. Durch die ganzen *Beelzebubs Erzählungen* zeigt Gurdjieff verschiedene Formen menschenunwürdigen Verhaltens auf, die er als Folgen der Eigenschaften des Organs *Kundabuffer* beschreibt und die alle darauf hinauslaufen, dass er sich nach etwas sehnt, was nicht wirklich ist.

In Welt 48 nimmt jedes der grundlegenden sechs Gesetze acht Formen an. In Welt 96 kommen 48 negative Gegenstücke hinzu. Die Auswirkungen der positiven und negativen Gesetze heben einander auf, was dazu führt, *dass überhaupt nichts geschieht.* Es braucht wohl nicht betont zu werden, dass wir uns in Welt 96 dessen nicht bewusst sind. Wir verfügen nicht über die Kapazität, mehr als eine Kraft zu einer Zeit zu erfahren. Wir sind unseren Freuden und Schmerzen als wirklichen Faktoren unterworfen, unfähig, dazu die Kompensation zu finden, durch die sie in Nichts aufgelöst würden. Auf Schmerz reagieren wir blind – wir fassen ihn als einen Zustand uneingeschränkter Negativität auf, da wir in diesem Zustand das kompensatorische Vergnügen vergessen haben, das irgendwo anders dem Ganzen innewohnt. Schmerz ist Schmerz, aber wir geben noch eine Extraportion Negativität hinzu, die zur Welt der Täuschung gehört. Die flüchtigsten Vergnügungen lassen uns in Phantasien des Wohlergehens schwelgen. Das ist nicht mehr die blinde Mechanik von Welt 48, hier herrscht eine »Perversion des Willens«, die selbst das zerstört, was wir an Früchten unseres Automatismus' gewonnen haben. Sobald positive Empfindungen in uns entstehen, schütten wir sie in den nächsten Ausguss.

Es ist tatsächlich sehr schwer, die Wirkungsweise der negativen Triaden zu *sehen*. Haben wir jedoch einmal einen Blick darauf geworfen, dann ist es nicht mehr möglich, das menschliche Leben auf gleiche Weise wie vorher zu betrachten. Viele werden sagen: »Gut, ich akzeptiere das, was da über die Mechanik unseres Daseins gesagt wird und über den Schlafzustand, in dem wir uns befinden. Ich verstehe, dass manchmal viel und manchmal weniger Bewusstsein vorhanden ist und dass manchmal nur so wenig da ist, dass wir nur noch eine Ansammlung von Instrumenten sind, die leer laufen, wo aber in Wirklichkeit keiner anwesend ist. Aber wie ist diese beinahe *absichtliche* Negativität nur möglich? Dass wir blind sein sollen, gut. Es ist jedoch nicht zu fassen, dass wir absichtlich bemüht sein sollen, uns von der Realität fernzuhalten.« Genau das aber tun wir – und wenn es noch so schwer zu begreifen ist. Es kann als ein Beweis unseres Zustandes der Täuschung angesehen werden, dass wir angesichts der Führung gesellschaftlicher Angelegenheiten, die eine überwältigende Leidenschaft für das Unwirkliche verrät, dennoch darin fortfahren, uns selbst als vernünftige Wesen zu begreifen. Deshalb müssen wir diese zusätzliche Ebene von Sinnlosigkeit näher betrachten, welche uns im Schlaf hält, aber schlimmer ist als Schlaf.

Das Gesetz der Involution 1-2-3 bezeichnet den Prozess der Schöpfung: Die bejahende Kraft beginnt, sich in einem Aktionsfeld zu betätigen und daraus entsteht etwas Drittes, Neues. Das negative Gegenstück dieses Gesetzes erweckt nur den Anschein, als würde etwas getan, in Wirklichkeit ist das nicht der Fall: Wenn wir einen Job oder eine Aufgabe auszuführen haben, sitzen wir herum und sprechen darüber, anstatt etwas zu tun, oder wir verbringen unsere Zeit mit Tagträumen über die Dinge, die wir gerne tun wollen. Wenn wir auf solche Weise unsere Zeit mit Sprechen und Tagträumen vertun, bleibt keine Zeit mehr für wirkliches Tun. Wir verbringen unsere Zeit damit anzunehmen, dass wir einer Tätigkeit nachgehen, und versäumen damit die Möglichkeiten, die uns tatsächlich offen stehen. Die wirkliche kreative Macht wirkt bereichernd auf unsere Existenz, indem sie sie den Möglichkeiten der höheren Welten gegenüber öffnet. Ihr negatives Gegenstück jedoch trägt dazu bei, die Existenz ärmer zu machen, indem es Möglichkeiten vergeudet, die bereits gegeben sind: Was getan werden müsste, wird nicht gesehen, und was getan wird, ist unpassend. Es ist nicht einmal selbstbezogen, sondern schlichtweg unwirklich. Wir täuschen etwas vor und sind ganz in dieser Vortäuschung befangen. »Kreative Tätigkeiten«, die kein essenzielles Ziel in sich tragen, müssen früher oder später zur Schauspielerei entarten, was fürchterliche Auswirkungen auf das Leben einzelner Individuen und noch weit darüber hinaus haben kann.

Unternehmungen, die eingegangen werden, ohne die Grenze der menschlichen Kräfte zu berücksichtigen, führen notwendigerweise dazu, die Übel, die sie eigentlich abschaffen wollten, fortzusetzen. Was getan werden muss, wird nicht getan, und was getan wird, geschieht unter falschem Namen. Aufgrund des Gesetzes der Dreiheit fügen sich die Dinge in konsequenter Unwirklichkeit zusammen. Wir vermeiden es, die wirkliche Aufgabe anzugehen, verbrauchen sinnlos unsere Energien und Rohstoffe und bringen Dinge hervor, die weit davon entfernt sind, irgendeinen Nutzen zu haben.

Einen Teil davon erfassen wir unter der Bezeichnung »Luftschlösser bauen« – ein Sprechen, Planen und Träumen, das zu nichts Konkretem führt. Wir können es auch *Einbildung* nennen, worunter eine mehr als uneffektive geistige Aktivität zu verstehen ist, bei der Möglichkeiten sinnlos verbraucht werden in dem Glauben, dass dabei etwas Nützliches geschehe. Wenn dabei etwas Greifbares hervorgeht, halten wir es – mag es noch so nutzlos und unangemessen sein – für genau das Richtige, bilden uns ein, dass es das ist, was es sein sollte, und sind völlig verblendet in Bezug auf das, was es wirklich ist. Diese Art der »nutzlosen Einbildung« ist zu unterscheiden von der kreativen Imagination, die erst dann in Erscheinung tritt, wenn wir fähig sind, uns höheren Gesetzen zu unterstellen, die uns den Weg zu neuen Möglichkeiten öffnen. Nutzlose Einbildung ist nicht bloß eine harmlose Ineffizienz des Geistes – sie ist *unwirklich und zerstört* Möglichkeiten, anstatt Möglichkeiten zu eröffnen.

Die Triade der Evolution 2-1-3 beinhaltet das Gesetz der Rückkehr zur Quelle. In ihrer Negativform stellt sie das Gesetz unseres Verschwindens in uns selbst dar, was soviel ist wie *Selbstliebe*. Das Gesetz der Evolution fordert, dass das Kleinere zugunsten des Größeren geopfert wird. Um uns zu entwickeln, müssen wir lernen, uns von den gewöhnlichen Selbsten zu trennen, uns selbst hinter uns zu lassen, um zu einem unabhängigen Wesen zu werden anstatt einer abhängigen Persönlichkeit. Negative Evolution besteht darin, uns selbst zu füttern, die Illusionen über uns selbst zu nähren und sie durch unseren eigenen Egoismus zu stärken. In einem Vortrag über Freiheit bemerkte Gurdjieff, dass wir, bevor wir lernen können, uns von den äußeren Einflüssen zu befreien – was er als »größere Freiheit« bezeichnete –, lernen müssen, freizuwerden von uns selbst, unserer Eitelkeit und unserer Selbstliebe. Solange wir diese in uns tragen, kann von außen nichts hereinkommen, weder Gutes noch Schlechtes. Auch wenn wir Anstrengungen unternehmen, werden diese innerhalb der negativen Welt nur unsere Illusionen nähren, so dass sich etwas Falsches in uns kristallisiert. Es ist dann so, dass alle Arbeit, die wir tun, schlecht wird. Wenn wir glauben, wir könnten uns entwickeln, um unsere Eigenliebe zu befriedigen, täuschen wir uns. Einem Beobachter, der außerhalb steht, würden wir vorkommen wie jemand, der etwas werden will, was er nicht ist und niemals sein kann. Indem wir die Form, aber nicht die Substanz der Arbeit an uns selbst übernehmen, betreiben wir »Essenz-Egoismus«, der vielleicht die heimtückischste aller negativen Triaden darstellt, denn hiermit werden oft Resultate erzielt, die auf den ersten Blick günstig zu sein scheinen, vom Standpunkt einer höheren Welt aus aber wertlos sind.

Eigenliebe bedeutet völlige Leugnung der Realität höherer Welten. Gurdjieff nannte die Freiheit von der Selbsttäuschung die »kleinere Freiheit«, die der »größeren Freiheit« vorangehen muss. Eigenliebe beinhaltet nicht, dass wir uns selbst zu sehr lieben, sondern dass wir uns von der Realität der höheren Welten abgewendet haben zugunsten einer eingebildeten Realität, die wir in unserem existierenden Selbst zu finden hoffen. Aber dort ist keine Realität, dort kann sie auch nicht gefunden werden.

Identität bedeutet ein Dasein gemäß dem eigenen essenziellen Muster: 2-3-1. Die negative Existenz wird dadurch bestimmt, dass sich ein Mensch von diesem Muster abtrennt, um etwas zu sein, was er nicht ist, um unwesentlich zu sein. Die Arbeit an uns selbst beginnt mit der Realisation unserer eigenen Nichtigkeit und der Realisation, dass wir in unserem jetzigen Zustand keinerlei Wirklichkeit haben und nicht das sind, was wir sein sollten. Solange wir die Möglichkeit der Transformation nicht erkennen, ergreift uns *Furcht,* sobald wir mit unserer Nichtigkeit konfrontiert werden. Wenn wir unsere Nichtigkeit im vollen Ausmaß erfahren, gelangen wir zur Transformation – wenn wir sie durch die Furcht vermeiden, leugnen wir unsere Sterblichkeit, den eigenen unausweichlichen Tod. Furcht sitzt an der Wurzel all unserer selbstzerstörerischen Aktivitäten: Wir verbergen unsere »essenzielle Nicht-Existenz« vor uns und bauen uns eine Maske, die eine Projektion unserer Ängste ist.

Wir nennen Freunde »Feinde« und suchen kurzfristige Vergnügungen auf Kosten lang dauernder Befriedigung. Wir klammern uns an unseren Schlaf, der uns Schutz zu bieten scheint. Das hat nichts mit der Funktion instinktiver Furcht zu tun, die eine wichtige Rolle für die körperliche Selbsterhaltung spielt. Tatsächlich ist diese Haltung nicht mit den übrigen Funktionen, Gedanken, Gefühlen oder Empfindungen vergleichbar. Wir können sie auch nicht als Zustand des Bewusstseins kennzeichnen – Furcht ist etwas, das im Willen begründet liegt. Unsere Furcht ist die Flucht vor der Tatsache, dass wir nicht sagen können: »Ich bin.«

In den höheren, den wirklichen Welten, dienen alle Formen der Interaktion, 1-3-2, dem universellen Austausch von Energien, durch den das Universum erhalten wird und seinen Zweck erfüllt. Alles ist mit allem anderen so verbunden, dass es zu irgendetwas dient. In der negativen Welt hingegen herrscht die *Verschwendung,* die vergeudete Interaktion. Wir unternehmen fortwährend unnötige Aktivitäten, Aktivitäten ohne essenziellen Zweck, die unsere Existenz nur weiter verarmen lassen. Wir begehen sogar etwas Schlimmeres als Nutzlosigkeit: Wir verringern die Anzahl unserer Möglichkeiten. In der wirklichen Welt trägt jede Situation ein essenzielles Muster in sich, das durch entsprechende Aktivitäten mehr oder weniger verwirklicht werden kann. Durch die sinnlosen Tätigkeiten von Welt 96 bringen wir es fertig, deren Verwirklichung zu verhindern. Das führt nicht nur individuell zur Katastrophe, sondern zieht Konsequenzen für die ganze Erde nach sich: Nicht nur, dass wir als Individuen unseren Reichtum »wegmasturbieren«, wie Gurdjieff es ausdrückt; die gleiche Verschwendung wurde zum inhärenten Gesetz im sozialen Verhalten ganzer Völker und äußert sich sowohl in sinnloser Luftverschmutzung als auch in der Zerstörung von Energiequellen und der Auslöschung anderer Spezies.

Wir müssen uns vor Augen führen, wie viel von dem, was wir tun, absurd ist – unnötig – und weder Zweck noch Nutzen hat, so dass gar nichts daraus hervorgehen kann, und wahrscheinlich wollen wir dies gar nicht. Wir sind nicht einmal durch unsere automatische Maschinerie oder durch irgendwelche äußeren Kräfte dazu gezwungen. Im Grunde ist dafür gar kein Platz in der Ordnung der Dinge. Es ist wirklich erstaunlich, wie viel von unserer Zeit dieser Verschwendung anheimfällt.

Die Umkehrung der Gesetze der Ordnung, 3-2-1, bedeutet nicht Unordnung, sondern Ordnung am falschen Platz: *Subjektivismus.* Die objektive Ordnung bietet ein Muster dessen, was möglich und was unmöglich ist. In den tieferen Welten tritt sie in Form der Existenzbedingungen, als »Raum« und »Zeit« in Erscheinung. Wenn wir von den negativen Triaden der Ordnung von Welt 96 beherrscht werden, nehmen wir unsere eigenen subjektiven, zufällig geformten Meinungen und Anschauungen als Kriterium von Wahrheit und Möglichkeit. Wir tun einfach so, als entsprächen die subjektiven Haltungen, die die Einwirkungen unserer Umgebung in uns geschaffen haben, der Realität, an der jegliche Erfahrung gemessen werden kann. Das ist absurd. Wir verleihen dem objektiv Unbedeutenden eine Wichtigkeit und setzen uns selbst ins Zentrum des Universums. Wir sind unfähig, an einem anderen als unserem eigenen Willen teilzuhaben und lassen uns auch von denen nicht aufrütteln, die gegenteiliger Auffassung sind, da diese aus unserer Sicht offensichtlich Unrecht haben.

Wir leben in einer verkehrten Welt. Das Gute eines Augenblicks machen wir zum ewigen Gut. Das Schlechte wird uns für alle Zeiten in Erinnerung bleiben. Dies ist so absolut unwirklich, dass wir nicht nur von unserem Wesen abgeschnitten sind, sondern vollkommen außerhalb der Berührung mit der Existenz sind. Wir tun so, als gäbe es in der Zeit keine andere Linie der Verwirklichung als diejenige, auf der wir gerade entlanggehen, und verwechseln diese mit der universalen Zeit. Wir leben in einer eingebildeten Zukunft, da wir nicht in der wirklichen Gegenwart leben können: Wir existieren nicht wirklich. Deshalb sind wir nicht fähig, die Begrenzungen unseres Lebens zu sehen, und unfähig zu erkennen, was in der Zukunft getan werden kann. Wir begreifen nicht, dass wir *sein* müssen, um im Hier und Jetzt zu leben.

Diese subjektive Blindheit wird vielleicht am deutlichsten in der Unfähigkeit des Menschen, die Unausweichlichkeit des eigenen Todes zu erfahren. Obgleich wir keine größere Gewissheit haben als unseren Tod und jeden Moment sterben können, hat diese Tatsache keinerlei Bedeutung für uns, da wir sie nicht wirklich verinnerlicht haben. Es kann sein, dass wir den Tod fürchten, aber wir sind außerstande, ihm ins Gesicht zu sehen. Der Tod gehört zu den bedeutendsten Tatsachen des menschlichen Lebens – das ist für jedermann offensichtlich. Und trotzdem schaffen wir es weiterzuleben, als gäbe es ihn nicht. Um ein Gefühl dafür zu entwickeln, sollten wir uns beim Zusammensein mit anderen Menschen daran erinnern, dass wir wie sie sterblich sind, dass unser aller Tod unausweichlich ist.

Der Punkt unserer größten Abweichung liegt in der Umkehrung des Gesetzes der Freiheit: 3-2-1 – *Identifikation*. Die Identifikation spielt eine wichtige Rolle in Gurdjieffs Psychologie. Sie taucht häufig in Ouspenskys Büchern auf, in *Auf der Suche nach dem Wunderbaren* und *Die Psychologie einer möglichen Evolution des Menschen*. Das war eine der ersten Ideen, von denen ich erfuhr, nachdem ich mit der Lehre in Berührung kam: dass die Identifikation eine falsche Freiheit ist, eine Illusion der Freiheit, bei der wir uns frei fühlen, das zu tun, was wir uns wünschen. Anstatt uns selbst in dem, was wir tun, zu *finden,* verlieren wir uns darin. Mag sein, dass das, was wir tun, frei ist, wir selbst befinden uns aber in der Sklaverei. Menschen können sich in dem, was sie tun, verlieren, auch wenn es nicht das ist, was sie möchten, sogar in etwas, in dem sie gar keine andere Wahl haben. Wenn wir uns im Zustand der Identifikation befinden, sehen wir alles, was uns bei unserem Tun dazwischenkommt, als eine Beeinträchtigung unserer Freiheit an. Wir können zum Beispiel in der Küche sein, um zu kochen, und sind dabei so aufgeregt, so identifiziert mit dem, was wir machen, dass wir uns gleich gestört und angegriffen fühlen, wenn jemand kommt und uns mitteilt, dass wir etwas falsch machen. Für uns besteht die Freiheit darin, etwas so zu machen, wie es uns gefällt. Tatsächlich aber haben wir in einem solchen Moment die uns gegebene Freiheit verschenkt. Denn wir hatten die Möglichkeit, frei zu sein, alles zu tun, und haben uns dazu entschieden, Sklaven zu sein.

Sobald wir uns mit etwas identifizieren, sind wir nicht länger wir selbst. Wir haben unser Wirklichkeitsempfinden an etwas abgegeben, was sich außerhalb unserer selbst befindet. Wir sehen sogar etwas besonders Wertvolles darin, sich zu identifizieren, und verherrlichen denjenigen, der ganz in seiner Arbeit aufgeht, und den, der große Geldsummen für das gerade Sensationelle, mit dem er sich identifiziert, ausgibt, sagen wir für ein Buch oder einen Film. Wir machen uns zu Sklaven jeder Sache, die wir tun, zu

Sklaven jedes Menschen, dem wir begegnen, und jeder Situation, in die wir uns hineinbegeben. Trotzdem beharren wir auf der absurden Idee, frei zu sein.

Wir können zum Beispiel viel mit uns selbst gekämpft und uns bemüht haben, einen negativen Zustand zurückzuhalten, während wir innerlich kochen. Mit einem Mal lassen wir dann plötzlich alles heraus und machen damit – objektiv gesehen – all das zunichte, was wir durch unsere Anstrengungen gesammelt haben. Dennoch haben wir subjektiv das Gefühl, gut daran getan zu haben, wir fühlen uns befreit und rechtfertigen unser Handeln, indem wir vorgeben, dass wir aufrichtig sein wollten. Wir haben uns von der negativen Triade regieren lassen und haben ein gutes Gefühl dabei und denken nicht daran, dass solche negativen Zustände vielleicht gar keinen Platz in jemandem haben, der zu Recht den Namen »Mensch« trägt.

Wir finden den Zustand der Identifikation auch in unserer Einstellung zum Besitz wieder. Wir besitzen alle irgendetwas, an dem wir hängen und dessen Verlust uns schlimmer erscheint, als uns selbst zu verlieren. Ich erinnere mich an eine Begebenheit, die vor langer Zeit stattfand, als ich an einer von Ouspenskys Gruppen teilnahm. Wir sprachen damals über die Schwierigkeiten, die wir mit der Selbsterinnerung hatten, und er sagte, um sich selbst zu erinnern, brauche man einen Erinnerungsfaktor. Um einen solchen zu gewinnen, fuhr er fort, müssten wir etwas von uns selbst aufopfern, etwas Wertvolles weggeben. Eine Frau berichtete, sie sei der Verzweiflung nahe. Seit Monaten versuche sie, etwas zu tun, und sei unfähig, überhaupt etwas zu tun. Seine Antwort war, sie solle in ihrem Haus umhergehen und etwas suchen, das ihr viel bedeutet, und das solle sie weggeben, opfern. Sie war einen Moment lang verwirrt, dann meinte sie, dass, um die Wahrheit zu sagen, sie zu Hause ein sehr schönes altes Tee-Service besitze, das sie komplett von ihrer Mutter geerbt habe und woran sie sehr hänge. Er antwortete ihr: »Zerbrechen Sie eine Ihrer Dresdener Porzellantassen und Sie werden in den Zustand der Selbsterinnerung kommen.« Sie befand sich die ganze nächste Woche in einem hysterischen Zustand und meinte am Schluss: »Ich habe mich so gequält mit dem, was Sie über mein Dresdener Porzellan gesagt haben. Ich könnte keine dieser Dresdener Tassen zerbrechen, selbst wenn das Heil meiner Seele davon abhinge.« Seine Antwort war einfach: »Sehen Sie jetzt, was man unter *Identifikation* versteht?«

Unsere persönlichen Beziehungen sind verdorben dadurch, dass wir uns mit Menschen und mit dem, was sie eventuell über uns denken oder fühlen, identifizieren. Jemand vollzieht die kleinste Geste, und schon ist unsere innere Welt angefüllt mit allen möglichen emotionalen Reaktionen. Alles wird bis zu einem absurden Ausmaß übertrieben: Ein Wort der Kritik, und schon nehmen wir an, dass wir gehasste Außenseiter seien. Ein Nicken, und schon halten wir uns selbst für äußerst bedeutsam und anerkannt. Bei all dem ist niemand da, der uns identifiziert hätte. Wir selbst machen das. Wenn uns etwas aus diesem Zustand der Identifikation herausreißt, kann es sehr unangenehm sein zu erkennen, in welchem Ausmaß wir uns verloren gegangen waren. Diese Wahrheit anzuerkennen, ist etwas, das wir kaum zu ertragen vermögen.

Wenn wir identifiziert sind, ist unsere Sicht der Welt sehr eingeengt. Der gegenwärtige Moment schrumpft zu einem Punkt zusammen. Wenn wir völlig identifiziert sind, uns ganz und gar in etwas verloren haben, glauben wir, wir wären frei und nähmen die Welt so wahr, wie sie wirklich ist. Kommen wir mit diesen Ideen zum ersten Mal in Berührung, dann wird es uns beinahe unmöglich sein zu akzeptieren, dass *wir* jemals identifiziert sein könnten, andere vielleicht, ja, aber doch nicht wir. Haben wir das aber einmal in uns selbst entdeckt und seine bittere Realität geschmeckt, dann ist es uns nicht länger möglich, uns selbst so zu sehen, wie wir es vorher taten. Wir können dann nicht weiter »in Frieden schlafen«, wie Gurdjieff es ausdrückt. Deshalb ist es notwendig, dass wir Selbstbeobachtung betreiben in dem festen Entschluss, an keiner Barriere haltzumachen, nicht zurückzuweichen vor dem, was wir herausfinden, und nicht davonzulaufen vor den Konsequenzen, die das Gesehene unausweichlich mit sich bringt.

Als ich in einer von Ouspenskys Gruppen mitarbeitete, trafen wir uns nur einmal die Woche, aber wir verbrachten Monate, sogar Jahre mit dem Versuch zu verstehen,[1] wie diese negativen Gesetze in uns arbeiten und wie wir sie, nachdem wir ihre Wirkungsweise erkannt haben, aufheben können, um uns selbst unter den Einfluss höherer Gesetze zu bringen. In Wirklichkeit gibt es keine zwei verschiedenen Wege zum *Werk:* einen, der sich mit den negativen Gesetzen, und einen anderen, der sich mit den höheren, den essenziellen Gesetzen beschäftigt. Jedes Mal, wenn wir uns durch den Kampf mit den negativen Zuständen an einen Punkt bringen, wo wir fähig sind, uns von uns selbst zu trennen, um uns selbst unvor-

eingenommen zu beobachten, gelangen wir zu einem Verständnis
dessen, wie die niederen Gesetze in uns wirken – gleichzeitig schaffen wir einen Platz in uns, der von ihren Einflüssen frei ist und der
unter anderen Gesetzen steht. Jedes Mal, wenn wir uns den höheren Gesetzen, den essenziellen Gesetzen, durch ein theoretisches
Studium annähern, das nicht wirklich auf der Arbeit an uns selbst
beruht, werden wir, was unsere subjektive Empfindung auch sein
mag, nicht die Aktion der höheren Gesetze, sondern lediglich die
Aktion unserer Einbildungskraft erfahren. Gurdjieff hat mehrmals
betont, dass seine Lehre aus einer bewussten Quelle stammt. Um
sie zu verstehen, müssen wir fähig werden, uns ihr bewusst anzunähern, und zwar *durch* die Maschine unseres gewöhnlichen
Selbsts hindurch, nicht *von* dieser Maschine aus. Das ganze Thema
der negativen Gesetze ist von großer Bedeutung für ein Verständnis der menschlichen Psychologie im Allgemeinen und von
besonderer Bedeutung für ein Verständnis der Psychologie unserer
möglichen Entwicklung – vorausgesetzt, wir nähern uns ihm in der
richtigen Weise, das heißt, praktisch gesehen in den Begriffen unserer eigenen Negativität und unserer eigenen mechanischen
Natur. Obwohl wir selbst das einzige Objekt dieser Untersuchung
darstellen, können wir diese Sache nicht alleine bewältigen.

❧

Kapitel acht

Oben und unten

des Menschen haben keinerlei Nutzen für uns. Wir erkennen nicht, dass sie über verschiedene Daseinsweisen sprechen, über verschiedene Welten und verschiedene Funktionsweisen. Es ist uns beinahe ganz unmöglich zu sehen, dass Wörter wie »Gewahrsein«, »Körper«, »Aktion« und »Selbst« in den verschiedenen Welten auch verschiedene Bedeutungen annehmen, die einander sogar widersprechen können. Wir haben die Tendenz, uns ein Zwei-Welten-Bild auszumalen: diese Welt und die nächste, Himmel und Erde, spirituelle und materielle Welt und so weiter. Dabei gehen wir davon aus, dass dieses Leben in der einen und das nächste Leben in einer anderen Welt stattfindet oder dass unsere Körper auf der Erde, unsere Seelen jedoch im Himmel sein können. Hieraus ergibt sich die Absurdität, dass wir die Dinge, über die wir nichts wissen, wie »Seele«, einer anderen Welt zuschieben und darüber so sprechen, als sei das etwas, was wir kennen könnten.

Die Teilung der Realität in zwei Welten vermischt Dinge miteinander, die in Wirklichkeit verschiedenen Ebenen zugehören. Man fasst zum Beispiel den menschlichen Verstand als etwas Spirituelles auf, auch wenn er in seiner normalen Wirkungsweise einer Funktion des planetarischen Körpers entspricht. Wir treiben Missbrauch mit so bedeutenden Wörtern wie »Unsterblichkeit« und »Himmel«, indem wir sie verwenden, ohne uns im Geringsten darum zu kümmern, ob wir tatsächlich wissen, wovon wir reden. Wir gebrauchen diese Wörter, ohne überhaupt eine Methode zu kennen, mit der wir herausfinden könnten, was sie bedeuten. Gewöhnlicherweise nehmen wir an, dass, wenn wir ein geistiges Bild mit einem Wort assoziieren, wir zugleich »verstehen«, was es bedeutet, obwohl dieses Bild aller Wahrscheinlichkeit nach zufällig aufgegriffen wurde und wir überhaupt keine Ahnung haben, wie wir dazu kamen. Ohne praktisches Mittel zur Verifizierung sind unsere Gedanken und Vorstellungen über die »höheren Dinge« mehr als nutzlos. Gurdjieff nennt ein solches Tun, das objektiv schädlich ist, *klügeln*. Es ist eine Tragödie, dass »klügeln« von einer großen Anzahl Menschen für ein Zeichen hoher Intelligenz gehalten wird.

Ob wir an höhere Welten »glauben« oder nicht – solange uns wirkliches Verstehen fehlt, ändert sich unsere Situation nicht. Wirkliches Verstehen kann nur auf Selbstexperimenten und Selbstbeobachtung beruhen, so dass wir zumindest wissen, was mit »Täuschung«, »Maschinenhaftigkeit« und dem »natürlichen Zustand« gemeint ist. Bevor wir eine Ahnung davon haben, was es bedeutet, dass wir an verschiedenen Welten teilhaben, bleibt alles Reden über die tatsächlich höheren Welten eine Angelegenheit subjektiver Meinung. Wir machen uns kaum klar, wie verbreitet die Krankheit ist, Wörter ungeachtet dessen zu verwenden, was sie bedeuten. Darin liegt eins der größten Hindernisse für unsere Entwicklung. Der Buddha betont in seinen Reden immer wieder, dass es sinnlos sei, darüber zu sprechen, ob eine Seele existiert oder nicht, ob der Vollendete nach seinem Tod weiterexistiert oder vielleicht gleichzeitig existiert und nicht existiert. Kurze Zeit nach Buddhas Erscheinen wurde eine Terminologie der »Welten« entwickelt, die es ermöglichte, in einer präziseren und verlässlicheren Form über diese Dinge zu sprechen. Auch das ist nutzlos, solange wir nicht gelernt haben, die Idee der Welten anhand der eigenen Erfahrung zu verifizieren. Wenn wir das Schema der sieben Welten dafür verwenden, Konzepte klarzumachen, landen wir dennoch in einer Sackgasse. Wir werden uns immer noch in Widersprüche und Verwirrung verfangen, bis wir fähig sind, Unterscheidungen auf der Basis der eigenen Erfahrung zu treffen.

Wir alle leben in verschiedenen Welten. Auch wenn wir die meiste Zeit in Welt 48, der Welt des Schlafes, zubringen, gibt es doch für jeden Zeiten, in denen er in Kontakt mit Welt 24 und in direktem Kontakt mit einer Sache ist. Wenn es uns gelingt, die praktische Bedeutung der Welten zu erfassen, werden wir gewisse Anzeichen kennen lernen, die darauf hindeuten, wie wir uns von den Gesetzen von Welt 48 entfernen und denen von Welt 24 annähern. Wir werden auch die typischen Schritte verstehen, die uns noch unter den Bereich der Persönlichkeit, in die Welt der Täuschung, Welt 96, bringen, und können einiges darüber lernen, wie diese Welt beschaffen ist. Das Verständnis der höheren Welten resultiert nicht allein aus der Selbstbeobachtung, sondern auch aus dem Kampf mit den Unmöglichkeiten unseres Lebens unter der Anleitung derjenigen, die uns vorangegangen sind.

Wir können uns der Idee der verschiedenen Welten auf drei verschiedene Arten annähern: erstens durch das Studium der Ebenen, Kräfte und Körper des Menschen, das heißt über ein »psychologisches System«;[38] zweitens über den kosmologischen Ansatz, der in Ouspenskys Schriften etwas anders behandelt wird als in *Beelzebubs Erzählungen*. Die kosmologische Darstellung zeigt die einzelnen Welten in ihrer Entsprechung zu verschiedenen Ebenen der kosmischen Ordnung: Die Sonne entspricht zum Beispiel Welt 12, die Planeten Welt 24 und die Erde Welt 48. Der dritte Ansatz ist am leichtesten zugänglich.[39] Dieser setzt die verschiedenen Welten in Beziehung zu den verschiedenen Zuständen oder Qualitäten von Erfahrung. Das ist der Weg, auf dem man das, was gelehrt wurde, praktisch nachvollziehen kann.[40] Tatsächlich geht es bei all diesen Ansätzen um die gleiche Sache, wenn es auch zunächst schwer ist, mit den kosmologischen Ideen etwas anzufangen. Wir sind jedoch nach dem Bild des großen Megalokosmos geschaffen. Wenn wir uns selbst verstehen, verstehen wir das Universum. In unserem jetzigen Zustand können wir weder die Welt noch uns selbst verstehen.

Die Stufen des Menschen

Die ersten drei Stufen des Menschen nach Gurdjieffs System – Mensch Nr. 1, 2 und 3 – entsprechen dem, was wir von uns selbst und den Menschen unserer Umgebung kennen. Wir neigen dazu, unser Leben vom Wirken nur eines Zentrums bestimmen zu lassen, so dass alle unsere Tätigkeiten und Wahrnehmungen etwas Einseitiges und Unvollständiges an sich haben. Wir sind nicht

38. John G. Bennetts früheres Buch *Eine Spirituelle Psychologie* (Chalice Verlag, Zürich 2007) ist wohl das beste, das er in dieser Richtung veröffentlichte.

39. Siehe: *Das Leben leben* von Lizelle Reymond, Norderstedt 2006. Sri Anirvan diskutiert die Samkhya-Philosophie mit diesen Begriffen und setzt sie in Beziehung zu Gurdjieffs Methoden.

40. Siehe das Zitat von Bahauddin Naqshband im Vorwort, Seite 18. Im Sufismus finden wir den Ausdruck *dhawq* oder »Geschmack«, der diese Methode der Annäherung beschreibt. Den Geschmack der verschiedenen Welten erhalten wir durch unsere höheren Zentren oder durch die »Engel«. John G. Bennett war Meister darin, *dhawq* in den Menschen zu kultivieren und sie zu befähigen, ihn rein zu halten.

fähig, uns ein richtiges Bild von uns selbst und der Welt zu machen. Den größten Teil unseres Lebens verbringen wir in Welt 48, unter 48 Gesetzen. Mensch Nr. 4 hingegen ist fähig, die Balance zwischen den drei Zentren zu halten, was ihm ermöglicht, in Welt 24 zu leben. Er hat etwas in sich geschaffen, das den abhängigen Gesetzen von Welt 48 nicht mehr untersteht. Von ihm können wir sagen, dass er der »Mensch des Weges« ist, der Mensch, der auf *praktische* Art sucht. Er ist in der Lage, das äußere Leben in Welt 48 ins Gleichgewicht zu bringen mit dem inneren Leben, das den Gesetzen von Welt 24 untersteht. Er hat die »innere Arbeit« zum führenden Prinzip seines Lebens gemacht und dadurch in sich ein »Zentrum der Schwerkraft« geschaffen, welches mit Welt 24 korrespondiert. Doch obwohl er die natürliche Welt des Menschen betreten hat, ist damit nichts gewonnen, was nicht wieder verloren gehen könnte. Erst wenn sich in ihm der zweite Körper, der *Kesdjan*-Körper, gebildet hat und er fähig ist, auch unabhängig vom physischen Körper zu funktionieren, gewinnt er etwas, das in sich fest und von Dauer ist.

Mensch Nr. 5 ist fest verankert in Welt 24 – für ihn besteht die Möglichkeit, unter die Gesetze von Welt 12 zu gelangen. Gurdjieff beschreibt ihn als den Menschen, »der ganz er selbst ist«. Alles, was er weiß, weiß er als Ganzes. Das, was er sieht, sieht er als Ganzes. Um er selbst zu sein, braucht er nicht zurückzugreifen auf etwas, das außerhalb seiner selbst liegt. Er hat die Einheit von Sein, Willen und Funktion erreicht, welche uns in den unteren Welten immer aufs Neue verloren geht. Um in Welt 12 leben zu können, ist er in der Lage, den »höheren Seinskörper« oder höheren Teil der Seele auszubilden, der ihm als direktes Instrument des Willens zur Verfügung steht. In seiner weiteren Entwicklung wird er zu Mensch Nr. 6.

Mensch Nr. 6 befindet sich jenseits des individuellen Willens. Er ist imstande, in andere Wesen einzugehen und aufgrund seiner eigenen Erfahrung und Aktion in jenen höheren Prozess einzutreten, durch den der eine Wille zu vielen wird. Jeglicher Wille ist Wille. Um dies aber zu realisieren, benötigen wir eine Stärke im Sein, die unsere Kapazität weit übersteigt. Mit Hilfe dieser Stärke ist der Mensch Nr. 6 fähig, in Welt 6 einzugehen und die Ereignisse dieser Welt Wirklichkeit werden zu lassen.

Mensch Nr. 6 ist mitbeteiligt an der Erschaffung der Bestimmung. Wenn wir sagen, dass er dem Einfluss eines Willens unter-

Abb. 8.1 – Gurdjieffs Schema der sieben Menschen

Welt 3		**Kosmischer Wille**
	Mensch Nr. 7	
Welt 6		**Universaler Wille**
	Mensch Nr. 6	
Welt 12		**Individueller Wille**
	Mensch Nr. 5	
Welt 24		**Selbstheit**
	Mensch Nr. 4	
Welt 48		**Einzentrisches Funktionieren**
	Mensch Nr. 1, 2 und 3	
	Täuschungen	
Welt 96		
	Unwirkliche Existenz	

steht, der größer ist als sein eigener, und dass er von seinem eigenen Willen befreit ist, kann dies unserem Verstand als ein Zustand des Beraubtseins erscheinen, in dem die individuelle Freiheit dem Wirken eines Molochs gewichen ist – aber das ist nicht richtig: Welt Nr. 6 ist nicht unpersönlich in dem Sinne, dass es ihr an Individualität *mangelt,* sie ist vielmehr die Welt, aus der die schöpferische Arbeit der Individuen hervorgeht.

In Gurdjieffs Aussagen über die »objektive Vernunft« liegt ein tiefes Verständnis der Realität verborgen. Die objektive Vernunft ist mit der Arbeit der essenziellen Gesetze verbunden. Dies sind keine Gesetze in dem uns vertrauten Sinn, das heißt keine Beschränkungen, die sich auf die Bedingungen der Existenz beziehen. Essenzielle Gesetze stellen den Geist der Schöpfung dar, indem sie das Begrenzte mit dem Unbegrenzten in sich vereinen und die versöhnende Kraft des göttlichen Willens in sich wirksam werden lassen. Die objektive Vernunft ist die Kraft, in das Wirken der höheren Gesetze einzutreten. Dabei handelt es sich nicht um »äußere Gesetze«, die man studieren kann, sondern um Gesetze, an denen man teilhat durch die Reinheit im Sein. Wenn die objektive Vernunft ihr vollstes Ausmaß erreicht hat, wird der Mensch zu Mensch Nr. 7 (vgl. Abbildung 8.1, Seite 215). Von der Energie der Liebe erfüllt, vermag er in Welt 3 einzugehen. Hier liegt die Grenze dessen, was erschaffenen Wesen möglich ist. Gurdjieff nennt diese Stufe der Vernunft das *Heilige Anklad*. Die Schöpfung hat hier den höchsten Punkt der Rückkehr erreicht – die geschaffenen Wesen sind göttlich geworden. Wir müssen dies jedoch in Bezug auf den gesamten Schöpfungszweck sehen, nicht als die Herausbildung einer speziellen Seinsform, an der wir ein subjektives Interesse hätten. Im Plan der Dinge muss es einen letztendlichen Punkt der Umkehr geben, an dem sich Mensch, Leben und Universum im gemeinsamen Akt des Dienens vereinen.[41]

Die Erfahrungstatsachen

Wir müssen bei einem Verständnis dessen beginnen, was wir selbst sind. Die meisten Menschen leben mechanisch und sind voller nutzloser Negativität. Den größten Teil der Zeit lassen wir uns treiben und bemerken gar nicht, was geschieht. Wir verbringen unsere ganze Zeit mit Träumen, enden schließlich bei nichts als Träumen und haben selbst nur die Substanz eines Traums. An unsere Träume können wir uns nur in dem Maß erinnern, wie wir sie bemerken – was nicht ins Bewusstsein aufgenommen wird, verschwindet für immer.[42]

Wenn wir uns selbst fragen, wie oft wir uns in den letzten Wochen – oder auch nur während des letzten Tages – in einem Zustand der Aufmerksamkeit befunden haben, werden wir feststellen, dass nur sehr wenig geblieben ist: Gedanken über das, was wir getan haben, Routinen im Umgang mit unseren täglichen Aktivitäten. Was wir nicht finden werden, ist wirkliche Erfahrung, wirkliches Erinnerungsmaterial. Fast unser ganzes Leben ist ver-

41. Die wirkliche Bedeutung von Gottesdienst liegt in der Rückkehr zur Quelle. Wir preisen Gott nicht, indem wir Ihm zu Seiner Klugheit applaudieren, sondern indem wir in die Aufwärtsströmung der Evolution eingehen. Gottesdienst ist Aufgehen in einer Gemeinschaft, die die Qualität der Ganzheit besitzt.

42. Um zu sehen, dass wir träumen, müssen wir – zumindest für einen Moment – zu träumen aufhören, das heißt, in eine höhere Welt eingehen. Deshalb hängt die Wahrnehmung des Schlafes so eng mit dem »Erwachen« zusammen.

schwunden, weil wir überhaupt nicht in unsere Erfahrung mit eingegangen sind, unserer selbst gar nicht bewusst sind und gar nicht sehen, was vor sich geht. Das, was geschieht, geschieht der Maschine in uns, der Persönlichkeit, die kein eigenes Sein besitzt. Wir haben uns so daran gewöhnt, in diesem Zustand zu leben, dass wir gar nicht bemerken, wie anormal er ist. Unsere Erfahrung ist so abhängig von äußeren Dingen, dass sie nicht aufrechterhalten werden kann, wenn uns die Dinge entzogen werden.

Wir bemerken nicht, wie eng und beschränkt unser Leben ist. Wir gleichen den Leuten, die in Städten wohnen – in halb vergifteter Atmosphäre, extremem Lärm, Überbevölkerung und Stress, was dem Ganzen in uns sehr schadet, woran wir aber so gewöhnt sind, dass wir den uns zugefügten Schaden gar nicht mehr wahrnehmen. Erst wenn wir einmal aufs Land kommen, frische Luft einatmen und den Frieden spüren, stellen wir fest, was für ein angespanntes, künstliches Leben wir geführt haben. Vielleicht ergeht es uns sogar so, dass wir die Gifte vermissen und von der guten Luft und der Ruhe derart irritiert sind, dass wir die natürliche Welt gar nicht mehr ertragen.

In einer höheren Welt zu erwachen, ist eine Erleichterung. Wir müssen aber schon etwas in uns tragen, was nach dieser Erleichterung verlangt und was nicht völlig der Sklaverei ergeben ist. Wenn wir in Welt 24 erwachen, sehen wir Welt 48 als das, was sie ist: als Existenz in Fesseln. Wir stellen fest, dass wir in der Welt der Persönlichkeit nur davon geträumt haben, Dinge zu tun und Dinge zu erfahren. Dann wird uns vielleicht klar, dass in dieser Welt nichts wirklich Segensreiches geschehen kann und dass dies kein wirkliches Leben, sondern die Vortäuschung von Leben ist.

Im Gegensatz zu Welt 96 ist Welt 48 keine negative Welt. Es gehen Gesetze von höheren Welten in sie ein. Hier ist es schon möglich, etwas direkt zu erfahren. Deshalb können wir uns auch im Leben unserer Persönlichkeit schon bewusst sein, dass etwas nicht stimmt, selbst wenn es so aussieht, als würden »die Dinge richtig laufen«. In Welt 48 sind wir uns selbst entfremdet durch unsere Abhängigkeit von äußerer Stimulation; sogar wenn wir etwas Erregendes und Positives tun, bleibt das Gefühl eines Mangels zurück. Der Buddha hat dieses Gefühl der Mangelhaftigkeit wunderbar beschrieben: »Unbeständig sind alle vereinzelten Dinge. Es tritt nichts in das Dasein ein, was nicht die Saat seiner eigenen Auflösung in sich trüge.«

Wenn wir Gesetzen unterstehen, die aus existenziellen Impulsen hervorgegangen sind, sieht unsere Lage schlechter aus, weil wir dann keine eigene Initiative mehr haben und ganz davon abhängen, dass mit uns etwas getan wird. Das ist vom wirklichen Zustand des Menschen weit entfernt, obwohl es heutzutage als Normalzustand akzeptiert wird. Wir sind abhängig davon, ob man unser Interesse weckt und unsere Funktionen stimuliert, damit eine Aktivität in uns zustande kommt. Trotz unseres Wissens darüber halten wir an dem absurden Glauben fest, wir seien eigenständig handelnde Wesen. Dieser Zustand äußerster Mechanik wird ausgelöst durch Gesetze, die auf einem existenziellen Impuls beruhen, wie zum Beispiel 1*-2-3. Gurdjieff sagt, dass diese Gesetze »die Hälfte ihrer belebenden Kraft« verloren haben. Durch sie nehmen wir einen Zustand ein, der in der Mitte zwischen dem der freien Wesen und dem der toten Dinge liegt.

Wir sollten uns vor Augen führen, dass Zustände der Abhängigkeit den größten Teil unserer Zeit ausfüllen, sei es nun die Abhängigkeit von Dingen oder die von Menschen. Nur durch einen Glücksfall geraten wir einmal unter die Wirkung der höheren Gesetze und kommen in die Lage, ein anderes Gefühl von uns zu haben, tatsächlich zu sehen, was wir anschauen, und in wirklichen Kontakt mit unserer Situation zu kommen. Normalerweise sind wir unvollständig und benötigen die Unterstützung von äußeren Faktoren, nicht nur, um unsere Existenz aufrechtzuerhalten, sondern auch für unsere inneren Prozesse und Manifestationen. Unser so genanntes Innenleben spiegelt nur unser mechanisches Leben wieder. Wir haben das Gefühl, dass wir nicht wirklich lebendig sind, aber solange wir nur versuchen, Anregungen durch äußere Kanäle zu erhalten, wie zum Beispiel durch Bücherlesen oder dadurch, dass wir unsere sozialen Kontakte erweitern, werden diese Bemühungen uns nicht lebendiger machen, sondern nur noch abhängiger von dem, was außerhalb unserer selbst ist.

Wir sollten lernen, uns in diesem Schlafzustand ungemütlich zu fühlen. Dies wird uns den Gesetzen von Welt 24 näher bringen und es uns ermöglichen, uns von den höheren Welten anziehen zu lassen. Unser Kopf mag mit allen möglichen Ideen zur Selbstverbesserung angefüllt sein – nichts davon wird irgendetwas bewirken. Was einzig und allein zählt, ist, innerlich angezogen zu werden durch das, was wirklicher ist. Auch wenn wir die Theorie im Griff haben und diese oder jene Gefühle in uns ausgelöst werden, wenn wir uns unseren Schlafzustand vor Augen führen, sind dies nur subjektive Daten in dem einen oder anderen unserer Gehirne, die keinen Effekt auf uns als Ganzes ausüben. Bis wir fähig sind, unsere Träume zu erkennen, *während sie ablaufen,* ist für uns Veränderung nicht möglich. Es reicht nicht, mit dem Kopf zu wissen, dass wir schlafen, oder mit dem Herzen zu fühlen, dass wir arbeiten müssen. Wir müssen fähig sein, uns als Ganzes der Tatsache zu stellen, dass wir schlafen.

In seinem Werk *Beelzebubs Erzählungen* betont Gurdjieff in der Gestalt des Beelzebub immer wieder, dass die Lebensdauer der dreihirnigen Wesen auf Erden sich dauernd verringere. Wenn wir diese Aussage wörtlich nehmen, ergibt sie keinen Sinn, da die physische Lebensdauer des Menschen heute größer ist als jemals zuvor. Gurdjieff meint die wirkliche, substanzielle Lebensdauer, die davon abhängt, in welchem Maß wir unsere *Essenz* erfahren, das heißt, wie viel Zeit unseres Lebens wir in Welt 24 verbringen im Gegensatz zu der Zeit, die wir im traumgleichen Zustand von Welt 48 zubringen. Unser Leben ist inhaltsärmer, als es frühere Leben waren, da wir dazu neigen, immer mehr in der Welt der Persönlichkeit, in Welt 48, zu leben. In dieser Welt ist Zeit etwas sehr Merkwürdiges: Es hat den Anschein, als erlebten wir die Dinge, während sie geschehen, als seien wir selbst zugegen, wenn das Morgen zum Heute und das Heute zum Gestern wird. In Wirklichkeit jedoch sind wir kaum wirklich da. Es ist noch nicht einmal so, dass die Welt »an uns vorbeizieht«, weil überhaupt niemand zugegen ist, der den Weltprozess erfahren oder ihm gegenüber blind sein könnte. Das Gestern von Welt 48 ist dünn und substanzlos. Die vergangene Zeit dagegen, die wir in Welt 24 gelebt haben, ist auf eine Weise lebendig, wie es die Erinnerung unserer Persönlichkeit niemals sein kann. Eine Minute des Lebens in Welt 24 hat ebenso viel Leben und Inhalt wie ein ganzer Tag in Welt 48.

Bis wir an den Punkt gelangt sind, wo wir die Welt der Persönlichkeit als das sehen, was sie ist, bleiben wir gefangen in dem Glauben, dass etwas Bedeutsames geschehen kann, während wir uns in dieser Welt befinden. Es ist schwer, diesen Glauben ganz aufzugeben – es gehört zu den Dingen, die lange Zeit brauchen, bis sie ganz fest in uns geworden sind. Bis zu diesem Zeitpunkt fahren wir darin fort, Ziele zu verfolgen, die keine praktische Realität haben. Um praktisch zu arbeiten, müssen wir fähig sein, unseren Schlaf wahrzunehmen, während er stattfindet. Wir müssen hier und jetzt die Wahrheit unserer mechanischen Natur erfahren können. Es ist unwichtig, wie oft wir in unserem Leben erkannt haben, dass wir uns im Zustand des Schlafes befinden: Wir müssen unsere Aufmerksamkeit darauf richten, wie viel Zeit wir in Welt 48 verbringen. Es bringt nichts zu sagen: »Gut, da ich nun diese Lektion begriffen habe und mir klar ist, wie viel Zeit ich im Schlaf zugebracht habe, kann ich diese Sache hinter mir lassen und zu etwas anderem übergehen.« Die Einsicht allein reicht nicht aus: Es ist nicht genug, einmal erkannt zu haben, dass wir den Geschmack unseres Essens nicht wirklich schmecken – wir müssen bei jedem Essen neu darauf achten, ob wir es tun oder nicht.

Wenn wir von der »Befreiung in diesem Leben« sprechen, meinen wir: in diesem Moment – nicht ein bisschen gestern, ein bisschen heute und ein bisschen morgen. Wenn wir *jetzt* nicht arbeiten, werden wir nie arbeiten. Wir sollten uns auf diese Weise erziehen. Wir können damit beginnen, unseren Tag zu überprüfen – Was haben wir getan? – und uns die Frage zu stellen, wie viel davon real war, und wenn es real war, welche Bedeutung es für uns hatte. Wir brauchen uns nicht in der aktiven, auslösenden Rolle zu befinden, um einer Aktion Substanz zu verleihen. Nur ist es so, dass alles, was geschieht, während wir ein Leben als Objekt führen, genauso gut nicht hätte geschehen können. Später können wir lernen, aktiv nachzuforschen und die Bedeutung unseres Kampfes gegen die Gewohnheiten zu ermessen. Vielleicht gelingt es uns auch zu verstehen, was das ist, das durch den Kampf zwischen dem »Ja« und dem »Nein« und durch den Prozess des Sich-von-sich-selbst-Trennens in uns erzeugt wird.

Der Teil in uns, der sieht, was geschieht und wie die Dinge liegen, kann als ein »Als-ob-Ich« bezeichnet werden. Der Teil, der beobachtet, untersteht weniger Gesetzen als der, der beobachtet wird. Je besser es uns gelingt, diesen Teil davor zurückzuhalten, auf das zu reagieren, was er sieht, umso besser für uns. Reaktion kann alles verderben: Im Bruchteil einer Sekunde haben wir eine Beobachtung zum Anlass genommen, uns selbst zu verdammen oder in den Himmel zu heben – uns an uns selbst zu ergötzen oder in tiefes Elend zu versinken. Es ist schwer, dahin zu kommen, nur noch zu »sehen«. Wir müssen uns auch klar darüber sein, dass der Teil, der beobachtet, nicht das »wirkliche Ich« ist, sondern nur seine Rolle spielt. Das ist schwerer als man annimmt, weil die mechanischen Gesetze von Welt 48 die Tendenz haben, alles zu verdrehen und den Teil, der beobachtet, zu dem zu machen, was man die *Werk-Persönlichkeit* nennt. Unser einziger Schutz besteht in der Reinheit des Sehens. Das, was sieht, ist in sich selbst nichts, und man sollte ihm keinerlei materielle Identität zusprechen, so als wäre es etwas Eigenständiges.

Die wirkliche Tragik von Welt 48 liegt darin, dass so viel von dem, was dort geschieht, gar nichts mit »uns« zu tun hat, das heißt mit unserer wahren Natur, unserer Essenz. Wir haben die Linie unseres eigenen Lebens verlassen und erleben die Dinge nun auf eine Art, die nicht einmal unserem Charakter oder unserem Schicksal entspricht. Wir haben das unangenehme Gefühl, dass wir etwas Sinnloses tun. Gurdjieff hat das alles mit dem Ausdruck »unter dem Gesetz des Zufalls stehen« umrissen. Innerhalb unserer Symbolik können wir dieses Gesetz als 1^*-2^*-3^* schreiben, was die vollständige existenzielle Form des Gesetzes der Involution ist.

Ich erinnere mich noch daran, als ich vor vielen Jahren zum ersten Mal davon hörte. Eine der Aussagen, die Gurdjieff darüber machte, war, dass dieses Gesetz das erste aus Welt 48 ist, von dem man sich selbst freimachen kann. Wenn wir fähig sind, uns wirklich der Arbeit an uns selbst hinzugeben, uns ihr zu verpflichten aus dem Verständnis heraus, dass es notwendig ist zu arbeiten – als Ergebnis davon, dass wir in uns selbst etwas geschaffen haben, was über Welt 48 hinausreicht –, dann vermag uns das Gesetz des Zufalls nicht mehr auf die gleiche Weise zu halten. Wir gelangen dann unter das Wirken von Gesetzen, die dem, was wir erleben, eine Bedeutung verleihen. Dann kann an die Stelle unseres verschwommenen, verworrenen und – wie es in Welt 48 üblich ist – chaotischen Lebens etwas treten, das, egal ob es angenehm oder unangenehm ist, wirklich zu uns gehört.

Beginnen wir, uns vom Gesetz des Zufalls zu lösen, dann ändert sich auch unser Verhältnis zur Welt des Schlafes. Wir sind mehr und mehr in der Lage zu bemerken, wenn wir unsere Spur verloren haben und in eine mechanische Art des Lebens hinübergeglitten sind. Dann kann uns unser Schlaf als *Erinnerung* dienen. Wir kennen den Geschmack des Schlafes und den Geschmack des wirklichen Lebens. Der Geschmack des Schlafes teilt uns mit, dass wir nicht arbeiten oder dass an der Art, wie wir arbeiten, etwas fehlt. In diesem Fall müssen wir eine Anstrengung unternehmen, um uns von uns selbst zu trennen und die höheren Gesetze in uns zum Leben zu erwecken. Das gleicht der Sensitivität, die wir für den

Muskeltonus des physischen Körpers entwickeln können, nur dass wir hier mit dem psychischen Tonus des inneren Lebens arbeiten.

Die Arbeit an sich selbst ist zunächst einmal nötig, um uns in den natürlichen Zustand von Welt 24 zu versetzen. Das heißt nicht, dass wir uns in einem dauernden Zustand der Anspannung befinden müssen, ebenso wenig wie es zur Aufrechterhaltung des Muskeltonus nötig ist, ständig schwere Gewichte zu heben. Ein großer Teil der Arbeit an sich selbst gehört in das normale menschliche Leben, und es ist zu bedauern, dass unsere Erziehung das Wohl des inneren Lebens so völlig vernachlässigt.

Wie schon gesagt: Wir können nicht davon ausgehen, einen dauerhaften Platz in Welt 24 erworben zu haben, bevor wir über einen ›Körper‹ verfügen, der dieser Welt entspricht. Diesen inneren oder zweiten Körper können wir uns als etwas vorstellen, das aus sensitiver Energie geformt ist. Dies trägt vielleicht zu der Einsicht bei, dass eine Lebensweise wie die unsrige, in der die sensitive Energie, kaum verfügbar geworden, schon in Reaktionen verpufft, niemals dazu führen kann, etwas von dauerhafter Präsenz zu erzeugen. Unsere Erfahrung von Welt 24 ist gleichbedeutend mit einer Verschiebung im Gleichgewicht zwischen den abhängigen und den unabhängigen Gesetzen von Welt 48. Die Hälfte der Gesetze von Welt 48 ist identisch mit denen von Welt 24; durch sie können wir schon einen Geschmack vom wirklichen Leben haben, bevor wir uns fest in den höheren Welten eingerichtet haben.

Zum Beispiel können wir erleben, dass, nachdem wir lange mit einer bestimmten negativen Einstellung einem Menschen gegenüber gekämpft haben, plötzlich alles in bester Ordnung ist und wir – aller Schwierigkeiten ledig – in schönster Zufriedenheit leben. So sehr wir diesen Zustand der Freiheit aufrechtzuerhalten wünschen, so währt er doch nur eine bestimmte Zeit, dann fallen wir in unsere Ausgangsverfassung zurück.

Eine solche Erfahrung kann schmerzhaft für uns sein. Es ist wichtig zu begreifen, dass zwischen einem zeitlich begrenzten Zustand und einer dauerhaften Veränderung unseres Seins ein großer Unterschied besteht. Die Sufi-Terminologie ist zum Verständnis dieses Unterschieds sehr nützlich, denn sie unterscheidet zwischen dem, »Zustand«, dem *hal,* und der auf Dauer erreichten »Seinsebene«, dem *makam.* Dieselbe Unterscheidung lässt sich nachvollziehen anhand der verschiedenen Menschentypen in

Gurdjieffs System. Mensch Nr. 5 verfügt zum Beispiel über eine Reihe von Kräften, die ihm dadurch eröffnet werden, dass er einen anderen Körper besitzt, den *Kesdjan*-Körper, der es ihm ermöglicht, sich in der inneren Welt zu bewegen. Aufgrund dieses Körpers befindet er sich in einem anderen *makam* als wir. Uns ist es aber möglich, einen zeitweiligen Wechsel unseres Zustands zu erleben, einen *hal*, der uns für kurze Zeit die gleichen Kräfte über uns selbst verleiht, wie sie Mensch Nr. 5 die ganze Zeit besitzt. Das heißt nicht, dass wir das Sein von Mensch Nr. 5 erreicht hätten, sondern nur, dass wir unter die Gesetze von Welt 12 getreten sind, unter denen Mensch Nr. 5 ständig lebt. Wir sind sozusagen innerhalb unserer, der niederen Welt »seitlich verrückt«, mit dem Effekt, dass wir für kurze Zeit den existenziellen Gesetzen nicht mehr unterstehen. Der Übergang zum Seinszustand von Mensch Nr. 5 stellt dagegen eine vertikale Verschiebung von einer tieferen zu einer höheren Welt dar. Eine Veränderung im *hal* erfolgt als Wechsel daraus, dass wir, in der gleichen Welt bleibend, unter andere Gesetze geraten – bei einer Veränderung im *makam* jedoch gehen wir von einer Welt zur nächsten. Für jeden, der ernsthaft zu arbeiten wünscht, ist es unerlässlich, dass er diese Unterscheidung begreift und lernt, sich nicht mit Veränderungen im Zustand zu identifizieren. Wenn wir es zulassen, dass wir uns mit ihnen identifizieren, und sie als Beweis unseres Fortschritts ansehen, werden sie zu einem Hindernis für uns.

Es ist zum Beispiel möglich, durch Meditation unter die Einwirkung höherer Gesetze zu gelangen – möglicherweise unter eines, das für unsere Seinsebene zu hoch ist. Wir werden uns in einem *hal* wieder finden, der erschreckend für uns sein kann. Wenn wir dann nicht realisieren, dass es sich nur um einen Zustand handelt, der über uns gekommen ist und bald wieder vergehen wird, kann er sich durch unsere Identifikation in etwas Negatives verwandeln, das unsere ganze Einstellung zur Arbeit zu zerstören droht. Auf ähnliche Weise kann ein Zustand der Ekstase solche Illusionen in uns erzeugen, dass wir nicht länger die grundlegenden Anstrengungen unternehmen, um den natürlichen Zustand aufrechtzuerhalten, weil wir annehmen, darüber hinausgegangen zu sein. Dabei können auch Zustände von Verwirrung, Gedächtnislücken und Geistesabwesenheit auftreten. Das sollte nicht sein. Beinahe jeder braucht die Anleitung von Menschen, die dies selbst erfahren und wirklich verstanden haben, dass die

Zustände nur einen Teil des Arbeitsprozesses ausmachen und dass wir uns in ihnen nicht zu verlieren brauchen. Für viele Sackgassen und Irrwege, die bei der Suche nach einer höheren Lebensform entstehen, ist ein Mangel an solcher Art Führung verantwortlich.

Erst wenn wir bereit sind, uns von unseren Zuständen zu trennen, um sie als das zu sehen, was sie sind – zeitweilige Manifestationen unterschiedlicher Gesetze –, beginnen wir, nicht mehr um der Belohnung, sondern um der *Arbeit* selbst willen zu arbeiten. Dann sind wir in der Lage, die Zustände zu nehmen, wie sie kommen, und gehen zu lassen, wie sie wollen. Ist es ein schrecklicher Zustand, dann haben wir nicht länger das Gefühl, dass alles daneben gegangen ist, und wenn es ein sehr schöner Zustand ist, glauben wir nicht mehr, eine andere Seinsebene erreicht zu haben. Die Zustände, die entstehen, werden Teil unseres normalen Transformationsprozesses, und unser Leben kommt mehr und mehr ins Gleichgewicht. Dann erst können wir »wirkliche Erfahrungen« machen, in denen unsere Essenz wachsen kann, weil wir gelernt haben, mit den Erfahrungen angemessen umzugehen und sie nicht zu verderben. Normalerweise zerstören wir sie dadurch, dass sich unsere Persönlichkeit mit ihnen identifiziert und sie ihrer Freiheit beraubt, indem sie sie in Welt 48 mit hineinzieht. Wenn wir es vermeiden, sie auf solche Weise zu verderben, können wir wirklich etwas erfahren, was zu Welt 24 gehört.

Wesenserfahrung allein reicht nicht aus, uns am vollen Leben von Welt 24 teilhaben zu lassen. Dazu brauchen wir unser eigenes Selbst. In der Terminologie der verschiedenen Selbste des Menschen bedeutet das, dass unser Wahres Selbst erst erweckt werden muss. Alle vier Selbste des Menschen befinden sich in der Balance zwischen existenziellen und essenziellen Gesetzen. Sie bilden eine Brücke zwischen unserem Ich und der Welt der Körper, der äußeren Welt. Das Materielle und das Reagierende Selbst gehören der Welt 48 an, während das Geteilte und Wahre Selbst zu Welt 24 gehören. An dieser Stelle wollen wir aber nicht darauf eingehen, wie es kommt, dass wir, wenn wir von den niederen Welten beherrscht werden, unter die Gesetze der Welt der Täuschung geraten.

Die Welt der Selbste

Ein Selbst ist seiner wahren Natur nach Brücke zwischen einer höheren und einer tieferen Welt. Für ein erfülltes Leben benötigen wir die gesamte Apparatur des physischen Körpers. Wir haben Verpflichtungen in der physischen Welt und brauchen Instrumente, um ihnen nachzukommen. Die Situation des normalen Menschen ist jedoch verdreht – hier übernehmen die Instrumente das Kommando, und wir laufen Gefahr, uns selbst zu verlieren. Wenn die niederen Selbste regieren, sind wir dem Wirken höherer Gesetze gegenüber verschlossen und nicht länger in Kontakt mit unserem eigenen Wesen. Das sollte nicht so sein. Die niederen Selbste sollten ihre Funktionen in Welt 48 erfüllen, ohne uns darin gefangen zu halten. Welt 48 stellt die äußere Welt, die Welt der äußeren Handlungen dar. Die wirkliche »innere Welt« sollte auf einer höheren Ebene liegen.

Die äußere Welt enthält in sich das Materielle und das Reagierende Selbst. Das Materielle Selbst ist allen 48 Gesetzen dieser Welt unterworfen. Es funktioniert automatisch, innere und äußere Ereignisse werden nicht unterschieden, alles liegt auf der gleichen Ebene und ist mit den Ereignissen der äußeren Welt verknüpft. Auch in diesem Selbst sind die Auswirkungen der höheren Gesetze spürbar, aber es besteht die Möglichkeit, sich zu täuschen und anzunehmen, man sei bereits frei, man sei etwas. Das ist nur eine Illusion, da es im Materiellen Selbst nichts gibt, was eine innere Erfahrung zusammenzuhalten vermag. Alles, was uns zustößt, ist an etwas Materielles gebunden.

Das Reagierende Selbst birgt mehr Freiheit in sich. Es ist zwar dem Wirken der Gesetze von Welt 24 gegenüber offen, ansonsten gehört es aber ausschließlich der äußeren Welt an. Das hat damit zu tun, dass das Reagierende Selbst, wenn es sich am richtigen Platz befindet, uns als Instrument zur Wahrnehmung der Welt des Lebens dient. In jedem Kontakt mit der Außenwelt liegt latent eine innere Erfahrung. Wenn wir etwas *bemerken,* erfassen wir vielleicht nur das äußere Objekt, aber wir bekommen dabei einen Geschmack von Leben, von Lebendigsein. Dieses Bemerken ist ein *hal,* welcher uns unter die Gesetze von Welt 24 bringt. Wenn wir das Reagierende Selbst in rein funktionalen Begriffen sehen, nur als einen Reaktionsapparat, ergibt es keinerlei Sinn, dass uns die gleiche Sache einmal unter die Gesetze der Täuschung und zum anderen unter die Gesetze unserer Essenz bringen soll.

Tatsächlich ergibt es nur einen Sinn, wenn wir deutlich unterscheiden zwischen den folgenden drei Möglichkeiten: Sklave unserer Reaktionen zu sein, durch unsere Reaktionen hindurch wahrzunehmen und Herr unserer Reaktionen zu sein. Im ersten Fall befinden wir uns in der Welt der Täuschung, im zweiten machen wir eine Erfahrung des Wesens, bleiben aber aller Wahrscheinlichkeit nach weiterhin in Welt 48, während wir im letzteren Fall durch das Realisieren der höheren Gesetze zu unserer höheren Selbstheit in Welt 24 erwacht sind. Es ist nicht die Aufgabe des Reagierenden Selbsts, mechanische Fähigkeiten, wie sie das Materielle Selbst hat, zu entwickeln, sondern die Möglichkeiten innerer Erfahrung zu schaffen. Das meinen wir, wenn wir davon sprechen, dass das Reagierende Selbst in Welt 48 nur der Hälfte der Gesetze dieser Welt untersteht. Es korrespondiert mit der inneren, der Lebensseite unserer Erfahrung im menschlichen Körper.

Das Reagierende Selbst kann uns jedoch nicht zum unabhängigen Sein führen. Es kann uns nur dazu befähigen, in Kontakt mit unseren Gedanken, Gefühlen und Handlungen zu kommen. Dies wieder versetzt uns in die Lage, so zu arbeiten, dass unsere Reaktionen uns mit einer Energie versorgen, aus der wirkliches inneres Sein geformt werden kann. Das *hal* des Reagierenden Selbsts ist für unsere Arbeit an uns selbst sehr wichtig. Es währt nur einen kurzen Augenblick und kann sich zu der einen wie zur anderen Seite hinneigen – zu der der Essenz oder zu der der Persönlichkeit. Bis wir darüber die Meisterschaft gewonnen haben, kann kein wahres inneres Leben in uns beginnen.

Das Geteilte Selbst gehört zu Welt 24. Es ist das Selbst unserer astralen Erbschaft und allen 24 Gesetzen unterworfen. Hier formt sich das Leben zum Muster, hier können wir davon sprechen, wir selbst zu sein – jedoch mögen einzelne Charakterzüge noch übertrieben auftreten, so dass wir voller Stolz sind und unser eigenes Verständnis überbewerten. Alles, was das Reagierende Selbst als *hal,* als Zustand umfasst, enthält das Geteilte Selbst als *makam,* als Seinsebene. Deshalb ist das Geteilte Selbst freier, obgleich es denselben Gesetzen wie das Reagierende Selbst untersteht. Es existiert in einer anderen Umgebung und ist fähig, sich in höhere Zustände zu begeben, wo bewusste und sogar kreative Energie in uns einfließen kann. Die höheren Energien sind dazu in der Lage, die sensitive Energie zu organisieren. Auf diese Weise beginnt sich unser inneres Sein zu formen. Aber es befreit das Geteilte Selbst noch nicht von den Begrenzungen seines eigenen Musters. Vielleicht entsinnen wir uns, dass dieses Selbst in der Schwebe zwischen essenziellen und existenziellen Gesetzen gehalten wird und somit unfähig ist, sich selbst objektiv wahrzunehmen. Es wird die eigenen Richtlinien als die des »wahren Ichs« ansehen und weiterhin in den Begrenzungen seines Schicksals bleiben. Die Essenz wächst dann zwar, aber sie bleibt gebunden an die von Geburt her mitgebrachten Charakteristika. Die wirkliche *Reinigung* ist erst möglich, wenn das Wahre Selbst erwacht, welches unter nur zwölf Gesetzen steht. Wenn das Erwachen des Reagierenden Selbsts in Welt 48 uns das Gefühl von Leben verleiht, so vermittelt uns das Erwachen des Wahren Selbsts ein Gefühl der »Autorität«. Unter den Gesetzen von Welt 12 zu stehen, befähigt uns zu *entscheiden* und die Kräfte des Willens einzusetzen. Wir können auf völlig andere Weise mit uns selbst kämpfen, weil wir unsere eigenen Grenzen sehen und die Blindheit, die unserem Verständnis von der Welt zugrunde liegt. Kampf bedeutet in Welt 24 nicht das Gleiche wie in Welt 48, wo wir ihn als ein Zerren an unserer Sensitivität erfahren.

Die Wirkung des Wahren Selbsts ermöglicht es, dass die Essenz zu dem ›Ort‹ wird, der vom Ich eingenommen werden kann. Der »Abstieg des Ichs« ist zugleich ein Aufstieg des Seins in Welt 12. Indem wir die niederen Welten meistern, erwerben wir uns die höheren. Es wäre schrecklich, würde jemand die Kräfte des Ichs besitzen, bevor die Essenz gereinigt ist. Gurdjieff spricht davon, dass in diesem Falle alles, was sich in der Essenz »kristallisiert« hat, früher oder später – durch fürchterliches Leiden – wieder »verflüssigt« werden muss.

Wir können uns nun vor Augen führen, dass das Geteilte Selbst eine Brücke bildet zwischen Mensch Nr. 1, 2 und 3 auf der einen Seite (in Welt 48) und Mensch Nr. 4 auf der anderen Seite (in Welt 24). Mensch Nr. 4 lebt gemäß seiner eigenen Essenz. Er ist in der Lage, die schöpferischen Zustände des Wahren Selbsts zu erfahren. Aber die Herrschaft über Welt 24 gelingt erst, wenn die Reinigung des Wahren Selbsts und der Übergang zu Mensch Nr. 5 stattgefunden hat (siehe Abbildung 8.2, Seite 228).

Abb. 8.2 – Position der Selbste in Bezug auf die verschiedenen Welten, veranschaulicht am Gesetz der Involution: 1-2-3.

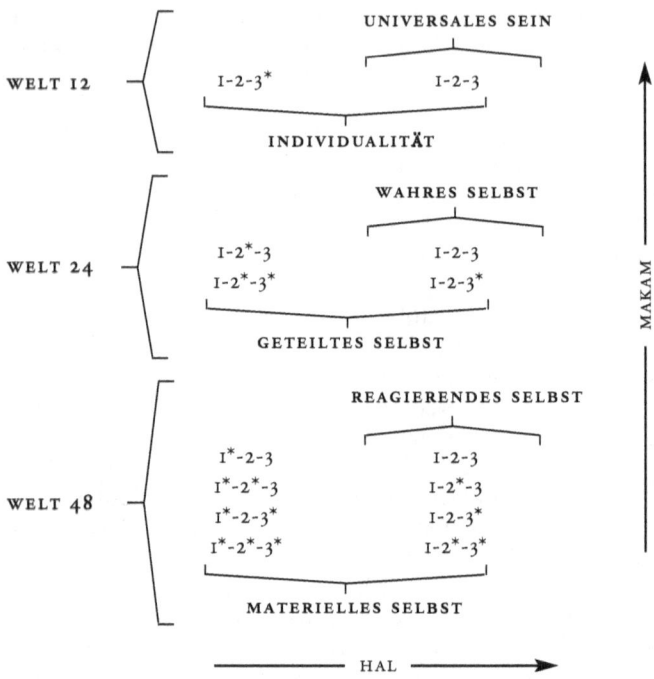

Der Geschmack der natürlichen Welt

Die natürliche Welt des Menschen, Welt 24, liegt in Welt 48 verborgen. Sie ist uns verborgen aufgrund unserer Abhängigkeit von äußeren Dingen.[43] Wir können von allen möglichen Dingen abhängig sein: von der Form der Kleider, die wir tragen, den Meinungen anderer Leute, den eigenen Vorstellungen, den eige-

43. Die Vorstellung, dass Welt 24 in Welt 48 verborgen liegt – und, wie an späterer Stelle gesagt wird, Welt 12 in Welt 24 –, entspricht Gurdjieffs Auffassung der inneren Oktaven. (Siehe: P.D. Ouspensky: *Auf der Suche nach dem Wunderbaren,* Seite 197.)

nen festgelegten Reaktionen, Wörtern und so weiter. Mit dem
Begriff »Persönlichkeit« sind alle diese verschiedenen Formen der
Abhängigkeit angesprochen. Die Persönlichkeit ist wirklich ein
Bestandteil der äußeren Welt, sie sollte nur mit Dingen zu tun
haben, die keine Initiative erfordern und keine innere Erfahrung.
Wenn wir in der Welt der Persönlichkeit leben, glauben wir, dass
die Impulse, die aus der Persönlichkeit herrühren, von uns selbst
ausgehen und dass die verschiedenen Assoziationen, die diese
Impulse in unseren Gehirnen wachrufen, unser »inneres Leben«
seien. Die Gesetze, nach denen die Persönlichkeit funktioniert,
sind Gesetze, die durch einen existenziellen Impuls ausgelöst wurden. Mit anderen Worten: Was sie hervorbringen, ist zufällig,
nicht unserem Wesen zugehörig. Die richtige Rolle für die Persönlichkeit wäre es, mit Vorgängen umzugehen, die nicht unsere »eigene« Aufmerksamkeit erfordern. Wenn wir uns aber mit der
Persönlichkeit identifizieren, binden wir die Gesetze des Wesens
an die der Persönlichkeit und verlieren auf diese Weise die Unabhängigkeit unseres inneren Lebens. Dies sollte nicht missverstanden werden. Es bedeutet nicht, dass unser inneres Leben
erst dann in Ordnung ist, wenn wir es ganz von der Außenwelt
getrennt halten. Hierin liegt ein Fehler, der von vielen Leuten begangen wird, wenn sie anfangen zu erkennen, dass unsere Ver-
wicklung in die äußere Welt sie der inneren Welt beraubt. Das
wirkliche innere Leben ist unabhängig, aber nicht getrennt vom
Äußeren. Nur aus dieser Unabhängigkeit heraus können wir die
Außenwelt unverzerrt wahrnehmen.

Im Rahmen der Persönlichkeit untersteht die Interaktion mit
der Welt dem Gesetz 1^*-3^*-2^*. Wir haben keinen direkten Kontakt, sondern sind davon abhängig, dass unser Interesse stimuliert
wird: sexuell, emotional, intellektuell, physisch und so weiter. Dies
geschieht beinahe ausnahmslos über eines unserer Gehirne. Wir
betrachten einen Stuhl und sehen in Wirklichkeit nichts als ein
Konzept; wir nehmen nicht etwa das Holz wahr, die Politur, die
Konstruktion, das Design, die Festigkeit oder sonst irgendetwas
Konkretes. Wir sehen ihn durch den Filter des Wortes »Stuhl«.
Wenn wir uns hinsetzen wollen, gehen wir und suchen einen
Stuhl, aber wir erfahren ihn nur als etwas, »auf dem man sitzt«,
und wahrscheinlich sind wir uns selbst dieses Vorgangs gar nicht
bewusst. Vielleicht handelt es sich um »den Stuhl meines Groß-
vaters«, dann erfahren wir nur die emotionalen Assoziationen, die

an diese Vorstellung gebunden sind. Die ganze Zeit aber befinden wir uns in der Situation, dass wir irgendwie im einen oder anderen Gehirn stimuliert werden müssen, um etwas zu erfahren, was uns durch eine Reihe von konditionierten Reaktionen und Informationen aus zweiter Hand nahe gebracht wird. Daraus setzt sich unsere Persönlichkeit zusammen. Wir sehen die Dinge nie anders als durch die Brille unserer Bilder, die wir von ihnen haben. Wir fallen dabei stets in frühere Erfahrungen zurück und sehen nicht, was in diesem Moment vor uns ist. Diese Aussage ist wahr, ob sie sich nun auf etwas in der äußeren Welt oder auf eine Idee bezieht, die wir zu erfassen suchen. Immer steht uns irgendein Bild im Weg.

Durch den Zustand des *hal,* der für kurze Zeiten die bedingten Gesetze der Persönlichkeit aufzuheben vermag, verändert sich unsere Erfahrung völlig. Wir können zum Beispiel eine Idee studieren und fest davon überzeugt sein, dass wir völlig vertraut mit ihr sind – plötzlich aber fallen uns die Schuppen von den Augen und wir beginnen, ihr essenzielles Leben wahrzunehmen. Die Erfahrung ist immer wieder neu. Wir können etwas anschauen, was wir schon tausendmal vorher angeschaut haben, und plötzlich begreifen, dass wir es nie zuvor gesehen haben. Kleinen Kindern ist diese Erfahrung näher, weil sie noch keinerlei Persönlichkeit geformt haben, die eine derart konditionierte Form der Interaktion in Gang setzt. Kleine Kinder können ein Ding betrachten und es sehen, unabhängig von Wörtern oder bereits geformten Bildern. Vielen Erwachsenen ist dies nahezu unmöglich. Eine der größten Schwierigkeiten der Existenz liegt darin, dass, obwohl wir die Welt mit der Kapazität für essenzielle Erfahrung betreten haben, all dies zugedeckt und begraben wird, während wir mit all den Informationen und Ideen angefüllt werden, die wir durch unsere Umgebung vermittelt bekommen. Diese Schicht des so gefärbten Materials beherrscht unsere Beziehungen zur Welt und prägt unsere Ideen über uns selbst – darüber, wer wir sind und wozu wir fähig sind. Eigentlich ist der Inhalt unserer Persönlichkeit nur dazu da, uns zu helfen, mit den täglichen Aktivitäten in der Welt fertig zu werden. Stattdessen hat er für uns die Stelle des Eigentlichen eingenommen.

Auch normale Menschen, die fähig sind, in Welt 24 zu leben, besitzen eine Menge an Information, »die ihrer essenziellen Natur fremd ist«, aber bei ihnen nimmt die Persönlichkeit eine untergeordnete Rolle ein und ihre Kapazität zur direkten Erfahrung übernimmt die Initiative. Eine solche Person ist wach und lebendig in dem, was sie tut. Dies macht das Leben in Welt 24 so viel befriedigender als das Eingefangensein in Welt 48. Dies heißt nicht, dass wir in Welt 24 schon die Grenzen unserer Existenz überschritten hätten. Wir nehmen die Dinge immer noch in Entsprechung zu unseren Mustern und unserem Typ wahr, welcher durch die mittlere Zahl des Gesetzes 1-3*-2* repräsentiert wird, aber diese sind frei von dem, was man uns beigebracht hat und was wir durch die Einflüsse aus der Umgebung aufgenommen haben.

Das Gleiche, was für unseren Kontakt mit der Welt um uns herum gilt, gilt auch für den Kontakt mit uns selbst. In Welt 48 tritt unsere Identität unter das abhängige Gesetz 2*-3*-1*. Das bedeutet, dass wir uns nur selbst erfahren können, indem wir uns gegen Einflüsse von außen absetzen. Jemand bedroht uns und wir »greifen zu den Waffen« und verteidigen unsere Position oder behaupten uns und unsere Rechte. Unsere Initiative stellt eine Reaktion auf äußere Ereignisse dar, und das Ergebnis ist gewissermaßen selbstbestätigend. Alles ist fest verankert in äußeren Ereignissen und in Wirklichkeit inhaltsleer. Es ist eine vorgetäuschte Identität, in deren Mitte sich die Schale der Persönlichkeit befindet, die die Sache in Gang hält. In Gang gehalten wird sie durch Lob oder Tadel. Jemand lobt uns – und wir stolzieren durch die Gegend, tun uns groß damit oder wir ergehen uns in inneren Schaustellungen der Erkenntnisse unserer »wahren Natur«. Beelzebub empfiehlt seinem Enkel Hassan mehr als einmal, er solle, falls er zufällig einmal auf der Erde lebt, jedem Menschen schmeicheln, um zu vermeiden, von Opfern »verletzten Stolzes« angegriffen zu werden.

Welt 24 ermöglicht es einem Menschen, »sich selbst zu sein«. Dort hängt unsere Identität nicht von etwas ab, das außerhalb unserer selbst liegt, sondern steigt aus der Qualität unseres inneren Zustands selbst auf. Das essenzielle Gesetz schreibt sich 2-3*-1*. Alle Gesetze von Welt 24 tragen die Qualität unmittelbaren Gewahrseins in sich. Der Weg, der zum inneren Leben führt, besteht darin, den auslösenden Impuls von seiner äußeren Bedingtheit zu befreien. Wir können einiges unternehmen, um den Geschmack der essenziellen Gesetze zu kultivieren; es ist jedoch schwierig zu verhindern, dass die Persönlichkeit den Nutzen dieser Unternehmungen raubt, da wir in einem fort nach Resultaten und Veränderungen Ausschau halten und *hal* mit *makam* verwechseln.

Die Entstehungsweise der beiden ist verschieden. Eine Veränderung im *makam* ist nicht direkt ein zeitlicher Prozess, und die Bedeutung von Zeit ist in den verschiedenen Welten jeweils eine andere.

Durch die Wesenserfahrung haben wir scheinbar mehr Zeit zur Verfügung, da wir uns dabei im gegenwärtigen Augenblick zu halten vermögen. In der Persönlichkeit gleitet der Gegenwartspunkt immer durch Assoziationen in die Vergangenheit oder in die Zukunft. Wir sind von den Dingen gefangen genommen und haben keine Zeit. Wir sind unfähig, in wirklichen Kontakt mit vergangenen Ereignissen zu treten, und unfähig, eine Vision von der Zukunft aufrechtzuerhalten. Das, was mit uns passiert, wenn wir unter den Gesetzen von Welt 24 stehen, hat eine Tiefe, die uns fähig macht, die Verbindung zu halten. Was wir auf eine wesenhafte Weise erfahren haben, bleibt lebendig. Wir können uns mit der Zukunft verbinden und uns auf das, was kommt, vorbereiten. Wir nehmen einen Platz im Lauf der Ereignisse ein, anstatt nur wie Treibgut auf der Oberfläche äußerer Ereignisse herumgestoßen zu werden. Wenn wir unter der Herrschaft der Persönlichkeit stehen, sorgen wir uns um die Dinge, die unserer Kontrolle nicht unterstehen, und sind blind den Dingen gegenüber, die sich in unserer Kontrolle befinden. Wir sehen nicht, wie unser innerer Zustand Einfluss hat auf das, was möglich ist. Wir leben in einem mechanischen Ablauf von Zeit. Mit unserem Wesen können wir erkennen, was *potenziell* und was *tatsächlich* ist – dadurch haben wir die Möglichkeit echter Wahl. Durch Wahl verändert sich die Bedeutung der Zeit.

Das zentrale Kennzeichen von Welt 24 besteht darin, dass wir dort wir selbst sind. Dies ist etwas ganz anderes, als danach zu streben, man selbst zu sein, wie es in Welt 48 üblich ist. Gewöhnlich versuchen Menschen, ihre Unabhängigkeit zu finden, indem sie sich dem Einfluss und der Beherrschung durch andere Menschen entziehen. Sie trachten danach, eine eigene Meinung, ihren eigenen Unterhalt, ihr eigenes Haus zu haben, ihr eigener Herr zu sein, sich zu unterscheiden und so weiter. Mit anderen Worten: Sie suchen ihre Identität in Form von äußeren Dingen. In Welt 24 sind wir unabhängig, weil wir in uns selbst zentriert sind, und nicht aufgrund irgendwelcher äußerer Dinge, die wir erworben haben. Die Freiheit des Wesens ist keine Freiheit von äußeren Zwängen, sondern die Freiheit, das zu sein, was wir sind – substanzielle Freiheit. Durch sie sind uns Dinge möglich, die in Welt 48 sehr schwierig auszuführen sind. Es gibt Aufgaben, die uns die größten Schwierigkeiten bereiten und die wir nicht lösen können, bis wir Umstände vorfinden, die uns dabei unterstützen – unter den Gesetzen von Welt 24 jedoch finden wir, dass alles ganz einfach wird. Es ist so, als ob irgendetwas anderes die Sache übernimmt und sie durchschaut. Es ist uns zum Beispiel selten möglich, ein peinliches Thema bei jemandem anzuschneiden, der uns nicht selbst einen Ansatzpunkt dafür bietet. Eines Tages finden wir uns selbst von all diesem Unsinn befreit und sprechen ohne zu zögern. Dann sind wir überrascht, wenn die alten Hemmungen zurückkehren und wir deutlich die erstickenden Auswirkungen der abhängigen Gesetze auf unser Leben spüren können.

Die Freiheit, zu sein und aus unserem Selbst heraus zu handeln, ist immer noch eine relative Freiheit. Wir sind in Welt 24 immer noch getrennt von anderen Menschen und leben in einer Welt, die nicht größer ist als wir selbst. Die Erleichterung, die wir dabei empfinden, in unserer Essenz zu leben, kann auch blenden. Der Übergang von der Welt der Persönlichkeit in die natürliche Welt kann damit verglichen werden, aus einer dunklen Höhle in ein Tal zu kommen. Dieses erscheint uns so weit, so geräumig, so hell wie nur irgend etwas sein kann, so dass wir uns täuschen und nicht sehen, dass es noch andere Täler gibt und dass noch eine ganze Welt zu entdecken ist.

Die Veränderung, die mit dem Eintritt in Welt 24 einhergeht, ist bemerkenswert: In der Persönlichkeit erfolgt eine Trennung von Innen und Außen, die tatsächlich täuschend ist. Ähnlich wie wir bei menschlichen Gruppierungen davon sprechen, dass einige Menschen dazugehören, andere nicht, sagen wir hier, dass einige Dinge zu dem gehören, was wir sind, andere hingegen nicht. Es gibt keinen wesentlichen Unterschied zwischen denen, die einer bestehenden Gruppierung angehören, und denen, die ihr nicht angehören; genauso wenig gibt es einen wesentlichen Unterschied zwischen dem, was innerhalb, und dem, was außerhalb von uns ist. Beinahe alles, was wir als »unser Inneres« bezeichnen, entspringt außerhalb von uns; und es gibt keinen Grund dafür, warum irgendeine der Ideen, Meinungen und Gewohnheiten – all das, was uns dieses falsche Gefühl der Einzigartigkeit gibt – »unsere« sein sollen, außer der Tatsache, dass sich die Dinge zufällig so zusammengefunden haben. So lange wie wir uns in Abhängigkeit befinden, sind wir von anderen nicht mehr getrennt als von uns selbst.

Unser Getrenntsein von anderen ist nur eine Reflexion unserer Entfremdung von uns selbst. Gewöhnlich läuft unser Leben nach mechanischen Gesetzen ab, und die Dinge geschehen, wie wenn eine Uhr, die man aufgezogen hat, abläuft, bis die Feder abgerollt ist. Wenn wir imstande sind, in Welt 24 einzutauchen, fangen wir an, unser Leben aus eigener Initiative heraus zu leben, ganz unabhängig davon, was um uns herum vorgeht. Wir werden zu wirklich eigenständigen, gesonderten Wesen mit einem eigenen Selbst und einem unabhängigen inneren Leben.

Wir können zwar mit anderen Wesen in Kontakt treten, aber nicht in sie eingehen; wir können uns zufrieden auf dem ausruhen, was uns die unerschöpflichen Möglichkeiten unserer eigenen inneren Natur zu sein scheinen. Einen ganz anderen Schritt machen wir, wenn wir bemerken, dass wir unsere Freiheit dadurch gewonnen haben, dass wir andere Menschen zurückstießen. Wir suchen uns von der Abhängigkeit von Welt 48 freizumachen und glauben nur zu leicht, dass das Gefühl von Sicherheit, Vertrauen und Unabhängigkeit, das wir in Welt 24 haben, auf etwas wirklich Dauerhaftem beruhe. Das ist nicht der Fall, auch in Welt 24 ist »nichts dauerhaft, alles geht zu Ende, alles nutzt sich ab«. Der ›Körper‹, der dieser Welt entspricht, der innere oder *Kesdjan*-Körper, ist noch verderblich. Wir können ihn uns als eine Organisation von sensitiver Energie vorstellen, die einen zeitlichen Zusammenhalt hat. Alle bewussten Anstrengungen aus der Arbeit an sich selbst führen zu einem Wachstum dieses Körpers. Sein Wachstum gleicht nicht dem der Pflanzen oder der physischen Körper; es ist nicht einmal richtig zu sagen, dass es überhaupt durch einen Prozess in der Zeit zustande kommt. Aber wie wir schon angedeutet haben, bedeutet »Zeit« in den verschiedenen Welten jeweils etwas anderes. Die sensitive Energie ist unausweichlich desorganisierenden Einflüssen unterworfen, welche am Ende den Sieg davontragen.

Nur wenn dieser Körper aus sensitiver Energie – der zwar fähig ist, den Tod des physischen Körpers zu überleben, aber dennoch sterblich ist – zum Fundament wird, aus dem der höchste Teil des Menschen, die Seele, hervorgeht, ist ein Mensch wirklich unsterblich. Wir können diesen höchsten Teil in Beziehung setzen zu der Organisation bewusster Energie in uns und zur Erlangung unseres eigenen Willens, des »eigenen Ichs«. Es ist die Seele, durch die wir unser Getrenntsein von anderen überwinden.

Die Welt der Individualität

Mitten in Welt 24, aber vor uns selbst verborgen, liegt Welt 12.[44]
Gurdjieff beschreibt sie als die Welt, zu der die Heiligen Einlass
haben; sie ist also nicht leicht zugänglich. Dort erscheint die ganze
Realität unter einem anderen Blickwinkel, weil es möglich ist, bewusste Energie zu konzentrieren. Wahrscheinlich hat jeder von
uns irgendwann einmal ein *hal* erfahren, das ihn unter die Gesetze
von Welt 12 brachte, vielleicht durch eine äußere Erschütterung
durch Schmerz oder Freude. In unserem momentanen Zustand
könnten wir eine solch intensive Erfahrung kaum fassen, da wir
nicht in der Lage wären, sie als das zu sehen, was sie ist. In Welt 12
herrscht keine Notwendigkeit, sich selbst zu bestätigen oder etwas
zu besitzen, nicht einmal die, etwas zu sein. Unsere gewöhnlichen
Belange in Bezug darauf, wer wir sind, was wir tun und was wir
haben, sind dort ohne Bedeutung. Im Gegenteil zu Welt 24 wird
auf dieser Ebene das Zentrum nicht länger von unseren Selbsten,
sondern von unserem Ich eingenommen. Dies entspricht einem
Zustand geistiger Wirklichkeit, in dem wir tatsächlich zurückge-
führt werden auf unsere anfängliche Verpflichtung zur Existenz,
mit der unsere Empfängnis begann. Wir haben unsere Freiheit verwirklicht und sind »selbsterschaffene Wesen«.

Die wirkliche Freiheit des Menschen liegt nicht nur in der
Fähigkeit, sich selbst zu sein, sondern ebenso in der Fähigkeit,
nicht sich selbst zu sein – das heißt, fähig zu sein, sich selbst an die
Stelle anderer Menschen zu versetzen. Darauf bezieht sich Gurdjieff in *Beelzebubs Erzählungen*, wenn er davon spricht, dass über
dem Eingang zum »heiligen Planeten Fegefeuer« folgende Worte
geschrieben sind: »Nur der wird hier eintreten, der sich selbst an
die Stelle der anderen Resultate Meiner Arbeit versetzt.« Das
Vermögen, andere genauso zu sehen wie sich selbst, markiert den
Übergang von Welt 24 zu Welt 12. Hierin liegt das Geheimnis des
wahren Individuums: dass es fähig ist, sowohl vollkommen es
selbst zu sein wie auch ganz bei anderen zu sein. Jesus sprach dieses
Geheimnis an, als er die zwei Gebote zusammenfasste, welche zusammen die gesamte Aussage des Gesetzes und der Propheten wiedergeben: »Liebe deinen Herrn und Gott mit deinem ganzen

44. Siehe Fußnote 43.

Herzen, deiner ganzen Seele und deinem ganzen Verstand und mit all deinen Kräften und deiner ganzen Liebe – und liebe deinen Nächsten wie dich selbst.« Es fällt uns leicht, uns eine Einheit und Ganzheit als die Summe ihrer Teile vorzustellen. Ein solches Ganzes unterscheidet sich von anderen Ganzheiten dadurch, dass es sich aus anderen Teilen zusammensetzt. Die Ganzheit und Einheit, die Welt 12 zugrunde liegt, macht keine Trennung zwischen einem Ich und einem anderen Ich. Es ist die gesamte Menschheit, die durch alle Ichs hindurchfließt und jedes einzelne zu einem Ganzen macht, auf gleiche Weise, wie *ein* Leben sämtliche Glieder unseres Körpers durchfließt. Da ist nur *ein* Leben, nicht eine Reihe von verschiedenen Leben, die zusammengefügt werden.

Obwohl es nur ein Leben ist, besitzt aber jedes Einzelglied seine individuelle Identität. Genauso ist es mit dem Zustand der Einheit in Welt 12. In der vollkommenen Vereinigung von Mann und Frau kommt es zur Einheit im Sein und zum Einssein im Willen, aber Mann und Frau bewahren ihre getrennte Identität. Je vollkommener die Vereinigung ist, umso vollständiger wird der Mann zum Mann und die Frau zur Frau. Diese Art Vereinigung geht darüber hinaus, was die Selbstheit je zu erreichen vermag. Von den Gesetzen der Selbstheit frei zu sein, heißt, »sich selbst zu verlieren«. Wir entdecken dann, wer wir sind. Dies ist das »Ich bin«, das nichts mit unserer Selbstheit zu tun hat, und das wir als 2-3-1* darstellen, wobei die mittlere Zahl für das gemeinsame Leben und den gemeinsamen Willen der gesamten Menschheit steht.

Dem Menschen, der eine Seele hat, sind Dinge möglich, die uns ganz und gar unerreichbar sind. Er erlangt ewige Wirklichkeit, Zeitlosigkeit, in der Vergangenheit und Zukunft ein offenes Feld darstellen – nicht wie bei uns eine enge Spur aufeinander folgender Ereignisse, an der wir uns entlang bewegen müssen. Er kann sich – unabhängig von der Position seines Körpers – in Zeit und Raum manifestieren. Er *sieht* Zeit und Raum als das, was sie sind, als Teil der Beschränkungen, unter denen die niederen Welten existieren. Geburt und Tod sind nicht das Gleiche wie bei uns Anfang und Ende des Lebens, sondern sie sind Teil eines Musters, in dem wirkliche Freiheit herrscht. Er existiert nicht länger *in* Zeit und Raum, sondern gemäß einer höheren Ordnung. Die Seele, beziehungsweise der Bewusstseinskörper, ist nicht länger dem unterworfen, was die Buddhisten *dukha* nennen – den Begrenzungen der niederen

Welten, die Leiden, Vergänglichkeit und Auflösung verursachen. Er ist unsterblich geworden, todlos; es besteht keine Notwendigkeit mehr, sich Tod und Wiedergeburt zu unterziehen, dem *samsara* ausgeliefert zu sein, dem Rad der Existenz. In der *Bhagavad-Gita* und den *Upanischaden* wird gesagt, dass das Selbst weder geboren wird noch stirbt.

In den Briefen des heiligen Paulus lesen wir auch über den Unterschied zwischen einem Leben unter den Gesetzen unserer niederen Natur, das dem Tod geweiht ist, und einem Leben im Geiste. Alle großen Traditionen berichten auf ihre Weise von der Unsterblichkeit. In unserer Terminologie geht es um das Freiwerden von der Getrenntheit durch Zeit und Raum, den Existenzbedingungen der niederen Welten.

Um von den niederen Welten in die höheren eingehen zu können, müssen wir aufhören, unter dem Wirken der Gesetze zu stehen, die uns in den niederen Welten gefangen halten. Dies kann gleichgesetzt werden mit der Erschaffung höherer Funktionen und der Organisation höherer Energien in uns selbst, die fähig sind, auf das Wirken höherer Gesetze anzusprechen. Der Mensch mit einem eigenen Ich trägt einen zweiten Körper in sich, der ihm Kraft über seine Selbstheit verleiht. Er kann auch einen dritten Körper erwerben, eine Seele, die mit der Quelle des Ganzen verbunden ist. Durch diese wird er frei von Raum, Zeit und Zahl, obwohl er eine klare Identität beibehält. Erst mit der Vollendung dieses dritten Körpers übersteigt ein Mensch sein »eigenes Ich«.

Den Unterschied zwischen Welt 48 und Welt 24 zu verstehen, ist für jeden möglich. Wir können den Unterschied »schmecken«. In Welt 48 befinden wir uns in einer schweren und eingeschränkten Verfassung. So lange wie wir uns in dieser Welt bewegen, wird diese als Norm angesehen. Wenn wir jedoch einen »Geschmack« von Welt 24 bekommen, können wir erkennen, wie langweilig diese Welt der Persönlichkeit ist und wie sehr wir in ihr eingeschlossen sind. In der Welt der Essenz können wir freier atmen, uns bewusst sein, was um uns herum vorgeht, und in Kontakt mit uns selbst sein. Der Unterschied zwischen den beiden Welten ist recht schnell erfahrbar, wenn es auch lange Zeit dauert, bevor wir in uns das unabhängige Sein von Welt 24 wirklich gefestigt haben. Mit Welt 12 ist die Sache nicht so einfach. Die Welt der Individualität ist schon etwas Übernatürliches, und um sie zu erreichen, müssen wir buchstäblich über unsere Natur hinausgehen.

Das Problem liegt nicht darin, dass Welt 12 so weit von uns entfernt ist, sondern darin, dass sie durch unsere eigene Selbstheit vor uns verborgen gehalten wird. Und trotzdem ist diese Wirklichkeit auch in unserer Erfahrung enthalten, und es ist nicht richtig, dass wir immerzu und ausnahmslos in uns selbst eingesperrt wären. Zum Beispiel ist die Interaktion mit anderen unter den Gesetzen von Welt 12 eine Interaktion des Willens, in der wir alle gleich sind. Kein Wille ist mehr oder weniger als ein anderer. Es ist möglich, einen Schimmer davon zu erhaschen – obwohl wir dazu neigen, ihn zu verzerren, indem wir eine persönliche Erfahrung daraus machen.

In den Evangelien findet sich ein Gleichnis von zwei Frauen, die am Spinnrad arbeiten, und zwei Männern, die ein Feld pflügen. Jeweils einer der beiden wird hinweggenommen, während der andere bleibt. Wenn wir danach fragen, wie es kommt, dass zwei Menschen, die sich offensichtlich am gleichen Platz befinden und die gleiche Tätigkeit ausüben, auf eine solche Weise getrennt werden, ist die Antwort die, dass sie in Wirklichkeit in verschiedenen Welten leben. Einer von ihnen wird in der Traumwelt belassen, der andere wird in die Welt der Realität heimgeholt. Äußerlich befinden sie sich beide in der physischen Welt, Welt 48, innerlich jedoch hat der eine Teil an Welt 24, der andere an Welt 12. Es ist nicht genug, aus der Traumwelt der Persönlichkeit zu erwachen; letztlich ist es nötig, aus der Illusion zu erwachen, »sich selbst zu sein«.

Mit der Vollendung der Seele gelangt das Individuum, das nun ein heiliges Individuum ist, unter die Gesetze von Welt 6. Hier ist der Unterschied zwischen dem Einen und dem Vielen aufgehoben. Wir überschreiten die Bindung an die Existenz, mit der das individuelle Leben seinen Anfang nahm. Kontakte zwischen den einzelnen Willen sind nicht länger notwendig, weil alle Willen das Gleiche sind. In dieser Welt finden wir das direkte Wirken des Zweckes der Schöpfung (siehe Abbildung 8.3).

Zur Abbildung: Beachten Sie, dass die obere Pyramide den spirituellen Bereich der »anderen Seite« der Kreativität darstellt; in der kreativen Energie vermählt sich die Existenz mit der Nicht-Existenz. Der Leser sei auf Bennetts Werk *Eine spirituelle Psychologie* verwiesen.

Abb. 8.3 – Interpretationen menschlicher Existenz

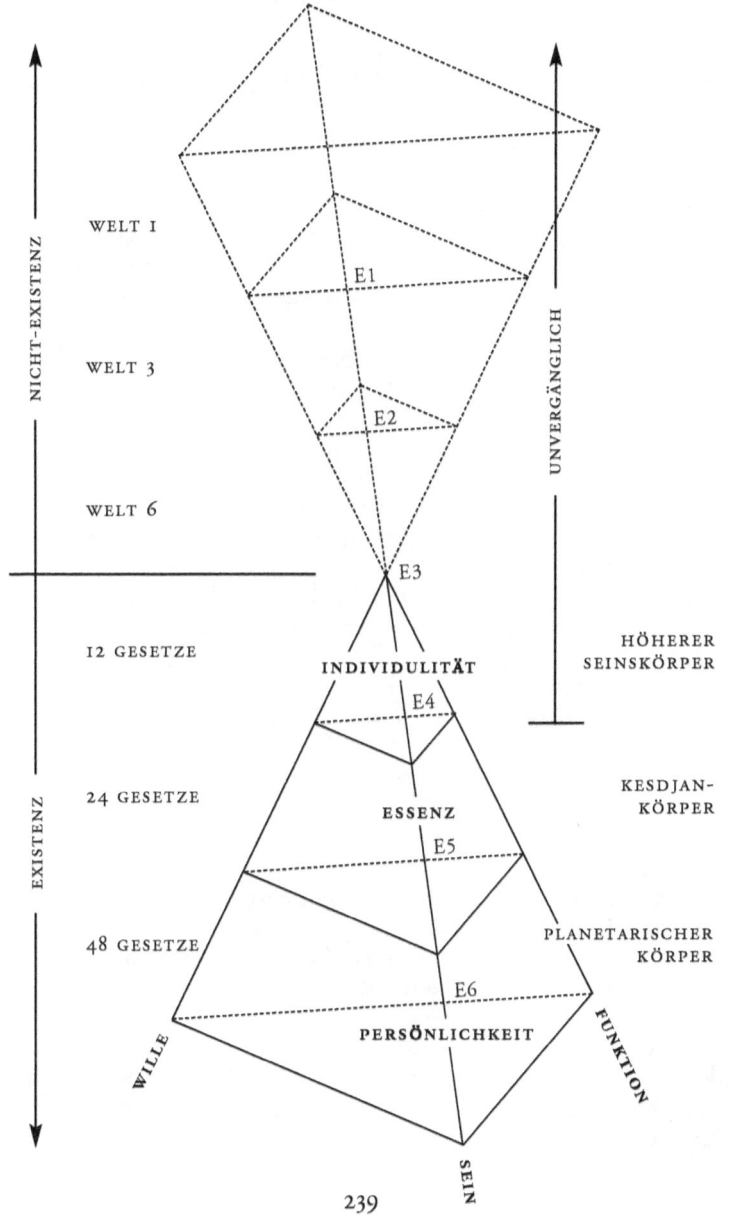

Die universale Welt

Um in diese Welt zu gelangen, muss der eigene Wille im Abgrund des Ganzen verloren gehen. Es fällt uns sehr schwer, das zu verstehen. Aus unserem jetzigen Zustand sehen wir die Welt der Essenz als einen Ort der Erfüllung an, wo es möglich ist, sich selbst zu finden. Welt 12 verlangt jedoch von uns, uns selbst aufzugeben, um ein Individuum zu werden – das heißt, eine Welt der Entscheidung zu betreten, in der wir nicht länger durch das Muster unserer eigenen Natur getragen werden. Um weiterzugehen in Welt 6 ist es nötig, die Freiheit des Willens der universalen Arbeit zu unterstellen. Es fällt sogar schwer, dies in Worte zu fassen – aber diese Schöpfung arbeitet nicht wie eine Maschine, und wer in ihre Welt, in Welt 6 eintritt, gibt seine Freiheit nicht auf, um in der »Mechanik der Sterne« unterzugehen.

Gemäß dem Gesetz der Evolution, 2-1-3, muss das Geschaffene seinem Schöpfer etwas zurückgeben. Die Rückkehr des Geschaffenen zur Quelle ist die Weise, wie sich der Zweck der Schöpfung erfüllt. Wir werden dorthin zurückgezogen durch die Liebe. Was schließlich zurückkehrt, ist nicht die Persönlichkeit oder die Essenz oder das Ich, sondern die Frucht, die sich mit dem Aufstieg durch die Welten gebildet hat, durch die schließlich Einheit und Ganzheit wiederhergestellt werden. Diese Dinge reichen nicht einmal bis in unser Bewusstsein hinein. Alles, woran wir uns halten können, sind die Bilder dessen, was der Menschheit offenbart worden ist.

Die Kulmination der objektiven Vernunft – der Funktion des höchsten Wesensteils, der Seele – besteht darin, die Welt nicht aus der eigenen Sicht heraus wahrzunehmen, sondern so, wie Gott sie sieht. In diesem Sehen gibt es keine unterschiedlichen Willensrichtungen mehr, keine verschiedenen Zentren von Erfahrung, nur noch das Ganze, den Megalokosmos, aus dem nichts ausgeschlossen ist, in dem kein Ding wichtiger ist als ein anderes und in dem es keine Trennung mehr gibt. Wir kennen Kommunikation nur als etwas, das zwischen zwei verschiedenen Einheiten stattfindet. Von daher können wir sagen, dass im Megalokosmos keine Kommunikation mehr nötig ist, weil jedes Ding gleichzeitig alles andere ist – überall wirkt die göttliche Kraft der Versöhnung und trägt den in sich ungeteilten Ozean des Seins. Die Ganzheit und

Einheit, die darin liegt, beruht nicht darauf, dass Vielfalt ausgeschlossen wird, sondern darauf, dass alles mit hinein genommen
wird. Wir dürfen den Gestaltenreichtum des Megalokosmos nicht
als Vielheit verschiedener Dinge oder Wesen verstehen, sondern
als das schöpferische Wirken der sechs grundlegenden Gesetze der
Schöpfung.

Nichts kann existieren, ohne auch an Welt 6 teilzuhaben: Die
universalen Gesetze, die das Ganze beherrschen, sind für alle
Welten gültig. Das Gesetz der kosmischen Involution, 1-2-3,
beschreibt den Prozess der Schöpfung, in dem die göttliche Kraft
der Bejahung hervortritt, um das Sein des Ganzen aufrechtzuerhalten. Dies ist ein kontinuierlicher Prozess, der schöpferische Wille
ist ohne Unterlass wirksam. Das Gesetz der kosmischen Evolution,
2-1-3, stellt die Erfüllung des kosmischen Zwecks dar, um dessent-
willen die Risiken der Schöpfung eingegangen wurden. Er liegt in
der Rückkehr des Geschaffenen zur Quelle, der Verbindung all
dessen, was ist, mit der Quelle, aus der es stammt. Das Gesetz der
universalen Identität, 2-3-1, macht das So-Sein dessen aus, was existiert. Die versöhnende Kraft in der Mitte der Triade verkündet
den Versöhnungswillen Gottes, welcher allen Dingen ihren Platz
in der Ordnung des Ganzen zuweist und alles, was ist, erhält und
bewahrt. Durch dieses Gesetz vermag das Universum das zu sein,
was es *ist*.

Das universale Gesetz der Interaktion, 1-3-2, beherrscht die
Interaktion zwischen den einzelnen Teilen der Schöpfung. In
Beelzebubs Erzählungen wird dieses Gesetz auch das *allgemeine kosmische Ansanbaluiazar* genannt. Es sichert die Verbindung der einzelnen Teile untereinander und besagt, dass alles *alles* andere mit
einschließt und dass alles durch alles andere beeinflusst wird. Dies ist
der universale Prozess. Das universale Gesetz der Ordnung, 3-1-2,
mündet in der grenzenlosen Empfänglichkeit, die die Bedingung
aller Möglichkeiten darstellt. Wir kennen es aus den Mythen des
Altertums als die Große Mutter, durch die und in der alle Dinge
und Wesen ins Sein treten. Sie ist es auch, die das Mögliche vom
Unmöglichen trennt und das Ganze dem Wirken universaler
Gesetze unterstellt.

Das kosmische Gesetz der Freiheit, 3-2-1, kann auch das Gesetz
der Unmöglichkeit genannt werden. Es ist die Tür, die offen gelassen wurde, damit das, was existiert, zur Quelle zurückfinden kann.
Das Gesetz der Freiheit befähigt Wesen der unteren Welten, unter

das Wirken höherer Gesetze zu kommen. Durch dieses Gesetz wird es möglich, die durch die Begrenzungen der Existenz entstandenen ›Fehler‹ wieder gutzumachen. Sein Tätigkeitsbereich ist die Erlösung des gesamten Universums. Es versöhnt den göttlichen Willen mit Seiner Schöpfung.

Im Sufismus bezeichnet der Ausdruck *bhati-bud-yud* die Einheit der Substanz von Welt 6. Der Mahayana-Buddhismus nennt einen Menschen, der fähig ist, diese Welt zu betreten, einen Bodhisattva, einen Mitleidsvollen, weil er sich in alle Wesen hineinzuversetzen vermag. Jemand, der diese Welt betreten hat ist fähig, mit unparteiischer, objektiver Liebe zu lieben. Das, was wir normalerweise »Liebe« nennen, ist nur unser eigener subjektiver Zustand – zwischen dem Liebenden und dem Geliebten bleibt letztlich doch ein Unterschied bestehen. Um in die Welt der objektiven Liebe oder des objektiven Mitgefühls einzutreten, muss dieser Unterschied ausgelöscht werden. Im Sufismus gibt es eine Geschichte, die von der Natur der wirklichen Liebe handelt.

Darin kommt ein Liebender zum Haus des Geliebten und klopft an seine Tür. Auf die Frage: »Wer ist da?« antwortet er: »Ich bin es«, und der Geliebte antwortet ihm: »Dann musst du wieder gehen, denn hier ist kein Raum für uns beide.« Erst als der Liebende so weit ist, dass er noch einmal anklopft, um auf die gleiche Frage zu antworten: »Du bist es«, bekommt er die Erlaubnis seines Geliebten einzutreten. Es gibt in dieser Welt keinen *anderen.*

Die höchsten Welten

Was jenseits von Welt 6 liegt, ist mit keiner psychologischen Terminologie zu umschreiben, und deshalb müssen wir uns den zwei verbleibenden Welten durch kosmologische Ideen nähern. Das Erste, was wir über Welt 3 aussagen können ist, dass sie sich jenseits der Schöpfung befindet. Welt 6 kann es nur geben, wenn etwas erschaffen ist. Der Übergang von Welt 3 zu Welt 6 wird in der *Genesis* beschrieben. Der Geist Gottes, *Elohim,* weht über die Wasser des Chaos, Tohuwabohu, und teilt das Licht von der Dunkelheit, die Himmel von der Erde und so weiter, bis aus dem Chaos eine geordnete Welt entsteht. Das Chaos ist die Unbegreiflichkeit der Welt 3, und alles, was wir als die Ordnung und Gesetze, welche unsere Existenz regieren, erkennen können, ist nicht das Ergebnis einer »Aufhebung« des Chaos, sondern eine Reihe von drastischen Eingrenzungen, die dem uranfänglichen Chaos auferlegt werden. Unsere gewöhnliche Vorstellung, dass eine kreative Intelligenz Ordnung aus dem chaotischen Material macht, lässt das Ganze als eine stufenweise Verbesserung erscheinen. In Wirklichkeit jedoch geschieht eine Abwärtsbewegung zu immer größeren Beschränkungen; denn das formlose Chaos ist tatsächlich die höhere Stufe. Der Grund, warum wir diese Sache nicht mehr richtig sehen, liegt daran, dass wir den Schlüssel zu der Weisheit, die diesen Symbolismus hervorgebracht hat, verloren haben. Das ist teilweise auch der Grund dafür, dass Gurdjieff seinen eigenen Symbolismus in *Beelzebubs Erzählungen* entworfen hat und es weitgehend vermied, bekanntes Material zu verwenden. Im Folgenden nun die gestraffte Zusammenfassung des Kapitels *Der heilige Planet Fegefeuer:*

Bevor überhaupt etwas war, hatte unser Endloser Schöpfer den Ort Seines Seins auf der *heiligen Sonne Absolut.* Nachdem Er entdeckt hatte, dass sich der Umfang der *Sonne Absolut,* beinahe unbemerkbar, verringerte – was auf die Einwirkung des erbarmungslosen *Heropas* zurückzuführen war, den Fluss der Zeit –, beschloss unsere Unendlichkeit der Auflösung Seines Wohnsitzes zuvorzukommen, indem Er eine unabhängige Welt erschuf, die den Verlust wieder ersetzen konnte. Zu diesem Zweck veränderte Er die Funktionsweise der zwei heiligen fundamentalen Gesetze, der Gesetze der Drei und der Sieben,[45] so dass die verschiedenen Kräfte oder Impulse nur noch zusammen wirken konnten und nicht mehr unabhängig voneinander. Diese modifizierten Gesetze strömten nun von der *heiligen Sonne Absolut* in den Raum des Universums. Diese Emanation oder Ausströmung wird von Gurdjieff *Theomertmalogos* oder »Wort Gottes« genannt. Das

---

45. Das Gesetz der Sieben ist das Gesetz, wodurch Dinge sich verändern und zu etwas anderem werden können, als sie sind. Wir können es aus unserer Sicht am besten als Gesetz des Risikos verstehen. Die Idee des Risikos gehört zu den wichtigsten Erkenntnissen, die uns John G. Bennett vermittelt hat. Sie besagt, dass die Dinge auf eine solche Weise arrangiert sind, dass sie Lücken aufweisen, wodurch ein Willensakt stattfinden kann. Das Sich-Öffnen von Lücken geschieht in den unteren Welten, während der Willensakt aus den höheren Welten stammt. Auf diese Weise werden die Welten miteinander vermählt. Gurdjieff zufolge enthält das «reine» Gesetz der Sieben keinerlei Risikomomente – es stellt die vollkommene Harmonie aller Möglichkeiten dar (Anmerkung des Herausgebers).

Ergebnis dieser Ausströmung war die Konzentration unabhängiger Existenzen, der »Sonnen zweiter Ordnung«. Diese wiederum legten die Grundlage zu einer eigenen Funktionsweise der zwei heiligen Gesetze und begannen auch, neue Erscheinungen hervorzubringen. Jede einzelne dieser Sonnen vermittelte die bejahende Kraft; demgegenüber übertrugen alle anderen Sonnen zusammengenommen die entsprechende Verneinung. Das *Theomertmalogos* übernahm dann die Rolle der vereinigenden, versöhnenden Kraft. Dann wurden die »Sonnen dritter Ordnung« konzentriert, die wir als Planeten kennen. Damit hatte das Gesetz der Sieben »die Hälfte seiner Verlebendigungskraft verloren«, und als Ergebnis entstanden nur noch »Ähnlichkeiten zu dem bereits Entstandenen«, was schließlich den äußeren Zyklus der Schöpfung zu Ende brachte. Danach folgte der Anfang eines »inneren Zyklus«, was mit dem Auftreten des Lebens zu tun hatte und der Erschaffung von Möglichkeiten für eine individuelle Transformation, die Befreiung unabhängiger Intelligenz innerhalb der Schöpfung.

Durch diese Hinweise können wir tatsächlich eine Menge über die Psychologie der Transformation lernen, doch im Augenblick sind wir an der kosmologischen Bedeutung interessiert. Die *heilige Sonne Absolut* ist Welt 1, das *Theomertmalogos* Welt 3. Die Sonnen zweiter Ordnung, die Welt der Sterne, der Megalokosmos, repräsentieren die Welt 6, bevor sie eigene Wirkungen ausüben. Die einzelnen Sterne, wie die Sonne unseres Sonnensystems, entsprechen der Welt 12. Die Sonnen dritter Ordnung oder Planeten gehören zu Welt 24, und die Existenzbedingungen der Ähnlichkeiten des bereits Entstandenen entsprechen der Welt 48. Zwischen diesem und dem Schema in Ouspenkys Buch *Auf der Suche nach dem Wunderbaren* kann ein grober Vergleich gezogen werden. Doch sollten wir mit solchen Vergleichen vorsichtig sein, denn jede Darstellung geht das ganze Problem auf eine eigene Weise an, und wir müssen den Wert von verschiedenen Darstellungen verstehen und sollten sie nicht durcheinanderbringen.

Gurdjieffs Kosmologie gibt uns eine neue Einsicht in das Wirken der höheren Gesetze. Die allererste Tat, in der Unsere Endlosigkeit die veränderten Gesetze in den ›umgebenden Raum‹ aussendet, stellt das kosmische Gesetz der Involution, 1-2-3, dar. Die erste Kraft, die kosmische Bejahung, ist der Wille Unserer Unendlichkeit; die zweite Kraft, die kosmische Verneinung, ist die Welt im Prozess ihrer Erschaffung; die dritte Kraft und das, was die zwei anderen Kräfte vereinigt, ist das *Theomertmalogos*. Es liegt in der Natur der Involutionstriade, dass die dritte Kraft wiederum die bejahende Qualität trägt. Hier beginnt nun Gurdjieffs Beschreibung.

Mit dem Auftreten der Sonnen zweiter Ordnung wird eine neue Reihe von Gesetzen eingeführt, und zwar jene, die sich auf die zweitrangige kreative Kraft der vereinzelten Teile des Megalokosmos beziehen. Jede der Sonnen übermittelt selbst eine Bejahung. Seite an Seite mit der kosmischen Schöpfung gibt es nun eine für jede Sonne besondere Schöpfung. Das wird als 1-2-3* symbolisiert, wo die Zahl 3* die begrenzte Macht der einzelnen Sonne darstellt, genauso wie sie die begrenzte kreative Macht des Menschen darstellt, der sein eigenes Ich hat. Die Wirkungen, die aus dieser zweiten Schöpfung hervorgehen, haben ihren Ursprung in Welt 6, während jene der ersten Schöpfung aus Welt 3 stammen. In Welt 12 gibt es sechs reine Gesetze, die das Ganze der Schöpfung regieren, und auch sechs Gesetze, die sich aus den Begrenzungen der einzelnen Existenz ergeben.

Die weitere Verdichtung der Sonnen dritter Ordnung oder Planeten bringt eine neue Reihe von Gesetzen hervor: jene der tertiären Schöpfung. Die Planeten (zusammengenommen) übertragen die kreative Wirkung ihrer Sonnen und der ersten Schöpfung in die sichtbare Welt, wie wir sie kennen.

Auf psychologischer Ebene ergeben sich daraus die Unterschiede zwischen dem höheren Selbst und dem niederen Selbst, den Instrumenten der Manifestation, wodurch weitere zwölf Gesetze hinzugefügt werden. Von dieser Ebene, der Welt der Planeten, erhalten wir unser Schicksal, das Muster unserer Manifestation, während wir von der Sonne unsere Bestimmung erhalten. Die Sonne erschafft uns als Individuen. Doch ist auch die Schöpfung in uns, die von der Quelle von allem stammt und durch die es möglich ist, völlig über uns selbst hinauszugelangen. Ein weiterer Bestandteil unserer Selbstheit ist der tertiäre Planeteneinfluss.

Jede Sonne trägt ihr eigenes Muster, ihre eigene Bestimmung, ihren möglichen Beitrag zum Ganzen. Gurdjieff beschreibt, wie sich, sobald die solare Welt in Erscheinung tritt, die Kräfte zur Triade der Ordnung verbinden: 3-1-2*. Die versöhnende Kraft ist das *Theomertmalogos*, die bejahende Kraft ist die jeweilige Sonne, während die verneinende Kraft aus dem Umfeld der anderen

Sonnen stammt. Dieses Gesetz stellt die Bestimmung der einzelnen Sonne dar. Wir können auch sagen, dass ihr eine Aufgabe
innerhalb der Begrenzungen der Existenz zuerteilt wurde.[46]

Wenn das grundlegende Gesetz der Sieben »die Hälfte seiner belebenden Kraft verloren hat«, bleiben die abhängigen Gesetze der
Welt 48 übrig, die dem Dasein auf der Oberfläche der Planeten
entsprechen. Dort werden unsere Körper gebildet; es ist Flächenland.

*Abb. 8.4 – Schema der Welten in Bezug
auf die Beschreibungen in* Beelzebubs Erzählungen

Welt 1	Sonne Absolut	Unendlichkeit*
Welt 3	Theomertmalogos	Kreativer Akt
Welt 6	Megalokosmos	Universum
	Fegefeuer	
Welt 12	Sonnen zweiter Ordnung	Sterne
Welt 24	Sonnen dritter Ordnung	Planeten
	Mikrokosmos**	
Welt 48	Ähnlichkeiten zum bereits Entstandenen***	Planeten-oberfläche

*   Das ist eine Interpolation. Siehe auch John G. Bennetts Buch *Gurd-
jieff entschlüsselt*, 1982.
**   Lebende Zelle, oder Einheit des sexuellen Lebens.
*** Apparate mit keinem eigenen inneren Leben.

46. An dieser Stelle sollten sich Theologie und Astrophysik verbinden.

*Wie sich die höheren Welten
uns gegenüber manifestieren*

Wir haben etwas Wichtiges ausgelassen, als wir über Welten, Energien, Funktion, Sein und Wille sprachen. Das Bild, das wir uns von der Transformation gemacht haben, bleibt unvollständig, wenn wir nicht auch noch hinzufügen, wie wir *Hilfe* in den unteren Welten erhalten können. Wir können davon sprechen, dass wir uns anstrengen, uns beobachten, arbeiten und sogar Führung und Anleitung von erfahreneren Menschen erhalten. Das ist alles richtig. Aber nichts davon könnte uns auf den Weg bringen, würde nirgendwohin führen, wenn nicht etwas in uns hineinkommt, was uns zu den höheren Welten hinzieht. Etwas Derartiges kann nur von den höheren Welten selbst ausgehen. Das kreative *Werk,* über das wir sprachen, ist nicht einfach eine Art der Anstrengung; es ist eine Realität an sich, die ihren Ursprung in einer Quelle hat, die wir nicht direkt erfahren können.

Das Mysterium des Werks ist das Gleiche wie das Geheimnis heiliger Individuen, der Begründer der großen Religionen und der spirituellen Lehren in der Welt. Von Zeit zu Zeit erscheinen auf dieser Erde Menschen, die aus einer Welt des Großen Mitgefühls kommen. Solche heiligen Individuen *sind* das Ganze. Deshalb sind sie, auch wenn sie in einem physischen Körper inkarniert sind und atmende Wesen wie wir selbst werden, in sich völlig frei von den Gesetzen, welche diese Welt erdrücken. Sie essen, atmen und schlafen nicht – das tun nur ihre physischen Körper. Die Art der heiligen Individuen wird von Gurdjieff in der Person des *Aschiata Schiämasch* beschrieben. Am Anfang des *Legomonismus* des Aschiata Schiämasch mit dem Titel »Der Schrecken der Situation« sagt dieser: »Mir, einem winzigen Teil des großen Ganzen, wurde von oben befohlen, mich mit dem planetarischen Körper der dreizentrischen Wesen zu bekleiden und allen anderen Wesen, die auf diesem Planeten entstehen und existieren, zu helfen, sich von den Folgen der Eigenschaften des Organs *Kundabuffer* zu befreien.« Das »Oben« bezieht sich hier auf Welt 3. Der Platz des Aschiata Schiämasch ist Welt 6.

Die heiligen Individuen kennen den Zweck, zu dem die Schöpfung ins Leben gerufen wurde. Außerdem bringen sie das Wirken der Freiheit, das zu den höheren Welten gehört, in diese

Welt hinein. Sie sind die Quelle der Hilfe für uns, doch sie können uns keine Freiheit geben; nicht einmal Gott kann uns Freiheit geben. Sie geben uns Hilfe, doch wir müssen lernen, wie wir diese annehmen können, wie wir uns hingeben, unter ihre Führung stellen können. Die Ereignisse, die ihre Verkörperung umgeben und ihre Mission auf der Erde, sind völlig außerhalb unseres Horizonts. Die heiligen Individuen sind völlig außerhalb des Raumes und der Zeit, jenseits von Ursache und Wirkung, und sind für gewöhnliche Leute ganz unsichtbar. Aus diesem Grund muss eine Art ›Brücke‹ gebildet werden, so dass zwischen den Welten etwas hin- und herfließen kann. Dabei spielen besonders ausgebildete und vorbereitete Menschen, die Welt 12 erreicht haben, eine wichtige Rolle. Sie sind fähig, unter die Wirkung der Gesetze von Welt 6 zu gelangen und können dadurch bei der Übertragung von Hilfe für gewöhnliche Menschen kooperieren. Es gibt immer einen Zeitraum im Leben eines heiligen Wesens, wenn es eine Gruppe von Gefährten oder Schülern bildet und diese für die Teilnahme an höheren Ereignissen vorbereitet. Dieses Ereignis wird nicht einmal Welt 24 oder die niedrigeren Welten berühren. Es ist ein neuer Eintritt des *Theomertmalogos,* des Wort Gottes. Ist es vollbracht, dann gibt es für die Welt eine neue Quelle der Erlösung, eine neue kreative Kraft; doch wenn die Menschen der niedrigeren Welten einen Nutzen davon haben wollen, muss etwas geschaffen werden, was sie tatsächlich erfahren können. Hier liegt der Aufgabenbereich der Schüler dieser heiligen Individuen. Sie müssen ein *heiliges Bild* schaffen und vorstellen, welches zum Teil ein Bild des Individuums ist und zum Teil ein Bild seiner Lehre oder seines Evangeliums. Die Menschen können sich dann dem Bild, einer Person oder einem heiligen Buch zuwenden, und wenn sie ihre Aufmerksamkeit in dieser Weise auf ein Bild gerichtet halten, kann etwas in sie hineinfließen. Die Kraft hinter dem Bild rührt aus jenem hohen, unsichtbaren Ereignis her, das für normale Menschen schwer zu erfassen und zu ertragen wäre, wenn sie damit in direkten Kontakt kommen würden.

Wir können Mohammed als Beispiel nehmen. Er wird als Botschafter der Hoffnung repräsentiert. Mit den Worten *bismillah ar-rahman ar-rahim* – »im Namen Gottes, des Gnädigen, des Barmherzigen« – stellt der Koran die Botschaft dar, dass Gottes Mitleid stärker ist als alles, was der Mensch verschuldet hat. Die dieser Botschaft zugrunde liegende Kraft erweckt in den Gläubigen die Hoffnung, dass sich das Versprechen des Korans auch für sie erfüllen wird. Sie vermittelt ihnen die Zuversicht, dass es ausreicht, in der von Mohammed beschriebenen Weise zu leben und ihre Energie gemäß den von ihm gegebenen Verhaltensregeln zu transformieren, um damit ihr ewiges Wohlergehen zu sichern. Jedem, der einmal in einem islamischen Land gelebt hat, ist dieses Gefühl der Hoffnung vertraut, auch heute noch, nachdem so viele Jahrhunderte vergangen sind und so vieles auch degeneriert ist. Wir sehen, wie hier ein heiliges Bild alle Zweifel beseitigt. Sie kennen selbst die Todesfurcht nicht, wie andere sie kennen, denn sie sind sich ganz sicher, nach dem Tod ihre Belohnung zu erhalten, falls sie entsprechend der Lehre gelebt haben.[47]

Das heilige Bild ermöglicht es dem Menschen, zur Quelle zurückzukehren. Wenn das Streben des Menschen auf ein Bild gerichtet ist, wird dadurch ein konzentrierter Energiefluss erzeugt. Für diejenigen, die ihre Energie mit der nötigen Intensität und Reinheit der Intention durch Gebete und Übungen transformiert haben, ist es möglich, darüber hinauszugehen und mit der Quelle des Bildes direkt in Verbindung zu treten. Sind nicht genügend Reinheit und Intensität vorhanden, dann werden die Energien nur bis zu einer bestimmten Höhe ansteigen, bis sie irgendwo zwischen Welt 24 und Welt 12 stecken bleiben. Auf diese Weise bilden sich rund um die Brennpunkte von Gebet und Gottesdienst Kraftreservoire – ein Beispiel dafür ist Mekka. Diese Energie wiederum kann von denen genutzt werden, die den Weg der Transformation eingeschlagen haben, vorausgesetzt, sie akzeptieren die damit verbundene Verpflichtung des Dienens.

Obwohl alle religiösen Lehren die Absicht haben, uns zu zeigen, wie ihre Begründer und Schüler gelebt und was sie in ihrem Leben getan haben, ist dies im Grunde ein Ding der Unmöglichkeit. Denn überliefert wird immer nur die Außenseite der Arbeit. Es gibt jedoch auch eine direkte Vermittlung der Realität, die parallel geht zu der öffentlichen Botschaft, die die Menschen auf die heiligen Bilder ausrichten soll. Gurdjieff spricht hiervon, dass die wirkliche Bedeutung der Mission heiliger Individuen durch »wirklich

---

47. Diese Vorstellung wurde im Laufe der Zeit völlig verdreht – entsprechend John G. Bennetts Darstellung der »Welt der Täuschung«. Verblendete Menschen identifizieren sich nun mit einem Versprechen, das eigentlich aus der Verblendung herausführen sollte (Anmerkung der Übersetzer).

eingeweihte Wesen« von Generation zu Generation weitergegeben wurden. In Wirklichkeit spielte sich zu Mohammeds Lebzeiten etwas ganz anderes ab, als uns die geschichtliche Überlieferung der orthodoxen muslimischen Lehre berichtet. Gleiches gilt für das Leben von Christus und Buddha.

Ein »wirklich eingeweihtes Wesen« ist jemand, der in die eigene Individualität eingegangen ist. Was wir hier besprechen, hat nichts mit irgendeiner Geheimlehre zu tun, diese bieten nur eine andere Version der gleichen Vorfälle. Was wirklich geschehen ist, kann aus einer Perspektive, die unter Welt 12 liegt, überhaupt nicht wahrgenommen werden. Denn bis dorthin reicht die Offenbarung der göttlichen Liebe, so dass manchmal etwas davon auch in das Leben auf dieser Erde eindringen kann, um den Menschen zu helfen, sich aus der Sklaverei ihres Zustandes zu befreien. Da Welt 12 der Brennpunkt dieser Vermittlung ist, erscheint es uns so, als seien die »von oben Gesandten« nur Individuen. In Wirklichkeit liegen diese Offenbarungen jenseits der Individualität.

Wir sehen Mohammed, Christus und Buddha als getrennte Individuen an, was sie nicht sind. So lange wir sie nur als Individuen betrachten, wird es uns nicht gelingen zu verstehen, warum es diese Vielfalt an Glaubensrichtungen gibt, die einander häufig zu widersprechen scheinen. Alle Widersprüche und Unterscheidungen die wir vorfinden, sind alleine in unserer Wahrnehmung begründet – sie liegen nicht in den Offenbarungen selbst. Es gibt nicht mehrere heilige Individuen. Sie sind nicht getrennt voneinander. Es gibt nicht Jesus, Mohammed, Moses, Abraham, Krishna und so weiter. Dies sind alles nur Bilder, die uns von dem Einen Wort-Gott gegeben wurden, dem *Theomertmalogos,* der sich in dieser Welt manifestiert hat, um Schöpfung und Schöpfer miteinander zu verbinden. Wenn es uns gelingt, Welt 12 zu betreten, verstehen wir unmittelbar, dass alle Lehren und alle Religionen aus der Einen Quelle stammen und alle heiligen Individuen in Wirklichkeit eins sind.

Die göttliche Aktion ist zeitlos – immer gegenwärtig, hier und jetzt. Christus sagte: »Ich werde bei euch sein bis ans Ende der Welt.«

Der göttliche Mensch

Wir haben versucht, verschiedene Ansichten des ganzen Menschen zu vermitteln, des »Auferstehungsmenschen«, eines Menschen, der eins geworden ist im Bilde Gottes. Während wir in diesem Leben arbeiten, kann das Bild Gottes in uns Wirklichkeit werden. Meister Eckhart sagt über den göttlichen Menschen: »Ihm wurde aus Gnade zuteil, was Christus durch seine Natur besaß.« Ein solcher Mensch hat Teil am *göttlichen Werk*, wodurch das Wort Gottes auf die Erde kommt, um uns die Transformation zu ermöglichen, damit wir den Weg zur Quelle zurückgehen können. Sich selbst hat er aufgegeben – er ist ein Teil des *Wirkens der Wirklichkeit* geworden. Für die meisten von uns liegt diese Einsicht jenseits unseres Verstehens. Es ist uns aber möglich, hier und jetzt »an uns selbst zu arbeiten«. Das können wir selbst erfahren, nachprüfen und üben.

Es gibt in Wirklichkeit keine besonderen Menschen, und in der »Arbeit an uns selbst« sind wir alle gleichermaßen Bettler, gleichermaßen Anfänger – wir müssen alle da anfangen, wo wir hier und jetzt sind. Die Wahl, vor die wir gestellt sind, ist einfach: wie Tiere zu leben und wie Hunde zu sterben oder an uns selbst zu arbeiten, um Menschen zu werden. Dann können wir damit beginnen, auf der Basis eines praktischen Verständnisses dessen, was wir sind und werden können, zu leben. Aber damit dies geschehen kann, müssen wir uns selbst aufgeben und uns hier und jetzt der Arbeit widmen: Das ist der gerade Weg, der enge Weg, der einzige, der uns zum *Leben* führt.

Mit anderen Menschen zusammen zu arbeiten,
ist nicht leicht, und umso wirklicher die Arbeit ist,
umso schwieriger wird sie.

JOHN G. BENNETT
Private Zitatensammlung *Fallen Leaves*

Dritter Teil

Welten

Vorbemerkung

IM FEBRUAR UND MÄRZ 1974 HIELT JOHN G. BENNETT EINE Reihe von Vorträgen vor Studenten des dritten Sherborne-Kurses. Diese Vorträge basierten auf dem Schema der vier Welten, wie es in der Sufi-Tradition gelehrt wird. Bennett griff in seinen Lehren viel auf dieses Schema zurück – es taucht zum Beispiel in seinem letzten Buch, *Die Meister der Weisheit*,[48] wieder auf. Er hatte vorgehabt, noch zwei weitere Bücher zu schreiben: eines über die Menschen und eines über die Zeit. Uns liegt zum letzten Buch eine Übersicht vor, aus der hervorgeht, dass Bennett plante, das Vier-Welten-Schema als Bestandteil seines grundlegenden Ideengerüstes zu verwenden. In *Die Meister der Weisheit* wird das Schema nur wenig erklärt. Deswegen ist das Material der frühen Vorträge von 1974 sehr wertvoll für uns.

Diese sind ihrer Natur nach selbsterklärend. Ich habe sie so genau wie möglich editiert. Dabei versuchte ich, das neue Material herauszuziehen und alles Verwirrende zu vermeiden oder zu glätten. Ich habe mich auch bemüht zu zeigen, wie das Schema an die Ideen vom ersten und vom zweiten Teil des Buches anknüpft, welche aus Vorträgen während des vierten Sherborne-Kurses im Oktober und November 1974 stammen.

Wie immer sollte auch mit dieser Idee gearbeitet werden, und Bennett hat sich stets bemüht zu zeigen, wie man zu einem wirklich konkreten Verständnis der großen Traditionen gelangen kann. Seiner Ansicht nach hat man die alten Ideen beinahe schon »aus der Existenz herausphilosophiert«. Er sah es als Aufgabe an, den Leuten diese Ideen so zu präsentieren, dass sie weder als zu abstrakt noch als zu einfach empfunden wurden: Das Verständnis der Ideen ist ohne Arbeit an sich selbst kaum möglich. Es lag ihm fern, die Köpfe der Leute mit noch mehr unnützen Ideen anzufüllen.

Manchmal ging er von einer grundlegenden Aussage aus und verwandte große Anstrengung darauf, die Leute spüren zu lassen, was diese Aussage für sie und ihre Lebenswirklichkeit bedeutet. Manchmal überschüttete er uns mit einer großen Menge von Ideen auf einmal, so dass das Schubladendenken des formatorischen Apparates völlig außer Gefecht gesetzt wurde.

48. John G. Bennett: *Die Meister der Weisheit*. Verlag Bruno Martin, Südergellersen 1993 / Chalice Verlag.

Seine Arbeit an den Sufi-Ideen blieb – meinem Gefühl nach – unvollendet; das ist in Ordnung so. In einer Vortragsreihe zu seinem Werk *The Dramatic Universe* analysierte Bennett die Bedeutung der vier Welten und benutzte dabei für seine Analyse die transfinite Arithmetik von Georg Cantor.[49] In den Reden, die er Anfang 1974 hielt, konzentrierte er sich mehr auf den Aspekt der psychologischen Erfahrung und sprach über viele Dinge, die für ein Verständnis seiner Vision von der Natur des Menschen nützlich sind. Es ist jedoch nicht leicht, sein Schema der vier Welten mit dem traditionellen Sufi-Schema der fünf Welten oder der *fünf Gegenwarten* zu verbinden.[50]

Was mein »Glätten« der Texte angeht, so lief dieses nicht darauf hinaus, alle Widersprüche zu beseitigen. Bennett vertrat wohl die Ansicht, dass man alles dafür tun solle, um so zusammenhängend und geordnet wie möglich das zu enthüllen, was hinter den Grenzen unseres Verstandes liegt. An den Stellen, wo ich für den Leser Schwierigkeiten gesehen habe, habe ich einen Verweis auf andere Teile des Buches oder auf traditionelle Quellen eingefügt, so dass der Leser seine eigenen Nachforschungen betreiben kann.

Es ist nützlich, sich zu Beginn eine Übersicht vom Aufbau der Welten zu erstellen. Ich gebe das Schema hier bewusst so einfach wie möglich wieder. Es umfasst, von unten her gesehen, die folgenden Welten:

1. Die Welt der Körper. Dinge; Kausalität; Persönlichkeit. Die »äußere Welt«.

2. Die Welt der Geister. Psyche; nicht-kausale Gesetze; Essenz. Die »innere Welt«, in der ein »innerer Körper« geformt werden kann.

3. Die Welt der Möglichkeit. Wille; jenseits von Raum und Zeit; Individualität. Die »spirituelle Welt«, wo ein dritter Körper gebildet werden kann. Die Welt, deren Wirklichkeit ganz und gar schöpferisch ist.

4. Die unergründliche Welt. Leere; letztendliche Wirklichkeit; jenseits von Gott.

49. John G. Bennett: *Creation,* Bennett Books, Santa Fe, New Mexico, 1998.

50. Vgl. Titus Burckhardt: *An Introduction to Sufi Doctrine,* 1973, sowie auch seine Einführung zu: Muhyiddin Ibn Arabi: *Die Weisheit der Propheten – Das Fusus al-Hikam nach der Übertragung von Titus Burckhardt,* Chalice Verlag, Zürich 2005 (Anmerkung der Übersetzer).

Bis zu diesem Punkt ist es noch leicht, das Schema mit anderen Schemata zusammenzubringen, wie sie im ersten und zweiten Teil des Buches dargestellt werden. Ich habe einen solchen Vergleich unternommen und dabei auch eine Parallele zu Gurdjieffs Kosmologie gezogen. An den Punkten, wo sie voneinander abweichen, habe ich darauf hingewiesen.

Ähnlich wie Gurdjieff sah auch Bennett, dass viele Missverständnisse durch die Annahme geschaffen werden, dass der gewöhnliche Mensch eine Seele oder einen inneren Körper habe. Die traditionellen Darstellungen gehen davon aus, dass jeder von Geburt an eine Seele mitbringt, das heißt, von Anfang an über eine substanzielle Existenz in der inneren Welt verfügt. Die Idee, dass wir uns *eine Seele erschaffen* müssen, scheint relativ neu zu sein, wahrscheinlich, weil die damit verbundenen praktischen Techniken in den vergangenen Zeiten verborgen gehalten und nur durch persönlichen Kontakt weitergegeben wurden. Wo aber diese Idee fehlt, ist jeder Gedanke an das Betreten der höheren Welten nur ein Traum. Die traditionellen Schemata, wie sie in diesem Buch beschrieben werden, scheinen sich auf den Zustand von Heiligen oder verwirklichten Menschen zu beziehen und die Situation derjenigen Menschen außer Acht zu lassen, die mitten im Prozess der Transformation stecken. Das führt zu einer Entstellung der ganzen Angelegenheit.

Es mag sein, dass die Religion es sich nicht leisten kann, die Hoffnungen der Menschen zu zerstören, indem sie ihnen enthüllt, dass ihr wahrscheinliches Schicksal Traum und Auflösung sein wird. Es ist nicht nur für die Menschheit, sondern für das gesamte Leben auf diesem Planeten wichtig, dass innerhalb der menschlichen Rasse so viel wie möglich dafür getan wird, die Energien zu transformieren, welche zur inneren Welt gehören.[51] Das ist eines der großen Themen von Gurdjieffs *Beelzebubs Erzählungen*. Moral, Disziplin, Glaube und die Rezitation heiliger Texte leisten alle zusammen einen Beitrag zur inneren Arbeit der Transformation.

---

51. Ich erinnere mich, dass Bennett sagte, es sei merkwürdig, dass wir uns durch so viele komplizierte Ideen hindurcharbeiten müssen, um uns an die Bedeutung von Praktiken zu erinnern, die in alten Gesellschaftsformen selbstverständlich gewesen waren. So praktizieren bestimmte afrikanische Stämme bis in die jüngste Zeit hinein Atemkontrolle, was wichtig für die Ernährung des inneren Körpers ist. (Anmerkung der Übersetzer: Auch das chinesische Qi-Gong oder das indische Yoga kennen diese Methode seit Jahrtausenden.)

Aber erst in der heutigen Zeit, wo die Religionen ihre Macht verloren haben, kann ein realistischeres Bild vom menschlichen Leben verbreitet werden, denn jetzt wird es dringend gebraucht.

Wenn wir in der inneren Welt keinen substanziellen Platz, keine Präsenz haben, dann gibt es in uns nichts, was imstande ist, auf höhere Einflüsse zu reagieren, nichts, das in der Lage wäre, die Impulse des Gewissens und der heiligen Emotionen zu empfangen und zu ertragen, nichts, um auf eine solche Weise zu leben, dass ein Wissen um den göttlichen Willen oder die objektive Vernunft möglich wird. Die Arbeit an sich selbst ist nötig, um eine Brücke zwischen der äußeren Welt der kausalen Ereignisse und der freien schöpferischen »Welt der Möglichkeiten« herzustellen, jener Welt, in der wir »in Gott verweilen« können.

ANTHONY G. E. BLAKE

Kapitel neun

Was ist diese innere Welt?

WIR MÜSSEN UNS KLAR DARÜBER WERDEN, WAS DIESE PHY-
sische Welt ist und welche Art Erfahrung zu ihr gehört. Es ist die
Welt unseres Körpers und der Dinge, die uns umgeben, auch die
der anderen Menschen und Lebewesen, überhaupt aller sichtbaren
Zustände von Materie, die wir durch unsere Sinne und Instrumente erfahren können. Wir wissen, dass wir auf der Oberfläche
eines Planeten leben, und können die physische Welt, in der wir zu
Hause sind, einen Zustand »terrestrischer Existenz« nennen.
Unsere Erfahrung ist zum größten Teil bestimmt durch die Tatsache, dass wir auf einer planetarischen Oberfläche leben. Es gibt
verschiedene Zustände von Materie – feste, flüssige und gasförmige, sowie verschiedene Formen strahlender Energie. Alles, was es in
dieser Welt gibt, setzt sich aus diesen vier Elementen zusammen,
denen in früheren Zeiten die Namen: Erde, Wasser, Feuer und
Luft zugeteilt wurden. Unser eigener Körper hat eine ›feste‹
Struktur, ein flüssiges Inneres in Form von Blut und anderen
Körpersäften, und wir atmen Luft. Der strahlenden Energie, dem
Feuer, entspricht innerlich die Energie unseres Nervensystems und
äußerlich die Wärme, beziehungsweise das Licht, das unsere
Aktivität aufrechterhält.

Der größte Teil unserer Erfahrung hat mit dem Bewusstsein zu
tun, welches sich auf die eben genannten Existenzbedingungen
stützt. Wir kennen nur das, was wir sehen, berühren, oder in
irgendeiner Weise fühlen können. Alles, dessen wir uns in dieser
Weise bewusst sind, bleibt äußerlich und getrennt von uns, da es
eines Energieaustauschs bedarf, der den Kontakt erst möglich
macht. Diese Arten des Energieaustauschs unterstehen dem Gesetz
der Energieerhaltung und dem Gesetz der Ausschließlichkeit, so
dass wir die Erfahrung von getrennten Dingen und Körpern in
zeitlicher Abfolge erleben, eine Aufeinanderfolge von Ereignissen,
die so zusammenhängen, dass das, was gerade geschah, völlig das
vorherbestimmt, was als Nächstes stattfinden wird.

Wenn wir diese drei Ideen zusammennehmen – die der planetarischen Existenz, der vier Zustände der Materie und der Unter-
worfenheit unter deterministische Gesetze –, können wir uns ein

Bild davon machen, was die Sufis unter der *Welt der Körper,* dem *alam-i ajsam* verstehen. In dieser Welt existieren nur Körper und Gesetze, die Körper betreffen. Es gibt dort kein Bewusstsein. Dies ist sowohl die sichtbare Welt, wie unsere Sinne sie wahrnehmen, als auch die Welt unseres gewöhnlichen Denkens, die nicht mehr als eine Reflexion der Körperwelt ist. Es ist eine schrecklich eingeschränkte Existenzweise. Alles, was existiert, ist nur eine andersgeartete Anordnung der vier Zustände der Materie – sei es materiell, lebendig, menschlich oder kosmisch. In Wirklichkeit erfahren wir in der Körperwelt keinen Unterschied zwischen Lebewesen und Dingen, da wir nicht in der Lage sind, andere Menschen als Wesen wahrzunehmen. Wir haben in dieser Welt kein inneres Leben und keinen Kontakt zu uns selbst.

Unsere Existenz in dieser Welt ist sehr real und sehr wichtig – aber »wir selbst« können nicht wirklich darin enthalten sein. Alles, was darin ist, untersteht den Gesetzen dieser Welt. Hier hat nur die »Mensch-Maschine« ihren Platz, die über Assoziationen, Reaktionen und Reflexe verfügt und eine Nachahmung des menschlichen Wesens darstellt, die aber nicht wirklich ein menschliches Wesen ist.

Was gibt es denn außer dieser Welt? Wir sind leicht versucht zu sagen: Nichts, es gibt nichts anderes. Oder wir sprechen leichthin von der »geistigen Welt«, was nicht viel mehr ist als eine Redewendung, denn wir stellen uns diese als etwas vor, das Seite an Seite mit der Körperwelt existiert, aber keine eigene Substanz besitzt. Wir betrachten sie als etwas, das die Ereignisse der körperlichen Existenz begleitet, aber keine eigene Substanz hat. Wir wissen, dass die Erfahrungen, die wir haben, durch unser Nervensystem und unsere Gehirnstruktur bestimmt werden, und es fällt uns schwer zu sehen, was es unabhängig vom Gehirn oder anderen Teilen des Körpers noch Eigenständiges geben soll. Manche Menschen, die gern glauben möchten, dass es noch etwas anderes gibt, tendieren zu der Annahme, dass dieses Andere dem Fühlen und Denken ähnlich ist, was normalerweise in uns abläuft. Diese Idee ist unsinnig, denn unsere gewöhnliche Art geistiger Erfahrung hängt offensichtlich sehr von der Stimulation der Körperwelt ab. Wenn diese hinweg genommen würde, blieben im besten Fall noch Erinnerungen und Assoziationen an Dinge bestehen.

Für ein tieferes Verständnis müssen wir etwas finden, was einer geistigen Welt entspricht und keine bloße Reflexion auf äußere

Ereignisse ist. Es ist nicht einmal so schwer zu finden. Wir kennen alle jene Erfahrungen, die sich von denen der Körperwelt unterscheiden und die dann auftreten, wenn wir sozusagen aus der Körperwelt ausgekoppelt sind.

Die meisten unter uns wissen, dass die Erlebnisse in nächtlichen Träumen nicht den gleichen Einschränkungen unterliegen wie die, die an die Aktivität des Körpers gekoppelt sind, aber wenige scheinen die Bedeutung dieser Sache zu bemerken. In Träumen ist es nichts Besonderes, dass die Schwerkraft außer Kraft gesetzt wird, dass wir »fliegen« können oder dass »hinauf« und »hinunter« einen anderen Sinn haben als im Wachzustand. Es gibt viele andere Dinge, die im Traum- und Wachzustand gleich sind. Wir erleben in unseren Träumen die gleichen physischen Empfindungen, Gefühle und Gedanken wie im Wachzustand, aber keine Schwere.

Darin liegt ein bedeutender Unterschied, was die Erfahrung äußerer und innerer Welten betrifft. Ein weiterer Unterschied liegt im Zeitsinn, über den wir noch an späterer Stelle sprechen. Alles in allem ist es nicht richtig zu sagen, Träume seien chaotisch – sie gehorchen ihren eigenen Gesetzen, welche nicht identisch sind mit denen unserer gewöhnlichen Erfahrung im Wachzustand.

Es ist allgemein bekannt, dass Menschen durch Drogen oder Krankheit zu intensiven Erfahrungen dieser Art gelangen können. Man sagt dann leicht, dass es sich dabei »nur um Halluzinationen« handle. Egal wie wir es nennen, es sind doch reale *Erfahrungen,* die weit lebhafter und intensiver, sogar dauerhafter in der Wirkung sein können als unsere Erfahrungen in der Körperwelt. Auf der physiologischen Ebene werden dabei Teile des Nervensystems zeitweise außer Aktion gesetzt. Aber was tritt dann ein und bewirkt die *Erfahrungen?* Diese können sich stark von gewöhnlichen Erfahrungen unterscheiden, so dass keine Erinnerung das Material dafür liefern kann. *Etwas* kommt hinzu – von irgendwoher, es geschieht nicht einfach so.

Wenn wir schon über Erfahrungen sprechen, die von der Körperwelt abgekoppelt sind, dann sollten wir die so genannten »außerkörperlichen Erfahrungen« erwähnen. Ich erinnere mich, dass ich meinen Körper verließ, nachdem ich 1918 verwundet wurde. Ich beobachtete alles, was um meinen Körper herum geschah, mein Körper befand sich währenddessen in einer Art Koma. Ich erinnere mich auch an eine Begebenheit während der Zeit, als ich aus *Beelzebubs Erzählungen* vorlas – jeweils vor den Mahlzeiten in

Gurdjieffs Etagenwohnung –, die zweimal am Tag stattfanden. Der Raum war voller Zigarettenrauch und Gurdjieff saß, wie gewöhnlich, mir gegenüber im Stuhl. Plötzlich befand ich mich in einer der oberen Ecken des Zimmers und sah auf meinen Körper herab – dieser fuhr fort zu lesen, als sei nichts geschehen. Ich erinnere mich, dass ich noch dachte: »Wie intelligent er doch liest, selbst wenn ich nicht dabei bin!« Dann warf mir Gurdjieff einen Blick zu, ich schloss meine Augen und fand mich selbst zurück in meinem Körper, immer noch lesend.

Eines sollten wir klar sehen: Beinahe unser ganzes Leben läuft automatisch ab. Die Mensch-Maschine kann die komplexesten Verhaltensweisen erzeugen, ohne dass überhaupt eine Erfahrung, zumindest keine *innere* Erfahrung, beteiligt ist. Wenn wir uns in diesem automatischen Zustand befinden, sind wir Schatten, Gespenster ohne innere Substanz. Dann ist es ganz legitim zu sagen, dass die innere Welt eine Art Treibgut auf der Oberfläche der äußeren Ereignisse ist.

Durch unsere praktischen inneren Übungen lernen wir, mit dem Material der inneren Welt umzugehen. Dieses Material besteht, ebenso wie die körperliche Welt, aus vier verschiedenen Elementen: den vier Energien Gedanke, Gefühl, Empfindung und – als vierte, auf einer anderen Ebene – *Bewusstsein*. In beiden Welten, der körperlichen wie der inneren, stellt das vierte Element eine Brücke zur nächst höheren Welt dar. Die Licht- oder Strahlungsenergie verbindet den Körper mit der inneren Welt. Das Bewusstsein verbindet die innere Welt mit der wirklichen *geistigen* Welt, der dritten Welt. Hier verstehe ich unter »geistig« das, was jenseits der Form liegt.

Wir wollen an dieser Stelle die Terminologie betrachten, die wir für die verschiedenen Welten benutzen wollen. Sie stammt aus der Sufi-Tradition. Obwohl für die verschiedenen Welten unterschiedliche Namen und Beschreibungen existieren, treffen wir überall auf ähnliche Einteilungen in körperliche, innere und geistige Welten, wie sie in diesem Schema vorgenommen werden.

Alam-i ajsam – Welt der Körper

Alam heißt im Arabischen »Welt« und *ajsam* leitet sich aus dem Wort *jasm* – »Körper« her.

Alam-i arvah – Welt der Geister

Das Wort *arvah* ist der Plural von *ruh* – »Geist«.[52] Die »Welt der Geister« wird normalerweise so aufgefasst, als gäbe es eine von Geistern bevölkerte Welt – mit guten Geistern, bösen Geistern, menschlichen Geistern, Naturgeistern und so weiter. Wenn wir uns diese Geister wie Lebewesen vorstellen, erhalten wir ein falsches Bild. Es ist wohl richtig, dass es Geister gibt, auch nichtmenschliche Geister mit einer Art eigenständiger Realität. Aber diese sind nicht mit Menschen vergleichbar, besitzen keinen Körper und es ist schwer, ihre Organisation objektiv zu erkennen. Es ist besser, von dieser Welt als der Welt der vier Energien zu sprechen, die wir durch unsere praktische Arbeit erfahren können: Empfindung, Gefühl, Gedanke und Bewusstsein. Dabei müssen wir uns vergegenwärtigen, dass wir gerade erst beginnen, die Gefühlsenergie wahrzunehmen, und dass wir noch nicht wirklich mit der Gedankenenergie umgehen können. Empfindung, Gefühl und Gedanke sind allesamt Formen der *sensitiven* Energie, derer wir uns bewusst werden können. Die bewusste Energie befindet sich auf einer höheren Ebene, und es ist eine große Sache, die wahre Natur des Bewusstseins zu erfassen.

Alam-i imkan – Welt des Möglichen

Das Wort *imkan* ist hergeleitet von *mumkin* – »möglich«. Das *alam-i imkan* ist die wirklich spirituelle Welt, die im Grunde keinem unserer Existenzzustände entspricht. Sie ist jenseits des Einflusses von Raum und Zeit und steht in Verbindung mit dem Wirken des göttlichen Willens. Ihre Energien reichen über dieses Leben hinaus.

52. *Ruh* hat, ähnlich dem deutschen Wort »Geist«, viele verschiedene Bedeutungen. Wir finden sowohl im Islam als auch im Christentum die Idee von einem Heiligen, unerschaffenen Geist, dem *ar ruh-i laht* oder Heiligen Geist, in Gurdjieffs Schriften ist dies das Geheimnis der dritten Kraft. Dann gibt es den »individuellen Geist«, den »göttlichen Funken« im Menschen. Für Bennett ist das der »individuelle Wille«. Bennett assoziierte den Geist (im triadischen System von Körper, Seele und Geist) mit dem Willen, die Seele mit dem Sein und den Körper mit der Funktion. Als Drittes haben wir den »Lebensgeist«, der zwischen »Seele« und »Körper« vermittelt. Er ist die Grundlage des *alam-i arvah*, der unteren Ebene, in Bennetts Terminologie die »sensitive Energie«. Bennett bemühte sich, den Mittelbereich zwischen Körper und Wille auszufüllen, indem er über die

Es gibt noch eine vierte Welt, die manchmal *lahut* genannt wird, die »Grenzenlose«. *La* bedeutet »nicht« und *hut* »messbar«. Ich habe sie die »Unergründliche« genannt.

Wir tun uns schwer damit zu realisieren, dass diese Welten nicht irgendwo »dort drüben« liegen, jenseits einer Art spirituellen Atlantiks, sondern hier und jetzt sind, gegenwärtiger als unsere normale Erfahrung es uns zu sein erlaubt. Wir verfügen im gewöhnlichen Zustand nicht über die Mittel, sie wahrzunehmen. Unsere Persönlichkeit, die ein Bestandteil des *alam-i ajsam* ist, kann nicht in die höheren Welten eingehen. Das bedeutet: So lange unsere Wahrnehmung an unsere Persönlichkeit gebunden bleibt, sind uns diese Welten verschlossen.

Wie ich bereits angedeutet habe, kann durch unterschiedliche Störfaktoren wie Verletzungen, Krankheit, Schwäche sowie verschiedene Drogen und großen emotionalen Stress ebenfalls eine außerordentliche Veränderung in der Art unserer Erfahrung hervorgerufen werden. Dies betrifft die physiologische Seite – und dennoch muss es so etwas wie ein Medium geben, das eine solche Erfahrung möglich macht. Es handelt sich dabei nicht um ein Weniger an normaler Erfahrung, sondern um ein Mehr: Wir betreten eine Welt, in der größere Freiheit der Erfahrung herrscht. Die innere Welt, das *alam-i arvah*, steht nicht unter den gleichen Gesetzen wie die Körperwelt, das *alam-i ajsam*. Auch wenn wir nicht physisch schlafen, ist es uns doch möglich, abzuschweifen und uns selbst an einem anderen Platz zu befinden. Es gelingt uns gewöhnlich nicht, seine Bedeutung zu ermessen – wir nennen es »Tagtraum« und werden kaum zugeben, dass wir uns wirklich an einem anderen Platz oder in einer anderen Zeit befunden haben, was mittels unseres Körpers nicht möglich wäre.

Alle Phänomene der Präkognition haben mit dieser relativen Freiheit in Bezug auf Raum und Zeit zu tun. Was fangen wir mit der Einsicht an, dass solcherlei Phänomene ganz real sind? In der Welt der Körper werden wir nichts finden, was uns einen Zugang

---

Rolle der *bewussten Energie* sprach. Das ist die Welt des Lichts, die dem *malakut* entspricht, dem Himmels- und Engelsreich. Um zu verstehen, wie fließend diese Kategorien sind, müssen wir wissen, dass viele Leute es als das animistische Reich, den Bereich des Lebens, ansehen. Das *malakut* ist der »Bereich des Tuns«, der *Aktion,* jedoch nicht im Sinne äußerer Wirkungen wie im kausal bedingten *alam-i ajsam«* (Anmerkung des Herausgebers).

zur Zukunft verschaffen würde. Das Gleiche gilt für eine »Zeitreise« in die Vergangenheit, sie liegt ebenfalls außerhalb der Gesetze des *alam-i ajsam*. Ich bin selbst mehrmals zurückversetzt worden in Ereignisse der Vergangenheit und habe dadurch Dinge gelernt, die ich anders nicht hätte erfahren können, Dinge, welche anschließend bestätigt wurden.

Innerhalb der Erfahrung der physischen Welt ist eine solche Bewegungsrichtung unmöglich. Sie vermittelt uns eine Ahnung davon, welche Art von Erfahrungen ohne physischen Körper möglich sind. Ich kann mich noch an den schlauen Blick erinnern, den Gurdjieff mir zuwarf, als ich damals während des Lesens meinen Körper verlassen hatte. Ich weiß noch genau, wie es sich anfühlt, außerhalb der physischen Welt und trotzdem fähig zu sein zu sehen, was in ihr vor sich geht. Selbst das Denken kann weitergehen wie bisher, man kann in diesem Zustand sogar noch »klügeln«. Um einen Geschmack davon zu bekommen, können wir einmal, während wir zuhören, lesen oder an etwas arbeiten, versuchen, uns vorzustellen, dass wir uns zur gleichen Zeit irgendwo anders befinden. Wir sollten derlei jedoch nur ausprobieren, wenn wir *wirklich voll beschäftigt* sind, weil dies sonst nur unnütze Gedanken hervorruft. Es ist durchaus möglich, etwas herzustellen, was außerhalb der gewöhnlichen Aktivität liegt, die normalerweise unsere gesamte Aufmerksamkeit schluckt. Was bedeutet es, an der Erschaffung von Gedankenformen zu arbeiten? Vielleicht gelingt es uns zu sehen – obwohl dies nicht leicht ist –, dass wirklich etwas *in* einer anderen Welt geschaffen wurde. Auf diese Weise erfahren wir, dass die zweite Welt sich in vieler Hinsicht wenig von der ersten unterscheidet. Es gibt in ihr ebenfalls Formen, Orte und Bewegungen, und es finden auch Ereignisse statt.

Ich habe ein- oder zweimal die Erfahrung gemacht, wie es ist, tot zu sein, wenn sämtliche Lebensfunktionen aufgehört haben. Man befindet sich dann noch irgendwo, und ich nehme an, dass es die gleiche Welt ist wie die, in der man sich beim Träumen aufhält. Träume, Erfahrungen mit psychoaktiven Substanzen, Präkognition, Erfahrungen außerhalb des Körpers und so weiter sind nur oberflächliche Manifestationen des *alam-i arvah*. Sie verweisen auf eine andere Welt, die anderen Gesetzen unterworfen ist und in der andere Erfahrungen möglich sind.

Früher war die Existenz dieser anderen Welt eine allgemein anerkannte Tatsache. Es ist interessant zu wissen, wie man sich damals diese Welt vorgestellt hat: Für gewöhnlich wurde der körperlose Zustand als weniger real angesehen als der verkörperte. Er wurde als »Welt der Schatten« bezeichnet, als *sheol* im Hebräischen – »Welt der Geister«. In den Gedichten Homers, besonders der *Odyssee,* stoßen wir auf wundervolle Einsichten. Er unterscheidet zum Beispiel zwischen dem Zustand der meisten Menschen und dem der besonderen Menschen, der Helden und Seher, die die gewöhnliche Wahrnehmung überschreiten, wie zum Beispiel der Seher Tiresias. Eine ähnliche Unterscheidung trifft der Psalmist im Alten Testament, wenn er gewöhnliche Menschen von jenen unterscheidet, die im Busen der Väter (Abraham, Isaak und Jakob) ruhen. Derselbe Psalmist beklagt, dass wir in der »Welt der Schatten« Gott nicht länger zu dienen vermögen, weil uns dort die Lippen fehlen, um Ihn zu lobpreisen.

Die alten Ideen wurden durch den westlichen christlichen Glauben an die Auferstehung entwertet – eine Auferstehung, bei der der physische Körper zurückkehrt und wir erneut eine physische Existenz annehmen. Diese Aussicht erschien den Menschen verlockender als die, in die Welt der Schatten hinabzusteigen, so dass die alten Ideen verdrängt wurden. Der Zustand zwischen Tod und Auferstehung wurde fortan nur noch als Schlaf aufgefasst, wie wir die Phrase »Ruhe in Frieden« interpretieren können. Dem Menschen verblieb die Möglichkeit, entweder in der Hölle in verstörtem Zustand zu träumen oder im Himmel in einem friedvollen Zustand zu träumen; aber die Möglichkeit, dass wir dort eventuell überhaupt nicht träumen, wurde gar nicht in Betracht gezogen. Diese Aussicht erschien zu erschreckend. Wenn wir zugeben, möglicherweise nach dem Tode ein substanzielles Wesen zu sein, welches trotz seiner Körperlosigkeit keineswegs zu träumen braucht, dann muss diese Sache in unserem Leben zu einer äußerst dringlichen Angelegenheit werden.

In Tibet wurde die Möglichkeit, die Traumwelt zu überwinden, nahezu zur Besessenheit, was aus dem *Tibetischen Totenbuch* deutlich wird. Wegen dieser Besessenheit folgten damals viele Menschen dem Weg der Mönche und nahmen ein heimatloses Leben auf sich: Zu einem Zeitpunkt soll es 300 000 Mönche und nur 600 000 Laien gegeben haben. Allein die Vorbereitung auf das nächste Leben erschien ihnen von Bedeutung, dieses Leben hier zählte dagegen nichts. Hierin liegt wahrscheinlich eine schreckliche Übertreibung, man hat dabei wohl etwas Wichtiges außer

Acht gelassen. Vom siebzehnten Jahrhundert an, als diese jenseits-orientierte Haltung sich verfestigte, gab es einen großen Nieder-gang.

Für uns geht es darum zu lernen, wie die zweite Welt in Be-tracht gezogen und mit ihr gelebt werden kann. Sie kommt an Vielfalt der physischen Welt gleich, aber ist tiefer als diese. Der wirkliche Unterschied liegt darin, dass sie anderen Gesetzen unter-liegt. Sie besitzt auch ihre eigenen »Orte« im physischen Sinne. Wenn Gurdjieff davon spricht, erwähnt er den *Kesdjan*-Körper. *Kesdjan* ist persisch und bedeutet »Gefäß des Geistes«. Es bezeich-net damit die Art von Seinszustand oder Organisation, welche uns befähigt, uns im *alam-i arvah* zu bewegen. Mit anderen Worten: Der *Kesdjan*-Körper ist mehr als nur ein Traum. Er stellt eine sub-stanzielle Realität dar, die erlangt werden oder in uns entwickelt werden muss. Im Gegensatz zur landläufigen Meinung wird dieser Körper nicht mit uns zusammen geboren, er formt sich auch nicht automatisch. Er kann in der Welt, in der unsere Persönlichkeit re-giert, nicht hergestellt werden.

Beim Tod eines Menschen, den Gurdjieff das »erste heilige *Raskuarno*« nennt, trennt sich der *Kesdjan*-Körper vom planetari-schen oder physischen Körper, um bis zu der Sphäre aufzusteigen, die ihm an »Vibrationsdichte« entspricht. Ich kam auf anderem Wege zu der gleichen Idee, indem ich mathematisch-physikalische Forschungen anstellte, die mir deutlich machten, dass es jenseits von Zeit und Raum noch andere Dimensionen gibt. Was ich die *Ewigkeit* nenne, ist eine fünfte Dimension, innerhalb derer unser innerer Körper bis zu dem Ort ›aufsteigt‹, der ihm entspricht. Diese Bewegung führt uns hinaus aus den Einschränkungen der physischen Welt zu einem freieren Zustand. Die ›verschiedenen Ebenen‹ in der Ewigkeit entsprechen verschiedenen Graden an Freiheit. Die Gestaltungen, die in der Geisterwelt entstehen, sind den störenden Einflüssen der ersten Welt nicht unterworfen und verfügen über ein weitaus größeres Potenzial. Auf diese Weise kann die zweite Welt einen organisierenden Einfluss auf die erste Welt ausüben. Aber früher oder später wird mit Notwendigkeit auch das zerfallen, was sich in der zweiten Welt geformt hat.

Das »Aufwärts« und »Abwärts« der inneren Welt hat nichts mit dem Gravitationsfeld der Erde zu tun: Es ist ein Auf und Ab in der Ewigkeit. Unsere Sprache macht es uns schwer, Ereignisse im *alam-i arvah* zu beschreiben, da diese der Zeit nicht unterworfen sind. Die Dimension der Ewigkeit liegt sozusagen ›rechtwinklig‹ zur Zeit, aber wir sind gezwungen, so darüber zu sprechen, als sei es etwas, das in der Zeit abläuft, und über das »Leben nach dem Tode« so zu reden, als könnten wir es in Tagen und Jahren messen wie das Leben in der Körperwelt. Selbst unsere Träume mit ihrer oberflächlichen Beweiskraft zeigen uns bereits, dass in der inneren Welt der Charakter der Zeit sich völlig ändert. Eine sehr »lange« Traumsequenz kann im Bruchteil einer Sekunde ablaufen, in dem uns ein Geräusch geweckt hat. In die Ewigkeit entrückt, kann uns eine Sekunde wie die Dauer eines Lebens erscheinen. Aus Augenblicken intensiver Erfahrung wissen wir, dass eine infinitesimale Zeitdauer mit so viel Erfahrung angefüllt sein kann, dass sie eine Ewigkeit zu währen scheint. Das ist von großer Bedeutung für unsere Beziehung zu den Toten.

Ein Toter, der in die Geisterwelt eingeht, führt vielleicht nicht mehr als eine Traumexistenz – sein Zustand ist buchstäblich ein Traumzustand. Ich habe einmal einige einfache Kommunikationsexperimente mit Träumenden gemacht, um den Zustand des Träumens besser verstehen zu lernen. Es gibt neue Experimente in dieser Richtung, die viel ausgeklügelter sind. Ich experimentierte damals auch mit Leuten, die sich in Hypnose befanden. Jedenfalls fand ich heraus, dass es möglich war, sich ohne die Verwendung von Hypnose dem anzupassen, was im Traum einer Person vor sich geht, und Reaktionen in der betreffenden Person hervorzurufen, ohne dass diese dabei erwacht. Ich nehme an, dass das dem entspricht, was in so genannten »spiritistischen Sitzungen« mit Toten gemacht wird. Wir sollten allerdings nicht vergessen, dass diese Dinge einer niedrigen Funktionsebene angehören. Ich kenne Leute, die haben jahrelang mit solchen Kommunikationsformen gearbeitet, um schließlich zu entdecken, dass es nirgendwohin führt, da es sich nur im Bereich des Traums bewegt. Es gibt wieder andere, die nicht akzeptieren würden, dass diese Sache so begrenzt ist, wie ich sie hier darstelle.

Ich glaube, dass alle Ereignisse, die mit solcherlei Zuständen zu tun haben, ihrem Wesen nach begrenzt sind. Deshalb ist es gar nicht so wünschenswert, zu viel mit ihnen zu tun zu haben. Ich möchte noch weitergehen und sagen, dass solche Bemühungen von unserer Seite für die Toten sogar schädlich sein können. Derartige Verständigung kann dazu führen, dass die Seelen der Toten festgehalten werden und dass sie sich einbilden, einen hohen

Existenzgrad erreicht oder etwas geschafft zu haben, was eine schreckliche Täuschung ist. Denn nach und nach wird ihr Potenzial zum Träumen erlöschen, die Seele geht in traumlosen Schlaf über und löst sich auf.

Wurde keinerlei Kontakt mit dem »höheren Prinzip« geschlossen, mit dem, was der geistigen Welt angehört und fähig ist, zur Quelle zurückzukehren, dann kehrt dieses Prinzip mit leeren Händen zurück, ohne den Zweck erfüllt zu haben, zu dem es sich verkörpert hat.

Menschen, die so gelebt haben, dass sie in Bezug auf Wahrnehmung und Denken von der äußeren Welt abhängig waren, werden nur schwer begreifen können, was mit ihnen geschieht, wenn sie sterben. Ihr Denken, welches total von Sinneswahrnehmung und Worten abhing, ist *entgleist,* aus der Bahn geworfen – sie geraten völlig durcheinander. Diejenigen, die sehr im Denken gelebt haben, tun sich schwer darin, überhaupt zu erkennen, dass sie tot sind. Das ist einer der Gründe, weswegen es wichtig ist, in diesem Leben mit der »Empfindung« zu arbeiten. Wir müssen lernen, was es ist, mit dem physischen Körper Kontakt zu haben. Wenn wir das nicht gelernt haben, wird unsere Empfindung nach dem Tod gleich Null sein. Das einzige, was ein wenig frei bleibt, sind die *Gefühle.*

Gefühle sind vom physischen Körper weit weniger abhängig als Empfindungen und weit weniger abhängig von der äußeren Welt als unser Denken. Tote, die überhaupt eine Möglichkeit zur Entwicklung beibehalten haben, halten sich mehr in ihrem Gefühl auf. Deshalb geht auch das, was von unserer Seite für die Toten getan werden kann, vom Gefühl aus. Es ist richtig, dass wir die Toten nicht beklagen sollen. Denn ein Verstorbener, der uns nahe stand, verspürt unseren Kummer, als wäre es sein eigener, und wir legen ihm damit eine schwere Last auf. Was er braucht, ist Liebe und Zuversicht – alle positiven Gefühle, die wir vermitteln können. Wir haben den Gestorbenen gegenüber die Pflicht, uns nicht dem Selbstmitleid oder dem Schmerz hinzugeben, was weiteres Leiden bei ihnen verursacht, sondern wir müssen uns in einen Zustand positiver Gefühle versetzen, um ihnen auf diese Weise Stärke zu geben.

Gurdjieff beschreibt in seiner dritten Reihe von Schriften eine interessante Praxis aus dem Altertum, die darin bestand, sämtliche Fehler und Missetaten der Toten zu Bewusstsein zu bringen. Das entspricht den Praktiken, die in Tibet ausgeübt werden, und dient dem Zweck, der Seele des Toten einen Anstoß zu geben, aus der Traumwelt zu erwachen, indem wir ihr ihre Träume so schwer machen, dass sie den Impuls bekommt, sich selbst zu befreien, anstatt länger nach einer Art Simulierung ihres früheren Lebens zu streben. Es erfordert einiges, sich zur Durchführung dieser Übung zu bringen, und man braucht großes Vertrauen darauf, dass die tote Person in der Lage sein wird, sich aus ihrem Egoismus zu lösen, um in die dritte Welt, ins *alam-i imkan,* einzugehen. Die Hilfe, die wir den Toten anbieten können, ist nicht zeitlich gebunden. Wir haben auch die Möglichkeit, Menschen zu helfen, die vor zwanzig, vierzig oder hundert Jahren gestorben sind. In der *inneren Welt* ist die Verbindung zu jemandem, der vor zehn Jahren gestorben ist, gleich stark und intensiv wie zu jemandem, der gerade vor fünf Minuten dahingegangen ist.

Wir bewegen uns auch während dieses Lebens ständig in dieser Welt, aber unsere Aufmerksamkeit wird permanent nach außen gezogen – in die physische Welt. Wir messen der inneren Welt sehr wenig Bedeutung bei. In dieser inneren Welt sind jedoch nicht nur die Wahrnehmungen anders, sondern auch die Handlungen und die Ereignisse, die stattfinden können. Sehr wahrscheinlich beruhen alle wichtigen Entdeckungen und Einsichten auf Vorgängen der inneren Welt. Ich erinnere mich an ein Gespräch mit Lawrence Bragg,[53] welcher zusammen mit seinem Vater William zu den großen Pionieren bei der Erforschung der Kristallstrukturen gehörte. Sie arbeiteten damals in den Cavendish-Laboratorien in Cambridge, führten Messungen durch und versuchten, ein Modell davon zu erstellen, wie die Anordnung der Atome in den von ihnen untersuchten Kristallen sein könnte. Lange Zeit kamen sie zu keinem Ergebnis. Bis sich Lawrence Bragg entschloss, alles aufzugeben und etwas anderes anzufangen. Er war gerade auf einem Spaziergang, da kam ihm blitzartig, ohne dass er sagen konnte wie, die Lösung, und ihm wurde klar, wie man die ganze Theorie der Kristalle neu aufbauen musste. Das war ein entscheidender Schritt im Verständnis der Struktur der Materie. Im Moment des Loslassens wurde es ihm möglich, die Dinge »aus der Ewigkeitssicht« zu sehen – in einem Augenblick jenseits von Raum und Zeit.

53. Australisch-englischer Physiker und Nobelpreisträger, 1890–1971.

Würde solche Art von Erfahrungen nicht stattfinden, dann wären wir überhaupt nicht imstande, auch nur irgendetwas zu ändern oder zu erneuern. Wenn wir ausschließlich in der Welt der Körper existierten, würde alles um uns herum von Ursache und Wirkung regiert. Jeder relativ freie und kreative Augenblick unseres Lebens ist ein Moment des Freiwerdens von der ersten Welt, und ein Eintritt in die zweite, ins *alam-i arvah*. Hier stehen wir vor dem seltsamen Widerspruch, dass die Welt des Traums, in der es unmöglich ist, irgendetwas zu »tun«, doch die Welt ist, durch die kreative Momente in unser Leben gelangen. In Wirklichkeit ist das *alam-i arvah* sehr viel mehr als nur das Reich der Träume, der Schatten und Geister. Angenommen, wir würden einen Ausflug in diese Welt machen und wären in der Lage, sie in all ihren Existenzformen wahrzunehmen, dann würden wir vielleicht sämtliche Formen als Geister ansehen, weil wir nicht feststellen könnten, welche von ihnen noch etwas anderes in sich hätten. Denn tatsächlich sind einige von ihnen bei weitem stärker als alles, was wir aus der Körperwelt kennen. Um dies zu sehen, müssten wir fähig sein, in die Ewigkeit hineinzuschauen.

Wir sollten uns klarmachen, wie wenig wir über die Natur der Geisterwelt wissen. Gut wäre es, den Kindern einiges davon zu vermitteln, solange ihre Wahrnehmung noch nicht getrübt ist und sie noch etwas zu sehen vermögen. Es wäre auch schon sehr viel wert, sie nicht auf die übliche Art zu entmutigen oder es ihnen auszureden, wenn sie einmal etwas von diesen Dingen sehen.

Die Geisterwelt ist auch die Welt der *Imagination*. Für uns ist die Imagination jedoch meist etwas überwiegend Schädliches und Destruktives. Gewöhnlich gleicht unsere Imagination dem Vorgang des Träumens in einer Situation, wo Träume unpassend sind. Wir müssen mit der physischen Welt zurechtkommen. Wenn wir so damit umgehen, als hätten wir es mit der inneren Welt zu tun, wird die Einbildungskraft ins Negative verkehrt. Wir müssen unsere Brötchen in der physischen Welt verdienen, das geht nicht mit Träumereien. Wenn wir Luftschlösser bauen, anstatt in der Welt der Körper das Notwendige zu tun, dann stürzen wir in eine verkehrte Welt – in die Welt der Täuschung, die noch *unter* der physischen Welt liegt.

In Gurdjieffs Terminologie wird diese Welt der Täuschung als Welt 96 bezeichnet. Ich habe lange Zeit über die Natur dieser unter 96 Gesetzen stehenden Welt nachgedacht. Während des

Krieges, im Sommer 1942, experimentierten wir mit Gas-Generatoren, um das Benzin zu ersetzen – eine Sache, zu der wir vielleicht noch zurückkehren werden. Es gelang mir, unter dem Vorwand, einige unserer Prototypen zu testen, die Reisebeschränkungen zu umgehen und einen Ausflug nach Snowdon zu unternehmen. Während der Reise grübelte ich viel über die Gesetze von Welt 96 nach. Dann wurde ich nach Glasgow gerufen, um einem Treffen beizuwohnen, welches mit meiner Arbeit zu tun hatte. In einer Bahnhofswartehalle trank ich eines Morgens um zwei Uhr einen starken Tee. Der Bahnhof war voller Soldaten, sehr belebt, wie es zu dieser Zeit üblich war. Ich saß an einem dieser metallgetäfelten Tische und plötzlich sah ich das Ganze vor mir, sah, dass die Welt der Täuschung nicht einfach nur negativ ist, sondern eine Travestie der Dinge der realen Welt darstellt. Einbildung ist eine Verhöhnung der Kreativität; Identifikation spottet der Freiheit, sich einer Sache zu verpflichten; Selbstliebe ist ein Hohn auf wirklichen Respekt für unsere Individualität. Irgendwie ist alles sehr abstoßend in Welt 96. Wenn wir in ihr leben, sind wir weniger wert als Tiere.

Wirkliche Arbeit in der inneren Welt ist etwas grundlegend anderes und hat nichts mit Täuschung zu tun. Ich habe schon von den vier Medien gesprochen, aus denen die innere Welt zusammengesetzt ist: Empfindung, Gefühl, Gedanke und Bewusstsein. Während unserer Verkörperung tritt eine Substanz in uns ein, die aus diesen vier Medien besteht. Wenn wir sterben, kehrt diese Substanz dorthin zurück, woher sie kam, an den Ort, den ich in meinem Werk *The Dramatic Universe* als *Seelenstoff-Teich* bezeichne.[54] Aus meiner jetzigen Sicht stellt es sich so dar, dass etwas mehr damit verbunden ist als nur ein Teich oder ein Reservoir von Energien, aber es ist ein nützliches Bild, um zu verstehen, dass es auch bei den eben genannten Substanzen um beschränkte Vorräte geht, ähnlich wie beim Benzin. Das Material für alle menschlichen Seelen, für alles *Leben* wird aus einer gemeinsamen Quelle gezogen, obwohl es auch darin verschiedene Ebenen gibt: Für einhirnige Wesen wird Empfindungsstoff daraus geschöpft, für zweihirnige Wesen Empfindung und Gefühl, für dreihirnige Lebewesen schließlich Empfindung, Gefühl und Gedanken plus Bewusstsein – das Äquivalent für Licht in der Körperwelt. Diese

---

54. *The Dramatic Universe*, Band III, Seiten 171–174, und Band IV, Seite 204.

Substanz nimmt, während sie sich in uns befindet, von unserem Leben etwas in sich auf, was den Grund dafür darstellt, warum die Erfahrung nach dem Tod weitergeht. Nach einer ›gewissen Zeit‹ jedoch ist sie nicht länger fähig, die Erfahrung aufrechtzuerhalten, löst sich auf und wird *wiederverwertet.* Das soll uns nicht weiter irritieren, es ist ähnlich wie mit der Auflösung des Körpers. Wir sind in Wirklichkeit genauso wenig diese Substanz, wie wir ein Körper sind. Was wirklich zählt, ist das, was beim *zweiten Raskuarno* oder beim »richtigen Tod« befreit wird. Das ist unser *Wille,* der unsterbliche Teil des Menschen. Wenn dieser bewusst wird, ist er in der Lage, nicht nur ohne Körper, sondern auch ohne Psyche auszukommen.

Weil diese Erfahrungsmuster in den Seelenstoff-Teich zurückgegeben werden, ist es auch möglich, »Erinnerungen an frühere Leben« zu haben. Solche Erinnerungen sind fast alle auf die Wiederverwendung der Materialien im *alam-i arvah* zurückzuführen. Was herübergebracht wird, hat nichts mit der Individualität oder mit dem Willen zu tun. Wirkliche Reinkarnation ist sehr selten.

Wir besitzen die Möglichkeit, ein Gefäß zu formen, welches das *alam-i arvah* überqueren und die geistige Welt zu erreichen vermag. Danach können wir es ablegen. Dieses Gefäß ist der *Kesdjan-*Körper. Nach Gurdjieff gleicht die Substanz der inneren Welt im normalen Menschen einer Wolke: Sie ist amorph, ohne eigenen Zusammenhalt. Für bestimmte Zeit nimmt sie die »Form« aller möglichen physischen Dinge an, welche uns anziehen oder interessieren. Das mag in dem einen Moment ein Mund, im nächsten ein Auge, ein Anus oder etwas anderes sein. Wenn wir unser Leben auf diese Art und Weise leben, wird nur ein sehr geringer Grad an Organisation erreicht, da sich diese Substanz ohne den physischen Körper in einem dauerhaften Traumzustand befindet. Viele von den Übungen, die wir hier machen, zielen darauf ab, Zusammenhang in diese Substanz zu bringen. Wir lernen, unsere Aufmerksamkeit dafür zu gebrauchen, die verschiedenen Energien, aus denen sie besteht, zu trennen und miteinander zu verschmelzen. Das entspricht dem, was man unter *Alchimie* versteht. Neben dieser aktiven Form der Arbeit ist auch Meditation oder etwas Derartiges nötig, wobei wir nicht versuchen, irgendetwas zu erreichen. Wenn wir ruhig genug werden können, sammeln sich die Energien ganz von selbst an ihren richtigen Stellen in uns und können zur Bildung des zweiten Körpers verschmelzen. Wir können diese Substanz, ganz ohne Rücksicht darauf, in welchem Zustand sie sich befindet, die »Seele« nennen, müssen uns aber vergegenwärtigen, dass dies ein relativer Begriff ist und dass es einige Seelen gibt, die substanzreicher sind als andere.

Es gibt verschiedene Wege, auf denen die Seele sich im Augenblick des Todes vom Körper trennen kann. Bei einem Menschen, der sehr lange krank ist, kann sie sich schon trennen, lange bevor der Körper stirbt. Wenn man dann versucht, diesen Körper am Leben zu erhalten, manipuliert man im Grunde an einem physischen Objekt herum, während die Seele den Körper vielleicht schon verlassen hat und hinabschaut und zu sich selbst sagt: »Was in aller Welt stellen die da mit meinem Körper an? Können sie ihn denn nicht in Ruhe lassen?« Wenn die Seele sich in einem relativ freien Zustand befindet, wird sie begreifen, dass das, was mit ihrem Körper geschieht, mit ihr selbst nichts zu tun hat. Ich habe Leute sterben sehen, deren Seelen bis zum Augenblick des Todes mit ihnen waren, und andere, deren Seelen noch lange im Körper blieben, nachdem sie aufgehört hatten zu atmen.

Wenn es richtig ist, dass es einen begrenzten Vorrat an Substanz gibt, aus dem die menschlichen Seelen gebildet werden, dann erheben sich einige ernsthafte Fragen. Wir sehen dann zum Beispiel, dass Abtreibung dasselbe wie Kindesmord ist, weil ein Embryo mit dem gleichen Seelenstoff ausgerüstet ist wie das Kind. Kindesmord erscheint uns natürlich moralisch abstoßend, aber das war nicht zu allen Zeiten der Fall. In der türkischen Kaiserfamilie wurde der Kindesmord bis ins späte neunzehnte Jahrhundert betrieben. Aus einer ganzen Reihe von Gründen war es einfach nicht passend, zu viele Prinzen gleichen Bluts zu haben. Wenn durch eine bestimmte Zahl von Söhnen ein Erbfolger gesichert war, wurde fortan jedes neugeborene männliche Kind getötet. Diese Praxis ist in unseren Augen fürchterlich, aber wir können uns irren. Ein anderes Beispiel: Es gab eine Zeit, in der Massenmord zur Lebensart gehörte. Aus dem Alten Testament geht hervor, dass es üblich war, die Leute umzubringen, wo immer man nur konnte. Es gab Könige, die Inschriften anbrachten, welche ihre erfolgreichen Massenmorde beschrieben – als Zeichen dafür, was für prachtvolle Könige sie waren. Heutzutage finden wir es grässlich, Menschen *en masse* umzubringen, aber vielleicht wird es in fünfzig Jahren wieder eine Tugend sein – als der einzige Weg, diese Welt wieder in den Normalzustand zurückzubringen. Ich weiß es nicht und hoffe nur, dass es nicht der Fall sein wird. Eins ist mir jedoch klar: Kein menschliches Potenzial wird verschwendet, sondern alles kehrt in das gemeinsame Sammelbecken zurück. Vielleicht ist das auch der Grund, weshalb die Leute im Osten sich weniger darum sorgen, Leben zu erhalten, als wir hier im Westen.

Ich sage mit Entschiedenheit, dass ich dies nicht abschätzen kann, aber es ist immerhin möglich, dass nur für eine Milliarde Leute auf dieser Erde genügend Potenzial besteht, um ein normales Leben zu führen, während zur Zeit drei Mal so viel Menschen hier leben. Das würde bedeuten, dass es dreitausend Millionen Menschen ohne angemessenes Potenzial gibt. Dies ist keine so einfache quantitative Angelegenheit, es geht nur darum zu wissen, dass das verfügbare menschliche Potenzial *begrenzt* ist. Vielleicht war das Potenzial der menschlichen Rasse in dem Moment erschöpft, als die Bevölkerung eine Million erreichte. Mit diesem Zusammenhang werfen wir haarsträubende Fragen auf. Die Bemerkung, dass diese Erde überbevölkert ist, ist keineswegs absurd, ebenso wenig die Feststellung, dass es nicht mehr für alle Menschen möglich ist, normale Seelen zu haben.

In der christlichen Religion gab es die Doktrin der »Auserwählung«, das heißt, dass nur eine gewisse Anzahl der Menschen auserwählt sind und »gerettet« werden. Wenn dies stimmt, dann entspricht es dem, was wir eben gesagt haben. Man weiß es nicht. Selbst inspirierte Offenbarungen können falsch ausgelegt werden. Was bleibt, ist, dass wir die Möglichkeit in Betracht ziehen müssen, dass wir das dem Menschen zugemessene Potenzial überschätzt haben. Einige Menschen, die das Ende der Welt nahe sehen, glauben an etwas Derartiges.

Es ergibt sich für uns daraus nur eine einfache praktische Folgerung: Wenn wir nicht in diesem Leben aus der Traumwelt erwachen, ist es sehr unwahrscheinlich, dass wir jemals erwachen werden, vielmehr werden wir darin fortfahren zu träumen, bis unsere Seelen-Substanz verblichen ist. Gurdjieff sagt: »Es ist notwendig, in diesem Leben an sich selbst zu arbeiten, sonst werden wir früher oder später wie schmutzige Hunde krepieren.«

Kapitel zehn

Tod und Auferstehung

Vorbemerkung

Einer der vielen bemerkenswerten Menschen, denen Bennett begegnete, war Hasan Shushud. Er lehrte Bennett die praktischen Techniken des *dhikr* und des Fastens und führte ihn in *Itlak Yolu* ein, den »Weg der absoluten Befreiung«. Auf diesem Weg ist das Streben des Menschen auf die Nicht-Existenz gerichtet, wie Shushud in seinem Buch *Hacegan Hanedani* (Die Meister der Weisheit) beschreibt: »Es führt kein anderer Weg zum Ziel als die Auslöschung.« Auslöschung ist *fana* – ihrem Wesen nach ein Verlust der Konditionierung, vom Gesichtspunkt der unteren Welten her ein Verlust der Existenz. Wir unterscheiden vier Stufen des *fana:*

1. *Fana-i akham* – Auslöschung der Urteile: die Befreiung aus dem Bann der äußeren Welt.

2. *Fana-i afal* – Auslöschung der Taten: die Einsicht (in der inneren Welt, der Welt der Geister), dass wir »nicht tun können«.

3. *Fana-i sifat* – Auslöschung der Attribute: Sie lässt uns erkennen, dass unsere Existenz nicht die Wirklichkeit ist und eröffnet uns den Weg in die dritte Welt.

4. *Fana-i zat* – Auslöschung des Wesens: das Aufgeben des Getrenntseins von der Quelle.

Nach Shushud entspricht die vierte Welt der »absoluten Vernichtung«, wo wir erkennen, dass all unsere Wahrnehmungen, wie subtil sie auch sein mögen, »illusorisch« sind. Der erste Schritt ist der schwerste für uns: aus der Körperwelt (*hukum*) herauszutreten, um unter den Gesetzen der inneren geistigen Welt zu leben.

Shushud behauptete von sich, dem Weg der *nördlichen Sufis* zu folgen, die das Ziel der Selbstauslöschung anstreben, im Gegensatz zu den *südlichen Sufis,* die die Absorption in höhere Bewusstseinszustände zum Ziel haben. Bennett nahm diese Unterscheidung sehr ernst und machte in seinem eigenen Buch *Die Meister der Weisheit* viel Gebrauch von ihr.

ANTHONY G.E. BLAKE

DER SUFI-TRADITION ZUFOLGE IST GOTT NICHT FÄHIG, IN der physischen Welt – dem *alam-i ajsam* oder der Körperwelt – zu wirken, weil es dort keine Freiheit gibt. Die Welt der Körper ist ganz und gar natürlichen Gesetzen unterworfen. Obwohl sie der gleichen schöpferischen Quelle entstammen, sind sie zu dicht, um die direkte schöpferische Aktion zuzulassen. Um unter die Macht Gottes zu gelangen, ist es notwendig, auch die nächste Welt zu überschreiten, das *alam-i arvah,* die Welt der Geister. Es ist die Kraft Gottes, die uns zieht und eine Anziehung in uns erweckt, sie gehört jedoch der nächsten, wirklich geistigen Welt an, dem *alam-i imkan.*

Wir laufen Gefahr, uns eine falsche Vorstellung von den Welten zu machen, wenn wir annehmen, wir seien ein Etwas, das von der einen in die andere Welt hinüberwechselt. Das ist nicht richtig. In jeder dieser Welten sind wir aus dem Material, der Natur, dem Medium der jeweiligen Welt gemacht, und wir stellen einen Teil der Welt dar, die wir bewohnen. Die erste Welt, das *alam-i ajsam,* umfasst alles, was wir auf der Oberfläche dieses Planeten finden: Lebewesen und Dinge, uns selbst mit eingeschlossen. Wir bestehen aus dem gleichen Material wie die Oberfläche der Erde, wie der Ozean und die Atmosphäre und die Strahlung, die diese durchdringt.

Das Wort *alam,* »Welt«, ist mit den Worten *ilm,* »Wissen«, und *alim,* »der Wissende«, verwandt. Das ist ein wichtiger Hinweis, da mit jeder einzelnen Welt eine bestimmte Form der Wahrnehmung und der Erkenntnis verbunden ist. Das ist die Natur von *jabarut,* dem »Königreich des Himmels«. Unsere Selbstwahrnehmung wird durch die Welt bestimmt, in der wir uns gerade aufhalten. Im gewöhnlichen Zustand können wir uns unseres Aufenthalts in anderen Welten nicht bewusst sein. Wenn wir zum Beispiel in der »Welt der Gesellschaft« leben, erkennen und fühlen wir uns selbst durch die sozialen Beziehungen, die diese Welt charakterisieren. Von diesen Beziehungen abgeschnitten zu sein, würde in diesem Fall bedeuten, von uns selbst abgeschnitten zu sein. Wir wollen überhaupt keine andere Welt kennen, vielleicht weil wir fühlen, dass wir in einer anderen Welt nichts wären. Ähnlich ist es in der Welt der Körper. Wir haben bestimmte Sinneserfahrungen mit ihren Begleiterscheinungen Freude und Leid, die uns das Gefühl geben, unmittelbar an der Realität teilzuhaben. Wir reden uns selbst ein: »Dies ist solide Realität. Diese Dinge passieren wirklich. Ich muss doch schon etwas sein, um all das zu erfahren.« Dagegen erscheint uns jede Aussicht auf eine andere Welt dünn und substanzlos. Wir stellen uns die anderen Welten als etwas Ätherisches und Abstraktes vor. Das rührt zum großen Teil daher, dass wir andere Formen der Wahrnehmung, die in uns entstehen, überhaupt nicht bemerken, obwohl sie um vieles stärker und eindringlicher sein können als alles, was uns aus dieser Welt bekannt ist.

Wir wissen, dass ständig Gedanken in uns ablaufen, aber wir fragen nicht, woher die Substanz stammt, aus denen diese Gedanken gemacht sind. Für die meisten Menschen ist Denken einfach nur eine Gehirnaktivität. Sie sehen Gedanken nicht als eine Art Stoff, der umgewälzt oder erneuert wird. Tatsächlich sind Gedanken einer der Stoffe, aus denen die zweite Welt gemacht ist. Wir können eine Parallele ziehen zwischen der Luft innerhalb der Körperwelt und den Gedanken innerhalb der Geisterwelt. Ein Teil von uns lebt in Gedanken und atmet Gedanken auf gleiche Weise, wie unser Körper in der Luft lebt und Luft atmet. Gedanken fließen durch uns hindurch wie Luft. Wir fragen nicht, woher sie kommen und wohin sie gehen. Ähnlich ist es mit Gefühlen, ihrem Entstehen und Vergehen. Wir nehmen sie einfach hin als etwas, das mit uns geschieht, und begreifen nicht, dass es eine Art Stoff ist, was sich da in uns regt. Wenn Gefühle das »Wasser« der geistigen Welt sind, muss es auch eine Welt der Gefühle geben, die der Welt der Ozeane sehr ähnlich ist, und eine Art Herz, welches die Gefühle in uns bewegt. Es gibt viele Lehren, die davon sprechen, dass wir sowohl ein körperliches als auch ein spirituelles Herz haben, das *qalb* genannt wird. In den heiligen Texten, den Märchen und Legenden steht viel darüber geschrieben, aber wir sind kaum in der Lage, ihren Sinn zu entschlüsseln. Das Wort *ruh* bedeutet nicht nur »Geist«, sondern auch »Atem«. Die Verbindung von Atem und Geist findet sich in beinahe allen Sprachen. Das ist von großer praktischer Bedeutung, weil das, was wir »bewusstes Atmen« nennen, der Weg ist, auf dem unser inneres Leben genährt wird. Damit verbunden ist die Entwicklung anderer Wahrnehmungsformen.

Die verschiedenen Welten vermischen und berühren sich, und wir können die zweite Welt stärker erfahren, als wir annehmen. Als ich *The Dramatic Universe* schrieb, war ich mir dessen nicht bewusst, dass wir tatsächlich in der geistigen Welt leben. Nur ist unsere Wahrnehmung dieser Welt weitgehend konditioniert und beschränkt durch unsere Sinne. Es ist nicht nur notwendig, andere Wahrnehmungen zu entwickeln, um in diesem Leben »aufzuwachen« und um fähig zu sein, bewusst zu sterben. Wir benötigen sie auch für dieses Leben. Die Menschheit wird sie demnächst dringend brauchen. Es wird in der nächsten Entwicklungsstufe des Menschen eine große Umkehr zur Erkenntnis geben, wie wichtig unsere Verbindung mit der zweiten Welt ist.

Momentan haben wir eine merkwürdige Beziehung zu ihr: Wir wenden ihr konstant den Rücken zu und sind beinahe völlig in Richtung Körperwelt orientiert. Wir verstehen es nicht, andere Formen der Wahrnehmung anzuwenden und werden somit immer mehr von unseren Sinnen abhängig. Dabei schreiben wir den Körpern Fähigkeiten zu, die sie keinesfalls haben können, und als Antwort auf unsere Probleme versuchen wir, die physische Welt zu ändern. Wirkliche Veränderung ist in der Körperwelt nicht möglich, weil diese *zu vielen Gesetzen untersteht!* Daher kann sie uns das, was wir brauchen, gar nicht geben. Diese Ahnung führt uns auf die Suche nach einem Weg der inneren Entwicklung.

Die erste Freiheit erlangen wir durch die Desillusionierung in Bezug auf die Möglichkeiten der äußeren Welt, der Körperwelt. Im Sufismus gibt es dafür den Ausdruck *fana-i akham. Fana* heißt »Auslöschung« (oder auch »Vernichtung«) und entspricht dem Wort »Ent-Täuschung«. Das Wort *akham* ist von *hukum* abgeleitet, was einen Zustand bezeichnet, in dem man Gesetzen untersteht. Wir akzeptieren blindlings die Begrenzungen, die die Körperwelt uns auferlegt, obwohl sie uns davon abhalten, etwas Wirkliches für uns zu erreichen. Wir müssten ständig an zwei Orten zugleich sein, was uns mit einem Körper unmöglich ist. Wir müssten die Zukunft kennen und uns direkt auf die Erfahrung der Vergangenheit beziehen, aber dazu sind wir nicht in der Lage. Wir müssten in direkter Kommunikation miteinander sein, um wirkliche Erfahrungen miteinander zu haben und uns gegenseitig akzeptieren zu können, sind aber viel zu abhängig davon, was durch unsere Körper möglich ist. So sind wir gezwungen, durch Verhalten und Worte Kontakt mit den Menschen herzustellen – doch diese sind eher ein Hindernis.

Durch die Kenntnis der Gesetze, welche die physische Welt regieren, sind wir in der Lage, sie zu manipulieren. Zur Zeit ist der Mensch darin sehr erfolgreich, aber er realisiert nicht, dass dies seinem Sein überhaupt nicht von Nutzen ist, sondern ihn noch weiter vom Kontakt mit dem *Leben* fortführt. Darüber hinaus unterliegen wir den destruktiven Einflüssen des Gesetzes der Täuschung, welche Gurdjieff die »unseligen Folgen der Eigenschaften des Organs *Kundabuffer*« nannte.[55] Trotzdem hängen wir an dieser Welt und wollen nicht von ihr lassen. Wir halten etwas aufrecht, was Gurdjieff »Selbstberuhigung« nennt, und tun dies mit Hilfe der »Morgen-Krankheit«: Morgen werden die Dinge anders sein, eines Tages wird alles in Ordnung kommen.

Fana-i akham bedeutet völlige Desillusionierung in Bezug auf die Körperwelt, ihre Wahrnehmungen und das damit verbundene Denken. *Fana-i akham* ist die Einsicht, dass diese Welt uns nicht befriedigen kann, dass keine Kombination von Ereignissen in dieser Welt uns jemals zu befriedigen vermag. Es vermittelt uns die Möglichkeit, die Welt der Geister zu betreten; aber die Sufis halten dies nicht für eine wirkliche Befreiung. Denn wir können trotz einer solchen Desillusionierung unverändert bleiben. Unsere Persönlichkeit kann uns genauso abhängig von der Meinung anderer sein lassen wie vorher. Sie kann uns in negativen Zuständen gefangen halten, obwohl wir wissen, dass die Welt, in der unsere Persönlichkeit existiert, uns nichts zu geben vermag. Wir betreten die Welt der Geister nur für kurze Zeit. Dabei handelt es sich um einen zeitlich begrenzten Zustand, einen *hal*.[56]

Desillusionierung in Bezug auf diese Welt bedeutet nicht Zurückweisung. Es heißt, dass wir erkennen, was diese Welt uns ihrer Natur nach nicht zu geben vermag. Ein Mensch, der die Freiheit gewonnen hat, in der zweiten Welt zu leben, kehrt deswegen der physischen Welt nicht den Rücken zu. Täte er das, dann verfiele er erneut dem Fehler, von dem er sich gerade befreit hat, nur diesmal in umgekehrter Richtung. Er hat gerade Abschied genommen von dem Zustand, in dem er der Welt der Geister den Rücken kehrte, um nur die Welt der Körper zu sehen. Wenn er nun dazu übergeht, nur noch die Welt der Geister wahrzunehmen

55. Zu den negativen Gesetze von Welt 96, siehe Kapitel sieben, *Die Welt der Täuschung.*

56. Siehe die Unterscheidung zwischen *hal*, »Zustand«, und *makam*, »Stufe«, im Kapitel acht, *Die Welt der Selbste.*

und der Körperwelt den Rücken zuzukehren, verfällt er in eine andere Art von Illusion, in eine andere Art von Verzweiflung. Erst wenn wir frei sind, in der zweiten Welt zu leben, gewinnen wir die Fähigkeit, uns in der ersten Welt angemessen zu verhalten.

Ich habe vorhin viel über Traumzustände und Träumen gesprochen. Ich nehme an, dass wir alle verstehen, was es bedeutet, dass der Mensch, um die zweite Welt zu betreten, *aufwachen* muss. Wir verstehen es aufgrund unserer eigenen Erfahrung besser als mit Hilfe einer Geschichte oder eines Bildes. Denn der Geschmack des Aufwachens ist unverkennbar: Im Bruchteil eines Augenblicks stellen wir fest, dass alles ganz anders ist als vorher: Nicht nur Sehen und Hören, sondern unser ganzer Zustand ist verändert. Wir fühlen, dass unserer Erfahrung eine Dimension hinzugefügt wurde. Mehr zu sagen als das, würde nur ein verzerrtes Bild ergeben. Sage ich zum Beispiel: »Ich bin mir in diesem Zustand meiner selbst bewusst«, dann muss ich feststellen, dass dies nicht stimmt, dass es nicht wirklich ein Zustand des *Selbstgewahrseins* ist. Sage ich: »Ich bin mir der Welt bewusst«, dann stimmt das nur teilweise, denn ich nahm auch vorher schon die Welt wahr. Ich kam in diesen Raum, ich öffnete die Tür und war mir gewahr, hier zu sein, etwas Festes bewegt zu haben, aber *ich war dennoch nicht wach.* Was macht den Unterschied aus? Alles, was wir darüber sagen können, ist, dass uns plötzlich eine außerordentliche Veränderung überkommt.

Wir müssen sichergehen, diese Erfahrung nicht zu entstellen. Ich glaube, angemessen darüber sprechen zu können, indem ich es als Übergang in die zweite Welt bezeichne. Während des Traumzustands befinden wir uns nur in der Körperwelt. Wenn der Übergang stattfindet, sind wir uns auch der zweiten Welt bewusst. Daher ist alles anders. Wir werden *fähig, mit unseren Augen zu sehen.* Das kommt daher, weil die zweite Welt aus dem Stoff des Sehens und Hörens und Fühlens und Denkens gemacht ist, und wenn wir uns nicht in dieser Welt befinden, geschehen alle diese Dinge *ohne uns.*

Es ist nicht richtig zu sagen, dass wir während des Träumens nichts erfahren. Wenn wir das meinten, dann hätten wir das Wort »Erfahrung« in einer bestimmten Weise gebrauchen und sagen sollen, dass wir in den seltensten Fällen eine Erfahrung haben. Denn auch im gewöhnlichen Zustand wird gesehen, gefühlt, gedacht. Etwas geschieht, und wir können uns daran erinnern, was geschah.

Aber diese Art der Erfahrung besitzt keinerlei Tiefe und es fehlt ihr an wirklicher Urteilskraft sowie an Freiheit der Wahl. All das ist erst in der zweiten Welt möglich.

Gurdjieff sagt am Ende seines dritten Werks *Das Leben ist nur wirklich, wenn ICH BIN* (im Kapitel *Die äußere und die innere Welt des Menschen*), dass der Mensch, der »an sich selbst arbeitet«, in zwei Welten zugleich lebt und die Möglichkeit hat, zum »Kandidaten für ein anderes Leben« zu werden und drei Welten in sich zu tragen. So könnte man das Ganze zusammenfassen. Wenn man an sich selbst arbeitet, gelangt man unter die Aktion der dritten Welt, des *alam-i imkan*.

Im gewöhnlichen Zustand leben wir in beiden Welten, aber es besteht keine Verbindung zwischen ihnen. Aus diesem Grund wird die zweite Welt für uns der Stoff der Träume. Wenn die Verbindung jedoch hergestellt ist, wird unser Sehen zum eigentlichen *Sehen*, unser Denken zum wirklichen *Denken*. Wenn wir so über diese Dinge reden, müssen wir aufpassen, nicht alles wieder in einen Traum zu verkehren. Wir haben herauszufinden, was daran unmissverständlich ist. Eines der nützlichsten Erkennungszeichen dafür ist, für mich, eine Veränderung des körperlichen Zustands: Wir fühlen uns körperlich anders an, indem wir uns gleichzeitig unseres Körpers stärker bewusst sind als vorher, gleichzeitig aber auch freier von ihm sind. In diesem Augenblick kommt Entspannung ganz von allein. Eine der wichtigsten Praktiken, die uns zur Verfügung stehen, ist das *Empfinden*. Wenn es uns gelingt, es zu verstehen und Herrschaft darüber zu bekommen, kann es uns bis an die Schwelle der inneren Welt führen – nicht nur traumhaft, sondern substanziell. Auf der einen Seite der Empfindung liegen die äußere Welt und die *Konsequenzen* unseres inneren Lebens. Auf der anderen Seite steht die Erfahrung – das innere Leben selbst. So stellt die Empfindung eine Art Schwelle zwischen den Welten dar.

In der ersten Welt ist alles tot, leblos und träge. Den Zustand geistiger Trägheit nennen wir »Schlaf«. Es ist wichtig, die Augenblicke, in denen wir erwachen, wirklich zu sehen und zu schätzen, da sie in uns die Überzeugung festigen, dass es wirklich eine andere Art zu leben gibt.

Wenn uns die Körperwelt nicht zu befriedigen vermag, kann es die Welt der Geister? Auch wenn das *alam-i arvah* nur halb so viel Zwängen unterworfen ist wie die Körperwelt, so herrschen doch auch in ihr bestimmte Einschränkungen.[57] Die Zeit, die hier abläuft, ist nicht die gleiche wie sonst, aber es existiert Zeit und daher auch Verfall, es gibt nichts wirklich Dauerhaftes. In der zweiten Welt sind wir von der Quelle immer noch getrennt, und darin besteht ihre Drangsal: Sie bietet weder eine Unterstützung durch eine körperhafte Umgebung, noch ist sie eine Welt des Lichts, in der wir Kraft und Unterstützung von oben erhalten. Um wirkliche Dauerhaftigkeit zu erlangen, müssen wir die dritte Welt, das *alam-i imkan*, betreten. In diese Welt reicht der Wille Gottes direkt hinein, ohne irgendwelche Zwischenstufen durchschreiten zu müssen.

Was wir den zweiten Körper, den *Kesdjan*-Körper genannt haben, kann uns kein permanentes Zuhause sein. Er ist eher vergleichbar mit einem Boot, mit dem wir über das Meer fahren können, und das wir früher oder später zurücklassen werden. Es ist etwas Großartiges, einen zweiten Körper zu erwerben, aber es ist von größter Wichtigkeit, dass wir ihn »wegwerfen« können, wenn er seinen Zweck erfüllt hat.

Jede Bewegung von einer Welt in eine andere beinhaltet Tod und Auferstehung, in der Sufi-Terminologie *fana* und *baqa* – Vergehen und Neuwerden. Etwas geht verloren, damit aus einer anderen Ordnung etwas in uns einzudringen vermag. Die Befreiung von der ersten Welt liegt in der Desillusionierung bezüglich der Welt der Körper und Gesetze. Wir erlangen Freiheit von der zweiten Welt, wenn wir desillusioniert sind in Bezug auf das, was wir selbst sind und was wir tun können. Die dritte Welt erreichen wir, wenn wir gründlich desillusioniert sind hinsichtlich unserer Fähigkeit, irgendetwas aus uns selbst heraus zu erreichen, und erkennen, dass, was immer wir auch tun, alles nur zur Frustration führt und mit Notwendigkeit sein Gegenteil hervorruft. Wir nennen diese Desillusionierung *fana-i afal*. *Afal* ist der Plural des Wortes *fils*, das «Aktion« oder «Tun« bedeutet. *Fana-i afal* beendet den Glauben, dass man aus eigener Kraft irgendetwas erreichen kann.[58]

Wir können einen Geschmack davon bekommen, wenn wir beginnen, uns inmitten unseres Lebens die Fragen zu stellen: »Da sind Gedanken; wer denkt diese Gedanken? Da sind Handlungen;

---

57. Im triadischen System der Welten herrschen in der Körperwelt 48 Gesetze, während die Welt der Geister nur 24 Gesetzen untersteht. Siehe zweiter Teil, Kapitel acht.

58. Siehe Kapitel vier über das Geteilte Selbst.

wer führt sie aus?« Auf diese Weise ist es möglich, für einen Moment lang zu erkennen, dass es niemanden gibt, der denkt, und niemanden, der handelt. Wenn sich diese Erkenntnis in uns festigt, ist dies das zweite *fana*. Wir können in Bezug auf die Körperwelt völlig desillusioniert sein und trotzdem an uns selbst glauben und an das, was wir zu unserer eigenen Befriedigung erreichen können. Wenn wir zum *fana-i afal* kommen, stellen wir fest, dass wirkliche Veränderung nicht in unserer Macht steht, dass wir tatsächlich überhaupt keine Macht besitzen und dass in der Welt der Geister alles durch Gesetze miteinander verbunden ist, über die wir nicht bestimmen können. Darin liegt ein Anfang – der Anfang der Erkenntnis, dass auch das Leben in der Welt der Geister nur ein Übergangsstadium ist.

Das *fana-i afal* ist keine Zurückweisung unserer selbst, sondern das Akzeptieren unserer wahren Natur. Es ist ein Irrtum zu glauben, wir könnten uns selbst zurückweisen. Alle möglichen falschen Gefühle mögen hier auftreten, verschiedene Formen von Verzweiflung, Auflehnung und Zurückweisung, die einen in der Illusion belassen, dass man etwas sei. Sich selbst abzulehnen, stellt keine Befreiung, sondern eine Falle dar. Man kann verzweifelt darüber sein, dass man nicht das tun konnte, was man tun wollte, oder dass man auf eine Weise gehandelt hat, die man selbst als abstoßend oder enttäuschend empfindet; aber all das geschieht nur deshalb, weil man immer noch glaubt, dass man wirklich etwas sei und anders gehandelt haben könnte. Das *fana-i afal* ist wirkliche Befreiung, bei der sich etwas in uns ändert. Das erste *fana* kann uns unverändert zurücklassen, ohne Basis für ein anderes Leben. Mit diesem zweiten *fana* taucht ein neues Licht am Horizont auf. Man fühlt sich nicht länger von den Menschen getrennt und ist sich bewusst, dass wir alle »im gleichen Boot« sitzen. Damit sich wirklich etwas in uns ändert, muss es *etwas* geben, worin ein solcher Wandel stattfinden kann – das ist der *Kesdjan*-Körper.

Für einen Menschen, der den *Kesdjan*-Körper erworben hat, macht der Tod keinen Unterschied aus, denn er bleibt ganz und gar er selbst und ist nicht abhängig davon, ob er sich im physischen Körper oder außerhalb davon befindet. Der *Kesdjan*-Körper verleiht Kräfte, die über die physische Welt hinausreichen. Im Normalzustand sind wir so darin verwickelt, unsere eigenen Wünsche und Bedürfnisse zu erfüllen, dass – wenn es uns gelänge, diesen Körper zu bilden, ohne völlige Desillusionierung in Bezug auf unsere Fähigkeit, Dinge zu erreichen – wir die damit verbundenen Kräfte benutzen würden, uns selbst zu stärken, anstatt dazu, uns selbst zu verlieren. Solche Dinge kommen vor. Sie lassen das entstehen, was Gurdjieff einen *Hasnamuss* nennt. Um das zu vermeiden, muss die Arbeit richtig angeleitet sein, damit die Formierung des *Kesdjan*-Körpers gleichzeitig mit der Befreiung von Illusionen erfolgt.

Es ist etwas Großartiges, in die zweite Welt einzutreten. Ihre Seinsqualität ist derjenigen der Körperwelt um vieles überlegen. Wenn man einmal einen Geschmack davon bekommen hat, wird einem im Vergleich dazu alles andere wie ein Traum erscheinen. Alles, was man uns als Paradies und Hölle beschrieben hat, gehört der zweiten Welt an. Für uns geht es darum, sicher durch diese Welt mit ihren Lockungen und Schrecken hindurchzukommen.

Die Zeit, als ich 1949 mit Gurdjieff zusammen in Vichy war, stellt einen Schlüsselmoment in meinem Leben dar. Ich wusste damals anhand bestimmter Anzeichen, dass mein *Kesdjan*-Körper dabei war, sich zu formen. Gurdjieff sagte damals zu mir: »Nun können Sie das Paradies erleben. Es wird Sie nicht befriedigen. Es ist nötig, weiterzugehen zur *Soleil Absolu*.« Mit der *Soleil Absolu* ist Gurdjieffs *Sonne Absolut* gemeint, über die er in *Beelzebubs Erzählungen* im Kapitel *Der heilige Planet Fegefeuer* schreibt. Sie entspricht einem Bereich, der noch jenseits der dritten Welt, dem *alam-i imkan* liegt.

Im Kapitel über das Fegefeuer beschreibt Gurdjieff die zwei Tode oder *Raskuarnos*. Der erste Tod ist die Trennung des Seelenstoffs vom physischen Körper. Wenn der Seelenstoff organisiert ist, erhebt er sich bis zu der Sphäre, die seinem Grad an Dichte entspricht. Dies alles findet im *alam-i arvah* statt. Es kommt eventuell zu einer zweiten Trennung, wobei sich der höhere geistige Teil, der Wille, vom Seelenstoff ablöst. Der Wille ist der Samen des *höheren Seinskörpers,* desjenigen Körpers, der im *alam-i imkan* leben kann. Wenn dieser sich gebildet hat, gelangt er zum »Planeten Fegefeuer«, wo er vom übrig gebliebenen Egoismus völlig gereinigt wird. Anders ist die Rückkehr zur letzten Quelle, der vierten Welt, der *Sonne Absolut,* nicht möglich. Im Sufismus nennt man diese Welt *lahut,* die »Unergründliche«, oder auch *huvviyet,* den »Zustand der Vereinigung«.

Der ›Aufenthalt‹ im Fegefeuer ermöglicht ein sehr hohes *fana.* Aber es ist der Mühe wert, abzuschweifen und über etwas zu sprechen, worauf Gurdjieff in all seinen Schriften mit Nachdruck hingewiesen hat: die Notwendigkeit der Desillusionierung und des ersten *fana.* In *Beelzebubs Erzählungen* bringt Gurdjieff am Schluss seines Kapitels über den Krieg eine Geschichte, die von dem Versuch handelt, Kriegen ein Ende zu bereiten. Es wird darin eine Gesellschaft gegründet, mit dem Namen »Die Erde ist für alle da!« Sie widmet sich dem Ziel des Weltfriedens. Eines Tages findet eine Versammlung statt, auf der der Weiseste unter ihnen, der Kurde Atarnakh, verlauten lässt, dass mittels des Todes Energien freigesetzt werden und dass die Natur einen Bedarf für die Energien hat, die durch Zerstörung menschlichen Lebens im Krieg erzeugt werden. Trotz der Tatsache, dass diese Gesellschaft aus Menschen mit gutem Charakter und beträchtlich weniger Egoismus und Ambition bestand, als es bei gewöhnlichen Menschen der Fall ist, konnten ihre Mitglieder die Lage nicht so wahrnehmen, wie sie wirklich war. Gurdjieff schreibt, dass »einige von ihnen aus verschiedenen Ursachen, hauptsächlich durch ihre anormale Erziehung, wie es scheint, noch nicht genügend Gründe erworben hatten, um von der Nichtrealisierbarkeit ihrer Träume [...] überzeugt zu sein, was zum Resultat hatte, dass sie noch nicht genügend enttäuscht waren, um wirklich unparteiisch und gerecht sein zu können.« Sie gerieten völlig durcheinander über das, was Atarnakh ihnen zu sagen hatte, und mussten schließlich von der Versammlung der Erleuchteten aus ihrer misslichen Lage befreit werden. Gurdjieff sagt nicht viel über diese Versammlung, mit der er vermutlich auf eine Gruppe historischer Personen anspielt,[59] aber es handelt sich dabei um Menschen, die bereits in die Welt des Lichts eingegangen sind und die die Dinge so zu sehen verstanden, wie sie wirklich sind.

Gurdjieffs Anspielung auf die Erziehung ist ebenfalls sehr wichtig. Unsere gesamte Kindererziehung ist nur darauf ausgerichtet, den Kindern den Glauben zu vermitteln, dass das *alam-i ajsam* die einzige wirkliche Welt ist und dass ihre Probleme auch in dieser Welt zu lösen seien – mit Hilfe der Instrumente, die in dieser Welt zur Verfügung stehen. So machen wir es den Kindern unmöglich, zu einer unparteiischen Haltung heranzuwachsen.

Gurdjieff sprach immer von drei Welten – die dritte Welt, *alam-i imkan,* ist die »Welt des Werks«, des »Wirkens der Wirklichkeit«.

59. Siehe: John G. Bennett: *Die Meister der Weisheit.*

Von dieser Welt gehen alle positiven Kräfte aus, die in unsere Welt eindringen, die heiligen Impulse wie Wunsch, Hoffnung und so weiter. Sie sind unabhängig von den Gesetzen der Existenz und helfen uns dabei, frei zu werden.

Als Erstes müssen wir erkennen, dass unsere Persönlichkeit ein künstliches Produkt der ersten Welt ist, welches uns in die Lage versetzt, so zu leben, als existierten wir wirklich, als ob wir schon etwas in uns hätten, das der zweiten Welt angehört. Wenn die Schale, die uns einhüllt, Risse bekommt, beginnen wir, die Dinge anders als bisher wahrzunehmen. Zunächst empfinden wir es als schmerzlich, aber es verhilft uns dazu, mit der Illusion aufzuräumen, »etwas zu sein«. Wenn wir schließlich zu der Erfahrung kommen, die Dinge so zu sehen, wie sie wirklich sind, ist es gut, jemanden an der Hand zu haben, der den Weg vorher schon gegangen ist. Es besteht sonst die Gefahr, dass Erfahrungen geleugnet, abgelehnt oder in ihrer Bedeutung übertrieben werden.

Wer durch das *fana-i afal* gegangen ist, glaubt nicht mehr an seine Fähigkeit, aus eigener Intelligenz und Kraft irgendetwas tun zu können; dennoch bleibt er an sich selbst gebunden. Er ist bereit zu akzeptieren, dass er nichts hat, aber er ist noch nicht bereit, zu akzeptieren, dass er nichts ist. Aber diese abgetrennte Existenz, die wir hier führen, ist tatsächlich nichts – sie ist nicht mehr als eine einzelne Seite in einem Buch. Als separate Individuen sind wir nichts. Um dieses zu sehen, müssen wir durch das *fana-i sifat*. Das Wort *sifat* können wir mit »Persönlichkeit« übersetzen, obwohl damit nicht die Persönlichkeit der Körperwelt gemeint ist. Das *fana-i sifat* ist nicht die Desillusionierung in Bezug auf unser Selbst, das heißt darauf, überhaupt irgendetwas zu sein. Es bedeutet, dass wir frei werden von unserer eigenen Psyche, unserem eigenen Verstand oder unserem eigenen Selbst, und öffnet uns damit das Tor zur Nicht-Existenz, zum *alam-i imkan*.[60]

Zuerst kommt *fana*, die Auslöschung, dann *baqa*, das Wiederauftauchen, das erneute Ins-Sein-Treten. Für die Christen ist es Tod und Auferstehung, für die Buddhisten Nicht-Anhaftung und Erleuchtung. Es geschieht auf allen Ebenen und in verschiedenen Abstufungen. Es gibt Momente, in denen etwas in uns stirbt und etwas anderes neugeboren wird. Wenn das in einem größeren Maßstab geschieht, geht uns vielleicht das Vertrauen in die eine

---

60. Siehe Kapitel acht, *Die Welt der Individualität.*

Welt verloren, während wir das Vertrauen in eine andere Welt noch nicht gefunden haben. Wir brauchen so etwas wie Zuversicht, in der Terminologie der Sufis *yakin*, »Gewissheit«. Diese hat verschiedene Stufen. Der Anfang der ersten Stufe ist, dass wir uns darüber klar werden, dass es verschiedene Zustände gibt, die ganz klar voneinander zu unterscheiden sind. Wir erreichen diese Stufe erst dann, wenn wir in Bezug auf die Welt der Körper desillusioniert sind. Diese Desillusionierung kehrt sich um, sobald wir wirklich sehen, was ist; dann beginnen wir zu akzeptieren und werden fähig zu sagen: »Es ist, was es ist, und ich bin, was ich bin.« Eine Zuversicht steigt in uns auf. Es fühlt sich an wie eine Wiedergeburt: Ich war tot und bin wieder lebendig. Ich war verloren und bin wieder gefunden. Wir haben wirklich etwas erreicht, wenn wir an diesem Punkt ankommen, aber es ist damit nicht die Garantie gegeben, dass wir in diesem Leben unseren Weg finden werden. Dies ist erst nach dem zweiten *fana*, dem *fana-i afal* der Fall.

Das dritte *fana*, das *fana-i sifat*, tritt dann ein, wenn man erkennt, dass es noch nicht einmal notwendig ist zu existieren. Diese Existenz ist zu abhängig, als dass man ihr trauen könnte. Es kommt die Zeit, da Sie bereit sind, wirklich alles loszulassen. Dann sehen Sie, dass es noch etwas anderes gibt. Das ist der Keim des *höheren Seinskörpers*. Er ist weder ein Selbst noch ein Nicht-Selbst, weder ein Ich noch ein Nicht-Ich. Er passt in nichts hinein, was wir verstehen können, und es gibt keine Möglichkeit mehr, die Frage »Wer bin ich?« zu beantworten. Da ist etwas, das wichtiger ist als alles, was es jemals zuvor gegeben hat, aber man kann es weder »ich« noch »mein« nennen.

Wenn wir unsere Illusionen über die Körperwelt loswerden und auch die Illusion, selbst der Handelnde zu sein oder überhaupt etwas zu sein – in dem Moment wird alles möglich. Worauf wir hoffen können, ist, Vertrauen ins *Werk* zu bekommen. Es braucht viele Jahre und viele teils schmerzliche, teils schöne Erfahrungen, bis das Werk ganz von uns Besitz ergreifen kann und wir die Gewissheit bekommen, dass das Werk das Einzige ist, worauf wir uns wirklich verlassen können. Solange wir uns ihm anvertrauen, ist es möglich, ein vollkommen befriedigendes Leben zu führen. Ähnlich wie beim *yakin*, das auf das *fana-i afal* folgt, verliert man das Vertrauen zu sich selbst und gewinnt das Vertrauen in das Werk. Ich weiß mit absoluter Sicherheit, dass ich ohne das Werk nichts tun könnte. Ich würde die gleichen Fehler machen und die gleichen falschen Einstellungen hegen wie vor zwanzig, dreißig oder vierzig Jahren.

Die Desillusionierung, zu der wir dann kommen, bezieht sich nicht nur auf Dinge, sondern auch auf Menschen. Man kann nichts und niemandem vertrauen. Darin liegt keine Zurückweisung der Welt oder der Menschen. Es heißt nur, dass wir aufhören, etwas von anderen zu erwarten und Forderungen an sie zu stellen und über sie zu urteilen. All das hat mit der Befreiung aus der Welt der Körper zu tun. Dann erfolgt die Befreiung von der Welt der Psyche und dem Glauben an unser eigenständiges Tun und dann erst kommt die Befreiung von uns selbst. Bei all dem wird nichts zurückgewiesen. Alles hat seinen Platz.

Der Prozess der Transformation liegt nicht darin, dass wir uns von einer Welt zur nächsten bewegen, sondern dass etwas auftaucht, was all diese verschiedenen Dinge akzeptieren kann und fähig ist, auf diese verschiedenen Weisen zu leben. Eines der Dinge, die wir lernen müssen, ist, wie wir die Substanz der inneren Welt bewahren und sie nicht zum Zweck der Befriedigung in der Welt der Körper verbrauchen. Das heißt, dass wir fähig sein müssen, die Bedürfnisse der inneren Welt von denen der äußeren Welt zu trennen. Um in die dritte Welt zu gelangen, müssen wir darauf vorbereitet sein, alles zu verlieren. Dann wird etwas Neues in uns geboren, was das Ganze neu erschafft. Diejenigen, die es *in* diesem Leben erreichen, sind *Heilige*. Sie handeln nicht mehr aus sich selbst heraus, sondern der Geist Gottes handelt durch sie. Sie stehen unter der direkten Einwirkung des göttlichen Willens und tragen die Last, dem Rest der Menschen die Einflüsse der spirituellen Welt zu übermitteln.

Aber damit ist es nicht getan. Der Heilige hat den Zustand des *zat* erreicht. Er hat seine Essenz gefunden und ist an dem ihm angemessen Platz angekommen – in Gurdjieffs Terminologie »Welt 12«, die Welt der Individualität –, aber es besteht immer noch eine Trennung von der Quelle, das ist die Bedeutung des Wortes *Fegefeuer*. Gurdjieff beschreibt, wie es auf dem »Planeten Fegefeuer« alles Wünschenswerte gibt, doch dass dies ein ungenügender Zustand ist, weil ein Bewusstsein dafür vorhanden ist, was es heißt, von der Quelle getrennt zu sein. Bis dieser letzte Zustand erreicht ist, wird das Bewusstsein dieses Zustandes durch alle anderen Illusionen in uns abgemildert. Das ist eine Form des Leidens: zu wissen, dass etwas möglich ist, und zu erkennen, dass wir noch nicht in der Lage sind, das Gewünschte zu haben – zum Beispiel zu wissen, dass das einzig Erstrebenswerte ist, ein Instrument einer höheren Kraft zu werden. Das gehört zu einer sehr hohen Stufe der Arbeit an sich selbst. Diese Stufe wird nicht durch Anstrengungen oder inneren Kampf erreicht. Wesentlich dafür ist das Erwachen einer Einsicht, einer Wahrnehmung dessen, was es bedeutet, von unserem wahren Wesen getrennt zu sein. Diese Erfahrungen, die wir auch machen können, wenn wir in einer niederen Welt leben, sind schwächer als die direkte Erfahrung des Fegefeuers.

Um das *alam-i imkan* zu überschreiten und die *heilige Sonne Absolut* zu erreichen, muss zunächst das *fana-i zat* erfolgen: die Auslöschung des Wesens. In meiner Ausdrucksweise ist es das Aufgeben des individuellen Willens. Wir brauchen die Reinigung, weil die Erfahrung der separaten Existenz in die höheren Welten mitgenommen werden könnte und eine Störung des kosmischen Gleichgewichts verursachen würde.[61] Ich habe es als letztes Ziel bezeichnet und sprach auch über verschiedene Stufen. Das wirft sicher Fragen auf wie: »Kann das in einem Leben erreicht werden? Und wenn es mehrere Leben benötigt, wie wird das dann alles bewerkstelligt?« Diese Fragen hören sich so an, als könnte man sie beantworten, aber das ist nicht der Fall. Sie sind falsch gestellt, und wir können darauf nur falsch formulierte Antworten erhalten. Unser Bewusstsein betrachtet die Dinge als Abläufe, die an einem Punkt beginnen und an einem späteren Punkt enden. Das erweckt den Eindruck, als gäbe es eine Bewegung von der Welt der Körper zum letzten Zustand der Einheit. Doch man kann sagen, dass es sich um eine Selbstverwirklichung handelt, bei dem ein Schleier nach dem anderen weggezogen wird, bis etwas enthüllt ist, was verborgen, aber immer schon anwesend war.

Im Sufismus unterscheiden wir zwei verschiedene Beschreibungen höherer Zustände der Selbstverwirklichung: Im »südlichen Sufismus« wird die Einheit des Seins betont, verbunden mit der Idee, dass »alles Gott ist«. Das war der Ansatz Muhyiddin Ibn Arabis. Im »nördlichen Sufismus«, besonders in der zentralasiatischen Region um Buchara und Samarkand, finden wir die Tendenz, über das Sein hinausgehen, ein Ansatz, der wahrschein-

61. Mit dieser Feststellung wird die tatsächliche Bedeutung des Fegefeuers erklärt. Dieses stellt den Platz des Übergangs von der getrennten Existenz zur Einheit dar. Das Fegefeuer ist ein wirklicher Ort im Universum, weswegen es Gurdjieff einen »Planeten« nennt.

lich vom Einfluss des Buddhismus herrührt. Dies ist auch die Sicht der Khwajagan, der »Meister der Weisheit«.[62]

Jalaluddin Rumi vertrat klar die nördliche Anschauung: »Wer behauptet, alles sei Gott, ist ein Dummkopf.« Die Manifestationen Gottes sind nicht gleich Gott. Gott liegt völlig jenseits unseres Verständnisses. Wir können nur allzu leicht vom direkten Gefühl, dass Gott in allem ist, zu dem Gedanken übergehen, dass Gott tatsächlich alles ist. Meiner Meinung nach haben die nördlichen Sufis die Sache klarer gesehen. Sie behaupten, dass zwischen Gott und Seiner Schöpfung eine Schranke liegt, die von keinem begrenzten Wesen überschritten werden kann. Was immer wir auch reden, wir sprechen nicht über Gott, wir sprechen nur über die Bilder, die wir auf dieser Seite der Schranke von Ihm haben. Das ist etwas, woran wir festhalten sollten, wenn wir jemals etwas über die Welten jenseits der Existenz verstehen wollen, über das *alam-i imkan* und über das *lahut*.

Alle diese Welten sind Zustände der Existenz, Seinsweisen, die mehr oder weniger Einschränkungen unterworfen sind. Es handelt sich nicht um andere Orte, die von anderen Wesen bevölkert würden. Die meisten Sufis betrachten die normale Welt des Menschen als etwas, das von der direkten Einwirkung des göttlichen Willens abgetrennt ist. Sie nennen sie *nasut*. In diesem Zustand können Offenbarungen gemacht werden, und wir sind auch fähig, das zu interpretieren, was die Sinne uns über die Natur mitteilen. Wir können daraus ein Bild anderer Welten ableiten, aber wir können sie nicht direkt sehen.

Ein anderer Zustand, eine andere Welt, wird *jabarut* genannt. Das ist der Bereich, der dem Willen Gottes untersteht. Das Wort *jabar* heißt »Zwang«. Es ist auch die Welt der Engel.[63] Engel reagieren direkt und haben nicht die Macht, irgendetwas anderes zu tun. Deshalb sprechen die Sufis öfter vom Erwachen unserer Engelsnatur, die fähig ist, *direkt* auf den höheren Willen zu reagieren. Wir können *jabarut* auch das »himmlische Königreich« nennen, in dem der Wille Gottes geschieht, so wie die Bitte im Vaterunser lautet: »Dein Wille geschehe, wie im Himmel (*jabarut*), so auch auf Erden (*nasut*).«[64]

---

62. Hasan Shushud, siehe Seite 275, war Vertreter des nördlichen Sufismus.
63. Tatsächlich wird diese Welt normalerweise *malakut* genannt – die »Welt des Lichts«.

Wenn ein Mensch im *jabarut* erwacht, ist er sich seiner Bestimmung bewusst und weiß, was Gottes Wille für ihn ist. Dazu ist Vorbereitung nötig. Innerhalb der Sufi-Lehren wird hierzu wenig vermittelt, aber wir erhalten von Gurdjieff den wichtigen Hinweis, dass der planetarische Körper nicht über *objektive Vernunft* verfügt. Die objektive Vernunft ist das Bewusstsein von Gottes Wille. Um sie zu besitzen, müssen wir einen zweiten Körper haben, den *Kesdjan*-Körper. Erst wenn dieser sich gebildet hat, kann der Mensch ein Bewusstsein davon erwerben, was von ihm gefordert ist, ohne jemanden zu brauchen, der ihm Anweisungen gibt, das heißt ohne äußere Belehrung. Der *Kesdjan*-Körper ist der Sitz des *Gewissens*. Das Gewissen findet solange keinen Platz in uns, als unser Seelenstoff noch unzusammenhängend ist. Das, was innerhalb von Gurdjieffs Lehren das »Gewissen« genannt wird, ist das Bindeglied zum *jabarut*.

Es besteht keine Notwendigkeit, über die Welt der Verpflichtung, die Welt des göttlichen Willens, entweder nur in persönlichen oder unpersönlichen Begriffen zu sprechen; wir können beide benutzen. Im Buddhismus gibt es natürlich keinerlei Anspielung auf einen göttlichen Willen, dort spricht man vom Erwachen »des göttlichen Auges«, des *dibbha chakku,* mit dem man fähig ist, die Realität wahrzunehmen. Die verschiedenen Sufi-Schulen sprechen auf verschiedene Weise von dieser Sache, aber sie erwarten nicht, dass davon irgendetwas ohne persönlichen Kontakt zum Lehrer verstanden würde.

Was jenseits davon liegt, betrifft den *höheren Seinskörper* und die Möglichkeit, in die absolute Göttlichkeit, die Quelle Gottes, das Nirvana, einzugehen.[65] Gurdjieff war es sehr ernst mit seiner Idee, dass man in die *heilige Sonne Absolut* aufgenommen wird. Wenn wir uns auf diese letzte Welt hin orientieren, begegnen wir vielen

64. Das *jabarut* kann auch mit dem *alam-i imkan* verbunden werden. Dabei bezieht sich *jabarut* mehr auf den höheren Willen als auf den Zustand des Individuums. Die Individualität wird hier von der Gegenwart Gottes überwältigt, was das Ende des Strebens sein kann. Es gibt jedoch noch eine weitere Stufe: ein Schritt über Gott hinaus.

65. Meister Eckhart hat als christlicher Mystiker das Gleiche gesehen. Er spricht oftmals von dem, was «jenseits Gottes» liegt. Es ist möglich, dass er diese Dinge direkt geschaut hat – dass sie ihm enthüllt wurden. Mit östlichen Schulen scheint er keinerlei Verbindung gehabt zu haben. Er beschreibt sehr genau den Vorgang, wie die Dreifaltigkeit zustande kommt, um das zu vollenden, was erfüllt werden muss.

Schwierigkeiten. Im südlichen Sufismus spricht man davon, mit dem Sein des Ganzen zu verschmelzen in dem Bewusstsein, niemals von der Quelle getrennt gewesen zu sein. Dies ist die letzte beseligende Vision: zurückgekehrt zu sein an den Platz, den man nie wirklich verlassen hatte. Für den nördlichen Sufismus besteht eine enge Verbindung zum Tod, zum Nichts und zur Nicht-Existenz. Einen ähnlichen Unterschied finden wir auch bei den Christen, zwischen östlichem und westlichen Christentum: Im Westen wird mehr Betonung auf die Einheit mit Christus gelegt, im Osten mehr auf die Tatsache, dass man, um wiedergeboren zu werden, sterben muss. Hier spielen Tod und Wiedergeburt eine große Rolle. Damit will ich nicht sagen, dass die beiden Haltungen sich ausschließen, sie haben jeweils einen anderen Schwerpunkt gesetzt. Deshalb ist für die Ostkirche das Osterfest so wichtig.

Im Sufismus spiegelt sich dieser Unterschied in der Betonung der Doktrin vom *fana,* der Auslöschung, wider. Im Süden und Westen ist *fana* die Absorption in eine Person, ein Lebewesen. Es gibt das *fana-i sheikh,* wobei man in seinem Lehrer aufgeht, sich in ihm verliert und wieder findet. Es gibt schließlich das *fana-i pir,* welches das Aufgehen im Gründer der Tradition ist, das *fana-i rasul,* das Aufgehen im Propheten, und letztendlich die Auslöschung in Gott, die Vereinigung mit *Allah.* All dies ist sehr persönlich. Der Lehrer trägt dabei eine sehr hohe Verantwortung. Im Norden und Osten kommt dem Lehrer keine so große Rolle zu. Was dort zählt, ist der Tod der Illusion, im Buddhismus *avvijja* – das Aufgeben der Unwissenheit. Wir haben hier schon über das *fana-i akham,* das *fana-i afal,* das *fana-i sifat* und das *fana-i zat* gesprochen. Worauf es bei all dem wirklich ankommt, ist die Auslöschung des Glaubens an sich selbst und daran, dass man wirklich existiert.

Wenn wir zum *lahut* kommen und über dessen Grenzenlosigkeit sprechen, sind wir wieder versucht zu sagen, dass es alles umfasst. Das stimmt nicht. Es handelt sich dabei noch nicht einmal um einen Seinszustand. Es ist etwas, das jenseits des Seins liegt. Man kann das *lahut* sehr gut als ein *Vakuum* beschreiben. Dieses Vakuum zieht alles in sich hinein und möchte gefüllt werden.[66] Es besteht ein Unterschied zwischen einem endlosen Ozean des Seins, in den man eintauchen kann, und einem Nichts, das uns zu sich zieht. Ein Sufi-Lehrer hat dem mit folgenden Worten

66. Diese Aussage erinnert an das »Quantenvakuum«, den Grundzustand der Quantenphysik, auch »Quantenschaum« genannt, die Urquelle aller Materie.

Ausdruck verliehen: »Dieses *lahut* bietet jedem seine Brüste, der fähig ist, davon zu trinken, um auf diese Weise sein eigenes überfließendes Nichts freizusetzen.« Das mag sich seltsam anhören, aber es entspricht einer wirklichen Einsicht.

Diejenigen, die in das Letzte eingehen, sind sehr selten. Sie sind dazu ausersehen, noch bevor sie geboren sind. Sie bringen der Menschheit großen Segen. Es ist nicht länger möglich, zwischen ihnen und dem höchsten Willen zu unterscheiden. Viele Verse aus Rumis *Mathnawi* sprechen von dieser letzten Welt. Es heißt dort zum Beispiel: »Wenn du zu diesem Ort willst, lass die Existenz hinter dir. Willst du den Arbeiter finden, dann geh in die Werkstatt. Die Werkstatt ist das Nichts.« Dieses Letzte wird nicht nur als die endgültige Bestimmung des Menschen beschrieben, sondern auch als die Quelle des Ganzen. Der Begriff des Tao aus der alten taoistischen Tradition kommt dem sehr nahe. Was Tao ist, kann nicht beschrieben werden, und was beschrieben werden kann, ist nicht Tao. Es selbst ist nichts, aber es bringt alles ins Sein.

Nur wenige gehen vom *jabarut* weiter ins *lahut*. Auch diejenigen, die ganz ins *jabarut* eingehen und völlig in der Übereinstimmung mit dem göttlichen Willen leben, sind selten. Man nennt sie *abdal,* transformierte Menschen.

Das alles mag sehr abgehoben klingen. Welche Bedeutung hat es für uns? Es zeigt, dass man von uns nicht verlangt, in einen Ozean der Schönheit einzugehen oder in ein Paradies oder sonst irgendeinen Zustand, in dem keinerlei Anforderungen mehr an uns gestellt werden. In dem Maße, in dem er oder sie fähig ist, kann ein Mensch der Quelle etwas zurückgeben – sie braucht es, weil sie leer ist.

Wir müssen sehen, auf welche Weise wir dienen können. Die Geisterwelt, das *alam-i arvah,* birgt eine Menge verschiedener Bereiche in sich. Wenn wir aus dem Traumzustand befreit sind und aufhören, von den Dingen besessen zu sein, können wir in eine freiere Seinsweise eintreten. Die Erfahrungen, die den höheren Sphären der geistigen Welt angehören, dienen nicht allein der Befriedigung des Individuums, sie haben noch einen anderen Zweck. Die verschiedenen Ebenen sind notwendig für die Aufrechterhaltung der kosmischen Harmonie.

Dieses »Vakuum« ist nicht materiell existent, es besteht nur aus »virtueller Energie«, die sich daraus immer wieder neu materiell manifestiert (Anmerkung der Übersetzer).

Es ist nicht unbedingt nötig, den ganzen Weg zu gehen. Jene, die ein Stück weit gehen, erhalten alles, was ihnen an diesem Punkte möglich ist, sie haben keinen Verlust. Ich kenne einige Menschen, die eine Vision davon hatten. Dies ist sehr real und sehr wichtig. Keine Arbeit und keine Bemühung ist vergeudet. Es existiert kein Schwarzweißraster, keine absolute Erlösung, keine absolute Verdammung, nichts, was dem im Entferntesten entspricht. Es gibt höhere Bereiche, in denen das Bewusstsein von Gottes Nähe herrscht: dort, wo die zweite Welt in das *alam-i imkan* übergeht. Wir können es uns als Paradies vorstellen. Einer der wichtigsten Punkte innerhalb der Lehre der Sufis ist, dass das Paradies nicht als ein Letztes und Endgültiges angesehen wird, sondern dass es um den schweren Schritt geht, darüber hinauszugehen in das *alam-i imkan* und selbst noch jenseits davon.

Die Welt der Körper ist die Welt der Quantität, der Bereich von Maß und Einschränkung. Die Welt der Geister kennt verschiedene Ebenen, verschiedene Stufen der Existenz, aber nicht die gleiche Art quantitativer Beschränkungen. Kommen wir schließlich zum *alam-i imkan,* dann gibt es nichts Messbares mehr. In dieser Welt zu sein, heißt, schöpferische Freiheit zu haben. Das hat mit Existenz nichts mehr zu tun.

Wir können die verschiedenen Welten als *Gemeinschaften* oder »Versammlungsplätze« auffassen. Wenn wir sie uns in Gestalt einer hierarchischen Ordnung denken, erhalten wir leicht ein verzerrtes Bild. Es ist wohl richtig, dass die höheren Welten freier sind als die niederen, aber es gibt noch etwas, das nichts mit diesem Gesichtspunkt zu tun hat: nämlich, dass jeder Einzelne von uns seine *eigene Vollkommenheit* finden muss. Vollkommenheit ist Vollkommenheit – mehr gibt es nicht, darüber hinaus gibt es nichts. Wenn jemand erreicht, wofür er bestimmt ist, hat er seine Vollkommenheit erlangt, und alles andere ist ohne Bedeutung. Das *Werk,* in das wir zu gelangen hoffen, soll uns zu unserer Vollkommenheit führen. Dabei spielen alle Welten eine Rolle. Das Muster, das all dem zugrunde liegt, befindet sich jenseits unseres Bewusstseins. Aber wir sollten darauf vertrauen, dass, wenn wir uns dem Werk widmen, sich alles erfüllen wird und wir noch hier und jetzt, in diesem Leben, zu unserer Wirklichkeit finden.

※ ※ ※

Epilog

FAST SEIN GANZES LEBEN LANG BESCHÄFTIGTE SICH JOHN G. Bennett mit der Entwicklung einer angemessenen »Anthropologie« oder eines Studiums des Menschen. Beim Erarbeiten einer Verständnismethode, die auf den konkreten Eigenschaften der Zahlen basierte und die er *Systematics* nannte, glaubte er einst, auf den Weg gestoßen zu sein, wie dies zu erreichen wäre. Das Problem liegt im Zeichnen eines Bildes der menschlichen Gesamtheit, das sowohl ihrer formalen als auch ihrer inhaltlichen Mannigfaltigkeit Rechnung trägt. Alle bisherigen Versuche, ob von Seiten der traditionellen Metaphysik oder der reduktionistischen Wissenschaft, alle bestehenden Psychologien, ob spirituell oder säkular, laufen auf eine Karikatur des Menschen hinaus. Sie alle enthalten gewisse Einsichten, doch diese sind partiell und beschränkt.

Eines von Bennetts wichtigsten Konzepten war dasjenige der »kompromisslosen Integration«. Die Standpunkte von akademischer Philosophie, Sufismus, moderner Mathematik, Existenzialismus, Psychoanalyse und so weiter besitzen alle etwas Authentisches. Die wichtige Aufgabe bestand darin, ihrer Zusammenschau fähig zu sein und sie zu einem größeren Ganzen zu verschmelzen, das gegenüber der zunehmenden Komplexität des menschlichen Lebens, historisch wie individuell, offen bleibt. In Bennetts Herangehensweise besaßen alle verschiedenen Annäherungswege an die Wirklichkeit der Situation ihren Wert. Jedoch besteht ein offensichtliches Problem in Bezug auf die Komplexität und den Umgang mit ihr. Unser Verstand kann nur mit wenigen Ideen gleichzeitig umgehen. Und für Bennett gab es keine Absolutismen, keine letzten Gewissheiten, auf die wir uns verlassen könnten.

Sein Magnum opus, *The Dramatic Universe,* ging vom Standpunkt aus, dass Hasard (Risiko) und Ungewissheit integrale Bestandteile der Wirklichkeit seien und dass dies insbesondere auch auf unser Wissen und Verstehen zutreffe. Das bedeutete, dass das Erreichen endgültiger Schlüsse nicht länger möglich war. Etwas davon hat man auf dem Gebiet der Wissenschaft seit einiger Zeit erkannt, obschon nirgends in einer solch gründlichen Art und Weise (noch heute träumt manch ein Wissenschaftler vom Finden der »Weltformel«). Auf dem Feld der Spiritualität hingegen, besonders in ihrer Verbindung mit dogmatischen Religionen, ist die

Annahme, dass endgültige Wahrheiten gefunden werden können, die Regel. Dogmatische Religion beruft sich darauf, Hüter der geoffenbarten Wahrheit zu sein, einer Wahrheit, die weder abgestritten noch »verbessert« werden kann. Bennett nahm sich vor, die Ungewissheit bis zum Schluss im Auge zu behalten. Da es ihm auch um die Formulierung einer Vision des Kosmos und der Stellung des Menschen darin ging, nutze er dazu das ihm zugängliche Material sowie die Resultate seiner eigenen Forschung. Als Konsequenz daraus erscheint das Buch jenen, welche die ihm zugrundeliegende Absicht nicht erkennen, als das genaue Gegenteil: ein Buch der Gewissheiten.

Natürlich bedeutet das Vorhandensein von Unsicherheit nicht, dass wir nichts verstehen und nichts wissen könnten. Wir vermögen, viele Dinge zu verstehen, doch die Ungewissheit liegt darin, was diese bedeuten. Unter vielen wichtigen Gesichtspunkten unterscheidet sich Verstehen von Wissen aufgrund seiner Fähigkeit, Ungewissheit mit einzuschließen. Man braucht keine Gewissheit, um zu verstehen.

Ein Kapitel dieses vierbändigen Werks (Kapitel 39, Band II) ist der Anthropologie gewidmet, und Bennett erwähnte mir gegenüber, sowohl während seines Entstehens als auch nach der Veröffentlichung, dass es eines der unbefriedigendsten Teile des ganzes Buches sei. Er hatte versucht, sein Konzept des »Systems«, das auf der Folge der ganzen Zahlen aufbaut, auf das Studium des Menschen anzuwenden. Das Ergebnis ist anspornend und erhellend, doch die für das Thema so zentrale Ganzheit wird nicht eingefangen. In der Einführung zum Band IV schreibt Bennett, er habe es nicht geschafft, die Bedeutung des gegenwärtigen Moments zu fassen, der jedem menschlichen Individuum eigenen ist.

Dieses Scheitern liegt in der Aufgabe begründet. Wir erreichen ein tieferes Verständnis durch ein weitest mögliches Ausdehnen unseres gegenwärtigen Verstehens. Daher ist »Scheitern« wichtig – es führt uns weiter zum nächsten Schritt. Von unserem heutigen Standpunkt aus können wir erkennen, dass seine Systematics lediglich der Beginn einer neuen Welle des Verstehens war. Einer Welle, die wahrscheinlich von Gurdjieff ausgelöst oder zuerst erkannt worden war. Während Systematics es uns ermöglicht, jedes beliebige Ganze auf eine Reihe unterschiedlicher und bedeutsamer Weisen zu betrachten und dadurch mehr zu sehen, als wir wissen, gibt es eine noch tiefer liegende Struktur, in der alle einzelnen

Elemente ihre Rollen in unterschiedlichen Graden der Harmonie spielen und in der sie sich gegenseitig enthüllen und verhüllen. Ein Beispiel dafür ist Gurdjieffs berühmtes Symbol des Enneagramms.

Im Sinne einer ersten Annäherung bestünde der nächste Schritt zur Lösung der Aufgabe in einer gemeinsamen Darstellung aller Systeme zusammen. Sich theoretisch dazu äußernd (*The Dramatic Universe*, Band III), beschreibt Bennett Geschichte und Gesellschaften entlang dieser Linien. Sehr richtigerweise bestand er darauf, dass wir uns nach einer größeren Konkretheit ausrichten müssten. Beim Fortschreiten in diese Richtung stoßen wir jedoch auf eine schnell wachsende Komplexität, die uns verleitet, nach einfacheren und bequemeren reduktionistischen Darstellungskonzepten zu suchen.

Im vorliegenden Buch, *Die inneren Welten des Menschen*, folgt er der nützlichen Strategie des Wechsels von einem Darstellungskonzept zum nächsten, und dann wieder zum nächsten und so fort. Seine Schilderung des Menschen basiert in einem sehr wirklichen Sinn auf einer Gütergemeinschaft von Ideen. Er bestand stets darauf, dass eine einzelne Darstellungsweise niemals angemessen sein könne. Im Extremfall kann dies bedeuten, dass verschiedene Darstellungen sich scheinbar gegenseitig widersprechen. Dabei fallen mir Walt Whitmans Zeilen ein: »Ich widerspreche mir selbst? // Na gut, ich widerspreche mir selbst. // Ich bin weiträumig – in mir ist eine Vielheit.« Es ist eine offensichtliche Tatsache, dass unser Verstand nur schwerlich mit Widersprüchen zurecht kommt (während er von ihnen angetrieben wird oder auch daran zerbrechen kann). Um damit fertig zu werden, bedarf es etwas mehr als das, was wir »Verstand« nennen. Wohl aus diesem Grund muss es etwas geben, das wir »höhere Intelligenz« zu nennen haben. Dabei handelt es sich nicht um eine eigene, von uns oder der Natur getrennte Instanz. Sie ist integraler Teil der Ungewissheiten, die zu unserer Art von Existenz gehören.

Während seines späteren Lebens machte Bennett die »Kommunikation mit der höheren Intelligenz« zu einem zentralen Thema seiner Arbeit. Aufgrund unserer gewöhnlichen Assoziationen erschien uns dies als eine Art des »Sprechens mit Engeln«, als etwas mysteriös und obskur. Es impliziert auch, dass wir Zugang erhalten könnten zu einem viel höheren Grad von Intelligenz als unsere eigene, was wir natürlich bezweifelten, da wir kaum Beweise sahen, dass dies anderen Leuten möglich war. Darin liegt ein

Rätsel, doch entspringt es derselben Erkenntnis, welche Bennett zu seiner Erforschung der Bedeutung von Ungewissheit und Hasard inspirierte. Ungewissheit ist kein Mangel und keine Unzulänglichkeit, sondern der eigentliche Schlüssel zu höheren Möglichkeiten.

Wenn es eine grundlegende Voraussetzung für ein besseres Verständnis des menschlichen Wesens gibt, ist es die Befreiung von einem Denken in den Begriffen von Objekten und Dingen. Was man üblicherweise als »Denken« bezeichnet, liegt, wie Pak Subuh beharrlich unterstrich, auf der Ebene materieller Objekte. Es gibt jedoch eine andere Kategorie von »Gedanken«, welche Bennett in diesem Buch als »sehen« bezeichnet und die von ganz anderer Natur ist. Aurobindo sagte: »Was ihr ›denken‹ nennt, tue ich niemals; ich sehe oder ich sehe nicht.« Der Mathematiker Spencer Brown erzählte mir einmal ziemlich Ähnliches, also handelt es sich nicht um etwas, das auf den mystisch Veranlagten beschränkt wäre. Dies ist wichtig, wenn es um Ideen wie beispielsweise diejenige der »Selbste« geht. Ein Selbst ist kein Objekt; es immer inhärent subjektiv und innerlich. Als Folge dieser Eigenschaft hat es keine Begrenzung, wie sie ein Objekt besitzt. Dies bedeutet, zum Beispiel, dass es im Fluss ist und gewisse wiederkehrende Merkmale besitzt, aber Merkmale, die nicht alle von der gleichen Art sind. In jedes Selbst impliziert sind andere Selbste.

Wir können die Selbste vom Standpunkt der existierenden Welt her betrachten oder vom Gesichtspunkt unseres Ursprungs in Gott. Vom ersten Ausgangspunkt her sehen wir das Selbst einmal als ein Quasiobjekt unter Objekten und einmal als eine Reaktion auf Objekte: daher das Materielle und das Reagierende Selbst. Aus dem göttlichen Blickwinkel sehen wir das Selbst als ein Gefährt der Individualität: zuerst als von der Existenz völlig uncharakterisiert, dann als charakterisiert. Die charakterisierte Individualität ist das Wahre Selbst. Dann liegt zwischen dem Wahren Selbst und dem Reagierenden Selbst die Region ihres Zusammentreffens, die Bennett aus offensichtlichen Gründen das »Geteilte Selbst« nannte.

Jede Stufe der Selbsts ist offen gegenüber einer höheren Stufe seiner selbst. Das ist es, worum es bei der Freiheit geht. Hierin widerspiegelt sich die Art von Progression durch die Systeme, die Bennet in seinem Konzept von Systematics theoretisch beschrieben hat (und die wir im Vorwort kurz angesprochen haben). Das zu erkennen, ist der springende Punkt. Fragen nach der genauen Anzahl der verschiedenen Arten von Selbsten sind vollkommen

Elizabeth und John G. Bennett zwei Tage vor dessen Tod am 13. Dezember 1974.

sekundär. Die Taxonomie der Selbstheit ist anderer Art als die Taxonomie der Pflanzen, weil Pflanzen durch ihre Formen unterschieden werden, die alle in derselben Welt in Erscheinung treten.

Als Gurdjieff auf der Bühne auftauchte und erklärte: »Der Mensch ist eine Vielheit. Des Name des Menschen ist Legion« (*Auf der Suche nach dem Wunderbaren*), verstand man dies immer im negativen Sinn. Heutzutage, wo eine solche Idee nicht länger eigenartig anmutet sondern unter Psychologen und Erkenntniswissenschaftlern allgemein akzeptiert wird, können wir sie unter einem positiven Gesichtspunkt betrachten. Genau diese Vielheit ist die Voraussetzung für Transformation und die Verwirklichung höherer Möglichkeiten. Ohne eine solche Vielheit könnten wir uns nicht entwickeln.

Bennett ging es darum, Gurdjieffs Einsichten im positiven Sinn zu nehmen. Für die Mehrheit sind sowohl Ungewissheit als auch Vielheit aber noch immer etwas »Schlechtes«. Im Gegensatz dazu sah Bennett, dass sie unentbehrlich sind, wenn das menschliche Leben irgendeine Bedeutung haben soll. Das vorliegende Buch ist ein Zeugnis dieser Vision. Ganzheit ist sowohl Einheit als auch Mannigfaltigkeit.

Die Mannigfaltigkeit im Menschen ist eine Widerspiegelung der mannigfaltigen Welten, in denen er leben kann. Die verschiedenen Schemata der Welten entsprechen den verschiedenen Schemata der menschlichen Natur. Für Bennett waren sowohl der Mensch als auch die Welten durch den Willen definiert. Für ihn war der Wille die ›kosmische Substanz‹ *par excellence*. Er geht in alles ein und kommt aus allem; er begründet sowohl die Gesetze als auch die Freiheiten; er ist immer jenseits des gegebenen Ganzen und innerhalb von dessen kleinstem Atom. Weil wir ihn in den Begriffen von derart gegensätzlichen Zusammenhängen erkennen, sehen wir ihn am deutlichsten im Hasard. Obschon Bennett selbst es nie so ausdrückte, ist Risiko vielleicht der eigentliche Geist Gottes.

Das unserem Wissen und Verstehen zugrundeliegende Hasard hat einen ganz besonderen Geschmack. Wenn wir auf diesen Geschmack kommen, ist er der Vorbote einer neuen Intelligenz – genau jener Intelligenz, die wir brauchen, um unseren Weg zu finden durch das Chaos der menschlichen Situation.

ANTHONY G. E. BLAKE
1993

Register

Bibliografie von John G. Bennett

Deutsche Übersetzungen

Subud, Remagen 1958
Gurdjieff – Der Aufbau einer neuen Welt, Freiburg 1976
Sex, Frankfurt Main 1976
Transformation, Pittenhardt 1978
Ein neues Bild Gottes, Südergellersen 1980
Gurdjieff entschlüsselt, Frankfurt Main 1981
Energien, Salzhausen 1982
Harmonische Entwicklung, Salzhausen 1982
Das Durchqueren des Großen Wassers – Autobiografie,
    Oberbrunn 1984*
Eine lange Pilgerreise, Südergellersen 1985
Die Meister der Weisheit, Südergellersen 1993*
Der grüne Drache, Südergellersen 1993*
Risko und Freiheit, Zürich 2004*
Eine spirituelle Psychologie, Zürich 2007*
Die inneren Welten des Menschen, Zürich 2009*

*Eine Auswahl der nicht
ins Deutsche übersetzten Werke*

The Way to be Free, New York 1980
Enneagram Studies, York Beach 1983
The Dramatic Universe, vier Bände, neu veröffentlicht,
    Charles Town 1987
Sacred Influences: Spiritual Action in Human Life,
    Santa Fe 1989
Elementary Systematics, Santa Fe 1993
Making a Soul, Santa Fe 1995
Creative Thinking, Santa Fe 1998
Journeys to Islamic Countries, Santa Fe 2000
Sunday Talks at Coombe Springs, Santa Fe 2004

* Chalice Verlag

Der Chalice Verlag widmet sich
der Publikation des Werkes von Reshad Feild
und wertvollen Texten aus verschiedenen
spirituellen Traditionen

Unser Verlagsprogramm und weitere Informationen
finden Sie auf unserer Website
www.chaliceverlag.ch